KB134416

자암 김구 선생 적려유허비

금산 보리암

충렬사

남해대교(현수교)

농가섬과 죽방렴

가천 다랭이마을

강진바다 노을

물건 방부림

한려수도

창선사천대교(연륙교)

남해 다초저수지

자암 김구의 화전별곡

花田別曲

홍춘표 편저

한누리미디어

국립중앙도서관 출판시도서목록(CIP)

자암 김구의 화전별곡 / 홍춘표 편저. -- 서울 : 한누리미디어, 2011
p. ; cm

ISBN 978-89-7969-384-3 03810 : ₩25000

경기체가[京畿體歌]

811.24-KDC5
895.711-DDC21

CIP2011001262

창해에 부는 바람

창호에 비친 달 시럼 없이 바라보니
하늘은 구름천리 한양에 이어도
유배의 몸 기약 없이 절도에 갇혀서
온갖 시름 시주창화(詩酒唱和)로
거문고에 스리랑 딩 즐거운 유희(遊戲)

마음은 붉은 단청(丹靑) 임금을 사모하며
영화로운 그 시절 상념의 탄상(歎傷)
천년승지(千年勝地) 산천기수(山川奇秀)
풍류흥취(風流興趣) 벗 삼아도
마음은 유랑하는 나그네 신세

가없는 저 하늘 끝없는 창랑(滄浪)
산수(山水)의 아름다운 화전을 찬미하고
주옥 같은 시가(詩歌)로 경기체가 남겨
후세에 빛날 그 얼 문화유산으로
남해의 창성(昌盛) 속에 길이 남으리

2011. 초봄

홍춘표 상서

머리말

문화와 그 정체성

문화란 물과 같이 흘러서 과거에서 현재로 쉼 없이 줄기차게 이어져 내려와 끝없이 미래로 흐른다.

문화는 삶의 뿌리요 우리가 살아온 역사다. 우리는 생활문화와 접하여 함께 해 오면서 유구한 전통을 이어온 역사 문화를 되돌아보게 된다.

우리는 오늘의 역사적 시점에서 새로운 사상의 폭넓은 수용을 통해 남해의 전통을 재조명하고 선인들이 남겨 놓은 향촌사회의 생활 정서와 흔적의 발자취를 살펴보고 그들의 얼과 참된 정신을 새로운 이념으로 받아들이고 승화 발전시켜 교훈으로 삼고자 하며 문화관광 터전으로 남해를 만들어 가는 데 매우 긴요한 의의가 있다.

시류(時流)를 통해 생활환경과 심상의 리듬과 홍취를 노래한 그 시대상과 풍류적 시풍은 이 책자를 통해 찾아볼 수 있으며 슬기롭고 아름다운 화전 향토의 미(美)는 우리 민족의 인류와 끝없이 이어져 갈 사실이다.

세상은 도처에 인간이 존재하는 한 모든 곳에 삶과 문화가 있기 마련이다. 각양각색(各樣各色)의 형태로 강물이 유유히 흐르듯 유구한 삶과 함께 면면히 이어지는 문화유산은 끊임없이 되풀이 되면서 반만년의 오랜 전통을 이어 오고 있다.

통일신라에서 조선왕조 문화까지 크고 작은 문화를 만들며 자연과 사람이 조화를 이룬 맑고 신선한 화전(花田)은 천혜경관(天惠景觀)이 수려하고 독특한 모습으로 개성 있는 유배문화를 남기면서 이를 증명해 준다.

그렇지만 현명한 문화 보존책을 강구하지 못하고, 불행하게 우리는 역사 사실의 참된 면모를 잃고 바로 보지 못하며 안개 속에 소멸되듯 사라지는 노쇠한 잠재 문화를 새로운 이념(理念)으로 받아들이고 일깨워 수용하고 발전시켜 이를 기반으로 활기찬 그 시절의 생생한 절정의 문화 참 모습을 제대로 자랑하고 밝혀 올바른 역사를 공유하고자 함이다.

사실 필자는 소설가도 역사가도 아니면서 더구나 향토사학을 하는 연구가도 아니지만 우리의 역사문화를 조금이나마 새롭게 인식하고 이해하는 데, 미숙하나마 화전별곡(경기체가)의 유배문화를 조명하는 자료를 수집하여 조심스런 마음으로 세상에 선보일 한 권의 책으로 엮어보고자 집필을 하는 바이다.

2011년 3월

엮은이 홍춘표

축사

歷史文化는 民族의 魂

홍춘표 시인의 남해찬가 《자암 김구의 화전별곡》 출간을 진심으로 격려하며 먼저 축하를 전합니다. 유구한 민족전통의 역사적 문화적 고전(古傳)에서 향토 화전(花田), 남해 문화와 정서를 독특한 찬가(讚歌)로 불러 전승되고 있는 '화전별곡(花田別曲)'의 토속적 유배 정신문화는 우리 시대에 남겨진 역사문화의 선비정신입니다.

절해고도의 화전(남해, 南海)에서 오랜 고독과 임금의 연모 속에 향복무강(享福無疆)을 그리워하며 한 생애(生涯)를 통해 충혼의백(忠魂義魄)의 사친이효(事親以孝) 사상을 지주(支柱)로 생명을 키우는 주역(主役)의 모성애는 인간으로서의 자신을 지배해 온 슬픈 아픔은 충절의 유배문학이 주는 한 시대의 정신문화 유산입니다.

자암은 4대 서예가의 한 사람으로 유학의 이상적 도학정치를 실현하려다 기묘사화로 유배되어 적소(謫所) 남해에서 한양의 단청을 동경(憧憬)하며 역경과 고뇌의 갈등에 심회하면서 유향품관들과 붕우들의 유희(遊戲) 속에서 자신의 슬픈 심경을 시와 노래로 찬미한 주옥 같은 시가(詩歌)는 자연 풍광이 수려한 남해(南海, 花田)의 뛰어난 경치를 읊은 것으로 예나 지금이나 아름다운 고장 일점선도의 빛나는 선경을 알리고 있습니다.

작가는 고전의 올바른 문화사적(文化史的) 정립과 사적(史蹟) 선례에 표제(表題)하여 후대로 전해지는 시간적 공간적 구조를 제시하고 있습니다. 토속적 남해유배지 역사문화 사적을 우리는 어떤 자세로 이해하고 그 시대적 사상과 이념의 가치관을 얼마나 수용 계승 발전하느냐 하는 것은 남해의 문화발전에 중대하고도 결정적인 미래의 안목을 여는 자취가 될 것입니다.

오늘날 우리에게 다가오는 천혜자연(天惠自然)의 남해안 벨트시대 문화콘텐츠 관광사업은 국내외 레저상품시장에 있어서 치열한 유치(誘致) 경쟁의 결정적 영향을 주게 될 것으로 믿습니다. 문화유산은 나를 확대(擴大)하는 것이 고향이요 국가와 민족입니다.

우리에게 중요한 것은 고향 사랑입니다. 애향심은 나를 크게 여는 대아(大我)인 것입니다. 고향이 잘 되는 것은 부모 형제가 잘 되는 것이고 나아가 지역사회(地域社會)가 잘 되고 국가가 잘 되는 것입니다.

새로운 이념으로 남해향촌사회에 남겨 놓은 역사문화를 공유하면서 감동의 스토리로 드라마를 저술한 홍춘표 시인의 《자암 김구의 화전별곡》 출판을 축하하며 많은 사람의 사랑 받는 건필로 회자되길 앙망합니다.

2011년 3월

국회의원 **여상규**

축사

恨과 願이 서린 流配文學의 場

적소로 가는 길목엔 한과 원이 먼 수평선 위에 파도처럼 일렁이고…, 하방고적(遐方孤寂)의 생소하고 척박한 고장에서 스스로를 달래며 새로운 자연에 대해 무한이 겸허하고자 한 유배자의 심사(深思)는 "외로움은 혼자 있는 고통이고, 고독은 혼자 있는 즐거움" 이라고 자위하면서 그 고독 속에서 스스로의 내면을 응시하며 오로지 문학에 몰두한 그 기록들이 역사의 장에서 유배문학의 산실로 새로이 태어난 화전 땅 남해는 자암 김구가 웅지를 접고 살다 간 고장입니다.

이곳을 거쳐 간 선인들의 예술 세계를 깊이 있게 천착(穿鑿)하는 사가들과 향리의 뜻 있는 자들이 오랫동안 역사문화의 고장이며 유배문학의 시가를 생산한 별곡의 정수인《화전별곡》이 온전한 모습으로 출간되기를 갈망해 왔습니다.

침묵하고 있던 역사의 현장에서 홍춘표 시인이 사실(史實)에 근거를 둔 진솔한 어체로 고향산천의 명경지수(明鏡止水)와 같은 산과 바다가 어우러져 한 점의 선도(仙島)라 저술한 자암 문학의 《화전별곡》의 필명(筆名)은 탁월한 서예가(인수체)로 후인들의 기억 속에 각인된 인물로 문화와 역사가 살아 움직이는 새로운 담론(談論)이 펼쳐지는 경이적(驚異的)인 장으로 큰 뜻을 담은 역작(力作)을 서술(敍述)하여 훌륭한 기록(記錄)을 남겨 놓았습니다.

일찍이 내적 성장의 시기에 사색하는 습관으로 고향 산천에 무한한 애착과 애정으로 유배문학에 몰입하여 단순한 사실의 기록이 아니고 견성(見性)이 도달한 구경(究竟)의 공간에 학술적으로 공헌한 바가 크다고 봅니다.

신화는 인간의 영적 잠재력을 찾는 데 필요한 실마리이듯이 역사의 뒤안길에 묻혀 있는 유배자의 정황들을 오늘의 시각에서 볼 때는 문명사회를 지향하는 지표로서 영원히 필요한 역사적 사명일 것입니다. 조선 중기인 16세기 초 격변기에 화려하게 정치무대에 등장하여 개국공신들의 훈구파 기득권층과 신진 사류들과의 알력과 갈등이 당쟁으로 비화되어 일어난 기묘사화에 연루(連累)되어 13년간 긴 적소생활을 외진 땅에서 보낸 문신 서예가 자암이 남긴 삶의 흔적을 '화전별곡' 의 가락으로 엮어낸 홍춘표 시인의 열정에 격려와 함께 찬사를 보냅니다.

성상(聖上)의 성은을 받으며 단청(丹青)에 기용되어 성리학을 장려하고 개혁정치를 시도했으나 적신파가 반발하여 그 당시 절해의 고도에서 보낸 유배생활을 오로지 술과 거문고를 벗한 노래로 울적한 감정을 추스르며 예술로 승화시킨 향촌 생활의 운치, 해학, 풍자, 예지가 듣고 즐기는 삶으로써 창조적 인간내면의 본성을 느낄 수 있는 귀한 작품입니다.

향토문화로서 이곳을 거쳐 간 선인들의 유배문학을 정연하게 정리한 것은 "위대한 일을 할 수 있는 유일한 길은 자기가 하는 일을 사랑하는 길" 이라고 격려의 말을 전하며 남해찬가(南海讚歌)인 《화전별곡》 출간에 축하와 더불어 많은 뜻있는 분들의 필독을 간절히 부탁드립니다.

2011년 3월

재단법인 한성장학회 상임이사
한국불교문학 편집위원장 장 봉 호

CONTENTS

목차 _ 自庵 金絿의 花田別曲

CONTENTS

목차 _ 自庵 金綠의 花田別曲

화전별곡(花田別曲)

제1장

天地涯, 地之頭, 一點仙島
左望雲 右錦山, 巴川 高川(봉내 고내)
山川奇秀 鐘生豪俊, 人物繁盛
偉 天南勝地, 景 긔엇더하닝잇고 유
風流酒色, 一時人傑(재창)
偉 날조차 몇분이신고

하늘의 가이요, 땅의 머리인, 아득히 먼 한 점의 신선 같은 섬에는,
왼쪽은 망운산이요, 오른쪽은 금산, 그 사이로 봉내와 고내가 흐르도다.
산천이 기(奇)이하게도 빼어나서 유생, 호걸, 준사들이 모여들매,

인물들이 번성하느니,

아! 하늘의 남쪽 경치 좋고 이름난 곳의 광경(光景), 그것이야말로 어떻습니까.

노래, 술, 아리따운 여인들과 더불어 모여들었던 한때의 인걸들이,

아! 나까지 보태어서 몇 분이나 되겠습니까.

제2장

河別侍, 芷芝帶, 齒爵兼尊

朴敎授, 손저니, 醉中버랏

姜綸雜談, 方勳鼾睡, 鄭機飮食

偉 品官齊會 景 긔어더하닝잇고

河世涓氏, 발버혼風月(재창)

偉 唱和 景 긔엇더하닝잇고

하별시(河別侍) 치자로 물들인 허리에 띠, 황대(黃帶) 나이와 관작이 겸하여 높으도다.

박교수(朴敎授)가 손을 휘두르며 흔드는 술 취한 가운데 버릇과,

강륜(姜綸)이 잡담과 방훈(方勳)이 코골며 자는 모습, 그리고 정기(鄭機)가 잘 마시고 먹는 모습들,

아! 품계를 지닌 벼슬아치들이 가지런히 모여드는 광경, 그것이야말로 어떻습니까.

하세연씨(河世涓氏)가 한시(漢詩)의 발인 운자(韻字)로써, 겨루는 시(詩)짓기인 음풍농월(吟風弄月)에서,

아! 운(韻)을 부르면 화답하는 광경, 그것이야말로 어떻습니까.

제3장

徐玉非, 高玉非, 黑白頓殊
大銀德, 小銀德, 老小不同
姜今歌舞, 綠今長鼓, 버런學非, 소졸玉只
偉 花林勝美, 景 긔엇더하닝잇고
花田別號, 名實相符(재창)
偉 鐵石肝腸이라도 아니 긋기리 엄더라

서옥비(徐玉非) 고옥비(高玉非)의 검고 흰 머리가 아주 다르고,
큰 은덕(銀德)이와 작은 은덕(銀德)이는 늙거나 젊거나 서로 다르도다.
강금(姜今)의 노래와 춤, 녹금(祿今)의 장굿소리, 잘 벌었는 학비(學非)와 못났는 옥지(玉只),
아! 꽃수풀의 아름다움을 오히려 이기는 광경, 그것이야말로 어떻습니까.
화전(花田)의 별호가 이름과 실제가 서로 부합하느니,
철석같이 굳고도 단단한 지조라 할지라도 아니 끊어질 리 없도다.

제4장

漢元今, 以文歌, 鄭韶草笛
或打鉢, 或鼓盤, 間擊盞臺

搖頭轉身, 備諸醉態
偉 發興 景 긔엇더하닝잇고
姜允元氏 스리렝딩 소리(재창)
偉 듯긔야 잠드로리라

한원금(漢元今)은 글로써 노래 부르고 정소(鄭韶)가 풀피리를 잘 부느니,
혹은 바릿대로 치고, 혹은 소반도 두드리고, 그 사이마다 잔대로 쳤도다.
머리를 흔들기도 하고 몸을 뒤척이기도 하면서, 여러 가지 취한 모습들을 갖추었으나,
아! 흥이 말하는 광경, 그것이야말로 어떻습니까.
강윤원씨가 스리렝딩하며 타는 거문고 소리를,
아! 듣고서야 잠이 들리로다.

제5장

綠波酒, 小麴酒, 麥酒濁酒
黃金鷄, 白文魚, 柚子盞 貼匙臺예
偉 가득 부어 勸觴 景 긔엇더하닝잇고
鄭希哲氏 過麥田大醉(재창)
어니제 슬플 저기 이실고

녹파주(綠波酒)와 소국주(小麴酒) 맥주(麥酒) 탁주(濁酒) 등 여러 가지

술에다,

황금(黃金) 빛나는 닭과 흰 문어(文魚) 안주에다 유자잔(柚子盞)을 접시에다 받쳐 들어,

아! 가득 부어 잔을 권하는 광경, 그것이야말로 어떻습니까.

정희철씨(鄭希哲氏)는 밀밭만 지나쳐도 크게 취해 버리느니,

아! 어느 때 슬플 적이 있을고.

제6장

京洛繁華야, 너는 불오냐

朱門酒肉이야, 너는 됴으냐

石田茅屋, 詩和歲豊

鄕村會集이야 나는 됴하하노라.

서울의 번화로움을 너는 부러워하느냐.

붉은 단청을 올린 지위 높은 벼슬아치 집 대문 안, 거기 있는 술과 고기를 너는 좋아하느냐.

돌무더기밭 가운데 있는 띠집에서나마, 사계절이 화순하여 오곡이 풍성하게 되면,

이 향촌에서 갖는 모임을 나는 좋아하노라.

이상은 기묘 명현인 자암(自庵) 김구(金絿 : 1488~1535)가 남해 절도에 귀양가서 읊은 것이니 《자암집》에서 뽑은 것이다. 화전(花田)은 남해현의 소지명으로 자암 김구가 귀양가서 지내던 곳이다.

화전(花田, 남해)으로 유배가다

고려 말 성리학을 닦아 입신 출세한 사대부계급에 의하여 조선이 개국된 지 100여 년이 지난 16세기로 접어들면서 사화가 잦아지게 되었다.

그 원인은 개국공신의 후예인 기득권층과 지방 사림 출신의 신진 사류들의 알력과 갈등이 바로 사화를 빚어낸 원인이다.

이미 쇠퇴일로를 걷고 있던 기존세력과 신진 사림 사이에서 알력과 갈등으로 빚어진 역사적 사건이 중종 14년(1518)에 일어난 기묘사화로 사림인 이들은 유교적 도덕국가의 건설을 그들의 정치목표로 삼아 조광조(趙光祖)와 김구(金絿), 김정(金淨) 등 30대 패기 만만한 소장관료이면서 사림 출신의 양반계층으로서 화려하게 정치무대로 등장하였다가, 그 모두가 희생되어 버리고 겨우 자암 김구만이 목숨을 부지한 채 개령(開寧, 경북 김천)으로 유배되었다.

그리고 다시 살아 돌아올 가망이 없는 멀고먼 화전(花田, 남해)으로 귀양가게 되었다.

화전이라는 지역은 한양(서울)에서 멀리 떨어진 섬으로 산과 바다를 끼고 있으며 중앙의 통제와는 별 상관없이 자족적인 문화를 이루고 살아가는 곳으로 가끔씩 찾아오는 유배객들이 있어서 문화의 교섭은 이루어지지만 그들이 떠나고 나면 또 나름대로 삶을 이어가는 곳, 그러면서 풍광(風光)이 아름다운 고장 그곳이 바로 화전(花田)인 것이다.

기묘사화의 유배지(流配地) 향촌생활(鄕村生活)이란 사실 관념적인 입장에서 1510년부터 거의 20여 년간 유배 은거 등으로 시골에서 보낸 삶을 가리킨다.

그들의 유배 향촌생활은 각자의 형편에 따라서 삶의 내용도 다양할 수밖에 없었지만 이들의 향촌생활이 결국은 사림의 실천이라는 문제와 결부되어 크게 주목의 대상이 되고 있다.

이러한 기본적 시각(視覺)과 과정(過程)에서 특별히 화전(남해, 南海)에 귀양와《화전별곡》을 지은 자암(自庵) 김구(金絿)의 그 역사(歷史)적 배경과 인물에 대하여 자세히 알아보기로 한다.

연산군과 갑자사화(甲子士禍)

조선왕조 10대 왕인 연산군(燕山君 : 1476~1506)의 휘(諱)는 '융(㦕)'이다. 성종의 맏아들로서 즉위 3년 동안은 별 탈 없이 보냈으나, 1498년 훈구파(勳舊派) 이극돈(李克墩 : 1435~1503), 유자광(柳子光 : 1439~1512) 등의 계략에 빠져, 사초(史草)를 문제 삼아 김종직(金宗直 : 1431~1492) 등 많은 신진 사류(士類)를 죽이는 최초의 사화인 무오사화*를 일으켰다.

1504년에는 생모인 폐비 윤씨가 성종(成宗 : 1457~1494)*의 후궁인 정씨(鄭氏), 엄씨(嚴氏)의 모함으로 내쫓겨 사사(賜死)되었다고 해서 자기 손으로 두 후궁을 죽여 산야에 버리는 포악한 성정을 드러내기 시작하여 자신의 내면에 숨겨져 있던 광폭한 성격을 어김없이 표출하기 시작하였다. 연산군은 자신을 비판하는 무리는 단 한 사람도 곁에 두

* −무오사화(戊午士禍) : 1498년(연산군 4년)에 유자광 중심의 훈구파가 김종직 중심의 사림파에 대해서 일으킨 첫 번째 사화로《성종실록》에 실린 사초 '조의제문' 을 트집 잡아 이미 죽은 김종직의 관을 파헤쳐 그 목을 베고, 김일손을 비롯한 많은 선비들을 죽이고 귀양 보낸 사건.

지 않는 전형적인 독재군주로 군림하였다. 또 그의 난행을 비방한 투서가 언문으로 쓰여지자, 한글 교습을 중단시키고 언문구결(諺文口訣)을 모조리 거두어 불태웠다.

---

*－성종(成宗 : 1457~1494) : 조선 제 9대 왕. 휘(諱)는 혈(娎)이다. 시호는 강정(康靖)이요, 세조(世祖)의 장자 의경세자 덕종(德宗)의 차남으로서 세조의 손자이다. 어머니는 한확(韓確)의 딸 소혜왕후(昭惠王后, 인수대비)의 소생이다. 비(妃)는 한명회(韓明澮)의 딸로 공혜왕후(恭惠王后)이며, 계비(繼妃)는 우의정 윤호(尹壕)의 딸 정현왕후(貞顯王后)이다. 1461년(세조 7년) 자산군(者山君)에 봉해졌으며, 1468년 잘산군(乽山君)으로 개봉(改封)되었다. 그는 자질이 총명하고 도량이 넓어 웅걸다웠기에 세조의 총애를 받으며 자랐다. 학문에 관심이 깊어 스스로 도학자로 살기를 원했었다. 1468년 세조가 죽고 큰 손자인 예종이 19살의 어린 나이로 즉위하게 되자 세조의 즉위 때 공을 세운 신숙주 · 정인지 · 한명회 등의 훈신(勳臣)들이 이시애(李施愛)의 난을 진압한 공으로 정치적 지위가 급상승한 남이 세력을 제거하고 권력을 장악했다.
이에 따라 왕권이 상대적으로 약화된 가운데, 1469년 예종이 죽자 성종이 13살의 나이로 왕위에 올랐다. 당시 조정의 종실은 장손인 월산대군을 택하지 않고 차남인 그를 왕에 올린 것은 한명회의 영향력 때문이었다. 세조의 왕비 정희왕후는 죽은 맏아들 의경세자의 자식으로 왕위를 잇기를 원했는데 서열상으로 당연히 월산대군이 임금이 되어야 했으나 한명회는 자신의 사위인 잘산군(성종)을 밀었던 것이다. 한명회와 정희왕후의 결탁으로 왕위에 오른 성종은 7년간 세조비(世祖妃)인 정희대비(貞熹大妃)가 수렴청정(垂簾聽政)하였다.
당시 훈신세력이 모든 군국사무를 주도했는데 성종이 즉위하던 해 가장 위협적인 정적이던 구성군(龜城君) 준(浚)을 유배시킴으로써 권력을 더욱 안정시킬 수 있었다.
1476년(성종 7년) 친정(親政)을 시작했으나 세조와 같은 전제권을 확립하지는 못했다. 이해 공혜왕후가 아들이 없이 죽자 윤기견(尹起畎)의 딸 숙의윤씨(淑儀尹氏)를 왕비로 삼아 연산군을 얻었다. 그러나 윤씨의 투기가 매우 심해 왕의 얼굴에 상처를 입히는 사건까지 일어나자 1479년 윤씨를 폐위하고 1482년 사사(賜死)했다.
1476년부터 친정(親政)을 시작한 성종은 세종(世宗), 세조(世祖)가 이룩한 치적을 기반으로 하여 빛나는 문화정책을 펴나갔다. 재위 내내 도학정치를 추구하며 뛰어난 선비들을 늘 곁에 두고 정사를 이끈 덕분에 태평성대를 구가할 수 있었다. 숭유억불(崇儒抑佛) 정책을 철저히 시행하였으며, 1474년(성종 5년)에는 경국대전(經國大典)을 완성하여 이를 반포하였다.
1492년(성종 23년)에는 경국대전을 더욱 보충하여 대전속록(大典續錄)을 간행하였다. 서적의 간행에 힘을 써서 여지승람(輿地勝覽), 동국통감(東國通鑑), 동문선(東文選), 오례의(五禮儀), 악학궤범(樂學軌範) 등을 편찬 · 간행하였다.
한편 윤필상(尹弼商), 허종(許琮) 등을 도원수로 삼아 두만강 방면의 여진족 올적합(兀狄合)의 소굴을 소탕하였으며, 압록강 방면의 야인(野人)을 몰아냈다. 또한 세종 때의 집현전(集賢殿)에 해당하는 홍문관(弘文館)을 설치하고, 문신 중의 준재(俊才)를 골라 사가독서(賜暇讀書)하게 하는 호당(湖堂)제도를 두어, 유자(儒者) · 문인들로 하여금 문화 발전에 이바지하게 하였다. 더욱이 세조의 찬역(簒逆)을 도와준 훈구파(勳舊派) 학자들과 대립 관계에 있는 이른바 사림파(士林派)에 속한 사람들을 과감하게 발탁하는 등 인재등용에도 힘을 기울였다. 그 결과 조선 전기의 문물제도는 성종 때에 거의 완성되었다고 할 수 있다. 학문을 좋아하였고 사예(射藝)와 서화(書畵)에도 능하였다. 능은 선릉(宣陵)이다.

그는 본래 영명하고 합리적인 성격의 소유자였는데 생모 윤씨가 당파의 모함으로 폐비가 되고 사약까지 받아 죽음에 이르게 된 것에 원한을 품고 그 억울함을 풀어주기 위해 '무오사화'를 일으켜 선비들을 제거했다. 이어서 생모에게 사약을 내리게 하는 데 관여했던 충신과 궁녀들을 모조리 죽이는 갑자사화*의 참극을 일으켰다.

연산군은 한 나라의 임금이라는 신분을 잊고 방탕한 생활을 하게 된다. 그의 이와 같은 미치광이나 다름없는 생활은 피를 토하면서 억울하게 죽어간 생모의 모습이 어른거려 마음의 안정을 찾지 못한 데 따른 것이다. 갑자사화는 연산군 10년(1504)에 어머니 폐비 윤씨(尹氏)*의 복위 문제에 얽혀서 일어난 사화로 당시 복위에 반대한 사람들을 처형(부관참시)하고 그들의 가족들도 처벌, 선비들의 기를 누르고 연산군은 어머니의 원수를 갚고자 했다.

성종비(成宗妃) 윤씨(1445~1482, 연산군의 어머니)는 봉상시 판사를 지낸 윤기견(尹起畎)의 딸로 본관은 함안이다. 그녀는 1473년에 숙의에 책봉되었는데 당시 17살이던 성종보다 나이가 몇 살 위였다.

성종의 남다른 총애를 받던 그녀는 1474년에 공혜왕후(1456~1474, 한명회의 딸) 한씨가 죽자 졸지에 왕비가 되었다.

그해 그녀는 세자 융(연산군)을 낳아 자신의 입지를 크게 강화시켰다. 후궁으로 왕비가 된 그녀는 질투심이 강하고 왕의 다른 첩에 대한 감시가 심했다. 왕이 다른 궁녀를 찾으면 그녀들을 죽이기 위해

---

* ―갑자사화(甲子士禍) : 1504년 연산군 10년에 폐비 윤씨와 관련하여 많은 선비들이 죽음을 당한 사건으로 연산군의 생모 윤씨가 폐위되어 사약을 받고 죽은 일에 관계한 신하들과 윤씨의 복위를 반대한 사람들이 연산군의 노여움을 사게 되어 화를 입은 사화.
* ―폐비 윤씨(廢妃尹氏 : 제헌왕후, 1445~1482)는 조선 성종의 후궁이자 왕비로, 간택후궁으로 입궐하여 공혜왕후 사후 왕비로 진봉되었다. 판봉상시사 윤기견과 부부인 신씨의 딸로, 성종의 계비이자, 제10대 왕 연산군의 어머니이다.

비상(독약)을 숨겨 놓기도 하고 그녀들을 저주하는 주문을 외우기도 하였다. 심지어 왕이 다른 후궁을 찾는다 하여 질투심을 이기지 못하고, 1479년에는 투기로 왕의 용안을 할퀸 일로 왕과 인수대비(仁粹大妃)*의 진노를 사서 궁궐에서 내쫓겨 친정에서 지내던 그녀는 결국 성종 10년(1479)에 폐출(廢黜)되어 폐비가 되었다.

이후 세자가 장성함에 따라 폐비 윤씨의 처우문제가 쟁점화 되면서 여론도 폐비에 대한 동정론으로 기울어갔다. 더 이상 보고만 있을 수 없게 된 성종은 삼정승과 육조의 판서 및 대간(臺諫)을 모아 폐비 윤씨 문제를 논의하게 하였다. 이 논의에서 사약을 내리기로 결정하고 1482년 좌승지 이세좌(李世佐)로 하여금 사사(賜死)하게 하였다. 조정에서는 세자의 생모라 하여 그녀를 살려둘 것을 청하는 신하도 있었으나 대세는 이미 그녀를 죽이는 쪽으로 기울어 있었다.

성종은 그녀를 살리기 위해 몇 번이나 궁녀를 내보내 그녀의 동향을 알아보게 했는데, 그때마다 인수대비와 후궁들이 다 함께 그녀를 몰아세웠고 성종은 그녀가 전혀 반성의 빛을 보이지 않는다고 판단하여 죽일 것을 결심했다.

성종은 그녀에 관한 일을 일체 발설하지 못하게 금언령을 내렸고 세자 융(㦕)도 생모의 존재를 알지 못하고 자랐다.

연산군은 성종의 장남으로 1476년에 태어나 8살 때 세자가 되었는데 본래 공부를 싫어하고 거칠었다. 손순효(孫舜孝 : 1427~1497) 같은 뜻 있는 신하는 성종에게 그를 폐세자할 것을 건의하였고 성종 또한 군왕의 자질이 없다고 생각했으나 차마 폐하지 못했다.

※ 인수대비 : 소혜왕후 한씨(昭惠王后 韓氏, 1437~1504)는 조선시대 추존왕인 덕종(德宗)의 부인이자 성종(成宗)의 어머니이다.

1494년 성종이 죽자 연산군은 왕위에 올랐으나 즉위한 이후 광폭한 성격을 드러내며 12년을 재위해 있으면서 두 번의 사화를 통해 엄청난 인명을 죽이는 폭군으로 군림하였다.

그는 각도에 채홍사(採紅使), 채청사(採靑使) 등을 파견해서 미녀와 양마(良馬)를 구해 오게 하고 성균관의 학생들을 몰아내고 그곳을 놀이터로 삼는 등 환음(歡飮)에 빠졌다.

경연을 없애 학문을 마다하였고 사간원을 폐지해서 언로(言路)를 막는 등 그 비정은 극에 달했다. 언제나 수많은 기생을 거느리고 국고를 탕진하며 흥청망청하였고 여염집 아내는 물론 신하의 아내까지 심지어 큰 어머니까지 욕을 보이는 패륜적인 행위를 서슴치 않았다.

거기에 자기의 서모까지 죽이고 할머니인 인수대비의 머리를 받아 죽음에 이르게 했고 민가를 철거하여 사냥터로 만드는 등 조선 전례 찾아볼 수 없는 극악무도한 행동을 일삼았다.

이를 보다 못한 박원종 등이 급기야 1506년 9월에 반정을 일으켜 그를 내몰고 진성대군(중종)을 왕위에 앉히면서 10여 년간 지속되던 연산군의 폭정은 끝을 맺었다.

연산군은 강화도 교동에 유배되었다가 두 달 뒤인 11월에 31세를 일기로 생을 마감했다. 임금에서 쫓겨난 그는 조정에서 왕자의 신분으로 강등시켰고, 또한 묘호를 받지 못했기 때문에 그저 연산군으로 불리었다. 그의 묘는 지금 서울 도봉구 방학동에 마련돼 있으며 아무 장식도 없이 '연산군 묘'라는 비석만 서 있다.

제10대 연산군이 등극한 이후 사치와 낭비로 국고가 바닥이 나자 그는 공신들의 재산 일부를 몰수하려 하였는데, 이때 임사홍(任士洪 :

1445~1506)은 연산군을 사주하여 공신배척의 음모를 꾸몄다.

이때 폐비 윤씨의 생모 신씨(申氏)가 폐비의 폐출 사사(賜死)의 경위를 임사홍에게 일러 바쳤고, 임사홍은 이를 다시 연산군에게 밀고하면서 사건이 확대되었다. 연산군은 이 기회에 어머니 윤씨의 원한을 푸는 동시에 공신들을 탄압할 결심을 한 것이다.

그것이 화근이 되어 갑자사화가 일어났다.

연산군 1년(1495)에 왕이 된 연산군이 생모 윤씨가 사사된 것을 알고 폐비의 신원을 모색하였으며, 연산군 3년(1497)에는 "폐비의 추숭(推崇)을 허하지 말라"는 유교(遺敎)를 무시하고 개장(改葬)한 후 효사(孝思)라는 묘호(廟號)와 회(懷)라는 묘호(墓號)가 추봉되고 다시 제헌왕후(齊憲王后)에 추숭되었을 뿐만 아니라, 묘도 회릉(懷陵)으로 개칭하였다.

그러나 연산군 12년(1506) 중종반정으로 연산군의 폐위와 함께 다시 관작이 추탈된 뒤 다시는 신원되지 못하였다. 이것이 중종 1년 갑자사화가 일어난 계기였다.

폐비 윤씨는 판봉상시사 윤기견의 딸로 9대 성종의 계비이자 10대 연산군의 어머니로 1474년 성종 5년 첫 번째 왕비인 공혜왕후가 승하하자 그로부터 2년 뒤에 숙의 자리에 있던 그녀가 임신중인 몸으로, 왕비로 승격되어 4개월 뒤 원자(연산군)를 낳아 중전이 되었다.

평소에 질투심이 많았다고 알려져 있다고 하지만, 여자관계가 복잡한 남편인 성종 때문에 어쩔 수 없이 그럴 수밖에 없었다는 것으로도 알려져 있다. 야사로 전해지는 이야기에는 성종이 자신의 처소에 들르지 않고 다른 후궁들의 처소만 찾자 왕의 얼굴에 손톱자국을 낸 것이 발단이 되어 왕대비인 인수대비의 분노를 샀다는 설이 있으며,

일련의 사건 등으로 마침내 1479년 음력 6월 2일에 폐비되었다.

이후 인수대비와 후궁들의 모함에 의해 사약을 받아 죽고 만다.

훗날 연산군이 왕위에 오르면서 이 사건에 대해 알게 되고, 결국 이 사건에 관련된 사람들을 처벌하면서 1504년에 갑자사화 등이 일어나게 된다.

성종의 총애를 받던 엄숙의(嚴叔儀), 정숙의(鄭叔儀), 그리고 성종의 어머니인 인수대비(仁粹大妃)가 합심하여 윤씨를 배척한 것도 하나의 이유로 후일 연산군은 정귀인, 엄귀인 두 숙의를 궁중에서 죽이고 그들의 소생을 귀양 보냈다가 사사하였다.

그의 조모 인수대비도 정, 엄 두 숙의와 한 패라 하여 병상에서 난동을 부렸으며 인수대비는 그 화병으로 세상을 떠났다.

연산군은 비명에 죽은 생모의 넋을 위로하기 위해 폐비 윤씨를 복위시켜 왕비로 추숭하고 성종묘(成宗廟)에 배사(配祀)하려 하였는데, 응교 권달수(權達手 : 1469~1504), 이행(李荇 : 1478~1534) 등이 반대하자 권달수는 참형하고 이행은 귀양 보냈다.

또한 성종이 윤씨를 폐출할 때 찬성한 윤필상(尹弼商 : 1478~1534), 이극균(李克均 : 1437~1504), 성준(成俊 : 1436~1504), 이세좌(李世佐 : 1445~1504), 권주(權柱 : 1457~1505), 김굉필(金宏弼 : 1454 ~1504), 이주(李胄 : ?~1504) 등을 사형에 처하고, 이미 죽은 한치형(韓致亨 : 1434~1502), 한명회(韓明澮 : 1434~1502), 정창손(鄭昌孫 : 1402~1487), 어세겸(魚世謙 : 1430~1500), 심회(沈澮 : 1418~1493), 이파(李坡 : 1434~1486), 정여창(鄭汝昌 : 1450~1504), 남효온(南孝溫 : 1454~1492) 등의 명신거유(名臣巨儒) 등을 부관참시(剖棺斬屍)하였으며, 그들의 가족과 제자들까지도 처벌하였다. 이 외에도 홍귀달(洪貴達 : 1438~1504), 주계군(朱溪君) 등 수십 명

이 참혹한 화를 당하였다.

이 사건은 표면상 연산군이 생모 윤씨에 대한 원한을 갚기 위해 벌인 살륙으로 평가할 수도 있으나 그 이면에는 조정 대신들 사이에 보이지 않는 알력이 작용한 결과이다.

연산군의 극에 달한 향락생활과 사치로 인해 국가 재정이 궁핍해지자 이를 제어하려는 신하들과 연산군을 이용하여 자신의 세력을 신장하려는 신하들로 나뉘게 되었다.

이러한 상황 속에서 궁중세력(宮中勢力)과 훈구파와 사림파 중심의 부중세력(府中勢力)으로 나뉘게 되었다. 임사홍*이 이러한 구도를 적절하게 이용하면서 연산군의 복수 심리를 교묘히 이용해 일으킨 사건이었다.

임사홍은 효령대군(孝寧大君 : 1396~1486)의 아들 보성군의 셋째 사위로 그의 맏아들은 예종 부마 풍천위(豊川尉) 임광재(任光載 : ? ~1495)이며, 넷째 아들은 성종 부마 풍원위(豊原尉) 임숭재(任崇載 : ? ~1505)이다. 그는 성종조에 죄를 얻어 폐기된 채 등용되지 못하다가 연산조에 와서 그의 아들 임숭재가 부마로 임금의 총애를 입자 그 연줄로 간사한 꾀를 부려 갑자기 높은 품계에 올랐다. 그는 갑자사화 이후로는 앞서 자기를 비난한 자에게 일일이 앙갚음을 하였고 이미 죽은 사람까지 참시하였다.

온 조정이 그를 성낭불이나 호랑이처럼 두려워해 비록 두 신씨(申氏) 신수근, 신수영 형제라 할지라도 또한 조심스럽게 섬겼다.

* — 임사홍(任士洪 : 1445~1506) : 두 아들이 각각 예종과 성종의 사위가 되면서 권세를 누렸으며, 이러한 구도를 적절하게 이용하면서 연산군의 복수심리를 교묘히 이용해 무오사화와 갑자사화를 일으켜 많은 중신(重臣)과 선비를 죽였다. 중종반정 때 잡혀 부자가 함께 처형되었다.

연산군은 하고 싶은 일이 있으면 곧 그에게 쪽지로 통지하고 임사홍은 곧 들어가 지도하여 뒤미처 명령을 내리니, 그가 부도(不道)를 몰래 유치(誘致)한 일은 이루 말할 수 없다.

그는 무오사화 때 당한 원한을 갚기 위해 연산군비 신씨의 오빠인 궁중세력의 신수근*을 끌어들여 부중세력의 훈구파와 무오사화 때 남은 선비들을 제거하기 위해 옥사를 꾸몄던 것이다.

갑자사화는 이후 국정과 문화발전에 악영향을 끼쳤는데, 사형을 받았거나 부관참시의 욕을 당한 사람들 중에는 역사상 그 이름이 빛나는 명신과 대학자 충신들이 많이 포함되어 있다. 이 사화로 성종 때 양성한 많은 선비가 수난을 당하여 유교적 왕도정치가 침체되는 결과를 가져왔다.

또한 연산군의 비행과 폭정을 비난하는 한글 방서사건(榜書事件)이 발생하자 글을 아는 사람들을 잡아들여 옥사를 벌였고, 이를 계기로 한글서적을 불사르는 등 이른바 언문학대(諺文虐待)까지 자행되어 이후 국문학 발전에 악영향을 끼쳤다.

이러한 연산군의 계속된 실정은 새로운 정치질서를 모색하는 사람들에 의해 중종반정(中宗反正)의 형태로 나타나게 되었다.

---

* ─신수근(愼守勤 : 1450~1506) : 신승선과 중모현주의 아들로 연산군의 처남이자 중종의 장인이며, 어머니 중모현주는 세종의 손녀이자 임영대군의 딸이다. 그의 부인은 권남의 여섯째 딸로 남이의 처제가 되는 등, 왕실과 이중 인척관계였다. 1506년 음력 9월 2일 성희안, 박원종 등이 일으킨 중종반정 때 사위인 진성대군을 옹립하자는 박원종의 제안을 거절하자 그 일파가 보낸 이심, 신윤무 등에게 수각교에서 격살(擊殺)되었다.

진성대군을 왕으로 추대하다

중종반정은 연산군 12년(1506) 성희안*과, 중추부지사(中樞府知事) 박원종(朴元宗 : 1467~1510)* 등이 연산군을 폐하고 진성대군(晉城大

---

* ―성희안(成希顔 : 1461~1513) : 조선 중기의 문신. 본관은 창녕(昌寧). 자는 우옹(愚翁), 호는 인재(仁齋)이다. 아버지는 돈령부판관 찬(瓚)이며, 어머니는 종실인 덕천군(德泉君) 후(厚)의 딸이다. 1480년(성종 11) 생원시에 합격하고, 1485년 별시문과에 을과로 급제하여 홍문관 정자가 되었다. 이어 부수찬으로 승진하였으며, 당시 성종의 숭유정책(崇儒政策)에 신진으로서 국왕이 많은 자문을 구할 만큼 학문이 깊었다. 그 뒤 예빈시주부(禮賓寺主簿)가 되었다가 관위가 누진되어 연산군이 즉위하여서도 문무의 요직을 거쳐, 1499년(연산군 5)에는 군기시부정(軍器寺副正)으로서 서정도원수(西征都元帥) 이계전(李季仝)의 종사관이 되어 활약하였다.
1503년 동지중추부사(同知中樞府事)로서 사은사(謝恩使)의 부사가 되어 명나라에 가서 왕세자 책봉에 대한 하례를 하고 돌아왔다. 이어서 형조참판이 되어 가선대부에 올랐고, 1504년에는 이조참판으로서 오위도총부 도총관을 겸하고 있었으나, 연산군이 양화도(楊花渡)의 망원정(望遠亭)에서 유락을 즐길 때, 풍자적이고 훈계적인 시를 지어 올려 연산군의 노여움을 사서 무관의 말단직인 부사용(副司勇)으로 좌천되었다. 이때를 전후하여 연산군의 폭정은 날로 더하여 민심 또한 더욱 흉흉해지고 있던 1506년 박원종(朴元宗)과 함께 반정(反正)을 도모하여 명망가이던 유순정(柳順汀)을 참여시키고, 신윤무(辛允武)·박영문(朴永文)·홍경주(洪景舟) 등에게 군대를 동원시켜 진성대군(晉城大君)을 옹립, 거사하였다.
반정이 성공하자 거사의 주역으로서 병책분의결책익운정국공신(秉策奮義決策翊運靖國功臣) 1등에 책록되고, 창산군(昌山君)에 봉해졌다. 관직은 형조판서에서 곧 이조판서를 제수받고 숭록대부에 올랐다. 이듬해에는 창산부원군(昌山府院君)으로서 판의금부사(判義禁府事)를 겸임

君)을 왕 중종(中宗, 1488~1544)으로 추대한 사건이다.

이조참판(吏曹參判)을 지낸 성희안과 중추부지사(中樞府知事) 박원종은 재위 12년간 화옥(禍獄)과 황욕(荒慾) 등 폭정으로 국가의 기틀을 흔들어놓은 연산군을 폐하기로 밀약하고 당시에 인망(人望)이 높던 이조판서 유순정(柳順汀 : 1459~1512), 연산군의 총애를 받고 있던 군자부정(軍資副正) 신윤무(申允武 : ? ~1513) 등의 호응을 얻어 왕이 장단(長湍) 석벽(石壁)에 유람하는 날을 기하여 거사하기로 계획을 꾸몄다.

연산군 12년(1506) 9월 1일, 박원종, 성희안, 신윤무를 비롯해서 전 수원부사(水原府使) 장정(張珽), 군기시첨정(軍器侍僉正) 박영문(朴永文 : ? ~1513), 사복시첨정(司僕侍僉正) 홍경주(洪景舟 : ? ~1521) 등이 무사를 규합하여 훈련원에 모았다.

무사와 건강한 장수들이 호응하여 운집하였고, 유자광, 구수영(具

하여 반정의 뒤처리를 하였다. 거사에 있어 앞장서서 큰 공을 세웠으나, 벼슬은 차례가 있다고 하여 박원종 · 유순정에게 양보하고, 자신은 셋째번에 서기도 하였다.

한편, 중종 즉위에 명나라 고명(誥命)이 어렵게 되자, 그가 청승습사(請承襲使)로 명나라에 가서 일을 성사시키고 돌아왔다. 이어서 실록총재관(實錄總裁官)이 되어 《연산군일기》의 편찬을 주관하였다. 1509년 우의정에 올랐고, 이듬해에 삼포왜란이 일어나자 도체찰사와 병조판서를 겸임하여 군무를 총괄하였다. 그 뒤 반정공신의 다수를 이루는 무관을 옹호하여 사풍(士風)을 능멸하였다는 대간의 탄핵을 받기도 하였으나 오히려 좌의정으로 승진하였고, 1513년 영의정에 올랐다. 시호는 충정(忠定)이다.

* ―박원종(朴元宗 : 1467~1510)의 본관은 순천(順天)이고, 자는 백윤(伯胤)이다. 시호는 무열(武烈)이며, 무술에 뛰어나서 음보(蔭補)로 무관직에 기용되었다.

성종 17년(1486) 선전관으로 있을 때 무과에 급제하여 선전내승(宣傳內乘)으로 승진하여, 오랫동안 왕의 측근이 되었다. 1492년 성종의 특지(特旨)로 동부승지에 발탁된 후 공조, 병조의 참의(參議)를 거쳐, 연산군 때 중추부지사(中樞府知事) 겸 경기도관찰사, 함경도 병마절도사를 지낸 다음 평성군(平城君)에 봉해지고 도총부 도총관(都摠管)을 겸직했다.

1506년 성희안(成希顔), 유순정(柳順汀) 등과 함께 연산군을 폐하고 중종을 옹립하는 반정(反正)에 주동적 역할을 맡아 정국공신(靖國功臣) 1등에 책록되었다.

그는 1507년에는 이과(李顆)의 옥사(獄事)를 다스린 공으로 정난공신(靖難功臣) 1등에 책록되었고, 이듬해 사은사(謝恩使)로 명나라에 다녀와서 1509년 영의정에 오르고 평성부원군에 봉해졌으나 중종 5년 44세로 세상을 하직했다.

壽永 : 1456~1524), 운산군(雲山君) 이계(李誡), 운수군(雲水君) 이효성(李孝誠)도 또한 찾아와 회합했다.

여러 장수에게 부대를 나누어 각기 군사를 거느리고 뜻밖의 일에 대비하게 하였다가 밤 3시경 박원종 등이 곧바로 창덕궁으로 향하여 가다가 하마비동(下馬碑洞) 어귀에 진을 쳤다.

이에 문무백관(文武百官)과 군민(軍民) 등이 소문을 듣고 너도 나도 거리에 나와 길을 메웠다.

영의정 유순(柳洵 : 1441~1517), 우의정 김수동(金壽童 : 1457~1512), 찬성 신준(申浚 : 1444~1509)과 예조판서 정미수(鄭眉壽 : 1456~1512), 병조판서 이손(李蓀 : 1439~1520), 호조판서 이계남(李季南 : ? ~1512), 판중추 박건(朴楗 : 1434~1509), 도승지 강혼(姜渾 : 1464~1519), 좌승지 한순(韓洵)도 나왔다.

먼저 구수영, 운산군, 덕진군을 진성대군의 집에 보내어 거사한 사유를 갖춰 아뢴 다음 군사를 거느리고 호위하게 하였다.

또 대비의 사촌 오빠 윤형로(尹衡老 : 1436~1507)를 경복궁에 보내어 대비(大妃, 정현왕후 : 1462~1530, 중종의 생모)에게 알리게 한 다음, 그들은 먼저 권신(權臣), 임사홍(任士洪), 신수근(愼守勤)과 그 아우 신수영(愼守英) 및 임사영(任士英) 등의 집에 나누어 보내어 위에서 부른다 핑계하고, 연산군의 측근을 쳐 죽인 다음 궁궐을 에워싸고 무사를 의금부(義禁府)의 밀위청(密威廳)에 보내어 옥에 갇혀 있던 자들을 풀어 종군하게 하였다.

또한 김효손(金孝孫), 손사랑(孫思郞), 심금(沈今), 손금순(孫金順), 김숙화(金淑華), 석장동(石張同) 등의 가인들은 잡아서 군문 앞에서 참수하였다.

이들은 모두 내인의 친족들로 세력을 믿고 방자하게 굴던 자들이다. 궁궐 안에 입직하던 여러 장수와 군사들 및 도총관(都摠管) 민효증(閔孝曾 : ? ~1513) 등은 변을 듣고 금구(禁溝)의 하수구로 먼저 빠져 나가고 입직하던 승지 윤장(尹璋), 조계형(曺繼衡), 이우(李堣)와 주서 이희옹(李希雍), 한림(翰林), 김흠조(金欽祖) 등도 하수구로 빠져 나갔으며, 궁궐문을 지키던 군사들도 모두 담을 넘어 나갔으므로 궁궐은 텅 비었다.

이튿날(9월 2일), 날이 밝을 녘 박원종 등은 궐문 밖에 진군하여 신계종(申繼宗)은 약속을 어긴 죄로 당직청에 가두고 유자광, 이계남, 김수경, 유경을 궁궐문에 머물게 두어 군사를 정비하여 결진케 하였다.

그런 다음 백관(百官), 군교(軍校)를 거느리고, 군사를 몰아 텅 빈 경복궁에 들어가서 대비(大妃 : 성종의 계비)에게 아뢰기를, “지금 위에서 임금의 도리를 잃어 정령(政令)이 혼란하고 민생은 도탄에서 고생하며 종사는 위태롭기가 철류(綴旒 : 찢어진 깃발)와 같으므로 신들은 자나 깨나 근심이 되어 어찌할 줄을 모르겠습니다. 대소신민이 진성대군에 쏠린 지 이미 오래이므로 이제 추대하여 종사의 계책을 삼고자 감히 대비의 분부를 여쭙니다”하니, 대비가 굳이 사양하기를, “변변치 못한 어린 자식이 어찌 능히 중책을 감당하겠소? 세자는 나이가 장성하고 또 어지니 계사(繼嗣)할 만하오” 하였다.

영의정 유순 등이 다시 아뢰기를,

“여러 신하들이 계책을 협의하여 대계(大計)가 정해졌으니 고칠 수 없습니다”하고,

이어 유순정, 강혼(姜渾 : 1464~1510)을 보내어 여러 사람을 거느리고 진성대군을 사저(私邸)에서 맞아오게 했다.

대군이 재삼 굳이 사양했으나 중의(衆意)에 못이겨 드디어 연(輦)을 타고 궁궐로 나아가 사정전(思政殿)에 들었다.

영의정 유순(柳洵) 등이 의논하기를 예로부터 폐하고 세울 적에 죄를 추궁한 일이 없었던 경우는 오직 창읍왕(중국 전한의 8대 왕으로 향음과 음란을 일삼다 폐위) 뿐이었다는 예를 말하며, "지금은 모름지기 잘 처리해야 한다" 하며, 마땅히 사람을 보내어 가서 고하기를,

"인심이 모두 진성에게 돌아갔다. 사세가 이와 같으니, 정전을 피하여 주고 옥새를 내놓으라 하면, 반드시 이를 좇을 것이다" 하였다. 드디어 승지 한순(韓洵), 내관(內官) 서경생(徐敬生)을 창덕궁에 보내어, 서경생으로 하여금 예를 갖추고 이를 따르게 하니, 연산군이 대답하기를,

"내 죄가 중대하여 이렇게 될 줄 알았다. 좋을 대로 하라" 하고 곧 시녀를 시켜 옥새를 내어다 상서원(尙瑞院) 관원에게 주게 하였다.

이날 백관이 궐정(闕廷)에 들어와 반열(班列)을 정돈한 다음, 먼저 대비의 교지를 반포하였는데 그 글의 내용은 대략 다음과 같다.

우리 국가가 덕을 쌓은 지 백년이 깊고 두터운 은덕이 민심을 흡족케 하여 만세토록 뽑히지 않을 기초를 마련하였는데, 불행하게도 지금 크게 임금이 지켜야 할 도리를 잃어 민심이 흩어진 것이 마치 도탄에 떨어진 듯하다.

대소 신료가 모두 종사(宗社)를 중히 여겨 폐립의 직전까지 왔음으로 아뢰기를, "진성대군(晉城大君) 이역(李懌)은 일찍부터 인덕(仁德)이 있어 민심이 쏠리고 있으니, 모두 추대하기를 청합니다" 하였다.

내가 생각하니, 어리석은 이를 폐하고 밝은 이를 세우는 것은 고금(古今)에 통용되는 의리이다.

그래서 여러 사람의 의견을 따라 진성을 사저(私邸)에서 맞아다가 대위(大位)에 나가게 하고 전왕은 폐하여 교동(喬桐)에 안치하게 하노라.

백성의 목숨이 끊어지려다가 다시 이어지고 종사가 위태로울 뻔하다가 다시 평안하여지니, 국가의 경사스러움에 무엇이 이보다 크랴? 그러므로 이에 교시를 내리노니, 마땅히 잘 알지어다.

군신(群臣)이 부복하여 명을 듣고 기뻐서 뛰며 춤을 추었다. 즉위할 때는 곤룡포에 면류관(冕旒冠)을 입어야 하지만 창졸간에 갖출 겨를이 없어 익선관(翼善冠)과 곤룡포(袞龍袍)를 입고 진성대군은 경복궁 근정전(勤政殿)에서 즉위하여 백관의 하례를 받고 사면령을 반포하였으니, 그가 조선왕조 제11대 왕인 중종*이다.

그러나 반정 공신들은 왕비가 된 신씨를 왕비로 모실 수 없다는 간청이 말로 헤아리기 어려워 중종과 이혼시키면서 폐위됐다.

중종비 신씨는 아버지 신수근이 반정 당일 처형됐기 때문에 그 딸

---

* ─중종(中宗, 1488~1544) : 성종의 둘째 아들이며 연산군의 이복동생이다. 어머니는 정현왕후 윤씨(貞顯王后 尹氏)이며, 비(妃)는 좌의정 신수근(愼守勤)의 딸 단경왕후(端敬王后)이다, 제1계비(第一繼妃)는 영돈녕부사 윤여필(尹汝弼)의 딸 장경왕후(章敬王后)이며, 제2계비는 영돈녕부사 윤지임(尹之任)의 딸 문정왕후(文定王后)이다. 1494년(성종 25년) 진성대군(晉城大君)에 봉해졌다. 1506년(연산군 12년) 연산군 재위기간 동안의 잇달은 사화(士禍)와 실정(失政)에 반감을 품은 성희안(成希顔), 박원종(朴元宗), 유순정(柳順汀) 등에 의해 연산군이 폐위된 뒤 왕으로 추대되었다.
  중종반정으로 왕위에 오른 뒤 조광조(趙光祖)를 비롯한 사림파를 기용하여 성리학을 장려하고 개혁정치를 시도했으나, 훈구파 · 척신파가 반발하자 기묘사화를 일으켜 사림파를 제거했다. 재위기간중 남왜북로(南倭北虜)의 침입이 끊이지 않았다.

을 왕비로 삼을 수 없다며 유순, 김수동, 유자광, 박원종, 유순정, 성희안, 김감, 이손, 권균, 한시문, 송일, 박건, 신준, 정미수 및 육조 참관 등이 같은 말로 아뢰었다.

"거사할 때 먼저 신수근을 제거한 것은 큰일을 성취하고자 해서입니다. 지금 신수근의 친딸이 대비(大妃)에 있습니다. 만약 궁곤(宮壼) 왕비로 삼는다면 인심이 불안해지고 인심이 불안해지면 종사에 관계되는 일이 있사오니, 은정(恩情)을 끊어 밖으로 내치소서" 하니

이에 중종은 침통하게 전교하였다.

"아뢰는 바가 심히 마땅하지만 그러나 조강지처(糟糠之妻)인데 어찌하랴" 하였다.

다시 공신들이 아뢰었다.

"신 등도 이미 요량하였지만, 종사의 대계(大計)로 볼 때 어쩌겠습니까? 머뭇거리지 마시고 쾌히 승낙하소서" 하니

중종이 다시 전교하였다.

"종사가 지극히 중하니 어찌 사사로운 정을 생각하겠는가. 마땅히 여러 사람 의견을 좇아 밖으로 내치겠다" 하였다

얼마 뒤에 전교하기를,

"속히 하성위(河城尉) 정현조(鄭顯祖)의 집을 수리하고 소제하라. 오늘 저녁에 옮겨 나가게 하리라" 하였다.

이날 초저녁에 단경왕후 신씨*가 교자를 타고 건춘문(建春文)을 나와 하성위 정현조 집에 우거하였다.

정현조는 정인지(鄭麟趾 : 1396~1478)의 아들로 세조(世祖 : 1417 ~1468)의 부마이다.

중종은 왕위에 오르자마자 연산군의 폭정 하에서 자신을 보호해

주던 금슬 좋던 부인과 생이별을 하는 아픔을 맛보아야 했다.

십년 가까이 화락하게 지내던 그 지극한 정분을 잊을 수 없었다. 그리하여 중종도 가끔 경회루에 올라 인왕산 기슭의 신씨 집을 멀리 바라보곤 하였다.

신씨는 비록 폐비는 되었지만 중종에 대한 깊은 사랑은 조금도 변함이 없었다.

그런데 상감께서 늘 경회루에 오르시어 자기 집을 바라보신다는 소문을 듣고 신씨는 전날 대궐 안에서 입던 자기의 치마를 경회루에서 바라보실 때 눈에 잘 뜨이도록 인왕산 높은 바위 위에다 걸었는데, 아침에 내다걸고 저녁에는 거둬들이었다고 했다.

이 사실이 세상에 알려지자 뒷날 사람들은 이 바위를 '치마바위'라고 이름하여 불렀다.

---

* ─단경왕후 신씨(端敬王后 申氏) : 1487~1557. 본관은 거창. 좌의정을 지낸 익창부원군(益昌府院君) 신수근(愼守勤)의 딸이다. 1499년(연산군 5년) 성종의 둘째 아들 진성대군(晋城大君)과 혼인하여 부부인(府夫人)에 책봉되었다. 1506년 박원종(朴元宗)·성희안(成希顔) 등이 연산군을 내쫓고 진성대군을 중종으로 추대하면서 왕후에 올랐다.
그러나 반정모의에 반대했던 아버지가 성희안 등에게 살해되자 역적의 딸이라는 이유로 7일만에 폐위되어 본가로 쫓겨났다. 1515년(중종 10년) 장경왕후(章敬王后) 윤씨의 죽음을 계기로 김정(金淨), 박상(朴祥) 등이 복위운동을 펼쳤으나 이행(李荇), 권민수(權敏手) 등의 반대로 이루어지지 못했다. 자식은 없고 1739년(영조 15년)에 복위되었다. 능은 경기도 양주군 장흥면 일영리에 있는 온릉(溫陵)이다.

진성대군(중종)의 암울한 시절

중종은 성종 19년(1488) 3월 5일에 탄생하였다. 젊어서부터 뛰어난 재질이 있으므로 성종께서 특별히 사랑하였다.

자는 낙천(樂天)이요, 휘(諱)는 역(懌)이다. 성종 25년(1494) 7살에 진성대군(晉城大君)에 봉해졌는데, 성종의 2남으로 연산군(燕山君)의 이복동생이다. 어머니는 정현왕후 윤씨*이다

* –정현왕후 윤씨(貞顯王后 尹氏) : 1462~1530. 조선 성종의 세 번째 왕비이다. 중종의 어머니이기도 하다. 영원부원군(鈴原府院君) 윤호(尹壕)와 연안부부인(延安府夫人) 전씨의 딸이다. 윤필상은 그의 6촌 오빠였고, 세종대왕의 서녀 정현옹주와 결혼한 윤사로 역시 그의 6촌 오빠였다. 정현옹주와는 6촌 시누이 올케이면서 동시에 시대고모가 되는 이중 인척관계이다.
1473년 입궐하여 왕의 총애를 받고 숙의에 봉해졌고, 1479년 중전 윤씨(연산군의 어머니)의 폐위로 새로이 왕비로 책봉되었다. 그는 친정아버지 윤호와 사촌 윤필상 등과 짜고 윤씨를 폐출하는 데 일조하기도 했다. 진성대군(晉城大君 : 뒤의 중종)과 신숙공주(愼淑公主)를 낳았는데, 공주는 일찍 죽었다.
이후 폐비 윤씨의 소생 연산군은 그를 생모로 알고 자라다가, 1493년 성종의 묘비명과 행장을 쓸 때 폐비 윤씨의 사사 사건을 알게 되면서 갑자사화를 통해 사림파를 학살하는 원인을 제공했다. 1497년(연산군 3년) 자순(慈順), 1504년 화혜(和惠)의 존호를 받았다. 1506년 중종반정 때 반정의 주도 세력이 진성대군(중종)을 왕위에 세울 것을 주청하니 이를 승낙하였다.

1498년 무오사화로 사람들이 대거 화를 당하고 이극돈, 유자광, 임사홍 등의 훈적들이 정계를 주도해 가니, 진성대군(중종)은 자신의 지위를 유지하기 위해 어머니 정현왕후와 모든 노력을 해야 했고 이러한 애고(愛顧) 끝에 가장 좋은 것은 자신을 보호할 수 있는 집안과 혼인을 하는 것이었다.

그래서인지 진성대군은 연산군 5년(1499)에 12살의 어린 나이로 좌의정 익창부원군(益昌府院君) 신수근(愼守勤)의 딸과 가례를 올렸는데 신씨는 대군보다 한 살 위였다.

신씨의 아버지 신수근은 연산군의 장인 신승선(愼承善 : 1436~1502)의 아들로서 연산군의 정비 거창신씨의 오빠였으므로 연산군에게는 처남이 된다.

그리하여 연산군의 비 신씨와 진성대군의 비 신씨는 친정에서는 고모와 조카 사이고 시가에서는 동서 형제 사이가 된 셈이다.

연산군 10년(1504) 3월부터 10월까지 연산군은 어머니 폐비 윤씨를 내쫓고 죽이는 데 찬성한 후궁과 훈척 사람들을 처형하고 부관참시하는 처참한 갑자사화가 일어난다.

역사상 전례를 찾아볼 수 없는 극악무도한 행동을 보다 못한 이들은 급기야 연산군 12년(1506) 박원종, 성희안, 유순정 등이 주동이 되어 일으킨 중종반정(中宗反正)으로 연산군을 몰아내고 진성대군을 왕에 추대하여 즉위하였는데 그때 나이 열아홉 살이었다.

중종은 연산군 시대의 폐정(弊政)을 개혁하였으며, 중종 10년(1515) 이래 조광조(趙光祖 : 1482~1519) 등의 신진사류(新進士類)를 중용하여 그들이 표방하는 왕도정치를 실시하려 하였다.

그러나 조광조 등의 개혁방법이 지나치게 이상주의적이고, 또 조급하게 서둘렀기 때문에 훈구파(勳舊派) 즉 반정공신(反正功臣)들의 반발을 초래하였다. 중종은 반정세력에 의해 추대되어 왕위에 오른 탓에 왕권이 미약하였고 이를 타개하기 위해 사림세력을 끌어들여 개혁을 도모했으나 조광조의 급진적 경향을 참지 못해 기묘사화를 일으켜 중신들을 대거 숙청하였다.

권력의 다툼은 날로 혼란이 거듭되고 각종 사건이 끊이지 않았다.

설상가상으로 남쪽에선 왜인들이 여러 차례 변란을 일으켜 백성들이 불안에 떨었고 북방에선 여진족이 자주 침입하여 분쟁이 지속되었다.

중종이 조광조를 끌어들인 것은 사림을 중심으로 한 성종시대의 도학정치를 부활시켜 태평성대를 구가하려는 의도였으나 반정 이후의 복잡한 권력다툼은 그의 꿈을 좌절시키고 말았다.

중종은 38년 2개월 간 왕위에 있다가 1544년 11월 14일 인종*에게

---

* –인종(仁宗) : 1515~1545. 조선 제 12대 왕. 휘(諱)는 호(皓, 아명은 백돌), 자는 천윤(天胤), 정식 명칭 즉 왕이 죽은 후 내려진 시호는 '인종영정헌문의무장숙흠효대왕' 으로 약칭 영정(榮靖)이다. 중종의 맏아들로 어머니는 영돈녕부사 윤여필의 딸인 장경왕후이다. 태어난 지 7일만에 어머니가 병사했기 때문에 중종의 세 번째 왕비인 문정왕후에 의해 길러졌다. 1520년 6세의 어린 나이에 왕세자로 책봉되었으며 1522년부터는 성균관에 들어가 신하들과 함께 하루 세 번 옛 글을 강론했다. 형제간의 우애가 두터웠으며 효심도 깊어 중종이 병에 걸리자 침식을 잊고 간호에 몰두했다. 중종이 승하하자 25년의 세자생활을 끝으로 30세의 나이로 왕위에 올랐으나 병약하여 제대로 정사를 돌보지 못했다. 그래도 나름대로 최선을 다하여 1545년 기묘사화 때 화를 입은 사림의 조광조, 김정, 기준 등을 다시 복권하고 폐지되었던 현량과를 재설치했다. 결국 병약함을 이기지 못하고 즉위 후 1년도 되지 않아 죽음을 맞이하고 말았다. 조선왕조의 왕 중 가장 짧은 재위기간을 지낸 왕이다.
인종은 전형적인 선비의 성격을 가지고 있었으며 3세 때부터 책을 읽기 시작할 정도로 어려서부터 총명함을 자랑했다. 성품이 조용하고 효심이 지극하여 비록 이복형제라 하더라도 깊이 사랑하여 친형제 대하듯이 했다. 또한 너그러운 성격을 가지고 있어 주변의 모든 사람들에게 사랑과 존경을 한 몸에 받는 인물이었다고 한다. 백성들은 그를 성군으로 칭송하였으며 그가 짧은 재위기간을 끝으로 급작스럽게 승하하자 모든 선비들이 슬퍼하며 눈물을 흘리지 않는 사람이 없었다고 한다.

전위하고 57살을 일기로 세상을 마감한다.

중종의 능은 사적 199호로 단릉이며 강남구 삼성동 선릉 안에 있다.

중종의 비 단경왕후릉은 사적 210호로 단릉이며, 양주군 장흥면 일영에 있다. 중종의 계비 장경왕후의 능인 희릉은 사적 200호로 단릉이며 고양시 원당동 서삼릉 안에 있다. 문정왕후릉은 사적 201호로 단릉이며 공릉동 태강릉 안에 있다.

제12대 왕인 인종(仁宗 : 1515~1545)은 자는 천윤(天胤)이요. 휘(諱)는 호(峼), 시호는 영정(榮靖)이다.

중종의 맏아들이고, 어머니는 장경왕후(章敬王后) 윤씨(尹氏), 비(妃)는 박용(朴墉)의 딸 인성왕후(仁成王后 : 1414~1577)이다. 1520년(중종 15) 세자에 책봉되고 1544년 즉위하였다.

이듬해 기묘사화(己卯士禍)로 폐지되었던 현량과(賢良科)를 부활하고 기묘사화 때의 희생자 조광조(趙光祖) 등을 신원(伸寃)해 주는 등 어진 정치를 행하려 하였으나, 병약하여 포부를 펴지 못한 채 원인 모를 병으로 시름시름 앓다가 불과 8개월 보름 남짓 왕위에 있다 후사도 얻지 못한 채 7월 1일 서른 살에 세상을 마감했다.

인종의 능은 경기도 원당에 있으며 능호는 효릉이다.

인성왕후 박씨(1514~1577, 인종의 정비)의 능호도 효릉이며 인종릉과 같은 언덕에 있다.

훈구파와 사림파의 갈등

중종반정을 주도하지 못하고 훈척들이 주도하면서 연산군 때에 유자광처럼 악행을 저질렀거나 아첨하였던 사람들마저 반정공신에 들어 행세를 하게 되니, 이에 대한 불만이 사림세력들을 중심으로 일어나게 되었다.

그리고 이러한 사림세력들을 훈척들이 역모로 처단하기에 이르면서 위훈 삭제와 기묘사화로 이어지는 사림과 훈척들의 갈등이 시작된다.

이와 같은 사림과 훈척간의 갈등이 첨예화되는 사건의 하나가 무오·갑자사화를 일으켜 사림들을 일망타진하다시피 하여 반정이 일어나면 임사홍처럼 처벌되어야 할 유자광이 도리어 반정공신이 되어 정국을 주도하는 것에 대해 반발하여 유자광을 죽이려고 하였다가 오히려 역모로 몰려 죽는 김공저(金公著), 박경(朴耕)의 역모사건으로 훈척과 사림의 대립은 심화됐다.

유자광은 성종조에 은밀히 임사홍과 결탁, 조정을 혼란케 하려 하였으나 다행히도 성종께서 성명(聖明)하시고 조신(朝臣)들이 아부(탄핵)하지 않아 그 간악함을 통렬히 배척하여 먼 변방으로 내쳐 버렸다.

그러나 그는 용의주도하게 임사홍이 품계가 올라 지위가 융성하니 그 세력에 간악한 술법을 펼치다가 연산군의 세력이 오래 가지 않을 것을 짐작하고 반정하는 날에 기회를 틈타 협책(協策)의 반열을 욕되게 하였으니, 하나는 군자를 속임이요, 하나는 조정을 속임이었다.

그는 스스로도 외람되게 분수 밖의 자리를 차지하여 물의가 높은 것을 알고 전공을 일일이 적어 글을 올려 왕의 총애를 굳히고 여당(餘黨)이라 지목해서 이것으로 명분을 삼아 행세했으나 영의정 유순, 좌의정 박원종, 우의정 유순정까지 처벌을 주장할 정도가 되었고, 4월 23일에는 대간이 합사하여 유자광과 그의 아들을 극형에 처할 것과 사위 손동과 손자 유승건을 훈적에서 삭제할 것을 상소하여 결국 유자광은 광양(光陽)에, 유진(柳軫)은 양산에, 유방(柳房)은 산음에 귀양 갔다.

여기서 훈구파란 조선 세조*의 찬위(簒位)를 도와 조정의 실권을 장

---

* ─ 세조(世祖, 수양대군 : 1417~1468) : 조선의 제7대 왕. 세종대왕과 소헌왕후 심씨의 둘째 아들로서, 문종의 동복동생이자 안평대군, 금성대군의 친형이며 단종의 숙부이기도 하다. 즉위 전 호칭은 수양대군(首陽大君)으로 초봉은 진평대군(晉平大君)이었으나 여러 차례 개봉된 끝에 수양대군이 되었다. 1455년 계유정란으로 조카 단종으로부터 선위의 형식으로 즉위하였으나 사육신, 생육신 등의 반발을 초래하였다. 문종이 재위 2년 만에 병으로 죽고 1452년 단종이 어린 나이로 왕위에 오르자, 1453년(단종 1년)에 권람 · 한명회 등과 함께 계유정란을 일으켜 무력으로 정권을 탈취하였다. 단종을 가까이 모시던 황보인 · 김종서 등을 죽이고, 함길도 도절제사인 이징옥마저 제거하여 조정 안팎의 반대 세력을 모두 물리쳤다.
자신의 아우인 안평대군을 강화로 귀양 보낸 다음, 스스로 영의정에 올랐다. 좌의정에 정인지, 우의정에 한확을 임명하여 집현전으로 하여금 자신을 찬양하는 문서를 만들게 하였다. 마침내 1455년 단종을 물러나게 하고 왕위에 올랐다.

악한 관료 학자들로 정인지(鄭麟趾), 신숙주(申叔舟 : 1417~1475), 최항(崔恒 : 1409~1474), 권람(權擥 : 1416~1465), 서거정(徐居正 : 1420~1488), 양성지(梁誠之 : 1415~1482), 이석형(李石亨 : 1415~1477), 강희맹(姜希孟 : 1424~1483), 이극돈(李克墩 : 1435~1503) 등이 이 파에 속한 사람들이다. 이들은 세조의 공신(功臣) 충신(忠臣) 또는 어용학자(御用學者)들로서 높은 관직에 기용되었고, 관찬사업(官撰事業)에 참여하여 많은 업적을 남기기도 하였으며, 수차에 걸친 공신전(功臣田)의 지급을 통하여 막대한 농장(農莊)을 가지고 있었다.

그 후 신진사류(新進士類)인 사림파(士林派 : 사림에 묻혀 유학 연구에 힘쓰던 문인들의 한 파)의 등장으로 그 세력이 위협을 받기도 하였다.

즉, 사림파는 훈구파(勳舊派 : 조선 세조의 찬위(簒位)를 도와 조정의 실권을 장악한 관료학자들)에 대해 토지제도의 개혁을 요구함으로써 두 세력 사이에 충돌을 야기하였으며, 연산군 4년(1498)에 무오사화(戊午士禍)의 직접적인 원인이 되었다.

훈구파는 이 사화에서 영남 유생과 싸워 승리했고, 중종 14년(1519) 기묘사화(己卯士禍) 때도 사실상 승리하였다.

반면 사림파란 조선 중기에 사회와 정치를 주도한 세력을 가리키

1456년(세조 2년)에는 성삼문 · 박팽년을 비롯한 사육신이 단종을 복위시키려다 발각되자 처형하는 등 왕위에 오른 뒤에도 단종 복위를 꾀하는 여러 신하를 처형하였다.
여러 가지 반인륜적인 행동에도 불구하고 나라를 다스리는 동안에는 왕조정치를 강화하기 위한 많은 업적을 쌓았다. 국방에 있어서 세종 때에 여진족을 막기 위하여 설치한 4군(四郡)을 없애고, 야인을 정벌하여 서북 방면을 개척하였다. 호적과 호패제를 강화하고 진관제를 실시하여 전국을 방위체제로 구성하였으며, 중앙군을 5위 제도로 개편하였다. 경제 정책면에서는 과전법의 모순을 바로잡아 직전법을 실시하고, 농업 기술 서적을 펴내어 농업을 장려하였다.
또한 과거의 공직자에게도 토지를 지급하였던 것을 폐지함으로써 나라의 수입을 늘렸다. 평안도, 강원도, 황해도로 백성을 이주시키는 정책을 실시하여 국토의 균형 있는 발전에 힘썼고 각 도에 둔전세를 실시하였다. 종교면에서는 1461년 간경도감을 설치하여 불경의 번역과 간행을 맡게 하였다. 그 밖에 '국조보감', '동국통감', '경국대전' 등의 많은 서적을 편찬하게 하였다.

는 말로서 고려 말, 조선 초부터 사용되기 시작하였다.

두 차례의 사화(士禍)를 겪은 15세기 말엽에 와서 다음과 같은 성격을 지니는 정치세력을 가리키는 용어로 사용되었다.

본래 지방에 근거지를 가지고 있는 중소지주 출신의 지식인으로, 중앙의 정계에 진출하기보다는 지방에서 유향소(留鄕所)를 통하여 영향력을 행사해 오던 세력이었다.

학문적으로는 사장(詞章)보다는 경학(經學)을 중시하였고, 경학의 기본 정신을 송대 신유학 가운데서도 성리학(性理學)에서 구하였다.

길재(吉再)의 학통을 이은 김종직(金宗直)이 김굉필(金宏弼), 정여창(鄭汝昌)*, 김일손(金馹孫)* 등의 제자를 배출하면서 그 세력이 커졌다.

훈신(勳臣 : 군주를 위하여 드러나게 공로를 세운 신하)들의 장기 집권에 따른 비리로 인해 동요하는 지방사회의 질서를 재편하기 위해, 세조 말에 혁파된 유향소제도를 부활하여 주례(周禮)의 향사례(鄕射禮), 향음주례(鄕飮酒禮)를 시행하고자 하였다.

그러나 이들의 기반이 강한 몇몇 지역을 제외하고는 유향소가 권

---

*－정여창(鄭汝昌) : 1450～1504. 사림파의 대표적인 학자로서 훈구파가 일으킨 사화(士禍)로 죽었다. 본관은 하동(河東), 자는 백욱(伯勖), 호는 일두(一蠹), 아버지는 함길도병마우후 육을(六乙)이다. 1490년(성종 21) 효행과 학식으로 천거되어 소격서참봉에 임명되었으나 거절하고 나가지 않았다. 같은 해 과거에 급제하여 관직에 나간 후 예문관검열, 세자시강원설서, 안음현감 등을 역임했다. 1498년(연산군 4) 무오사화에 연루되어 경성으로 유배되어 죽었다. 1504년 죽은 뒤 갑자사화가 일어나자 부관참시(剖棺斬屍)되었다.

*－김일손(金馹孫) : 1464～1498. 호는 탁영(濯纓) · 소미산인(少微山人). 17세까지는 할아버지 극일(克一)에게서 소학, 통감강목, 사서(四書) 등을 배웠으며, 뒤에 김종직(金宗直)의 문하에 들어갔다. 김굉필(金宏弼) · 정여창(鄭汝昌) · 강혼(姜渾) 등과 사귀었다. 1486년(성종 17) 진사가 되고, 같은 해 식년문과에 합격하여 권지부정자(權知副正字)에 올랐다. 1491년 사가독서(賜暇讀書)를 하고 주서(注書) · 부수찬 · 장령 · 정언 · 이조좌랑 · 헌납 · 이조정랑 등을 두루 지냈다. 질정관(質正官)으로 있을 때 명(明)에 가서 정유(鄭愈) 등의 학자와 교유하고, 정유가 지은《소학집설(小學集說)》을 가지고 귀국하여 우리나라에 전파했다.
성종 초에 김종직 등 영남 출신 사류(士類)를 등용하면서 중앙정계에 진출하기 시작하였다.

력가의 지방에 대한 수탈의 하부조직으로 악용되었다.

이에 지방에서는 사마소(司馬所)라는 독립기구를 만들어 대항하는 한편, 중앙에서는 삼사(三司) 등 주로 언론 문필 기관의 관직을 통해 정계로 진출하여 훈신, 척신(戚臣 : 척분이 있는 신하) 계열의 비리를 비판하는 언론활동을 활발히 전개하였다.

이에 대한 훈신 척신의 보복으로 사화가 발생하여 그 세력이 크게 제거되었지만, 중종대에 다시 정계에 진출하여 조광조(趙光祖)를 중심으로 급진적인 개혁을 추진하였다.

일종의 천거제인 현량과(賢良科)를 통해 자기 세력을 중앙으로 크게 진출시키고, 지방사회를 안정시키기 위하여 주자(朱子)가 증손(增損)한 여씨향약(呂氏鄕約)*을 군현마다 시행하고자 하였다.

그러나 훈신, 척신의 강한 반발로 또 다시 사화가 발생하여 그 세력이 크게 꺾였다.

이후 지방에서 서원(書院)과 향약을 토대로 기반을 강화하는 데 주력하다가, 16세기 후반 선조의 즉위를 계기로 척신정치가 일단 종식되면서 중앙에 활발하게 진출하여 정권을 장악하였다.

그 후에는 척신정치의 척결문제를 둘러싸고 선배 관인과 후배 관인이 서인(西人)과 동인(東人)으로 대립한 것을 시작으로 여러 붕당(朋

* – 여씨향약(呂氏鄕約) : 송나라에서 유래된 것으로 여씨 문중에서 도학으로 명성을 날렸던 대충, 대방, 대균, 대림의 4형제가 만든 자치 규약으로 지방 향교의 유지와 경영, 그 향교내에 모셔져 있는 문묘의 제향 등에 대한 사업을 중심으로 조직된 교학 단체를 의미한다. 행정기구의 일부가 아닌 일종의 민간단체로서 구성과 규칙이 지방마다 차이가 있었다. 상부상조의 실현과 미풍양속의 실현에 목적이 있었다.
좋은 일은 서로 권장한다는 덕업상권, 잘못은 서로 고쳐 준다는 과실상규, 서로 사귐에 있어 예의를 지킨다는 예속상교, 환란을 당하면 서로 구제한다는 환란상휼의 4가지이다. 처음에는 '향약'과 '향의'가 1권씩이었는데, 나중에 주자가 내용을 수정하여 '주자증손여씨향약'을 만들었다. 향약이 남송에서 시행된 것은 주자의 저서 때문이라는 견해도 있다.

黨 : 뜻이 같은 사람끼리 모임)으로의 분기가 거듭되고 일부 세력의 도태를 겪었으나, 1623년 인조반정(仁祖反正)을 계기로 17세기 후반까지 학연을 기반으로 한 서인(서인 : 조선 중기 정파), 남인(南人 : 붕당의 하나로 동인(東人)에서 갈라진 정파)을 중심으로 붕당정치의 질서를 수립하였다.

권력가들의 탄압을 뚫고 국왕의 권한을 제한하면서 자기들의 이념을 정치에 구현하려 한 전통은 그 후 조선 후기의 지배층이 사회와 국정을 이끄는 기본정신이 되기도 하였다.

훈구파는 조광조의 급진적 개혁을 못마땅히 여겼으며, 중종 자신도 왕에 대한 지나친 도학적(道學的) 요구에 염증을 느끼고 있던 차에, 1519년 남곤(南袞), 심정(沈貞), 홍경주(洪景舟) 등의 훈구파의 모함에 따라 기묘사화(己卯士禍)를 일으켜 조광조 등의 신진사류를 숙청하였다.

그 뒤 훈구파의 전횡(專橫)이 자행되었다.

또한 1521년에는 송사련(宋祀連 : 1496~1575)의 무고로 신사무옥(辛巳誣獄)*이 일어나 안처겸(安處謙)의 일당이 처형되었다.

안당(安瑭)의 아들 안처겸은 이정숙(李正淑), 권전(權磌) 등과 함께 기묘사화로 득세한 남곤(南袞), 심정(沈貞) 등이 사림(士林)을 해치고 왕의 총명을 흐리게 한다 하여 이들을 제거하기로 모의하였다.

이때 그 자리에 함께 있던 송사련(宋祀連 : 1496~1575)은 처형뻘이 되는 정상(鄭鏛)과 이러한 사실을 고변할 것을 모의한 후, 안처겸의 모상(母喪) 때의 조객록(弔客錄)을 증거로 삼아 고변하였다.

이로써 사건은 벌어져 안처겸, 안당(1460~1521), 안처근(安處謹), 권

* －신사무옥(辛巳誣獄) : 중종 16년(1521)에 일어난 안처겸(安處謙 : 1486~1521) 일당의 옥사.

전, 이충건(李忠楗), 조광좌(趙光佐), 이약수(李若水), 김필(金珌) 등 10여 명이 관련되어 처형되었고, 송사련은 그 공으로 당상관이 되어 이후 30여 년간 득세하였다.

1524년 권신(權臣), 김안로(金安老 : 1481~1537)의 파직, 1525년 유세창(柳世昌)의 모역사건, 1527년 작서(灼鼠)의 변에 따른 경빈(敬嬪) 박씨(朴氏)의 폐위 등 크고 작은 사건이 연이어 일어났다.

1531년 김안로의 재등장으로 정국은 혼미를 거듭하였는데, 문정왕후를 배경으로 한 윤원로(尹元老), 윤원형(尹元衡) 형제가 등장하여 중종 32년(1537)에 김안로를 숙청하였으나, 이번에는 윤원형 일당의 횡포가 시작되었다.

그러는 동안 나라의 남북에서 외환(外患)이 그치지 않아, 중종 5년(1510)의 삼포왜란(三浦倭亂)*, 1522년 동래(東萊) 염장(鹽場)의 왜변(倭變), 1524년 야인(野人)의 침입, 1525년 왜구(倭寇)의 침입 등이 잇달았다.

치세 초기에는 미신타파를 위하여 소격서(昭格署)를 폐지하고, 과거제도의 모순을 시정하기 위해 현량과(賢良科)를 실시하여 인재를 등용하였으며, 향약(鄕約)을 권장하여 백성들의 상조(相助)정신을 고취시켰다. 또, 그 시기에 소학(小學), 이륜행실(二倫行實), 경국대전(經國大典), 대전속록(大典續錄), 천하여지도(天下輿地圖), 삼강행실(三綱行實), 신

* －삼포왜란(三浦倭亂) : 제포, 부산포, 염포의 삼포를 개항하고 왜관을 설치하여 교역과 접대의 장소로 삼았으나, 무역과 어로가 끝나면 60명 이외에는 돌아가게 하였다. 그러나 점차 왜인의 내왕거류자가 늘어남에 따라 본국인과의 마찰이 종종 일어났고, 이에 따라 그들에 대한 조정의 통제도 강화되었다. 1510년 4월 삼포의 왜인들은 대마도주와 연합해 4,000~5,000명에 달하는 난도(亂徒)를 이끌고 부산포와 제포를 공격하여, 첨사를 죽이고 내이포를 점령하는 등 소란을 피웠으나 곧 진압되었다. 이로써 삼포가 폐쇄되고 일본인도 대마도로 쫓아내 철수하였다. 그 후 임신조약(壬申條約)을 체결하여 국교가 회복되는 동시에 내이포만 개항하였다.

증동국여지승람(新增東國輿地勝覽), 이문속집집람(吏文續集輯覽), 대동연주시격(大東聯珠詩格) 등 다방면에 걸친 문헌이 편찬 간행되었다.

그러나 기묘사화 이후 이와 같은 문화발전을 위한 정책은 거의 정지되었다. 다만, 치세 말기에 군적(軍籍)의 개편과 전라도, 강원도, 평안도에 대한 양전(量田)을 실시하였으며, 진(鎭)을 설치하고 성곽을 보수하는 한편, 평안도 여연(閭延), 무창(茂昌) 등지의 야인을 추방하는 등 국방정책을 추진하였다.

한편, 주자도감(鑄字都監)을 설치하여 활자를 개조하고, 지방의 사실(史實)을 기록하기 위하여 외사관(外史官)을 임명하였으며, 중종 35년(1540)에는 역대 실록(實錄)을 인쇄하여 이를 사고(史庫)에 보관하게 하였다.

중종의 치세(治世)에서 처음에는 어진 정치를 펴는 데 상당히 의욕적이었으나, 기묘사화 이후 간신(奸臣)들이 판을 치는 통에 정국은 혼미를 거듭하여 볼 만한 치적(治積)을 남기지 못하였다.

삼포왜란(三浦倭亂)과 교역

중종 2년 8월에는 '이과옥사' 가 일어난다. 이 사건은 중종반정 당시 호남 사림들과 연산군을 폐하고 중종을 세우려던 이과(李顆)*, 이찬(李纘), 손유, 하원수, 윤귀수, 김잠 등과 모의하여 중종이 성종릉에 친히 제사지내려 가는 틈을 타서, 견성군(甄城君) 이돈(李惇 : 성종의 아들, 숙의 홍씨 소생)을 추대한 뒤 박원종, 유순정을 제거하려다가 서얼인 전 우림위(羽林衛) 노영손(盧永孫)이 고변하여 이과 등이 견성군과 함께 처형되었다.

사림과 훈척의 갈등이 진행되는 가운데 중종반정의 핵심인물인 박

---

* ―이과(李顆 : 1475~1507)의 자는 과지(顆之)이다. 그는 성종 22년(1491)에 별시문과에 을과로 급제하여, 연산군 1년(1495) 기주관(記注官)으로 성종실록(成宗實錄) 편찬에 참여했고 홍문관에 있을 때 연산군의 후원관사(後苑觀射)에 관해 논한 것이 화가 되어 갑자사화 때 전라도로 유배되었다. 1506년 유배지에서 거병(擧兵)하여, 진성대군(晋城大君)을 추대하려다가 중종반정으로 중지했다. 중종 2년(1507) 정국원종공신(靖國原從功臣)으로 전산군(全山君)에 봉해졌으나 관직이 높지 않음에 불만을 품고 중종을 제거하고 견성군(甄城君) 돈(惇)을 추대하려다가 밀고로 발각되어 사형됐다.

원종(朴元宗)은 조카인 윤여필의 딸을 천거 후궁 숙원이던 윤씨를 왕비 책봉에 올려놓고 권력을 장악하기 시작했다.

그리고 중종 6년 10월 김안국, 소세양, 김정 등 사가 독서할 문신을 선정하여 사림세력을 강화해 갔다.

이렇게 혼란한 틈을 타 중종 5년 4월 삼포의 항거왜추(恒居倭酋)가 대마도주(對馬島主)의 지원을 받아 폭동을 일으켜 한 때 제포(薺浦)와 부산포(釜山浦)를 함락시키고 웅천(熊川)을 공격하는 등 삼포왜란(三浦倭亂)이 일어나 경상도 해안 일대는 막대한 피해를 입었다.

부산포(釜山浦), 내이포(乃而浦), 염포(鹽浦) 등 삼포(三浦)에서 거주하고 있던 왜인들이 대마도의 지원을 받아 일으킨 난으로 조선은 고려말, 조선 초 전국적으로 출몰하던 왜구의 침략을 근본적으로 막기 위한 정책으로 군사를 동원한 강경책과 항구를 개방하여 거주하게 하는 온건책을 사용하였다.

온건책의 하나로 태종 7년(1407), 부산포와 내이포에 이어 세종 8년(1426)에 염포를 개방하고 왜관(倭館)을 설치하였다. 그리고 이곳에 60여 명에 한하여 왜인을 거주하게 하였으며, 이들에게 제한적으로 문물을 교역하도록 허락하였다.

그러나 점차 거주하는 왜인의 수가 늘어나 세종 말년에는 약 2,000명으로 증가하였고, 자연 거래하는 상품도 늘어나면서 다양한 문제점을 노출하기 시작하였다.

심지어 대마도주(對馬島主)는 삼포에 자신들의 자치조직을 만들고 이들을 통해 면포를 공물로 받아가기도 하였다.

그리하여 한 때 이곳에 거주하면서 농사를 짓는 왜인에게 세금을 거두자는 주장도 있었으나 대일교린(對日交隣) 차원에서 면세(免稅)의 혜택을 주었다.

그러나 연산군대 이후 중종반정이 일어나면서 조정의 분위기가 일신되었고, 정치개혁을 추진한 중종에 의해 삼포에 대한 외교적인 혜택은 더 이상 용납되지 않았다.

따라서 철저하게 세금을 부과함은 물론 초과된 인원에 대해 대마도주에게 철거를 요구하였고, 나아가 일본 선박을 감시하는 등 엄격하게 법규를 적용하자 경제활동이 위축된 왜인들은 대마도주의 군사적 지원을 받아 난을 일으키게 되었다.

1510년(중종 5) 4월 내이포에 거주하고 있던 왜인들 가운데 우두머리 역할을 하던 오바리시(大趙馬道)와 야스코(奴古守長) 등이 갑옷과 칼로써 무장한 왜인 4,000~5,000명을 거느리고 성을 포위하여 민가를 불질렀다.

이 과정에서 부산포 첨사 이우증(李友曾)이 살해되었고, 제포 첨사 김세균(金世鈞)이 납치되었으며, 많은 백성들이 살해되었다.

조정에서는 즉시 황형(黃衡)을 좌도방어사(左道防禦使)로, 유담년(柳聃年)을 우도방어사로 삼아 삼포의 폭동을 진압하였다.

결국 폭동의 주모자였던 대마도주의 아들 소사(宗盛弘)가 죽고 삼포의 왜인들이 대마도로 도주하면서 난은 진압되었다. 이 해가 경오년(庚午年)이므로 달리 경오의 난이라고도 한다.

이 사건으로 조선의 백성 270여 명이 살상되고 민가 796가구가 소실되었으며, 왜인은 295명이 죽고 왜선 5척이 격침되었다.

조정에서는 피해를 입은 백성들을 진휼하는 한편 삼포에 거주하고 있던 모든 왜인들을 추방하였고, 이 난에서 죽은 왜인들의 무덤을 따로 만들어 후에 들어오는 왜인들에게 귀감이 되도록 하였다.

이 난으로 조선과 일본의 통교가 중단되었고, 이후 경제적 어려움을 겪게 된 일본은 대마도주를 통해 조선과의 외교 재개를 요청하였다.

그리하여 1512년(중종 7) 5월과 윤5월 두 차례에 걸쳐 일본 국왕의 명을 받고 대마도주가 삼포왜란 때 난을 일으킨 주모자를 처형하여 바치고, 포로로 끌고 갔던 조선인을 송환하면서 화친을 청함에 따라 새로 임신약조(壬申約條)를 체결하고 외교관계를 재개하였다.

이때의 임신약조로 내이포만을 개항하였고, 조선과 거래하는 선박 수와 인원 등을 조선 초기보다 더 강화하여 그 수를 제한하였다.

그러나 이러한 엄격한 규제정책에도 불구하고 국내정국의 혼란이 계속되므로써 왜변이 자주 일어났다.

기묘사화(己卯士禍)

1519년(중종 14) 남곤(南袞), 홍경주(洪景舟) 등의 훈구파(勳舊派)에 의해 조광조(趙光祖), 김구(金絿) 등의 신진 사류(新進士類)가 축출된 사화이다.

중종반정으로 왕위에 오른 진성대군(중종)은 연산군의 폐정을 개혁하고 성균관을 중수하였으며, 두 차례의 사화로 희생된 사람들을 신원(伸冤)하고, 명망 있는 신진 사림파를 등용하였다.

연산군의 폭정으로 인해 민심이 피폐해진 상태에서 중종은 새로운 정치 이념을 원하였기에 유능한 인재를 등용하는 데 사림을 통하였기에 조광조가 등장하게 된다.

중종의 신임을 받은 조광조는 성리학으로 정치와 교화의 근본을 삼아 고대 중국의 왕도정치를 이상으로 하는 이른바 지치주의(至治主義)를 실현하려 급진적인 면이 적지 않아 기존세력인 훈구파에 대한 견제와 대립이 시작된다.

중종의 지우(知遇)를 얻은 신진 사류는 조광조를 중심으로 한 사림세력으로서 유교로 무장한 신진세력이었는데, 불교와 도교에 너그러운 훈구파와는 맞지 않았음으로 이들은 갈등이 많아 결국 다툼으로 나타나게 된다.

사림파는 조광조 등을 중심으로 세력을 형성하여 왕도정치 이념에 입각한 개혁을 추진하며 이들은 경연을 강화하고, 성리학에 의거한 이상정치 실현을 목적으로 먼저 중종에게 철인군주주의(哲人君主主義) 이론을 가르치면서, 중종을 모범적인 군주로 만들려 노력하며, 군자를 중용하고 소인(小人)을 멀리할 것을 역설하였다.

또한 기존의 언론기관을 기반으로 활동하던 자신들의 한계를 인식하고 좀더 적극적으로 권력에 관여하기 위해서 낭관(郎官)에게 결정(決定)에 참여하는 권한을 부여하여 실무의 결정과 집행과정에서 재상들을 견제할 수 있는 구조를 형성했다.

이러한 변화 위에서 천거제를 실시하여 지방의 사류와 성균관의 학생들을 정치에 참여시켰고, 공론정치를 강화하여 재지사족(在地士族)의 의견도 정치에 수렴하려고 했으며, 사림은 또한 향촌의 운영에도 관심을 기울여 그것은 구체적으로 향약의 실시로 나타난다.

중국의 여씨향약(呂氏鄕約)을 수용하여 언해여씨 향약을 통해 일반민에게까지 보급했는데 그들의 호응에 힘입어 단시일내에 전국적으로 확대실시를 보게 된다.

또한 사림은 나라의 미풍양속을 기르기 위하여 미신타파와 향약(鄕約) 실시를 강행하고, 유익한 서적을 국가에서 간행 반포하게 하였으며, 현량과(賢良科)를 설치하여 유능한 인재를 등용하도록 하였다.

그러나 뜻을 달리하는 문인의 사장(詞章)을 무가치한 것으로 보고 오직 도학사상만을 강조하여, 훈구파를 소인으로 지목하여 철저히 배척하며, 현실을 무시하고 급진정책을 시행하는 등 지나친 이상주의를 펼쳤다.

또 중종반정 공신들을 중용함으로써, 그들 가운데 76명은 뚜렷한 공로 없이 공훈을 남수(濫授)하였으니 삭제해야 한다는, 위훈삭제(僞勳削除)사건을 야기시켰다.

공신책봉을 문책삼고 신진 사류와의 알력과 반목이 날로 커져가는 가운데 정면 도전을 받은 훈구파는 자신들의 기득권이 위협 당하자 사림들과 대립, 언론을 통하여 공신들의 잘못을 탄핵하자 갈등은 점차 심화됐다.

이들은 다시 가열된 중종반정 공신의 위훈삭제(僞勳削除) 문제로 사림은 일찍부터 이 문제를 주목하여 공이 없이 공신에 책봉된 사람들을 훈적(勳籍)에서 삭제할 것을 건의했으나 큰 성과는 없자 마침내 공신의 3/4에 이르는 76명의 공신호를 삭탈하고 그들에게 분급한 토지와 노비를 몰수하게 했다.

중종은 공신세력에 대한 견제가 필요했기 때문에 사림들은 지원했으나 사림의 독주를 원했던 것은 아니었다. 그러므로 대규모의 공신삭제와 같이 사림의 독주를 허용하는 조처에는 기본적으로 반대했다.

그러나 당시 사림의 주장에 밀려 삭제를 인정하지 않을 수 없는 상황에서 중종은 위기감을 느끼게 되었고 사림을 견제할 방법을 모색했다.

피해를 입은 공신들 역시 사림에 대한 적극적인 대응책을 모색하고 있었다. 이미 사림의 탄핵으로 상당수 중앙정치에서 탈락되어 있어 상대적으로 권력이 위축되어 있던 상황에서 대규모 공신 삭직은 자신들의 존립을 위협하는 것이어서 심한 위기의식을 가졌다.

김전(金銓), 남곤(南袞), 고형산(高荊山), 심정(沈貞) 등은 희빈홍씨(熙嬪洪氏 : 중종의 후궁)의 아버지인 홍경주(洪景舟)를 중심으로 반격의 기회를 노리게 되었다.

이들은 희빈홍씨를 통해 "나라의 인심이 모두 조광조에게 돌아갔다"고 과장하면서 그대로 둘 경우 왕권까지 위태롭게 할 것이라고 주장하고, 홍경주의 딸이 중종의 후궁인 것을 이용하여, 궁중 동산의 나뭇잎에 꿀로 '주초위왕(走肖爲王)'의 4자를 쓴 뒤, 이것을 벌레가 갉아먹어 글자 모양이 나타나자, 그 잎을 왕에게 보여 왕의 마음을 흔들리게 하였다.

'주(走) 초(肖)' 2자를 합치면 조(趙)자가 되기 때문에, 주초위왕은 곧 "조(趙)씨가 왕이 된다"는 뜻이었다.

남곤(南袞 : 1471~1527), 심정(沈貞 : 1471~1531), 홍경주(洪景舟 : ? ~1521) 등 훈구파의 사주도 있었지만 신진사류의 급진적 배타적인 태도에 염증을 느낀 중종은 결국 위기의식을 갖게 되고, 이해 11월에 홍경주 등의 훈구파는 조광조 등이 붕당을 만들어 중요한 자리를 독차지하고 임금을 속이고 국정을 어지럽혔으니 죄를 주어야 한다고 건의하자 중종은 이를 받아들여 신진사류를 몰아내었다.

이로 인해 사림들은 큰 피해를 입었는데, 그 처자들은 노비로 삼았으며, 조광조(趙光祖 : 1482~1519)는 능주(綾州)로 귀양 가서 1519년 12월 20일 사약을 받아 38살의 나이로 사사(賜死)되었고, 김정(金淨 : 1486~1520), 기준(奇遵 : 1492~1521), 한충(韓忠 : 1486~1521), 김식(金湜 : 1482~1520) 등은 귀양 가서 사형당하거나 자결했다.

이밖에 김구(金絿 : 1488~1534), 박세희(朴世熹 : 1491~?), 박훈(朴薰 : 1484~1540), 홍언필(洪彦弼 : 1476~1549), 이자(李耔 : 1480~1533), 유인숙(柳仁淑 : 1485~1545) 등 수십 명이 유배 파직을 당했다.

사림들이 언관과 낭관을 중심으로 활동했던 만큼 피해를 입은 이들 역시 언관과 낭관의 핵심 인물들이었다.

이것은 무오사화(戊午士禍)에 피해를 입은 사람들이 주로 언관의 핵심 인물들이었던 것과 대조가 된다.

향촌사회를 위한 향약(鄕約)

향약(鄕約)은 조선시대에 권선징악과 상부상조를 목적으로 만든 향촌의 자치 규약으로 중국 송나라 때의 여씨향약(呂氏鄕約)을 본뜬 것이며, 조선 중종 때 조광조를 비롯한 사림파의 주장으로 추진되어 영조, 정조대왕 때까지 전국 각지에서 실시하였다. 시행주체 규모 지역 등에 따라 향규(鄕規), 일향약속(一鄕約束), 향립약조(鄕立約條), 향헌(鄕憲), 면약(面約), 동약(洞約), 동계(洞契), 동규(洞規), 촌약(村約), 촌계(村契), 이약(里約), 이사계(里社契) 등 다양한 명칭으로 불렀다.

시행 시기나 지역에 따라 다양한 내용을 담고 있으나 기본적으로 유교적인 예속(禮俗)을 보급하고, 농민들을 향촌사회에 긴박시켜 토지로부터의 이탈을 막고 공동체적으로 결속시킴으로써 체제의 안정을 도모하려는 목적에서 실시되었다. 16세기에 농업 생산력의 증대, 이에 따른 상업의 발달 등 경제적 조건의 변화로 향촌사회가 동요하고, 훈구파의 향촌사회에 대한 수탈과 비리가 심화되었다.

이에 중종대에 정계에 진출한 조광조(趙光祖) 등의 사림파(士林派)는 훈척들의 지방통제 수단으로 이용되던 경재소(京在所), 유향소(留鄕所) 등의 철폐를 주장하고 그 대안으로서 향약의 보급을 제안하였다.

이것은 소농민경제의 안정을 바탕으로 한 중소지주층의 향촌 지배질서를 확립하기 위한 것이었다. 상부상조를 그 정신으로 하는 향약을 실시하여 유교적 도덕을 향촌에 확립시키려 하였다. 또한 여러 가지 서적을 번역 인쇄하여 일반 국민이 유교적 교양을 갖추도록 노력하였다. 그리고 내외요직자로 하여금 덕행 있는 인물을 천거케 하여 그들을 왕이 친시(親試)로써 채용하는 현량과(賢良科)를 설치하였다.

---

* －이황(李滉 : 1501～1570) : 본관 진성(眞城)이며, 호는 퇴계(退溪)요, 시호는 문순(文純)이다. 경상북도 예안(禮安) 출생으로 12세 때 숙부 이우(李堣)에게서 학문을 배우다가 1523년(중종 18) 성균관(成均館)에 입학, 1528년 진사가 되고 1534년 식년문과(式年文科)에 을과(乙科)로 급제하였다. 부정자(副正子)·박사(博士)·호조좌랑(戶曹佐郎) 등을 거쳐 1539년 수찬(修撰)·정언(正言) 등을 거쳐 형조좌랑으로서 승문원교리(承文院校理)를 겸직하였다.

  1542년 검상(檢詳)으로 충청도 암행어사로 나갔다가 사인(舍人)으로 문학(文學)·교감(校勘) 등을 겸직, 장령(掌令)을 거쳐 이듬해 대사성(大司成)이 되었다. 1545년(명종 즉위) 을사사화(乙巳士禍) 때 이기(李芑)에 의해 삭직되었다가 이어 사복시정(司僕寺正)이 되고 응교(應敎) 등의 벼슬을 거쳐 1552년 대사성에 재임, 1554년 형조·병조의 참의에 이어 1556년 부제학, 2년 후 공조참판이 되었다. 1566년 공조판서에 오르고 이어 예조판서, 1568년(선조 1) 우찬성을 거쳐 양관대제학(兩館大提學)을 지내고 이듬해 고향에 은퇴, 학문과 교육에 전심하였다.

  이언적(李彦迪)의 주리설(主理說)을 계승, 주자(朱子)의 주장을 따라 우주의 현상을 이(理)·기(氣) 이원(二元)으로 설명, 이와 기는 서로 다르면서 동시에 상호 의존관계에 있어서, 이는 기를 움직이게 하는 근본 법칙을 의미하고 기는 형질을 갖춘 형이하적(形而下的) 존재로서 이의 법칙을 따라 구상화(具象化)되는 것이라고 하여 이기이원론(理氣二元論)을 주장하면서도 이를 보다 근원적으로 보아 주자의 이기이원론을 발전시켰다. 그는 이기호발설(理氣互發說)을 사상의 핵심으로 하는데, 즉 이가 발하여 기가 이에 따르는 것은 4단(端)이며 기가 발하여 이가 기를 타[乘]는 것은 7정(情)이라고 주장하였다. 사단칠정(四端七情)을 주제로 한 기대승(奇大升)과의 8년에 걸친 논쟁은 사칠분이기여부론(四七分理氣與否論)의 발단이 되었고 인간의 존재와 본질도 행동적인 면에서보다는 이념적인 면에서 추구하며, 인간의 순수이성(純粹理性)은 절대선(絶對善)이며 여기에 따른 것을 최고의 덕(德)으로 보았다.

  그의 학풍은 뒤에 그의 문하생인 유성룡(柳成龍)·김성일(金誠一)·정구(鄭逑) 등에게 계승되어 영남학파(嶺南學派)를 이루었고, 이이(李珥)의 제자들로 이루어진 기호학파(畿湖學派)와 대립, 동서 당쟁은 이 두 학파의 대립과도 관련되었으며 그의 학설은 임진왜란 후 일본에 소개되어 그곳 유학계에 큰 영향을 끼쳤다.

그 결과로 사림들이 많이 등용되었으나 기묘사화(己卯士禍)로 일단 좌절되었으나 사림파가 정권을 장악한 선조대에 와서 각 지방의 여건에 따라 서원(書院)이 중심이 되어 자연촌, 즉 리(里)를 단위로 시행하였다. 이 시기에 이황(李滉)*, 이이(李珥)* 등에 의해 중국의 여씨향약(呂氏鄕約)의 강령인 좋은 일은 서로 권하고, 잘못은 서로 바로 잡아주며, 예속을 서로 권장하고, 어려운 일이 있으면 서로 도와준다는 취지를 살려 조선의 실정에 맞는 향약이 마련되었다.

임진왜란을 겪으면서 사족세력은 하층민들을 통제하고 사족 중심의 신분질서를 강화할 목적에서 양반신분의 상계(上契)와 상민신분의

---

*－이이(李珥 : 1536～1584) : 조선 중기의 학자 · 정치가. 본관은 덕수(德水)요. 자는 숙헌(叔獻)이며, 호는 율곡(栗谷)이다. 강릉 출생으로 아버지는 증좌찬성 원수(元秀)이며, 어머니는 사임당(師任堂) 신씨(申氏)이다. 그가 출생하던 날 밤 어머니 신사임당의 꿈에 흑룡이 바다에서 집으로 날아들어와 서렸다고 하여 아명을 현룡(見龍)이라 하였으며, 산실(產室)을 몽룡실(夢龍室)이라 하여 지금도 보존되고 있다. 8세 때에 파주 율곡리에 있는 화석정(花石亭)에 올라 시를 지었다. 어려서부터 어머니에게 학문을 배웠고, 1548년(명종 3) 13세로 진사시에 합격하였다. 16세 때에 어머니가 죽자, 파주 두문리 자운산에 장례하고 3년간 시묘(侍墓)하였다. 19세에 성혼(成渾)과 도의(道義)의 교분을 맺었다. 금강산에 들어가 불교를 공부하고 다음해 20세에 하산하여 다시 유학에 전심하였다. 22세에 성주목사 노경린(盧慶麟)의 딸과 혼인하였다.
23세가 되던 봄에 예안(禮安)의 도산(陶山)으로 이황(李滉)을 방문하였고, 겨울에 별시에서《천도책(天道策)》을 지어 장원하였다. 전후 아홉 차례의 과거에 모두 장원하여 '구도장원공(九度壯元公)' 이라 일컬어졌다. 26세 되던 해에 아버지가 죽었다.
29세에 호조좌랑에 처음 임명되고 예조좌랑 · 이조좌랑 등을 역임, 33세(1568년)에 천추사(千秋使)의 서장관(書狀官)으로 명나라에 다녀왔고, 부교리로 춘추기사관을 겸임하여《명종실록》편찬에 참여하였다. 이해에 성혼과 '지선여중(至善與中)' 및 '안자격치성정지설(顔子格致誠正之說)' 을 논하였다. 34세에《동호문답(東湖問答)》을 지어 올렸다. 37세에 율곡리에서 성혼과 이기(理氣) · 사단칠정(四端七情) · 인심도심(人心道心) 등을 논하였고, 39세(1574년)에 우부승지에 임명되고 재해로 인하여《만언봉사(萬言封事)》를 올렸으며, 40세 때《성학집요(聖學輯要)》를 제진하였다. 42세에《격몽요결(擊蒙要訣)》을 지었고, 45세에《기자실기(箕子實記)》를 편찬하였다. 47세에 이조판서에 임명되고, 어명으로《인심도심설(人心道心說)》을 지었다. 이해에《김시습전(金時習傳)》과《학교모범(學校模範)》을 지었으며, 48세에《시무육조(時務六條)》를 계진하고 십만양병을 주청하였다. 49세에 서울 대사동(大寺洞)에서 죽었으며, 파주 자운산 선영에 안장되었다. 문묘에 종향되었으며, 파주의 자운서원(紫雲書院), 강릉의 송담서원(松潭書院), 풍덕의 구암서원(龜巖書院), 황주의 백록동서원(白鹿洞書院) 등 20여개 서원에 배향되었다. 시호는 문성(文成)이다.

하계(下契)를 합친 형태의 동약(洞約)을 만들었다. 보통 몇 개의 자연촌을 합친 규모로 운영되었으며, 목천동약(木川洞約)과 영조 때의 퇴계학파 최흥원(崔興遠)이 이황의 예안향약(禮安鄕約)을 증보하여 사용한 부인동동약(夫仁洞洞約)이 유명하다.

또한 선조 34년(1571)에 이이는 '여씨향약' 및 '예안향약'을 근거로 서원향약(西原鄕約)과 이를 자신이 수정 증보하여 1577년에 해주향약(海州鄕約)을 만들었는데, 이들 향약은 조선 후기에 가장 널리 보급된 한국 향약으로서는 가장 완벽한 것으로 평가되고 있다.

17세기 후반부터 유향(儒鄕)이 나누어져 사족의 영향력이 약화된 반면에, 면리제(面里制)가 정비되는 과정에서 수령권(守令權)이 강화되어, 지방관이 주도하여 향약이 확산되어 갔다. 그리고 면을 단위로 하여 기존의 동계 촌계를 하부단위로 편입시켜 신분에 관계없이 지역주민 전부를 의무적으로 참여시켰다.

18세기 중엽 이후 재지사족을 매개로 하던 기존의 수취체제가 수령에 의한 향약의 하부구조로서 공동납체계 속에 포함되면서 그 성격이 변모되어 갔고, 동계운영에 있어서 이해관계를 달리하는 하층민의 요구와 입장이 첨예하게 표출되었다. 이 과정에서 하층민이 참여하기를 꺼리거나 하계안이 없어지는 현상이 일반화되어, 사족이 주도하는 동약에서의 운영권은 기층민간의 생활공동체로서의 촌계류(村契類) 조직과 마찰을 일으키고 점차 기층민의 입장이 반영되는 방향으로 변화하였다. 19세기 중 후반 서학(西學), 동학(東學) 등 주자학적 질서를 부정하는 새로운 사상이 등장함에 따라 향약의 조직은 위정척사운동에 활용되었다. 식민지 시기에는 일본측에서 미풍양속이라는 미명 아래 식민통치에 활용하였다.

심문으로 공초(供招)받다

중종 14년(1519) 10월 25일 대사헌 조광조, 대사간 이성동 등이 합사하여 정국공신에 대해 아뢰었다.

"정국공신은 세월이 오래 지나기는 하였으나, 이 공신에 참여한 자에는 폐주의 총신(寵臣)이 많은데 그 죄를 논하자면 워낙 용서되지 않는 것입니다. 폐주의 총신이라도 반정 때에 공이 있었다면 기록되어야 하겠으나, 이들은 또 그다지 공도 없음에 어이하리까? 대저 공신을 중히 여기면 공을 탐내고 이(利)를 탐내어 임금을 죽이고 나라를 빼앗음이 다 여기서 말미암으니, 임금이 나라를 잘 다스려지게 하려면 먼저 이(利)는 근원을 막아야 합니다."

대간 전원이 입대하여 정국공신들의 위훈에 대해 격론했다.

특히 사림들은 연산군때 무오 · 갑자사화를 일으켰던 유자광이 정국공신에 들어있는 것에 대하여 더욱 울분을 터뜨리고 있었다.

이렇듯 주청하여도 중종의 윤허가 내려지지 않자 대간들은 사직하고 정부, 육조, 한성부, 홍문관 등에서 위훈 삭제를 청하자 임금은 어쩔 수 없이 중종 14년 11월 9일 위훈 삭제 대상인 유순(柳洵 : 1441~1517), 김감(金勘 : 1466~1509), 구수영(具壽永 : 1456~1524), 강혼(姜渾 : 1464~1519), 정미수(鄭眉壽 : 1456~1512), 이손(李遜 : 1439~1520) 등의 이름에 황표를 붙이고 전교하였다.

황표가 붙은 명단이 내리자 이날 대간이 공신의 일에 관해 개개인의 공적을 들추며 아뢰었고, 11월 11일 정국공신을 개정하는 일로 정부에 전지하였는데, 정국공신 중에 운수군, 이효성 등 76명의 훈작이 삭제되었다.

그러나 이틀 뒤인 11월 13일 삭적된 공신에게 하사한 잡물, 가사 등은 거두어들이지 말라는 전교가 내려졌다. 위훈 삭제의 사태가 급진전되자 훈척들의 반발도 거세어졌다.

중종은 비밀리에 홍경주로 하여금 충훈부의 직방에 입직하게 하였다가 인견하여 조정의 일을 물었는데, 홍경주는 외정(外廷)의 재집(宰執)과 함께 드디어 참소하였다.

"조광조는 인망이 한때에 중하여 사람들이 모두 돌아가 붙으니 비상한 일이 있을지 모릅니다."

그러자 중종은 조광조 등을 더욱 의심하여 밀지를 홍경주에게 주어 재집들에게 보이게 하였다.

홍경주가 중종의 밀지를 소매에 넣고 다니며 재집들에게 보였는데 정광필(鄭光弼 : 1462~1538)의 집에 가서 보였더니, 정광필이 보지 않고 말하기를, "공은 유자광의 일을 보지 않았느냐" 하므로 홍경주가 드디어 물러갔다.

그 나머지 제공(諸公)은 "상의 뜻이 이러한데 어떻게 어길 수 있느냐" 하였다.

그래서 중종이 곧 홍경주와 함께 모의한 남곤을 부르니 남곤이 신무문(神武門)을 거쳐 비현합(丕顯閤)에 들어가 제거할 명사를 뽑아서 벌려 적었고 한 사람마다 무사(武士) 5명을 배정하고 궐정에 불러 모아 쳐죽이기로 의논을 정했다.

결국 위훈 삭제를 허락 받은 지 나흘만인 15일에 이자, 김정, 조광조 등의 사림은 훈척들에 의해 간히게 되었다.

그리하자 11월 16일 정광필, 안당, 신상이, 조광조 등에 대한 추고 전지의 부당함을 아뢰었다.

"저들은 위에서 말을 다하게 하시므로 알면 말하지 않는 것이 없고 생각이 있으면 반드시 아뢰었으며 신 등은 그 언로가 막힐까 염려하여 감히 재제하지 못하였습니다. 임금께 과격하다고 생각하여 그르게 여기신다면 옳겠으나 이제 조정의 정사를 어지럽혔다고 지칭하여 죄주면 사방의 인심이 듣고 합당하게 여기지 않을 것이고, 또 명시(明時)의 일같지 않습니다. 이제 지나친 일이 있기는 하나 뚜렷한 잘못이 없는데 폐단은 바로 잡으려다가 또 아랫사람이 다들 귀머거리나 소경처럼 잠자코 있게 만들게 되면 그 뒤에는 구제하기 어려울 것이니 폐단을 없도록 해야 합니다."

그러자 중종이 답하였다.

"언로를 막으려는 것이 아니라 조정의 일이 크게 글러지면 안 되기 때문에 바로 잡으려는 것이다. 조정이 이미 죄주기를 청하였거니와 유사(有司)가 추고(推考)하면 그 죄가 절로 드러날 것이다."

결국 11월 16일 조광조, 김구 등을 공초하였는데 정광필, 안당 등이 면대를 청하니, 중종이 이르길, "대신이 들어오기 전에 추안(推案)을 먼저 들이라"하고 드디어 추관(推官) 김전(金詮), 이장곤(李長坤), 홍숙(洪淑) 등을 인견하고 나서 지만취초(遲晩取招)와 조율(照律)을 명하였다. 이날 김정, 김구, 김식, 조광조, 기준, 박세희, 윤자임 등과 함께 사가 독서하였다.

김구(金絿)*가 아뢰었다.

"신의 나이는 32살입니다. 성품이 본디 어리석으나 다만 고인(古人) 사우(師友)의 도움을 사모하여 뜻을 같이 하는 선비들과 교유(交遊)하였을 뿐입니다. 인물을 진퇴(進退)하는 것은 하류(下類)가 할 일이 아니며 착한 자를 좋아하고 착하지 않은 자를 미워하여 한갓 공론을 가지고 서로 시비하였을 뿐입니다. 붕비를 맺고 궤격하여 국론이 전도되고 조정을 날로 굴러가게 하였다는 것은 신의 뜻과는 다릅니다."

조광조(趙光祖)*도 아뢰었다.

"신의 나이는 38살입니다. 선비가 세상에 태어나서 믿는 것은 임금의 마음뿐입니다. 국가의 병통이 이(利)의 근원에 있는 줄로 망령되게 생각하여 국맥(國脈)을 무궁한 터전에 새롭게 하고자 하였을 뿐이고 다른 뜻은 전혀 없었습니다."

박세희(朴世熹)*도 아뢰었다.

"신의 나이 29살입니다. 나이가 젊었을 뿐만 아니라 성품도 소우(疏

* — 김구(金絿 : 1488~1534)의 본관은 광산이고 호는 자암 삼일제이다.
* — 조광조(趙光祖 : 1482~1519)의 본관은 한양이고 호는 정암이다.
* — 박세희(朴世熹 : 1491~?)의 본관은 상주이고 자는 이회(李晦)이다.

愚)하여 밖으로 나타나는 행검(行檢)이 없으나 옛 사람의 글을 읽었으므로 시의(時宜)를 참작하여 일에 임해서 정성을 다하는 것이 신의 직분이었습니다. 조광조는 신이 젊어서부터 교유하였고 김식, 김구, 김정도 늘 교유하였으나, 그 논의가 궤격한지는 모르겠으며 상종하였을 뿐이고 참으로 서로 사사로이 부화한 것이 아닙니다."

박훈(朴薰)*도 아뢰었다.

"신의 나이는 36살입니다. 성질이 본디 미열(迷劣)하나 옛 사람의 글을 읽었으므로 입심(立心) 행기(行己)를 옛 사람과 같이 하기로 스스로 기약하여 임금에게 충성하고 어버이에 효도하려고 생각해 왔습니다. 또 사우(師友)가 없으면 성인이 될 수 없으므로 조광조, 김구, 김정 등과 서로 교유하였을 뿐이고 그는 의가 궤격한지는 모르겠으며 사사로이 서로 부화하였다는 것은 신이 한 일이 아닙니다."

윤자임(尹自任)*도 아뢰었다.

"신의 나이 32살입니다. 성품이 본디 광우하나 다만 옛 사람의 글을 읽어서 시비를 조금 압니다. 국가에서 일을 논할 때는 혹 조광조, 김정, 김식, 김구 등과 서로 뜻이 같으므로 함께 교유하였을 뿐입니다. 그 논의가 궤격하였는지는 모르겠으나 신이 한 일이 아닙니다."

추관 김전, 이장곤, 홍숙 등은 조광조 등의 죄를 조율하여 아뢰었다.

"원율(元律)이 없으므로 비율(比率)로 맞추었으나, 지극히 가중하므

* ―박훈(朴薰 : 1484~1540)의 본관은 밀양이고 자는 형지(馨之)이다.
* ―윤자임(尹自任 : 1488~1519)의 본관은 파평이요 자는 중경이다.

로 신 등은 크게 놀랐습니다. 듣건대 조광조 등이 지만취초 때에 다들 통곡하며 성명(聖名)만 믿고 국가를 위하여 하였을 뿐인데 무슨 다른 뜻이 있겠습니까? 라고 진술하였는데 신들은 이 말을 듣고 매우 측은하였습니다. 이 율(律)로 죄주면 만세에 관계될 것입니다"

그리고 조광조의 옥중소와 함께 들었다.

그리고 조율 내용을 아뢰었다.

"조광조, 김구, 김식, 김정 등은 서로 붕비를 맺어, 저희에게 붙는 자는 천거하고 저희와 뜻이 다른 자는 배척하여 성세(聲勢)로 서로 의지하여 권요(權要)의 자리를 차지하고 후진을 유인하여 궤격이 버릇되게 하여 국론이 전도되고 조정이 날로 굴러가게 하여 조정에 있는 신하들은 그 세력이 치열한 것을 두려워하여 아무도 입을 열지 못하였으니 그 죄는 다 참하고 처자를 종으로 삼고 재산을 관에 몰수하는 데에 해당합니다. 윤자임, 기준, 박세희, 박훈 등은 조광조의 궤격한 논의에 부화하였으니 죄는 수종(隨從)이므로 1등을 감하여 각각 장일백(杖一百) 유 삼천리(流 三千里)에 처하고 고신(告身)을 진탈(盡脫)하는 데 해당합니다."

성균관 유생 이약수(李若水 : 1486~1531) 등 150명이 궐하에서 상소하고 궐문을 밀고 난입(亂入)하여 곧바로 합문(閤門) 밖에 가서 통곡하니, 곡성이 궐정(闕廷)을 진동하였다 했다.

승지(承旨) 성운(成雲 : ? ~1528)이 봉장(封章) 가지고 들어가 중종에게 아뢰니 중종이 어리둥절하며 말하였다.

"저 곡하는 자가 누군가?" 하여 성운이 아뢰기를,

"성균관의 유생들이 봉장하고 복합(伏閤)하여 통곡합니다" 하고

성운은 유생들이 난입한 일을 아뢰었다. 임금이 이르기를

"상소는 오히려 할 수 있으나 어찌 난입하여 통곡할 수 있는가? 유자(儒者)의 사체(事體)가 이러한가? 이제 곡성을 들으니 매우 놀랍다. 괴수(魁首) 5~6인을 곧 의금부(義禁府)에 내려서 가두라" 하였다.

이때 관학 여러 유생들이 들끓고 대궐로 달려오는 자가 무려 천여 명이 되었다. 이들은 광화문 앞에 모여서 어쩔 줄을 몰라 하는데 유생 신명원이 앞장서서 주창하였다.

"향도들도 모두 소를 올려서 원통한 것을 풀어주고자 하는데, 하물며 우리 제생(諸生)들이 해가 뜰 때부터 여기 모여서 낮이 되도록 초안(草案)하지 않는 것은 무슨 연고냐?" 하고

드디어 붓을 잡고 소를 초하는데 풍우같이 빨랐다.

여러 유생들이 모여들어서 소를 바치려 하다가 문지기에 거절당하니, 재상들이 강개(慷慨)하여 분통이 터져 문을 밀치고 어지러이 들어갔다.

생원 박광우(朴光佑 : 1495~1545)는 상처를 입어 피가 흘러 얼굴에 가득했으며 재상들도 혹은 망건이 벗겨지고 혹은 머리가 풀어져서 대궐 뜰에서 울부짖으니, 그 소리가 대내(大內)까지 들렸다.

중종이 "곡성이 어디서 들려오는 거냐?" 하고 묻자, 정원(政院)이 사실대로 말하였다. 중종은 전교를 내려 명하였다.

"유생의 일이 심히 놀랍도다. 대궐 마당에 함부로 들어 왔으니 또한 그 죄가 있을 것이다. 궐문을 밀치고 들어와서 호곡(號哭)한다는 것은 천고(千古)에 없던 일이로다" 하고 명하여, "그중에서 5~6인을 적발하여 잡아가두어 징계하라" 하였다.

또 금군(禁軍)에 명하여 몰아내게 하니, 신명인이 여러 사람 속에서 소리를 높여 말하였다.

"옛날에 한(漢)나라 양진(楊震)이 잡혔을 때 대학생(大學生) 3천여 명이 궐문을 지키고 호곡한 일이 있거니와 전하(殿下)께서 오늘 하시는 일은 진실로 천고에 없는 일입니다" 하였다.

소두(疏頭)가 된 생원 이약수(李若水)와 윤언직(尹彦直), 박세호(朴世豪), 김수성(金遂性)이 잡히자 제생들이 앞을 다투어 옥에 들어가려 하여 오히려 차례에 들지 못할까 걱정하니 옥(獄)이 이미 가득차고 쇠끈이 모자라 짚세기로 목이 엮인 자들이 종루(鐘樓)에 모여 있게 되었다.

금부에서 아뢰었다.

"사람은 많고 옥은 좁아서 가둘 수가 없습니다."

대신들도 또한 아뢰었다.

"유생들이 사체를 알지 못한 것이오니 청컨대 불문에 부쳐서 민심을 진정시키소서" 하였다.

이튿날 유생 임붕(林鵬 : 1486~?) 등이 또 소를 올려 조광조를 구하려 하였고, 또 "어제 유생들이 옥에 갇혔으니, 신 등이 홀로 편안이 있을 수 없다" 하고 수백 명이 궐문 밖에서 명령을 기다렸다.

3일째 되던 날 중종이 명하였다.

"이약수 등을 석방하라."

그리고 그들의 상소에 답하여 말하였다.

"조광조 등의 처음 뜻은 어찌 나라 일을 그르치려 하였겠으며, 임금도 또한 지극한 다스림을 보려 했던 것인데 근래에 이들이 궤격한 일이 많았으므로 부득이 죄준 것이고 대신들도 또한 조정을 안정시키고자 한 것이지, 간사한 참소를 배척하는 소인(小人)들의 짓이 아니다" 고 하였다.

모해로 유감삼다

남곤, 심정, 홍경주가 일찍이 찬성이 되었다가 논박(論駁)을 받아 항상 분함의 불만을 품고 있었다.

어느 날 남곤이 조광조 등에 교류를 청하였으나 조광조 등이 허락하지 않자 유감을 품고서 조광조 등을 죽이려고 하였다.

드디어 이들은 서로 통하여 홍경주로 하여금 그의 딸 희빈을 시켜, "온 나라 인심이 모두 조씨에게로 돌아갔다" 하고 밤낮으로 중종 임금께 말하여 중종의 뜻을 흔들었다.

이리하여 벌레가 갉아먹는 나무열매 감즙(甘汁)을 가지고 벌레를 잡아 모으고 꿀로 나뭇잎에다 주초위왕(走肖爲王) 네 글자를 많이 쓰고서 벌레를 놓아 갉아먹게 하기를 마치 한(漢)나라 공손(公孫)인 병기(病己)의 일처럼 자연적으로 생긴 것같이 하였다.

남곤의 집이 백악산(白岳山) 아래 경복궁 뒤에 있었는데, 자기 집에서 벌레가 갉아먹은 나뭇잎을 물에 띄워 대궐 안의 어구에 흘려 보내어 중종이 보고 매우 놀라게 하고자 고변하여 화를 조성하려 하였다.

또한 희빈 홍씨로 하여금 주초위왕 4자를 부참서(符讖書)와 같이 만들어 이것을 중종에게 바치니 중종이 듣고 의혹하였다.

또한 심정이 경빈 박씨의 문안비(問安婢)를 꾀어서 말하기를, "조씨가 나라를 마음대로 하매 사람들이 모두 칭찬한다" 하여 마치 여염(閭閻) 사이의 보통 말처럼 만들어서 궁중에 퍼뜨려 임금의 마음으로 하여금 두렵고 위태롭게 하였다 .

그렇게 한 뒤에 홍경주가 언서(諺書)를 가지고 밀지(密旨)라 일컫고 불평을 가진 재상들에게 말하여 시일을 정하여 모이게 하니, 지중추부사(知中樞府事) 안윤덕(安潤德 : 1457~1535)은 대답하기를, "신은 능히 하지 못할 일입니다" 하였고, 권균(權鈞 : 1464~1526)은 지위가 낮다고 사양하였으며, 여성부원군 송일(宋軼)은 병이 있어 일어나지 못한다고 하였다.

중종과 조광조의 만남 그리고 갈등

성균관(成均館)은 고려 말부터 이어진 조선의 최고 교육기관으로 그 명칭은 고려 충선왕 때 국학(國學)을 성균관으로 개명한 데서 비롯하여 조선시대에 유학의 교육을 맡아보던 관아(官衙)이다.

공자를 제사하는 문묘(文廟)와 유학을 강론하는 명륜당으로 이루어지며 공민왕 때에는 국자감(國子監)이라 부르다가 곧 성균관으로 다시 부르게 되었는데 태조 7년(1398)에 설치하여 순종(純宗, 융희 : 1874~1926) 4년(1910)때 한일병합조약에 이르기까지 조선의 최고 교육기관이었다.

진사시와 생원시에 합격한 사람에게는 우선적으로 성균관 생원의 기회가 주어졌으며 그 외에 선발시험인 승보(升補)나 음서를 통해 유생으로 입학할 수 있었다. 정원은 200명이었으나 유동적이었다. 또한 성균관 유생은 대과(大科)에 응시할 수 있는 자격을 갖는다.

조광조의 화려한 등장에는 중종을 사로잡은 한 편의 미담(美談)이 있었다. 1515년(중종 10) 성균관을 방문한 중종은 유생들에게 시험 문제를 냈다. 왕이 성균관 문묘를 참배하고 유생들을 격려하기 위한 시험인 알성시(謁聖試)가 시작된 것이다.

1506년(연산군 12) 중종반정으로 즉위했지만 이제까지 제 목소리를 내지 못했던 중종은 자신의 색깔을 나타낼 수 있는 정치를 계획하며 유생들에게 그 아이디어를 얻으려 하였다.

중종이 낸 문제의 요지는 공자시대의 이상정치를 현재에도 구현하려면 어떻게 해야 할 것인가? 라는 것이었다. 〈정암집〉(靜菴集) 권2 '알성시책' (謁聖試策)에 그 내용이 실려 있는 중종의 책문(策問)을 옮겨 보기로 한다.

임금께서 이렇게 말씀하셨다.

공자께서 "만일 누가 나에게 나라를 맡아 다스리게 한다면, 1년이면 그런대로 실적을 낼 것이고, 3년이면 정치적 이상을 성취할 것이다" 하셨다.

"성인이 헛된 말씀을 하셨을 리 없으니, 아마도 공자께서는 정치를 하기 전에 반드시 정치의 규모와 시행하는 방법을 미리 정해 놓으셨을 것이다. 그 방법을 하나하나 지적하여 말해 보라.…… 나는 덕이 부족한데도 조상들의 큰 기업을 이어받아 나라를 다스리게 되었다. 잘 다스리기를 원한 지 10년이 되었건만, 기강이 아직 서지 않고 법도도 아직 정해지지 않았다. 이런 상황에서 공적을 이루려고 하니, 어찌 어렵지 않겠는가? 공자의 가르침을 배운 그대들은 모두 요순시대와 같은 이상적인 사회를 구현하려는 뜻을 품고 있을 테니, 뜻이 단지 정치적 목적을 성취하는 데 그치지는 않을 것이다. 만일 오늘과 같은 시대에 옛날의 이상적인 정치를 이룩하고자 한다면, 무엇을 급선무로 하겠는가? 모두 다 말해 보라" 하였다.

王若曰 孔子曰 如有用我者(왕약왈 공자왈 여유용아자)
期月而已 可也 三年有成(기월이이 가야 삼년유성)
聖人豈徒言哉 其規模設施之方(성인기도언재 기규모설시지방)
必有先定於未行之前者 基可指而(필유선정어미행지전자 기가지이)
歷言之歟 ……予以寡德(역언지여 ……여이과덕)
承祖宗丕基 臨政願治 于今十年(승조종비기 임정원치 우금십년)
而紀綱有所未立 法度有所未定(이기강유소미립 법도유소미정)
如此而求有成之效 豈不難哉(여차이구유성지효 기불난재)
諸生 學孔子者 皆有堯舜君民之志(제생 학공자자 개유요순군민지지)
不止於有成而已 當今之時(불지어유성이이 당금지시)
如欲致隆古之治 何者爲先務(여욕치륭고지치 하자위선무)
其言之以悉(기언지이실)

중종이 낸 문제에 대해 조광조는 거침없이 답안을 써 내려갔다. 다음은 조광조가 쓴 대책(對策), 즉 시험 답안지의 일부이다.

"저는 다음과 같이 대답합니다. 하늘과 사람은 근본이 같으므로, 하늘의 이치가 사람에게 유행하지 않은 적이 없습니다. 또한 임금과 백성은 근본이 같으므로, 임금의 도가 일찍이 백성에게 쓰이지 않은 적이 없습니다. 그러므로 옛날 성인들은 거대한 천지와 수많은 백성을 하나로 여겼습니다. 그 이치를 살펴서, 그 도를 처리한 것입니다.

이치를 가지고 살펴보았으므로 천지의 뜻을 지니고 신명한 덕에 통달하였습니다. 도를 가지고 처리하였으므로 정밀하고 세세한 일을 응집하고, 사람이 마땅히 할 떳떳한 도리를 다스렸습니다. 이러한 까닭으로 옳은 것을 옳다 하고 그른 것을 그르다 하며, 좋은 것을 좋아하고 나쁜 것을 싫어하는 것과 같은 가치판단이 내 마음에서 벗어날 수가 없었습니다" 하고 말하였다.

臣對 天與人 本乎一(신대 천여인 본호일)
而天未嘗無其理於人(이천미상무기리어인)
君與民 本乎一(군여민 본호일)
而君未嘗無其道於民(이군미상무기도어민)
故古之聖人 以天地之大(고고지성인 이천지지대)
兆民之衆爲一已(조민지중위일이)
而觀其理而處其道(이관기리이처기도)
觀之以理 故負天地之情(관지이리 고부천지지정)
達神明之德 處之以道(달신명지덕 처지이도)
故凝精粗之體 領彛倫之節(고응정조지체 영이륜지절)
是以 是是非非善善(시이 시시비비선선)
惡惡無所得逃於吾之心(악악무소득도어오지심)

조광조는 이어서 중종이 낸 책문의 핵심인 공자의 도를 실천해야 할 것을 이어서 강조했다.

"공자의 도는 천지의 도이고, 공자의 마음이 바로 천지의 마음입니다. 천지의 도와 만물의 많음이 이 도에 따라 이루어지지 않음이 없습니다. 천지의 마음과 음양의 감화도 또한 이 마음에 말미암아 조화되지 않음이 없습니다. 음양이 조화되어 만물이 이루어진 뒤로, 일물이라도 그 사이에서 성취되지 않음이 없고, 반듯하게 구별되었습니다. 하물며 공자께서는 본래 있는 도로써 이끌었기 때문에 쉽게 효과를 얻었고, 본래 가지고 있는 마음으로써 감화시켰기 때문에 쉽게 효과를 얻은 것입니다" 하고 거듭 말을 아뢰었다.

夫子之道 天地之道也(부자지도 천지지도야)
夫子之心 天地之心也(부자지심 천지지심야)
天地之道 萬物之多(천지지도 만물지다)
莫不從此道而遂 天地之心(막불종차도이수 천지지심)
陰陽之感 亦莫不由此心而和(음양지감 역막불유차심이화)
陰陽和 萬物遂而後(음양화 만물수이후)
無一物不成就於其間(무일물불성취어기간)
而井井焉有別 況夫(이정정언유별 황부)
子導之以本有之道(자도지이본유지도)
而易得其效 感之以本有之心(이역득기효 감지이본유지심)
而易得其驗歟(이역득기험여)

중종은 근엄하게 듣기만 하며 기특한 표정으로 그를 바라보고 있었다.

조광조는 공자의 도가 천지의 도이며, 공자의 마음이 천지의 마음이기 때문에 공자의 말대로만 한다면 그 다스림의 효과가 반드시 나타날 것이라고 확신을 하였다. 조광조는 또한 법도와 기강을 세울 것을 강조하는 한편, 원칙이 세워지면 대신들에게 정치 실무를 위임해야 한다는 점을 피력하였다.

법도와 기강의 큰 줄기를 세웠다면, 이제는 대신에게 정권을 믿고 맡겨야 합니다. 군주가 홀로 정치를 할 수는 없습니다. 반드시 대신에게 맡겨야 정치의 법도가 확립되는 것입니다.

군주는 하늘과 같으며, 신하는 사시(四時)와 같습니다. 하늘이 혼자 돌기만 하고 사시의 운행이 없으면, 만물이 자라날 수 없습니다.

군주가 혼자 책임을 지고 대신의 도움을 받지 않는다면, 온갖 교화가 흥기하지 않습니다.

다만 흥기하지 않고 완수되지 않을 뿐만 아니라 하늘이 혼자 운행하고, 군주가 혼자 책임을 진즉 하늘이 되고 군주가 되는 도를 크게 잃을 것입니다. 그래서 옛날에 성스러운 군주와 현명한 재상은 반드시 성실한 뜻으로 서로 믿고 모두 그 도리를 다하여 함께 정대(正大)하고 광명한 업적을 완성할 수 있었습니다.

원컨대 전하께서는 우선 대신을 공경하고 정치를 맡겨 기강을 정립하고, 법도를 정립하신 다음 훗날 대본을 수립하고 큰 법을 행하시기 바랍니다.

若法度之所以粗定 紀綱之所以(약법도지소이조정 기강지소이)
粗立者 未嘗不在乎敬大臣而任其(조립자 미상불재호경대신이임기)
政也 君未嘗獨治 而必任大臣而後(정야 군미상독치 이필임대신이후)
治道立焉 君者如天 而臣者四時也(치도립언 군자여천 이신자사시야)
天而自行 而無四時之運(천이자행 이무사시지운)

則萬物不遂 君而自任(칙만물불수 군이자임)
故古之聖君賢相 必誠意交孚(고고지성군현상 필성의교부)
兩盡其道 而可以共成正大光明之(양진기도 이가이공성정대광명지)
業矣 伏願殿下 姑以敬大臣而任其政(업의 복원전하 고이경대신이임기정)
粗立其紀綱 粗定其法度(조립기기강 조정기법도)
以其後日大本之立 大法之行也(이기후일대본지립 대법지행야)

마지막으로 조광조는 도를 밝히는 것과 혼자 있을 때를 조심하는 것을 마음의 요체로 삼아야 함을 거듭 강조하며 답안을 맺고 있다.

엎드려 바라건대 전하께서는 '도를 밝히는 것' 과 '혼자 있을 때 조심하는 것' 을 마음 다스리는 요체로 삼고, 그 도를 조정에 세우셔야 합니다. 그런즉 기강이 어렵지 않게 설 것이며, 법도도 어렵지 않게 정해질 것입니다.

공자가 "석 달이면 가하고, 3년이면 성취할 수 있다" 한 말이 바로 여기에 있는 것입니다. 저는 임금님의 위엄을 무릅쓰고 감격의 지극함을 이기지 못하며, 삼가 죽기를 각오하고 대답합니다.

伏願殿下 誠以明道謹獨(복원전하 성이명도근독)
爲治心之要 而立其道於朝廷(위치심지요 이립기도어조정)
之上 則紀綱不難立而立(지상 칙기강불난립이립)
法度不難定而定矣 然則夫子(법도불난정이정의 연칙부자)
三月之可 三年之成(삼월지가 삼년지성)
亦無不在乎是矣 臣干冒天威(역무불재호시의 신간모천위)

不勝 激切之至 謹昧死以對(불승 격절지지 근매사이대)

1515년 조광조의 답안에 매료된 중종은 조광조를 파격적으로 승진시키며 자신의 핵심 참모로 삼았다.

백성과 사림의 여망 속에 왕이 된 중종은 사림을 다시 등용하고 도학(道學)을 숭상하여 무너진 유교정치를 다시 일으켜 태평성대의 안정되고 평온한 세상을 만들고자 하였다.

특히 1515년(중종 10)에 젊고 깨끗한 조광조(趙光祖)가 중용되면서 그를 추종하는 젊고 기개(氣槪) 있는 사림이 현량과(賢良科)라는 추천제도에 의해서 대거 등용되었다. 이때 등용된 사림은 기호출신이 많아 기호사림으로도 불린다. 이들의 가문은 조선 초기에 큰 벼슬을 지낸 훈신의 후예들이 적지 않았으나, 체질적으로는 전형적인 성리학자로 변신해 있었다.

조광조 일파는 김정, 김구, 김식, 박훈, 박세희, 김안국, 김정국, 기준, 윤자임, 한충 등 젊은 선비들은 삼사(三司)의 언관직에 포진하여 자신들의 의견을 공론(公論)이라고 표방하면서 급진적 개혁을 요구하고 나섰다.

즉 연산군의 학정에 대한 경험에서 무엇보다도 군주의 마음을 바르게 하는 것이 중요하다고 믿어 경연을 강화하고 언론활동을 활성화했으며, 내수사(內需司 : 궁중에서 쓰는 곡식 피륙 잡물, 노비에 관한 사무를 보는 관아) 장리(長利)의 폐지, 소격서(昭格署)의 폐지, 그리고 향촌 사회에서 향약(鄕約)의 실시와 〈삼강행실〉(三綱行實), 〈이륜행실〉(二倫行實), 〈주자가례〉, 〈소학〉의 보급, 균전제 실시를 통한 토지집중의 완화, 방납 폐단의 시정 등을 주요정책으로 내세웠다.

사림의 정책들은 지방 중소지주층의 이익을 크게 반영하고, 농민의 부담을 완화시켜 줄 수 있는 것이었으나, 중종반정에 공을 세운 공신들에게는 불리한 것이었다.

특히 조광조 일파는 공신에 책봉된 100명 가운데 4분의 3은 부당하게 공신이 되었으므로 그들의 공신 칭호와 토지 및 노비를 몰수해야 한다고 주장하여 공신들의 원한을 샀다. 또 공신들은 의정부와 6조의 높은 자리를 차지하고 있었는데, 삼사(三司)에 포진한 사림의 견제가 공신들에게는 불만의 원인이 되었다. 그들은 언관(言官)의 권한이 너무 큰 것은 나라를 어지럽게 할 뿐 아니라, 〈경국대전〉(經國大典)의 권력체제를 무너뜨리는 위험한 행동으로 비판하였다.

중종은 처음에 사림을 무척 신임했으나, 나중에는 지나치게 군주를 압박하는 데 싫증을 느꼈다.

이런 분위기를 이용하여 1519년(중종 14) 11월, 남곤*, 심정* 등 훈

---

* —남곤(南袞 : 1471~1527) : 자는 사화(士華)요, 호는 지정(止亭), 지족당(知足堂)이다. 시호는 문경(文敬), 본관은 의령이다. 심정(沈貞), 홍경주(洪景舟)와 함께 기묘사화(己卯士禍)를 일으켰다. 조선의 개국공신 남재(南在)의 후손으로 김종직(金宗直)의 문하에서 공부하여 문명을 떨쳤으며, 1489년 생원시와 진사시에 합격하고 1494년 별시문과에 을과로 급제하여 검열을 거쳐 사가독서를 하였다. 부제학과 좌부승지도 지냈고 개혁적 성향이었으며, 성종 때 윤필상(尹弼商)을 탄핵한 이유로 투옥당했고, 유순정(柳順汀)과 성희안(成希顔)의 비리를 탄핵했다가 다시 투옥당했다. 그 뒤 통정대부로 승진, 부제학, 좌부승지 등을 지냈다.

1504년 갑자사화(甲子士禍)에 휘말려 서변으로 유배당했다가 1506년 박경 등이 역모를 꾸민 일을 고발해 이조참판과 대사헌, 중추부지사를 지냈다. 이어 호조판서와 병조판서, 이조판서를 역임하고 다시 우참찬이 되어 대제학까지 겸했다. 1518년 주청사로 명나라에 가기도 했으며 예조판서가 되었다. 그러나 성리학과 수신을 강조하는 개혁자 조광조(趙光祖)와의 대립으로 조광조의 신진 세력들에 의해 소인으로 내몰리게 되자 1519년 훈구파 대신 심정, 홍경주 등과 흉계를 꾸며 기묘사화를 일으켜 조광조와 그의 세력들을 숙청하는 데 성공했다. 이 일로 좌의정에 되었다가 1523년 영의정에 올랐다. 김안로(金安老)를 탄핵하다가, 1527년 그와의 경쟁에서 패하고 정계에서 축출당하였다.

만년에는 자신의 일을 자책하고 자신의 문서가 훗날 화가 될까봐 불태워 버렸다. 사후 문경이란 시호가 내려졌으나 1558년 삭탈되었고 심정, 홍경주와 함께 기묘삼흉이라 불렸다. 문집에는 《지정집》, 저서에는 《유자광전》, 《남악창수록》 등이 있다.

구 대신들은 조광조 일파에게 붕비(朋比)와 반역죄의 누명을 씌워 무참하게 죽이거나 유배 보냈다. 이 사건으로 사림의 개혁정치는 훈구파 재상들에 의해 기묘사화로 중종과 조광조의 동거는 4년 만에 끝이 나고 그들이 추진했던 정책도 대부분 폐지되었다.

조광조와 김구 사림파 신하는 왕에게 충성해야 마땅하지만, 그 왕보다 더 중요한 것은 그 시대가 추구하고 실천해야 하는 성리학 이념이라고 판단했다. 성리학 이념의 '확신범' 이었던 셈이다.

중종이 조광조를 전격적으로 숙청한 것은 성리학을 무기로 왕권을 압박하는 조광조의 도전을 더 이상 방관할 수 없었고, 또한 싫증이 났기 때문이었다.

성리학 이념의 실천을 무기로 화려하게 등장한 조광조는 그러나 기묘사화로 말미암아 그가 구상한 도덕적, 이상적 정치의 실천은 꿈으로만 끝났다. 그리고 중종을 사로잡았던 그 화려했던 등장도 역사 속에 묻혀 버렸지만 그러나 이때 화를 입은 조광조(趙光祖), 김정(金淨), 김구(金銶), 김식(金湜), 기준(奇遵) 등은 '기묘명현' (己卯名賢)으로 높은 추앙을 받아 16세기 후반에 사림 시대를 여는 정신적 바탕이 되

* ㅡ심정(沈貞 : 1471~1531) : 본관은 풍산(豊山). 자는 정지(貞之), 호는 소요정(逍遙亭). 아버지는 부사를 지낸 적개공신(敵愾功臣) 응(膺)이다. 1502년(연산군 8) 별시문과에 급제하여 다음해 수찬이 되었다. 1506년 중종반정에 참여하여 정국공신(靖國功臣) 3등으로 화천군(花川君)에 봉해졌다. 1507년 지중추부사로 사은사가 되어 명나라에 다녀오고, 1509년 성천부사가 되었다. 심정은 당시 훈구세력으로서 신진사류들과 대립했다.
1515년 이조판서에까지 승진했으나 삼사(三司)의 탄핵을 받아 물러났으며, 1518년에는 형조판서에 올랐으나 조광조(趙光祖) 등 신진사류의 탄핵으로 파직되고, 이어 정국공신도 삭탈당했다. 이에 조광조 등 사류에 대한 원한을 품고 있던 중 1519년 '주초위왕' (走肖爲王), '조씨전국' (趙氏專國)의 말을 퍼트리며 남곤(南袞) · 홍경주(洪景舟) 등과 함께 기묘사화를 일으키고 사류들을 숙청했다. 1527년 우의정을 거쳐 좌의정에 올랐으나, 복성군(福城君)의 옥사가 일어나자 김안로(金安老)의 탄핵으로 사탈 관지되고 강서로 유배되었다. 유배지에서 이항(李沆) · 김극핍(金克愊)과 함께 신묘3간(辛卯三奸)으로 지목되어 죽음을 당했다.

었다.

정치권의 갈등과 대립은 비단 오늘만의 일이 아니라 과거에도 숱하게 일어난 사건이다. 선비들이 정치적 반대파에게 화를 입는 일은 조선 중기에 사림 세력이 화를 당한 연산군 때부터 명종 즉위년까지 발생한 4차례의 옥사를 말한다.

이들 사화는 연산군 4년(1498)의 무오사화, 연산군 10년(1504)의 갑자사화(甲子士禍), 중종 14년(1519)의 기묘사화*(己卯士禍), 명종 즉위 1년(1545)의 을사사화*(乙巳士禍) 등으로 이를 '4대사화' 라고 부른다.

사림(士林)은 전원(田園)의 산림(山林)에서 유학을 공부하던 문인, 학자로서 성종 때부터 중앙 정계에 진출하기 시작한 사림 세력은 훈구 세력의 비리를 규탄하면서 점차 정치적 영향력이 커져갔다.

그러던 중 연산군이 즉위하면서 훈구 세력의 불만이 폭발하였고, 양 세력간의 갈등으로 사화가 발생하게 된다. 사화는 사림 세력의 역사적 성장이라는 추세에서 발생한 사건으로, 이를 통해서 사림들은 많은 피해를 입기는 하였으나 지방의 서원이 향약을 기반으로 지지기반을 확산하는 등 성장을 계속하여 명종* 말기, 선조 초기에 이르면서 중앙 정계의 정치적 주도권을 장악하게 되며, 이후 사림정치를 주도하게 된다.

지도자가 리더십을 제대로 발휘하지 못해 갈등이 첨예화됐을 때 조정에서는 피바람이 불었고 혼란의 악순환도 거듭됐다. 조광조와

---

* ─기묘사화(己卯士禍) : 남곤(南袞), 심정(沈貞), 홍경주(洪景舟) 등의 재상들에 의해 조광조(趙光祖), 김정(金淨), 김구(金絿), 김식(金湜) 등 사림(士林)을 몰아내고 귀양보낸 사건.
* ─을사사화(乙巳士禍) : 중앙관직에 진출했던 정치세력을 훈구파와 사림파로 나누는데 인종이 죽자 새로 즉위한 명종의 외숙인 소윤(小尹)의 거두 윤원형이 인종의 외숙인 대윤(大尹)의 거두 윤임 일파를 몰아내는 과정에서 대윤파에 가담했던 사림(士林)이 크게 화를 입은 사건.

중종의 예가 사화의 대표적인 경우다.

중종은 포악한 군주 연산군을 내쫓고 왕에 올랐기 때문에 중종은 유교에서 지향하는 정치를 펴보려고 애썼다. 그의 정치철학은 연산군 시대에 대한 반동이자 유교정치로의 복귀를 강력히 담고 있었다. 중종은 유교적인 이상정치를 구현하기 위해 자신의 이념에 딱 들어맞는 인재를 찾았다. 조광조도 그래서 발탁됐다.

조광조는 성종 13년(1482) 한양 조씨 가문에서 태어났다. 그의 아버지는 사헌부 감찰(監察)을 지낸 조원강(趙元綱)이다. 사헌부는 관리들의 비위를 감찰하던 기관이지만 삼사의 하나로서 간쟁의 업무도 담당했다. 삼사란 사헌부, 사간원, 홍문관을 일컫는다. 따라서 그의 강직한 성품은 간관(諫官)을 지낸 아버지의 성품을 닮았다고 할 수 있다.

당시 조정에서는 선왕 성종의 사림우대 정책으로 인해 사림들은 대간의 자리를 차지하였고, 연산군에게 집권 초부터 무리한 강론을

---

* ─명종(明宗 : 1534~1567. 조선 제13대 왕) : 중종의 둘째 아들로 휘(諱)는 환, 자는 대양(對揚)이며, 인종의 이복동생이다. 어머니는 중종의 2번째 비(妃)인 문정왕후(文定王后)이고, 비는 청릉부원군(青陵府院君) 심강(沈鋼)의 딸인 인순왕후(仁順王后)이다. 성종 때 싹튼 훈구파와 사림파 사이의 대립은 연산군대의 무오사화 · 갑자사화, 중종대의 기묘사화로 나타나면서 단순한 훈구파와 사림파 사이의 대립 차원을 넘어 양반관료층의 분열과 권력투쟁으로 발전해 가고 있었다. 명종의 즉위는 이러한 정치적 분위기 속에서 이루어졌다. 중종의 첫번째 비인 장경왕후(章敬王后) 윤씨 소생의 세자 호(岵 : 뒤에 인종)를 왕위에 앉히려는 외척 윤임(尹任) 일파의 대윤(大尹)과, 문정왕후 소생의 세자 환을 즉위시키려는 윤원형 일파의 소윤(小尹) 사이에서 왕위계승을 둘러싼 암투는 중종 말년부터 치열하게 전개되었다. 1544년 인종의 즉위를 계기로 윤임 일파가 권력을 장악하자 이언적(李彥迪) 등 사림들이 정권에 참여하게 되었다. 그러나 1545년 인종이 병으로 죽고, 명종이 12세의 나이로 즉위하여 문정왕후가 수렴청정을 하게 되자 윤원형 일파의 소윤이 권력을 장악하여 대윤에 대한 대대적인 숙청을 단행했다. 숙청은 윤임이 중종의 여덟째 아들인 봉성군(奉城君)을 왕으로 삼으려 한다는 윤원형의 탄핵을 계기로 시작되었다. 문정왕후는 윤임 · 유관(柳灌) 등을 사사(賜死)케 하고 봉성군 · 이언적 · 노수신(盧守愼) 등을 유배시켰다. 그 뒤에도 반대파에 대한 숙청이 계속되어 을사사화 이래 5~6년 동안 100여 명에 달하는 사림들이 죽었다.

펼치며 또한 연산군이 추진하는 모든 일에 사사건건 발목을 잡으며 논쟁을 일삼아 대간들과 대립을 하게 된다.

연산군은 돌아가신 친모 폐비 윤씨에 대해 제사라도 올리게 해달라는 간곡한 부탁이었지만 대간들은 장황하게 선왕의 유지를 받들어야 하는 논리를 설파하며 반대하였다.

그들은 연산군에게 학문을 좋아했던 선왕보다 더 위대한 군주가 되어 달라는 요구를 하게 된다. 실제로 연산군일기를 보면 재위 4년에 대간들이 연산군에게 올린 글들이 보통 서너 페이지 이상 된다. 이것은 그만큼 연산군에 대해 계속 교육을 하겠다는 의미이며 연산군 입장에서는 귀찮은 잔소리로 경연장은 비춰졌다.

그런 군주의 심경에 대간들은 또 다시 그것은 옳지 않은 생각이며 임금은 항상 공정한 바른 마음만 갖고 있어야 한다고 공자 생각만 펼치고 있었다.

연산군은 집권 4년 무오년에 들어서자 지친 자신의 모습을 역력히 드러내며 패악한 본성이 나타나기 시작하여 군주와 대간들의 갈등은 극에 달했다. 대간들은 국왕에게 시중의 인심을 바르게 전하기 위해 목숨까지 걸고 간하였으나 교화군주로서의 바라는 모습은 어디에서도 찾아볼 수 없었다.

연산군 4년 3월에 지은 연산군의 시다. 연산군은 이러한 시를 지으면 혼자 감상하는 것이 아니라 승정원에 내려보내 정원들로 하여금 답시를 지어 올리게 했다.

庸質臨臣四載回(용질림신사재회)

未敷寬政愧難裁(미부관정괴난재)

朝無勉弼思宗社(조무면필사종사)
都自沖吾乏德恢(도자충오핍덕회)

용렬한 자질로 위에 있은 지 4년이 되었건만
너그러운 정사 못하니 부끄러운 마음 금할 수 없네
조정에 보필하고 종사 생각하는 자 없으니
나이 어린 이 몸이 덕이 없나 보구려.

輕對知深信(경대지심신)
私言感厚親(사언감후친)
發豪從本性(발호종본성)
狂作自天眞(광작자천진)

가벼운 대답은 깊은 믿음을 알고
사사로운 말은 두터운 친함을 느낀다
호기를 드러냄은 천성을 따른 것이고
짐짓 미친 짓은 천진함으로부터 온다.

호기를 드러내는 것과 미친 짓을 행하는 것이 천진함으로부터 온다는 연산군의 말에서, 그의 행동에 대한 정당성을 얻고자 하는 바람을 읽을 수 있다. 그야말로 연산군의 자기변명이다. 이미 자신의 잘못을 인정하면서도 회피하려고 하는 의도가 엿보인다.

1498년(연산군 4) 실록청에서는 〈성종실록〉(成宗實錄) 편찬을 위해 사초를 모아 편집했다. 이때 사림파인 김일손(金馹孫)이 스승 김종직의 조의제문(弔義帝文)을 사초(史草)에 삽입한 것 중에 김종직은 항우(項羽)에게 죽은 초나라 회왕(懷王), 즉 의제(義帝)를 조상하는 글을 지었는데, 이것은 세조에게 죽음을 당한 단종(端宗)을 의제에 비유한 것으로 세조의 찬탈을 은근히 비난한 글로 김종직의 제자인 김일손(金馹孫)이 사관(史官)으로 있을 때 사초(史草)에 적어 넣은 것이다.

그런데 김일손의 사초 중에 이극돈의 비행(非行)이 기록되어 있어 앙심을 품고 있던 중 김종직이 세조의 찬탈을 비난한 글을 발견한 이극돈은 김종직과 그 제자 김일손 일당들이 주류(主流)를 이루고 있는 사림파(士林派)를 문제 삼아 숙청할 목적으로, '조의제문' 을 쓴 김종직 일파는 조카인 단종을 몰아내고 즉위한 세조를 비난한 것이라고 해석하여 세조에 대한 불충(不忠)의 무리로 몰아 훈구파는 유자광과 더불어 선비를 싫어하는 연산군에게 고해바쳐 큰 옥사(獄事)를 일으켰다.

당시 김종직의 '조의제문' (弔義帝文)을 보면 다음과 같다.

정축년(세조 3년, 1457) 10월 어느 날 나는 밀성(密城, 지금의 경상북도 밀양)에서 경산(京山)을 거쳐 답계역(踏溪驛, 지금의 경상북도 성주)에서 잤다. 그때 꿈에 한 신령이 일곱 가지 무늬가 들어간 예복(七章服)을 입은 헌칠한 모습으로 와서 "나는 초(楚) 회왕(懷王) 손심(孫心)인데, 서초패왕(西楚霸王) 항우(項羽)에게 살해되어 침강(郴江)에 빠뜨려졌다" 고 말하고는 홀연히 사라졌다. 나는 깨어나서 놀라며 중얼거렸다. "회왕은 중국 남쪽에 있는 초 사람이고 나는 동이(東夷) 사람이니, 거리는 만 리 넘게 떨어져 있고 시간의 선후도 천 년이 넘는다. 그런데도 꿈에 나타났으니 이것은 얼마나 상서로운 일인가. 또 역사를 상고해 보면 강에 빠뜨렸다는 말은 없는데, 혹시 항우가 사람을 시켜 몰래 쳐 죽이고 그 시체를 물에 던진 것일까. 알 수 없는 일이다." 마침내 글을 지어 조문했다.

하늘이 만물의 법칙을 마련해 사람에게 주었으니, 누가 하늘, 땅, 도(道), 임금의 네 가지 큰 근본(根本)과 인, 의, 예, 지, 신(仁義禮智信)의 다섯 가지 윤리(五倫)를 높일 줄 모르겠는가. 그 법도가 어찌 중화에는 풍부하지만 동이에는 부족하며, 예전에는 있었지만 지금은 없겠는가. 그러므로 나는 천 년 뒤의 동이 사람이지만 삼가 초 회왕을 조문한다.

옛날 진시황(秦始皇)이 포학을 자행해 사해가 검붉은 피바다가 되니, 큰 나라나 작은 나라나 모두 그 폭정을 벗어나려고 허둥댈 뿐이었다. 전국시대 여섯 나라의 후손들은 흩어져 도망가 보잘것없는 백성으로 전락했다.

항량(項梁)은 남쪽 초의 장군의 후예로 진승(陳勝)과 오광(吳廣)을 뒤이어 대사를 일으킨 뒤 임금을 구해 세우니, 백성의 소망에 부응하고 진시황에 의해 끊어졌던 나라의 제사를 다시 보존했다.

그의 도움에 힘입어 회왕은 하늘이 내려준 제왕의 상징을 쥐고 왕위에 오르니, 천하에 진실로 미씨(羋氏, 초왕족의 성씨)보다 높은 사람은 없었다. 회왕은 항우 대신 유방(劉邦)을 관중(關中)에 들여보냈으니 그 인의(仁義)로움을 충분히 알 수 있다.

그러나 회왕은 항우가 상장군(上將軍) 송의(宋義)를 멋대로 죽였는데도 어째서 그를 잡아다가 처형하지 않았는가. 아, 형세가 그렇게 할 수 없었으니 회왕에게는 더욱 두려운 일이었다. 끝내 배신한 항우에게 시해를 당했으니 하늘의 운세가 크게 어그러졌다. 침강의 신은 하늘을 향해 우뚝 솟았지만 햇빛은 어둑어둑 저물어가고, 침강의 물은 밤낮으로 흘러가지만 넘실넘실 되돌아오지 않는다. 하늘과 땅이 끝이 없듯 한(恨)도 어찌 다하리오. 회왕의 혼은 지금까지도 떠돌아다니는구나.

내 충성된 마음은 쇠와 돌도 뚫을 만큼 굳세기에 회왕이 지금 홀연히 내 꿈에 나타났다. 주자(朱子)의 원숙한 필법을 따라 떨리는 마음을 공손히 가라앉히며 술잔 들어 땅에 부으며 제사하노니, 바라건대 영령은 와서 흠향하소서.

조의제문의 "자양의 노련한 필법을 따라 마음 설레며 공경히 사모하여"라는 구절이 연상된다.

김종직은 유유의 찬탈을 따른 신하를 "유씨(劉氏)가 우리 임금이네 하면 저 푸른 하늘을 속일 수 있다고 하였겠지" 힐난하며 이렇게 이어갔다.

공경(恭敬)히 사모(思慕)하여

고파요순훈(高把堯舜薰) 요순의 훈풍을 높이도 끌어댔지만
수선졸반적(受禪卒反賊) 선위를 받는 게 끝내는 역적이었네
사씨교기문(史氏巧其文) 역사는 글을 교묘하게 꾸며서
위이사령응(諉以四靈應) 거북 기린 용 봉황이 부응하였다고 유인하였네

하늘이 만물의 법칙을 마련하여 주셨으니

누가 사대와 오상을 높일 줄 모르리
중국이라 넉넉하고 동이족이라 모자란 것 아니거늘
어찌 옛날에만 있었고 지금은 없겠는가
그러기에 나는 동이족으로 천년 뒤에 태어나서
삼가 초나라 회왕께 조문을 드리네
옛날 진시황이 병사를 몰아서
사해의 물결이 핏빛으로 변했네
비록 보잘것없는 생명체라도 살아날 수 있을까
그물을 벗어나기 급급했도다.
당시 여섯 나라의 후손들은
숨고 도망가서 겨우 평민들과 짝이 되었네
항량은 남쪽 나라의 장종으로
진승과 오광을 뒤따라 일어났다네
왕위를 얻고 백성들의 소망을 따르려 함이여
끊어졌던 웅역의 제사를 보존했네
천자가 될 싱시를 잡고 임금 지리에 오름이어
이 세상에는 미씨보다 존귀한 이 없었다네
장자를 보내어 광중에 들어가게 함이여
인의의 마음을 알고도 남는다네
흉악한 무리들이 관군을 마음대로 죽임이여
어찌 잡아다가 제부에 기름칠 아니했는고
아! 형세가 그렇지 못함이여
내가 왕을 생각하니 더욱 두렵네
도리어 시해를 당했으니

정말로 천운이 어긋난 것이네
침산이 우뚝하여 하늘을 찌를 듯
해는 뉘엿뉘엿 저물어 가는데
침의 강물이 밤낮으로 흘러 흘러
넘실거리는 물결은 돌아올 줄 모르네
이 천지가 다하도록 그 원한 다할까
넋은 지금도 구천을 맴도시는데
내 마음 금석을 꿰뚫음이여
임금께서 갑자기 꿈속에 나타나셨네
주자의 사필을 본받아
설레는 마음으로 경건히 사뢰며
술잔을 들어 강신제를 드리나니
영혼이시여 흠향하시옵소서

유유가 요순의 선위를 내세웠지만 실은 반역이며, 그에 따른 찬양도 모두 거짓이라고 한 것이다. 유자광은 이 부분을 세조와 훈구공신을 비방한 증거 로 들이댔다. 섬뜩한 머리놀림이며 무서운 올가미치기였다.

이것이 무오사화(戊午史禍)의 직접적인 원인이 된 '조의제문' 으로 김종직은 부관참시(剖棺斬屍)를 당하였고, 김일손, 권오복(權五福), 권경유(權景裕), 이목(李穆), 허반(許盤) 등이 참수(斬首)되었으며, 정여창(鄭汝昌), 이주(李胄), 김굉필*(金宏弼), 강혼(姜渾) 등을 귀양 보냈다.

이 무렵 조광조의 아버지 조원강은 어천 찰방 역참(驛站, 종6품)으로 근무가게 되었다. 어천은 평안도 희천에서 100리 떨어진 곳이었다.

조광조는 17세의 의젓한 청년이 되어 아버지를 따라 어천으로 함께 갔다

조광조(趙光祖)는 김굉필(金宏弼)의 소식을 듣고 포은(圃隱) 정몽주*(鄭夢周)와 야은(冶隱) 길재*(吉再)의 학풍을 이어받은 명성 있는 도학자로 김굉필에게 배우고 싶다고 하여 조원강은 아들을 부탁한다는 편지를 써주었다. 조광조는 아버지의 편지를 가지고 희천으로 갔다. 김굉필은 조광조를 반갑게 맞이했다.

조광조(趙光祖)는 김굉필(金宏弼)의 학통을 이어받은 제자가 되었다.

---

* －김굉필(金宏弼 : 1454~1504) : 본관은 서흥(瑞興)이다. 어렸을 때의 이름은 효동(孝童)이며, 자는 대유(大猷). 호는 사옹(蓑翁), 한훤당(寒暄堂)이다. 아버지는 충좌위사용(忠佐衛司勇) 유(紐)이며, 어머니는 중추부사(中樞副使) 승순의 딸 청주한씨(淸州韓氏)이다. 서흥의 토성(土姓)으로서 고려 후기에 사족으로 성장한 집안이다. 경기도의 성남(城南), 미원(迷原)과 야로(冶爐 : 처가), 가천(伽川 : 처외가) 등지에도 상당한 경제적 기반을 가지고 있었던 것으로 보인다. 김일손(金馹孫), 정여창(鄭汝昌) 등과 함께 김종직(金宗直)의 문하에서 〈소학〉등을 배웠다. 이를 계기로 그는 〈소학〉을 손에서 놓지 않고, 누가 혹 시사(時事)를 물으면 소학동자가 무엇을 알겠는가라고 답할 정도로 〈소학〉에 심취했다. 1480년(성종 11) 사마시에 합격하여 성균관에 입학했다. 이때 유학은 제가치국평천하(齊家治國平天下)의 도이며 불교는 일신(一身)의 청정적멸(淸淨寂滅)만을 위하는 것이라고 하여, 척불(斥佛)과 유교진흥에 관한 긴 상소를 올렸다. 1486년 당시 이조참판으로 있던 스승 김종직에게 시를 지어 올려 그가 국사에 대해 별다른 건의를 하지 않는 것을 비판, 사제지간에 사이가 벌어졌다. 1494년 경상도관찰사 이극균(李克均)이 은일지사(隱逸之士)로 천거하여 남부참봉이 된 뒤, 전생서참봉·군자감주부·사헌부감찰 등을 거쳐 형조좌랑에 이르렀다. 1498년 훈구파가 사림파를 제거하기 위해 무오사화를 일으켰을 때, 김종직의 문도로서 붕당을 만들었다고 하여 장형(杖刑)을 받고 평안도 희천에 유배되었다. 조광조(趙光祖)가 그에게서 〈소학〉을 배운 것은 이때의 일이다. 2년 뒤에 유배지가 순천(順川)으로 옮겨졌다가 1504년 갑자사화가 일어나자 무오당인이라는 죄목으로 죽음을 당했다. 중종반정 뒤 신원되었으며, 1507년(중종 2) 도승지에 추증되고 1517년 홍문관부제학 김정(金淨) 등의 상소로 다시 우의정에 추증되었다.
* －정몽주(鄭夢周 : 1337~1392) : 고려의 문신이자, 정치가, 유학자이다. 본관은 영일이다. 초명은 몽란(夢蘭), 몽룡(夢龍), 자는 달가(達可), 호는 포은(圃隱)이요, 시호는 문충(文忠)이다. 고려 삼은의 한 명으로 잘 알려져 있다. 문과 급제 후 여러 벼슬을 지내고 성균관대사성, 예의판서, 예문관제학 등을 지내며 친명파 신진사대부로 활동하였으나 역성혁명과 고려개혁을 놓고 갈등이 벌어졌을 때 온건개혁을 선택하였으며, 조선건국에 반대하다가 1392년 개성 선죽교에서 이방원에게 살해되었다. 경상북도 영천(永川) 출신이며, 이색의 문인이었다. 그의 제자들 중 길재는 사림파의 비조가 되었고 권우는 세종대왕의 스승이 되었다. 1401년(태종 1) 태종의 손에 영의정에 추증(追贈), 익양 부원군(益陽府院君)에 추봉되었다.

그리고 세월은 흘러 어천 찰방으로 있던 조원강은 1년의 임기가 끝나서 한성으로 돌아왔다. 조광조도 함께 돌아왔다.

조광조는 18세때 첨사(僉使 : 종3품 무관) 이윤형(李允泂)의 딸 한산이씨와 결혼을 했다. 이듬해에 아버지 조원강이 세상을 떴다. 조광조는 부친을 용인의 심곡리에 안장한 후, 상례에 따라 묘소 밑에 여막을 짓고 3년상을 치렀다. 첨사 이윤형(李允泂)의 딸인 한산이씨를 맞아 결혼한 지 1년만의 일이었다. 남편 조광조가 집종 하나를 데리고 여막으로 올라가 버렸기 때문에 소녀티를 갓 벗어난 한산이씨는 3년 동안 독수공방을 보내야 했다.

---

* ─길재(吉再 ; 1353~1419) : 본관은 해평(海平)이다. 자는 재보(再父)요, 호는 야은(冶隱), 금오산인(金烏山人)이다. 아버지는 지금주사(知錦州事) 원진(元進)이며, 어머니는 토산(兎山)의 사족(士族)으로 판도판서(版圖判書)에 추증된 김희적(金希迪)의 딸이다. 11세에 냉산(冷山) 도리사(桃李寺)에 들어가 글을 배우기 시작했다. 18세에는 상산사록(商山司錄) 박분(朴賁)에게서 〈논어〉,〈맹자〉 등을 배웠다. 그 뒤 박분과 함께 송도에서 당대의 석학이던 이색·정몽주·권근(權近) 등의 문하에서 주자학을 배웠다. 1374년(공민왕 23) 국자감에 들어가 생원시에 합격하고, 1383년(우왕 9)에는 사마감시(司馬監試)에 합격했다. 이후 학문에 정진하여 권근이 "내게 와서 글을 배우는 사람은 많지만 길재가 독보(獨步)이다"라고 하여 큰 기대를 걸었다 한다. 1386년 진사시에 급제하여 청주목사록(淸州牧司錄)에 임명되었으나 사양하고 부임하지 않았다. 1387년 성균학정(成均學正)이 되고, 다음해에는 순유박사(諄諭博士)를 거쳐 성균박사(成均博士)에 올랐다. 이때 태학의 여러 학생들과 귀족의 일반 자제들까지도 그에게 배우기를 청하여 이들을 가르쳤다. 이 무렵 이방원(李芳遠 : 太宗)과 같은 마을에 살았으며, 성균관에서도 같이 공부하여 교분이 매우 두터웠다. 1388년 위화도회군 이후에는 "몸은 비록 남다를 바 없다마는 뜻은 백이(伯夷)·숙제(叔齊)처럼 마치고 싶구나"라는 내용의 고려의 앞날을 걱정하는 시를 읊기도 했다. 1389년(창왕 1) 종사랑(從事郞)·문하주서(門下注書)가 되었으나, 이성계(李成桂)·조준(趙浚)·정도전(鄭道傳)이 새로운 왕조를 세우려는 움직임을 보이자 이듬해 늙은 어머니를 모셔야 한다는 이유로 벼슬에서 물러나 고향인 선산(善山) 봉계(鳳溪)로 돌아왔다. 1391년(공양왕 3) 계림부(鷄林府)와 안변(安邊) 등의 경사교수(經史敎授)로 임명되었으나 나아가지 않았다. 그해 우왕이 강화도에 유배되어 있다가 강릉으로 옮긴 후 살해되자, 전에 모시던 왕을 위하여 채과(菜果)와 혜장(醯醬) 등을 먹지 않고 3년상을 지냈다. 어머니에 대한 효도가 지극하며 세상의 영달에 뜻을 두지 않고 성리학을 연구하였기 때문에 그를 본받고 가르침을 얻으려는 학자가 줄을 이었으며, 김숙자(金叔滋)를 비롯하여 김종직(金宗直)·김굉필(金宏弼)·정여창(鄭汝昌)·조광조(趙光祖) 등이 학맥을 이었다. 세종이 좌사간대부(左司諫大夫)를 증하고 그의 절의를 기리는 정문(旌門)을 세웠다. 청풍서원(淸風書院)에 제향되었다. 문집에 〈야은집〉, 〈야은속집〉(冶隱續集), 언행록인 〈야은언행습유록〉(冶隱言行拾遺錄)이 있다.

새댁인 한산이씨 처지에서는 남편인 조광조가 외롭고 무서운 밤에는 한양 집으로 올라와 자신을 감싸 안아주기를 바랐지만 어림없는 일이었다. 조광조가 한양 집을 떠나 부친이 안장된 용인의 선산으로 내려갔기 때문이었다.

조광조는 3년 시묘생활을 마치고도 한양 집으로 올라가지 않고 부친의 묘 앞에 아예 초당을 짓고 살았다. 부친이 원했던 도학자가 되기 위해서는 한양으로 가는 것보다 시골에 남아 도학을 더 깊이 공부하고 싶어서였다. 조광조는 그것이 바로 아버지에게 못다 한 효도를 다하는 것이라고 생각했다.

유독 무서움을 잘 타는 조광조의 아내 한산이씨는 3년상을 마치고도 한양 집으로 올라오지 않는 남편이 야속했지만 밤마다 허전한 잠자리를 견뎌내야 했다. 그녀는 집종을 데리고 조광조가 좋아하는 인절미나 밑반찬거리를 장만하여 한 달에 두어 번 용인으로 내려갈 뿐, 초당에 신혼살림을 차릴 용기를 내지 못했다. 초당의 침울하고 무거운 분위기가 그녀를 망설이게 했다.

특히 1594년 10월 초순 갑자년에 김굉필이 순천 유배지에서 나리의 명령이 있다는 말을 듣고 목욕하고 갓과 허리띠를 갖추고 나서는데 정신과 안색이 조금도 변하지 않았다. 우연히 산이 벗어지자 도로 신고 손으로 수염을 쓰다듬어 입에 물면서 말하기를 "몸과 털과 살은 부모님께 받았으니 이것까지 상해를 입혀서는 안 된다"고 말하며 형을 받았다고 한다.

김굉필이 사사 당한 이후, 조광조는 캄캄한 세상에서 등불 하나가 사라진 듯한 절망감으로 한동안 두문불출했다. 사람 만나는 것을 극도로 꺼려하여 초당 밖으로 단 한 발작도 나서지 않았다. 산사의 수

도자처럼 하늘의 도를 화두 삼아 하루 종일 방안에 들어앉아 있을 뿐이었다. 그는 세수는 물론 세끼 밥 먹는 것도 잊고 스스로에게 하늘의 도를 묻고 또 묻다가, 허기가 지면 방문을 열고 나와 샘가로 가서 찬물을 한 바가지 들이킬 뿐, 밥그릇에 담아 올려지는 낟알 하나 목구멍으로 넘긴 적이 없었다. 밤중이 되어도 등을 방바닥에 대고 잠을 자지 않고 두 눈을 부릅뜨고 있을 뿐이었다.

새댁인 아내와 친인척들이 몰려와 걱정했지만 누구 하나 감히 입을 열어 말을 붙이지 못했다. 나방이 고치를 뚫고 나오듯 그가 스스로 방문을 박차고 나오기를 기다릴 수밖에 없었다. 물을 마시러 샘가로 걸어가는 그의 뒷모습을 보는 것만으로 안도하며 가슴을 쓸어야 했다.

"아, 아무 탈이 없으시구나."

그런데 스승 김굉필의 부음을 들은 날로부터 열흘이 지났을 때였다. 조광조의 얼굴에 미소 같은 것이 비치기 시작했다. 자신이 믿고 있는 것에 대한 확신이 선 듯했다. 목숨과 바꾸어도 좋을 그 무엇을 얻은 것 같은 얼굴이었다.

열 하루째 되는 날에는 방문을 박차고 나와 입을 열었다.

"도란 행할 때 살아 있는 도가 되는 것입니다. 유도(儒道)란 유학을 행하는 것입니다. 우리 스승 한훤당(寒暄堂) 김굉필 선생을 도학자라고 부르는 것은 그분이 도를 밤낮으로 행했기 때문입니다. 군자는 도를 행하는 사람입니다."

조광조는 우울한 마음을 털고 활기를 되찾았다. 그러자 아내는 서울 집에서 용인 초당으로 이사할 용기가 났고, 지인들도 예전처럼 멀리서 하나둘 모이기 시작했다.

조광조는 초당 앞에 집종을 시켜 연못을 파고 김식이 구해 온 연꽃을 심기도 했다. 연꽃은 한여름이 되자, 희고 붉은 꽃을 피우면서 향기를 뿜어냈다.

조광조가 17세 되던 연산군 4년(1498)에는 무오사화가 일어났다. 김일손(金日孫) 등 신진사류(新進士類)가 유자광(柳子光)을 중심으로 한 훈구파(勳舊派)에 의하여 화(禍)를 입은 사건이 일어났고 연산군이 즉위한 지 10년(1504) 조광조의 나이 23세 때에는 갑자사화가 일어났다. 언론기관(言論機關)의 기능이 완전히 제거된 마당이라 임금에게 학문을 권하는 이도 간언(諫言)을 하는 이도 없게 되자, 조정(朝廷)을 완전히 손아귀에 넣은 연산군은 향락(享樂)과 패륜행위(悖倫行爲)를 일삼았다. 매일같이 궁궐서 연회(宴會)가 벌어졌다.

조광조 25세 때에 중종반정이 일어나 연산군 12년(1506)에 성희안, 박원종 등이 연산군을 몰아내고 성종의 둘째 아들인 진성대군(晉城大君), 곧 중종을 왕으로 추대한 사건으로 정국이 뒤바뀌는 소용돌이를 겪게 되었다.

진성대군이 왕위에 올랐을 때 조광조의 나이는 25세였고, 그의 스승 김굉필은 이미 2년 전에 사약을 받고 죽은 뒤다. 29세 때 진사시(과거 중 대과의 예비시험)에 장원으로 급제한 그는 당시 이조판서이던 영모당(永慕堂) 안당*(安瑭)의 추천으로 종이 제조관청인 조지서(造紙署)의 사지(종6품)에 임명됐고 그해 알성시(왕이 문묘에 참배할 때 성균관에서 보던 과거시험)에 합격했다. 조광조는 30세때 어머니가 세상을 떠나 아버지 때처럼 3년이나 어머니 산소를 지켰다.

"세상에서 가장 아름다운 사람 후조의 깃처럼 따뜻한 이름은 어머니입니다. 바쁜 일상에서 늘 평범하고 익숙한 어머니 이제 다시금 어머니의 소중함과 위대함을 소생은 빈자리 비우고 이제 알 수 있습니다."

조광조는 눈물보다는 입가에 번지는 굳은 의지로 어머님을 그리며 먼 하늘을 바라보고 깊은 상념에 젖었다.

＊ - 안당(安瑭 : 1461~1521). 본관은 순흥(順興), 자는 언보(彦寶), 호는 영모당(永慕堂). 아버지는 사예(司藝)를 지낸 돈후(敦厚)이다. 1481년(성종 12) 문과에 급제하여 사관(史官)을 지낸 뒤, 1499년(연산군 5) 〈성종실록〉 편찬에 참여했다. 1506년(중종 1) 연산군이 폐지했던 사간원 대사간을 지내고, 이듬해에는 정난공신(定難功臣) 3등에 책록되어 우부승지 · 충청도관찰사 · 대사헌 · 전라도관찰사 등을 지냈다. 1515년 이조판서로 재직중에는 분경(奔競)을 금지시키고, 관리를 등용하는 데 있어 순자법(循資法)을 따르지 말 것을 주장했으며, 김안국(金安國) · 조광조(趙光祖) · 김식(金湜) · 박훈(朴薰) 등 신진사류들을 천거했다. 1519년 사림의 지지로 우의정에 올라 소격서(昭格署) 혁파, 정국공신(靖國功臣)의 위훈삭제 등을 지지했다. 이 해 좌의정이 되었으나 기묘사화가 일어나자 기묘당인으로 몰려 대간의 계속적인 탄핵을 받고 같은 해 12월 파직당했다. 1521년 아들 처겸(處謙)이 이정숙(李正叔) · 권전(權碩) 등과 함께 기묘사화로 정권을 잡은 남곤(南袞) · 심정(沈貞) 등을 제거하려는 모의를 하다가, 이에 참여한 송사련(宋祀連)의 고변(告辯)으로 일어난 신사무옥 때 처형당했다. 1566년(명종 21) 손자 윤(玧)의 상소로 신원되고 직첩을 돌려받았다. 시호는 정민(貞愍)이다.

지나침은 모자람만 못했다

조광조는 인물이 수려했으나 엄격한 성격의 소유자로 청렴하면서도 효행스러운 사람이었다. 하루는 외방에 나갔다가 날이 저물어 어느 집에 머물게 됐는데 여주인이 그를 사모한 나머지 둘만 있는 틈을 타 비녀를 뽑아줬다. 당시 비녀를 뽑아주는 건 남자에게 모든 걸 허락한다는 뜻이었다.

하지만 조광조는 비녀를 받아 말없이 벽 틈에 꽂아 놓고는 곧바로 그 집을 나와 버렸다는 일화가 전하기도 하는데, 조광조는 성균관 전적(정6품)으로 조정에 첫발을 내딛고 사헌부 감찰을 거쳐 사간원의 정언(정6품)에 올랐다. 그의 나이 34세 때다.

중종 10년(1515) 폐비 신씨 복위문제와 관련해 일어난 조신들간의 알력이 발생한 이후 조광조 일파가 도의론을 앞세워 사장파(詞章派, 문장과 시부(詩賦)로 사림파에 맞선 일파)를 소인배로 취급하여 배타적인 태도를 보이며 신진사류와 감정대립이 심화된다. 이때 그는 폐비 신씨의 문제로 파쟁에 뛰어든다.

담양부사 박상(朴祥 : 1474~1530)과 순창군수 김정(金淨 : 1486~1520)이 신씨를 복위시키자고 상소를 올렸다. 신씨(단경왕후 愼氏 : 1487~1557)는 신수근(愼守勤 : 1450~1506)의 딸로 중종 부인이었으나 1506년 음력 9월 2일 성희안, 박원종 등이 일으킨 중종반정 때 신수근은 사위인 진성대군을 옹립하자는 박원종의 제안을 거절하자 그의 일파인 이심, 신윤무 등에게 수각교에서 격살(擊殺)되었다.

반정에 반대한 일로 신수근이 살해되고 중종반정이 성공한 며칠 뒤 단경왕후는 궁에서 쫓겨나 폐위된다.

1507년 장경왕후(章敬王后 : 1491~1515)가 왕비로 책봉되어 애욕으로 매이게 하는 궁전의 깊은 곳에서 시녀들은 우아한 가락을 즐겁게 듣다가 1515년 2월에 세자(世子 : 인종)를 낳은 뒤 왕비가 산후병으로 죽으니 향기는 지고 단경왕후 신씨를 복위시키자는 것이었다. 그러나 대사헌(사헌부의 총책임자) 권민수(權敏手 : 1466~1517)와 대사간(사간원의 총책임자) 이행(李荇 : 1478~1534)은 이를 반대하고 나섰다. 이미 세자가 있는 마당에 신씨를 복위시키면 어떻게 하느냐는 것이었다. 이에 조광조는 상소를 올려 언로가 개방돼야 한다는 명분을 들어 대사헌과 대사간을 파직하라고 극언을 하며 상소했다. 자신의 상관을 내치라는 주장이다. 조광조를 신임하던 중종은 그의 말을 들어 당사자들을 지방관으로 내쫓았다. 불행의 씨앗이 잉태되는 순간이었다.

그 뒤 종종은 조광조를 깊이 신임해 홍문관 부제학(정3품)에 임명했다. 초고속 승진이었다. 바로 그 해 조광조는 소격서*(昭格署) 혁파를 주장하고 나섰다. 소격서는 왕실의 안전을 기원하기 위해 궁에 설치한 도교 성격의 기관이었으며, 왕권의 상징성도 어느 정도 가지고 있었다. 그러나 조광조는 이를 이단시하여 혁파할 것을 주장하여 중종의 거부에도 불구하고 젊은 관료들과 연대하여 끝내 관철시켰고 불교의식인 기신재 역시 그러했다. 소격서는 해와 달, 별을 나타내는 상청, 태청, 옥청을 제사하는 도교 관련 관청이다. 서울의 삼청동 지명은 여기서 유래했다. 소격서는 유학의 정신에 어긋나므로 혁파하자는 것이었지만 결코 쉬운 일이 아니었다.

이 관청은 선왕인 태종 때부터 있어왔고 〈경국대전〉에도 들어 있는 정식 관청이었다. 중종이 허락하지 않자 조광조는 동료들과 함께 승정원으로 몰려가 밤새도록 울부짖으며 혁파를 주청했고 상소를 올렸다. 일종의 데모에 밀려 중종은 마지못해 받아들였다.

또한 이 무렵 북방의 여진이 국경을 넘어 약탈행위를 일삼았다. 조

---

* ─소격서(昭格署) : 조선시대 국가적인 도교의 제사를 주관하던 관청. 도교의 제천행사로 삼청성진(三淸星辰 : 上淸 · 太淸 · 玉淸으로 신선들이 살고 있다는 곳)에게 지내는 초제(醮祭)를 담당했다. 이와 함께 도학을 가르치기도 했는데 도학생도의 정원은 10여 명이었다. 관원으로 제조 1명, 별제 2명, 종5품 영(令) 1명, 종9품 참봉 2명을 두었으며, 영과 별제는 모두 문관으로 임명했다. 유교를 기본이념으로 하는 조선은 개국하면서 고려시대부터 있었던 도교의 여러 궁관(宮觀)과 전당(殿堂)을 없애고 소격전과 대청전(大淸殿)만 남겼다. 1396년(태조 5) 한양으로 천도하면서 지금의 서울특별시 종로구 삼청동에 소격전과 삼청전을 새로 설치했다.
1466년(세조 12) 관제개정 때 이름을 소격서로 바꾸었고 이후 〈경국대전〉에 수록되었다. 그런데 유학에 대한 이해가 깊어지고 그 덕목에 의한 실천운동이 활발해지면서 소격서 혁파논의가 대두했다. 최초의 혁파논의는 1479년(성종 15)에 제기되었다. 그러나 제천의식과 기우제 등은 국가적인 큰일이고 유래가 오래 되었으므로 혁파할 수는 없다 하여 비용을 줄이거나 청결하게 제사하는 선에서 논의가 마무리되었다. 1496년(연산군 2)에 다시 혁파논의가 발생했는데, 소격서가 비용만 많이 들고 국가에 도움은 되지 않는다는 이유였다.
이에 소격서를 안양군(安陽君) 항(行)의 집으로 옮겨 공식적으로는 혁파된 셈이 되었다. 중종반정으로 중종이 즉위하자 소격서는 다시 복원되었다. 그러나 이후 조광조를 비롯한 사림파 인사들이 대거 등장하면서 혁파논의가 강하게 대두했다. 이들은 소격서가 노자를 숭상하는 이단이며, 제후의 나라인 조선에서 직접 하늘에 제사하는 것은 불가하다는 것을 이유로 내세웠다. 결국 1518년(중종 13) 유신들과 성균관 유생들의 집요한 요청으로 소격서를 혁파했으나 1522년 대왕대비의 병환을 구실로 다시 회복시켰다.
이와 같은 소격서의 혁파와 복설은 유교주의 정치의 정착과정에서 선동적인 사습 · 세노와의 갈등에서 빚어진 것이었다. 소격서는 임진왜란 이후에 완전히 폐지되었다.

정에서는 군사를 보내 여진을 정벌하기로 의견을 모았다. 대신들은 물론 군사권을 담당한 병조판서 유담년(柳聃年 : ? ~1526)도 적극 찬성했으나 조광조는 이에 반대했다. 잘못 군사를 동원하면 민심만 혼란스러워진다는 명분이었다. 중종(中宗)은 대신들의 청을 물리치고 조광조의 말에 따랐다. 중종이 조광조를 얼마나 신임했는가를 알 수 있는 대목이다.

"지나침은 모자람만 같지 못하다"란 말이 있다. 조광조는 이를 깨닫지 못했다. 때로는 한 발짝 물러서는 양보와 타협의 자세도 필요한데 그는 한 걸음 더 나아가 중앙이나 지방에서 인재를 천거하면 왕이 직접 시험해 관리로 등용하자는 현량과 설치를 강력히 밀어붙였다. 부패한 세력을 몰아내 정치개혁을 이루기 위해선 참신한 인재가 필요하다는 논리를 펼쳤다. 타락한 과거제도로는 참다운 인재를 발굴하기 어려운 현실을 덧붙였다.

조광조는 개혁을 위한 동력을 마련하기 위해 부패한 훈척세력 대신 사림을 정계에 진출시키고자 하는 목적으로 기존의 시험을 통한 선발제도인 과거 외에 학덕이 높은 선비를 추천제로 선발하는 '현량과'를 신설하여 28명을 선발하였다. 이는 그동안의 과거가 사장을 중시하는 훈척세력에게만 유리하게 되어 있어 사림이 정계에 진출하는 데에 걸림돌로 작용하였으며, 훈척들에 비해 도덕성과 학문이 높은 사림이 정계로 진출하기 위해서는 다른 방안이 필요했기 때문이며, 당시 훈척 위주의 관료선발이 가져오는 폐단을 시정할 수 있는 대안이기도 하였다. 사회적으로는 향촌 사회를 성리학적으로 개편하기 위해 주자가례와 향약을 적극적으로 보급하였다. 즉, 3년상과 친영(여자가 시집을 오는 것)을 관철하고 지방의 여악도 혁파하는 등 주자가례와 여성차별을 제도화시켰다고 볼 수 있으며, 양반에게만 적용되던 성리학적 생활을 일반 백성들에게까지 적용하게 된 것이다.

조광조의 주장에 과거를 관장하던 예조판서 남곤은 다음처럼 반대 논리를 폈다.

"중국 한나라 때 현량과는 20만 호 중에서 2,3인을 취하는 것이었으니 오늘날 우리 조그만 주현(州縣)에서 천거하는 것과 다르다. 더구나 수나라 이후로는 이 제도가 불공평하다 해서 폐지됐다. 지금 외방에서 천거를 하도록 한다면 반드시 서로 가까운 사람끼리 할 것이고 공평하게 천거하는 사람은 적을 것이다."

남곤의 반대에 조광조는 다음처럼 공박하고 나섰다.

"과거는 하루의 재주로 시취하는 것이고 문장에 치중하는 폐단이 있다. 그러나 천거제는 덕행이 단성한 자를 뽑아 다시 시험하는 것이니 재행을 겸비할 수 있다. 많은 사람이 천거하다 보면 간혹 불공평한 경우가 일어날 수도 있지만 그렇다고 해서 천거제를 막는 건 옳지 못하다. 지난날 김굉필 같은 유학자는 부패한 과거에 나가지 않겠다고 했는데 이런 사람이 어디 한둘이겠는가."

양쪽 다 일리가 있다. 사실 완벽한 제도는 없다. 제도를 운영하는 사람의 양심이 문제다. 제 아무리 취지가 좋아도 운영이 잘못되면 부작용만 낳는다. 도덕적인 사람만이 좋은 제도를 제대로 살려가게 마련이다. 중종은 조광조를 신임했기에 현량과를 실시했다. 조광조 일파가 정계에 진출할 디딤돌이 마련됐다.

홍경주, 심정, 남곤 등 기성세력은 위기의식에 사로잡혔다. 정계 개편이 급물살을 탔다. 조광조는 연일 초강수를 두었다. 그 와중에 중종과의 사이에 보이지 않는 벽이 형성됐다. 중종은 조광조가 다소 지나치다고 여기기 시작했다. 임금에게 학문을 강론하는 경연도 조광조 일파가 장악해 하루 종일 강론을 벌였고, 이에 신하들은 물론 중종도 싫증을 냈다. 때로는 신진관료들이 기성관료들을 깔보아 상사인데도 결례를 범하는 경우도 생겼다. 갈등과 대립, 위기의식은 결국 위훈삭제 사건으로 정점을 맞았다.

중종 14년(1519) 대사헌 조광조는 대사간 이성동과 같이 정국공신 개정을 주청했다. 정국공신은 중종을 왕위에 옹립하는 데 앞장선 이들을 공로에 따라 4등급으로 나눠 제정됐다. 1등공신에는 홍경주, 박원종 등 8명, 2등공신에는 종친의 운수군과 심순경, 이계남 등 13명, 3등공신에는 심정, 유계종 등 30명, 4등공신이 52명 등이었다. 조광조는 이들 중 상당수는 공로도 없이 공신대열에 올랐다고 주장했다.

그건 사실이다. 한 번 공신에 오르면 자손 대대로 영화를 누릴 수 있고 국가에서 토지와 노비를 받아 경제적 혜택도 누릴 수 있었다. 따라서 일부 사람이 뇌물이나 로비로 공신에 책봉됐던 것이다. 하지만 이미 책정된 공신을 삭제한다는 건 쉬운 일이 아니었다. 기존 공신들의 반발은 물론 옥석을 가리기도 어려운 일이었다. 중종의 입장에서도 그들 덕분에 왕위에 올랐으니 난감한 노릇이었다. 그런데 조광조 등의 주장이 얼마나 거셌는지 중종도 이를 받아들여 정국공신 103명 중 78명의 공훈을 삭제하기에 이르렀다. 그 명단엔 홍경주, 남곤 등도 포함돼 있었다. 조광조가 죽음으로 섬긴 정신은 개인의 사사로운 정리가 아니었다. 그는 급진적 토지의 개혁을 시도하여 훈구공신들의 반발을 샀다. 정쟁은 필연이었고, 가진 것을 지키려는 자와 깨트리려는 자가 서로의 목을 건 전면전의 형태였다. 기득권인 훈구파는 자기들만의 견고한 성인 토지와 노비를 지키려 했다.

조광조는 달랐다. 그는 훈구공신들이 소유한 막대한 토지를 백성들의 것으로 되돌려 주기 위해 싸웠다. 그의 가치 안에 개인의 사욕은 없었다. 조선은 어두운 나라였다. 연산군의 폭정, 힘없는 중종의 등장. 신권(神權 : 신에게서 받은 신성한 권력)이 왕권을 누른 지 오래였다. 전국의 토지는 모두 훈구공신들의 소매 밑으로만 쌓였다. 백성들은 송곳마저 세울 땅 한 평 갖지 못했다. 단 한 번도 백성은 제 소유의 땅을 갖지 못했다.

역사는 늘 그랬다. 아주 간혹 시대가 전복되는 순간을 만나기도 했지만 혁명을 성공시킨 민중은 더 이상 민중이 아니었다. 급격하게 권력자의 얼굴로 변했다. 권력을 다투는 싸움에 피 흘리며 쓰러진 사람들은 늘 민초였다. 고려의 무신정권이 그러했고, 조선 말기 동학혁명도 같은 의미선상에 있었으며, 1980년 5월의 광주학살 역시 권력 싸움에 민초들만 희생된 사건이었다. 궁지에 몰린 공신세력은 조광조 일파를 내치기 위한 작전에 돌입했다. 조광조의 능력을 알아주고 조광조를 천거한 남곤이지만 조광조로부터 지나친 탄핵을 받자 남곤이 이 일에 사활을 걸고 나서며 홍경주, 심정, 남곤 등은 서로 모의해 그날 밤 신무문을 건너 궁궐을 찾아가기에 이른다.

홍경주는 자신의 딸 희빈 홍씨를 통해 문제의 주초위왕(走肖爲王)이 새겨진 나뭇잎을 중종에게 바쳤고, 심정은 중종의 또 다른 후궁 경빈 박씨로 하여금 사람들이 조광조를 왕으로 삼으려 한다는 소문을 퍼뜨리게 했다. 홍경주는 한 술 더 떠 중종이 자신에게 조광조 일파의 숙청을 부탁하는 밀서를 줬다고 강조하고 다녔다. 그는 교지를 예전 재상들에게 보여주며 자신들의 거사에 동참하라고 강요했다.

남곤은 영의정이던 정광필을 찾아가서 자기들의 뜻과 동참할 것을 말하지만 정광필은 "나는 다만 자주색이 붉은색을 빼앗을까 그것을 두려워할 따름이요"라고 대답한다. 이 말은 자주색은 붉은색에 가깝지만 자주색은 아니란 말로 진짜 같은 가짜를 경계한다는 말이었다. 밀서가 정말로 중종이 준 것인지는 알 수 없으나 정국은 서서히 공신세력 쪽으로 기울기 시작했다. 중종 역시 조광조 일파의 과격한 행동에 염증을 느끼고 있다는 점을 눈치챈 홍경주 등은 변란을 보고한다는 명분으로 중종을 밤에 알현하고 조광조의 반역을 주장하였지만 중종은 애매모호한 말을 남기지만 심정이 중종의 심정을 알아채고 중종 14년 11월 15일(음) 밤 5시 바로 거사를 진행한다.

조광조는 선전관 금오랑이 이끄는 군사들에 압송되어 곧 의금부에 갇히게 된다. 의금부에 이를 때까지만 해도 조광조는 자신이 죄인으로 착수(捉囚)될 것을 꿈에도 생각지 않고 있었다. 국가의 비상사태로 주상으로부터 급히 입궐하라는 어명을 받은 것으로만 알고 있었던 것이다. 그러나 조광조는 입궐하는 순간 뭔가 심상치 않은 일이 벌어지고 있음을 알게 되었다. 갑자기 칼을 빼어든 무사 한 사람이 조광조를 가로막고 암살하려 했기 때문이었다. 조광조를 압송하던 군사들이 가로막고 나서 조광조는 간신히 생명을 구할 수 있었지만 일촉즉발의 위기상황이었다. 후일에 알려진 것이지만 조광조를 암살하려던 무사의 이름은 박배근(朴培根)으로 그는 벌써부터 조광조 일파를 제거해야 한다는 30인의 무사 중 한 사람이며, 홍경주의 밀명을 받고 사림파의 수장인 조광조를 단칼에 척살하려 했던 것이었다.

이미 의금부에는 김구, 김식을 비롯한 8명의 동료들이 갇혀 있었다. 마침내 조광조가 옥에 갇힘으로써 사림파는 한순간에 일망타진됐다. 이때가 인시(寅時), 조광조의 체포로 마침내 훈구파와 사림파의 정치적 대결은 훈구파의 승리로 끝나버린 것이다. 왕은 오직 저 자신을 위해 사림을 키웠고, 역시 스스로의 권력을 위해 사림을 버렸다. 가치의 좋고 나쁨은 중요하지 않다. 권력에 도움 되는 자가 곁에 필요할 뿐이다. 중종은 조광조 일파를 체포한 뒤 조광조, 김정 등에 사약을 내리라고 명했으나 영의정 정광필의 만류(挽留)로 조광조는 가까스로 죽음을 면하고 전라도 능성에 유배 길을 가게 된다.

조광조 부부는 인륜이 비롯되는 연분으로 가정이 근원인 관계로 지극히 사랑하며 부부로 함께 산 지 20년이 넘었다. 두 사람 사이에 두 아들이 있고, 금실은 몹시 좋았던 사이로 부인의 본성이 온화하고 다정했다. 또한 허물이 있다 하더라도 남편된 자가 마땅히 바르게 다스려나가며 감화케 해서 함께 가도(家道)를 이룩해 살아가는 것이 후덕하여 본받을 일이었다. 귀양길을 떠나가며 아쉬운 슬픔의 이별 앞에 눈물을 흘린다. 갑자기 일어난 가정내의 일이 아니라 여인으로 감히 논할 일이 못되는 것이니 보내는 슬픔이 가슴 가득하다.

조광조가 말했다.

"너무 심려치는 마시오. 날이 밝으면 곧 돌아올 것이니."

조광조는 표정이 어두운 부인 이씨를 보며 다정하게 말하였다.

부인 이씨는 흰 상복을 입고 있었는데, 그것은 지난 6월, 아버지이자 조광조의 장인이었던 이윤형이 사망했기 때문이었다. 관복을 갈아입고 군사들을 따라가는 조광조에게 부인 이씨는 목이 메인 소리로 말하였다.

"부디 몸 건강하시옵소서."

그리고 애써 눈물을 삼키다

"염려 마오. 곧 돌아올 테니."

조광조는 부인을 위로한다. 조광조가 귀양 가던 날 백성들은 아쉬워서 통곡을 하며 안타까워했다. 그러나 이씨의 불길한 예감은 적중된다. 왜냐하면 곧 돌아올 테니 심려치 말라는 조광조의 말은 그대로 영원한 작별인사가 되었기 때문이었다.

유배 가던 날에 여기 배웅 나온 한 사람이 있었다. 가죽신을 만드는 갖바치가 나왔는데 그의 능력은 출중하여 조광조가 찾아가서 친분을 맺고 밤새도록 이야기도 나눈 사람으로 큰 정치적 귀감이 된 사람이었다고 한다. 조광조는 그를 천거하려 부단히도 노력하였지만 갖바치는 그 제의를 거절하고 사라졌다. 그는 자기가 조광조에게 흠이 된다고 생각하였고 과격한 개혁 혁명을 항시 경계하며 조심해 오다 귀양길에 나타난 것이다. 그는 조광조에게 꾸러미 하나를 주면서 적소에 가면 보라고 하였다.

조광조는 귀양길에 부모님의 묘소를 지나치지만 대역 죄인의 몸으로 갈 수 없다면서 거절하고 길 따라 갔다. 많은 사람들이 귀양길에 배웅했는데 그 중 양팽손은 나란히 사마시에 동참하여 진사시에 각각 합격한 사이로 서로를 배종하며 갈망하면서 돈독한 우정을 쌓았다고 한다. 조광조가 유배지에 도착하여 꾸러미를 끌러보니 흰 신과 검은 신이 짝짝이 가죽신과 함께 나왔다. 그리고 “천층 물결 속에 몸이 뒤집혀 나오고, 천년 세월도 검은 신을 희게 하지는 못하는구나”라는 쪽지가 있었다. 그 당시에 조광조는 그 뜻을 몰랐지만 귀양 가서 한 달만에 사약을 받게 되면서 그제서야 “천층 물결 속에 몸이 뒤집혀 나오고”라는 말을 이해할 수 있었다.

조광조는 능주로 유배되어 마침내 그곳에서 사약을 받고 죽게 됨으로써 살아생전에는 아내 이씨와 물론 두 아들과도 영영 상봉하지 못하였다. 조정에서는 그 뒤 조광조의 정적(政敵)이던 김정이 영의정, 남곤이 좌의정, 이유청이 우의정으로 임명됨으로써 조광조와 중종의 동거는 불과 4년 만에 깨졌다.

1519년 11월 15일 밤 중종은 붕당을 형성했다는 죄목으로 조광조와 김구 사림의 붕비를 모두 체포했고 급기야 조광조를 유배 보내 사약까지 내린 것이다. 그랬다. 막강한 권력의 훈구파를 견제하기 위해 사림파를 키웠던 중종은 시간이 이르러 냉정하게 그들을 버렸다. 권력은 냉정하다.

1519년에 일어났던 기묘사화(己卯士禍)는 곧았던 선비 8명의 목숨을 가져갔다. 10명은 유배됐고, 31명이 삭탈관직 됐다. 사림의 몰락이었다. 피바람의 중심에 조광조가 서 있었다. 그들에겐 어떤 죄도 없었다. 일종의 모함이었다. 사화를 일으킨 중종은 국문도 하지 않은 채 그들을 모두 죽이려 했다. 중종은 조광조의 얼굴을 대면할 자신이 없었다. 조광조 일파의 목숨을 거둘 법조항은 '경국대전' 에도 없었다. 짜 맞춰진 사림들의 죄목은 이러했다.

"붕당을 지어 자기편은 진출시키고 다른 편은 배척하며, 주상을 모함하여 사사로이 행동하고, 젊은 것이 늙은 것을 능멸하며, 천한 것이 귀한 것을 몰라보게 했다."

설사 이 죄목들이 사실에 근접해 있다 하더라도 죽음으로 갚기엔 벌이 너무 과했다. 그들에게 죄가 있다면 토지개혁을 시도한 행위와 기다릴 줄 몰랐던 조급증일 것이다. 조광조에게 내려진 사약을 들고 의금부 도사 유엄은 한양을 떠난 지 4일 만인 12월 20일 능주에 도착했다. 유배지에서도 중종에 대한 믿음을 아주 버리지 못했던 조광조는 참담한 심정으로 사약을 삼켰다.

냉엄한 하명

중종 14년(1519) 12월 16일 중종의 엄하고 냉엄한 하명이 내려진다.

"지난날 조광조, 김구, 김정, 김식, 윤자임, 기준, 박세희, 박훈 등이 서로 붕비가 되어 자기에게 붙은 자는 천거하고 자기와 뜻이 다른 자는 배척하여 성세로 서로 의지하고 권세 있고 중요한 자리는 차지하고서 후진을 이끌고 궤격(詭激)이 버릇이 되게 하여 국본이 전도되고 조정(朝政)을 날로 어지럽게 굴러가게 하였으나 조정에 있는 그 신하가 그 세력이 치열한 것을 두려워하여 감히 입을 열지 못하였으니, 그 죄가 크다 왕법(王法)으로 논하면 본디 안율(按律)하여 죄를 다스려야 하겠으나 특별히 말감(末減)하며 혹 안치(安置)하거나 부처(付處)한다. 대저 죄는 크고 작은 차이가 있는데 벌은 경중이 없이 한 과조(科條)로 죄주는 것은 법에 어그러지므로 대신들의 경중을 상의하여 조광조는 사사하고 김정, 김식, 김구는 절도에 안치하고 윤자임, 기준,

박세희, 박훈은 극변에 안치하라."

기묘사화와 조광조에 대한 논의는 대간이 조광조의 물의를 마치 물이 더욱 깊어가듯이 아직 드러나지 않은 일을 날마다 드러내어 사사하기에 이르렀다

중종이 즉위한 뒤에는 대간이 사림의 죄를 논하여 혹 가혹하게 벌주려 하여도 중종은 반드시 유난하고 평범하였으며, 중종의 뜻으로 죽인 자가 없었는데 이번에는 대간도 조광조 등에게 벌주자고 하지 않았는데 문득 이런 분부를 하였으니, 시의(時議)의 실체가 무엇인지를 짐작해서 이렇게 분부하게 된 것이 아니겠는가? 전일에 좌우에서 가까이 모시고 하루에 세 번씩 뵈었으니 정이 부자처럼 가까울 터인데 하루아침에 변이 일어나자 용서 없이 엄하게 다스렸고, 이제 죽인 것도 임금의 결단에서 나왔다.

조금도 가엾고 불쌍히 여기는 것이 없으니, 전일 두터이 사랑하던 일에 비하면 마치 두 임금께서 나온 것 같다.

이 말을 들은 사람들은 다 가없게 여겼고 남몰래 눈물을 흘리는 사람까지 있었다. 그의 죽음을 가장 상심하여 애도한 사람은 정광필이었으며, 그를 숙청한 남곤도 매우 슬퍼했다.

성세창(成世昌 : 1481~1548)의 꿈에 조광조가 살아 있을 때처럼 나타나서 시를 지어 성세창에게 주었다는데, 그 내용은 다음과 같다.

몽환에 전한 시

해가 져서 하늘은 먹 같고
산이 깊어 골짜기는 구름 같구나

군신의 의리는 천년토록 변치 않는 것
섭섭하다 이 의로운 무덤이여

日落天如墨(일락천여묵)
山深谷似雲(산심곡사운)
君臣千載義(군신천재의)
怊悵一孤墳(초창일고분)

조광조는 중종의 둘도 없는 총애를 받았으나 이제 중종의 둘도 없는 증오를 받아 세상을 떠났다. 마치 두 임금에게서 나온 일 같다는 표현처럼 조광조에 대한 중종의 증오는 컸다. 무엇이 중종으로 하여금 조광조를 증오하게 하였던 것일까? 조광조의 성급한 개혁정책에 대한 염증 때문이었을까? 조광조가 역모를 꾸미려 한다는 남곤, 심정의 말 때문이었을까? 죽은 조광조는 성세창의 꿈에 나타났다.

중종 14년(1519), 중종은 대사헌 조광조, 형조판서 김정, 부제학 김구, 대사성 김식 등을 체포해 의금부에 가두라는 교지를 내린다. 홍경주와 남곤이 국문할 것도 없이 때려 죽여야 한다고 청했다. 그러나 병조판서 이장곤이 이를 반대했다.

"임금이 도적의 행동을 할 수는 없습니다. 또 영상에게도 알리지 않고 죽일 수는 없습니다. 대신들과 상의한 후에 죄를 주더라도 늦지 않습니다."

1519년(기묘년) 11월 15일 정암 조광조 등 8인의 개혁파 핵심 인물은 한밤 중에 전격적으로 체포된다. 중종은 그 중 조광조를 당장 사형시키려고 했으나 영의정 정광필이 눈물로써 조광조를 죽여서는 안

된다고 간언하며 병조판서 이장곤과 적극적으로 변호하는 바람에 일단 유보되었다. 이날 이장곤과 정광필의 간언으로 다음날 국청이 열리게 되었다. 그날 밤 옥에 갇힌 조광조는 통곡을 하며 말했다.

"우리 임금을 만나보고 싶소. 우리 임금이 어찌 이렇게까지 하신단 말이오."

중종의 배신이 믿어지지 않았던 것이다. 국문이 시작되자 조광조는 말했다.

"신은 38세의 선비로 이 세상에 믿은 것은 전하의 마음뿐이었습니다. 국가의 병통이 가짜로 공신이 된 신료들이 사욕을 추구하는 데 있다고 생각하므로 이를 막아 국가의 명맥을 길이 새롭게 하고자 했을 뿐 조금도 사심이 없습니다."

국문을 담당한 추관(推官) 김전(金詮)은 조광조가 옥중에서 지은 옥중소를 보고했다.

"임금이 있는 것만 알고 다른 것을 헤아리지 않아서 우리 임금이 요순 같은 임금이 되게 하고자 한 것인데 이것이 어찌 제 몸을 위한 꾀이겠습니까? 천일이 비추는 아래에 다른 사심이 없었습니다. 신의 죄는 만 번 죽어도 마땅하나, 사류의 화가 한 번 시작되면 뒷날 국가의 명맥이 염려되지 않겠습니까? 천문이 멀어서 생각을 아뢸 길이 없으나 잠자코 죽는 것도 참으로 견딜 수 없으니 다행히 친히 한 번 국문해 주시면 만 번 죽더라도 한이 없겠습니다. 뜻은 넘치고 말은 막혀서 아뢸 바를 모르겠습니다."

조광조는 중종을 한 번이라도 만나보고 싶었다. 중종이 자신을 버렸다는 사실이 믿어지지 않았고 아직 중종에 대한 미련을 버리지 못한 것이다. 그러나 중종은 조광조를 만날 생각이 없었다. 조광조는 능주(전남 화순)로 귀양을 갔고 그가 행했던 모든 개혁정책은 폐지되었다. 그리고 한 달 후 중종은 내각을 전격적으로 조광조에 적대적인 인물들로 교체한 후, 그 다음날 사사의 명을 내린다.

조광조는 능주의 한 민가에서 유배생활을 하게 되었는데 그는 온화하고 조용하였으므로 하인들까지 정성으로 대접하였으며, 제자 죽정(竹亭) 장잠(張潛 : 1497~1552)이 따라와 함께 기거하여 슬퍼하거나 그리 적적해 하지는 않았다. 또한 능주 출신으로 기묘사화에 연루되어 관직에서 물러난 학포(學圃) 양팽손(梁彭孫 : 1488~1545)이 고향에 내려와 있어 간간이 말벗이 되어 주었다. 그러나 아무도 없이 홀로 시간을 보낼 때면 조광조는 괴로움을 달랠 길이 없었다. 그는 유배 당시의 쓰라린 외로운 심정을 다음과 같이 시로 읊었다.

능성적중시(綾城謫中詩)

누가 화살 맞아 상처난 새의 신세 가련히 여길까
말 잃고 허전한 늙은이 같은 마음 스스로 웃노라
원학은 내가 돌아오지 않는다고 성화를 해대지만
복분에서 벗어나기 어렵다는 것을 어찌 알겠는가

誰憐身似傷弓鳥(수련신사상궁조)
自笑心同失馬翁(자소심동실마옹)
猿鶴正嗔吾不返(원학정진오불반)
豈知難出伏盆中(기지난출복분중)

적소의 초가지붕 아래로 미끄러지던 햇살이 추녀 밑으로 뚝 떨어지면서 바닥에 그늘과 양지를 뚜렷하게 구분해 놓는다. 마치 이승과 저승의 경계선처럼 유배 생활에서 기거하는 처소의 방 두 칸, 부엌 한 칸의 세 칸짜리 초가집 누옥을 거기 역사의 명암이 비치고 있었다.

이 시는 조광조가 홀로 마음이 괴로울 때 읊은 것이다. 이때 그는 자신을 '화살 맞아 상처난 새'로 비유하였으며, 또한 졸지에 정계에서 쫓겨난 자신을 '말 잃은 늙은이'의 심정에 빗대고 있다. 그리고 원학(猿鶴)은 '원숭이와 학'을 이르는 말로 군자를 비유한 고사에서 따온 것이며, 복분(伏盆)은 즉 '엎어진 질그릇'이란 뜻으로 정적들에 의해 억울한 모함을 받은 자신의 처지를 비유한 것이라고 볼 수 있다.

그러나 조광조의 유배 기간은 그리 오래 가지 않았다. 유배생활 한 달만에 중종이 내리는 사약을 들고 한 떼의 군사들이 조광조가 머물고 있는 적중거가로 들어왔다.

"어명이요."

앞장선 금부도사 유엄이 큰 소리로 말하였다.

이 말을 들은 조광조는 황망히 집에서 나와 뜰 아래로 내려가서 북쪽을 향하여 두 번 절하고 조용히 꿇어앉았다.

유엄이 말하였다.

"대왕마마께서 전지를 내리셨소."

금부도사가 무릎을 꿇은 조광조를 향하여 엄숙하게 말하였다.

처음에는 혹시나 조정으로부터 유배의 명을 거두는 희소식일지도 모른다는 기대감에 마음 조였으나 엄숙한 금부도사의 태도로 보아 좋지 않은 소식일 거라는 예감으로 마음은 착잡하게 가라앉았다.

"대왕마마께오서는 사사의 명을 내리셨소."

금부도사가 말하였다.

조광조가 물었다.

"나는 참으로 죄인이요?"

다시 조광조가 물었다.

"사사의 명(命)만 있고 사의 글은 없소?"

유엄이 적은 쪽지를 보이니, 조광조가 또 다시 말하였다.

"내가 전에 대부(大夫)줄에 있다가 이제 사사받게 되었는데 어찌 다만 쪽지를 만들어 도사에게 부쳐서 신표로 삼아 죽이게 하겠소? 도사의 말이 아니었다면 믿을 수 없을 뻔하였소."

그리고 잠시 후 조광조는 결연한 자세로 또 물었다.

"지금 누가 정승을 하고 있습니까?"

그러자 금부도사는 남곤이 좌의정이고, 심정은 의금부 당상이라고 말했다. 그 말에 조광조는 고개를 끄덕이며 혼잣소리로 중얼거렸다.

"그렇다면 내가 죽는 게 틀림없군!"

조광조의 이 말은, 어명보다 간신들의 농간에 의해 자신이 사약을 받게 되었음을 깊이 인지하게 되었다는 것을 의미한다. 아마도 유엄이 속이지 않았을 것이라는 뜻이었다.

조광조가 또 물었다.

"조정에서 우리를 어떻게 말하오."

유엄이 대답하였다.

"왕망의 일에 비해서 말하는 것 같습니다."

그러자 조광조가 웃으며 말하였다.

"왕망은 사사로운 일을 위해서 한 자요. 죽으라는 명이 계신데도 한참동안 지체하는 것은 옳지 않은 일이 아니겠소. 그러나 오늘 안으로 죽으면 되지 않겠소? 내가 글을 써서 집에 보내려 하며, 분부해서 조처할 일이 있으니 처지(處地)가 끝나고 나서 죽는 것이 어떻겠소?"

하기에 유엄이 허락하였고, 조광조는 곧 들어가 조용히 뜻을 죄다 글로 쓰고 또 회포를 썼다.

어쩔 수 없이 사약을 받아야 할 운명이라는 걸 알게 된 조광조는 새 옷으로 갈아입고, 제자 장잠으로 하여금 지필묵을 준비하라 일렀다. 오랜 침묵 끝에 조광조의 손끝에서는 다음과 같은 '절명시(絶命詩)'가 붓을 타고 흘러 나왔다.

절명시(絶命詩)

임금을 어버이처럼 사랑하였고
나라를 내 집처럼 근심하였네
해가 아랫 세상를 굽어보니
이내 정성을 환하게 분명 비추리

愛君如愛父(애군여애부)
憂國如憂家(우국여우가)
白日臨下土(백일림하토)
昭昭照丹衷(소소조단충)

조광조는 다시 제자 장잠을 불러 유언을 남기고자 거느린 사람들에게 일러 말하였다.

"마지막으로 부탁이 있으니 꼭 이를 실행해다오. 내가 죽거든 관을 얇게 만들고 두꺼운 것은 절대 쓰지 말아라. 먼 길을 돌아가기가 어려울 것이므로 아주 얇은 것으로 장만하여야 한다."

모든 유언을 남기고 나서 조광조는 주위를 돌아보며 말하였다.

"양공(양팽손)은 어디 갔느냐. 어찌하여 양공이 보이지 않느냐" 말하고 나서

"차마 내 죽는 것을 보지 못하여 어디론가 가버린 것이냐" 말하자

"아닙니다" 하고 제자 장잠이 울면서 대답했다.

"문밖에 계십니다."

"양공을 들라 이르라."

"양공 어째 이토록 늦게야 오셨소이까."

"태산이 무너지는가, 양주(梁柱)는 꺾이는가, 철인(哲人)이 시드는가."

조광조는 양팽손을 향해 말을 이었다.

"공자께서는 이렇게 말씀하셨소이다. 예를 잃으면 혼란해지고, 명분을 잃으면 죄과가 된다. 심지(心志)를 잃는 것은 혼란이라 하고 정당한 지위를 잃는 것도 죄과라 한다. 그러므로 양공 신이 먼저 갑니다."

자주 창문 밖으로 엿보았는데, 아마도 형편을 살폈을 것이다.

글을 쓰고 분부하는 일을 끝내고 나서 조광조는 마침내 방문을 나와 뜨락에서 북쪽을 향해 네 번을 절하고서 무릎을 꿇어 군신의 예를 다하였다.

그리고 그는 독하게 만든 술을 많이 마시고 유엄으로부터 주는 사

약을 받고 한숨에 들이켰다. 조광조는 사약을 마셨으나 쉽게 숨이 끊어지지 않았다. 눈이 쌓인 뜨락에서 고통에 몸부림치며 피를 토하였지만 아직 숨이 남아 있었다. 보다 못한 유엄이 장잠을 불러 말하였다.

"아궁이에 불을 지펴 방안이 절절 끓어오르도록 덥혀 죄인을 방 안에서 죽게 하여라."

이때 조광조가 끼어들었다.

"아니다. 방안에서 편히 죽기보다는 이곳에서 죽겠다. 주상이 계신 북쪽을 향해 머리를 두고 죽을 것이다."

이 말을 들은 사람들이 다 눈물을 흘렸다.

금부도사는 군졸들로 하여금 목을 졸라 죽이라고 명했다.

바로 그때 조광조는 뒤틀리는 고통 속에서 다음과 같이 소리쳤다.

"잠깐 멈춰라! 성상께서 나의 목이나마 보존케 하려고 사약을 내리신 것인데, 너희들이 어찌 함부로 내 몸에 손을 대려 하느냐? 이보시오 도사, 차라리 사약이 남아 있으면 더 주시오, 어서 사약 한 사발을 더 가져오시오!"

그 소리에 놀란 금부도사는 군졸들로 하여금 사약 한 사발을 다시 가져오게 하였고, 조광조는 단숨에 그것을 비우고 눈과 코, 귀와 입 모든 곳으로부터 붉은 피가 쏟아지기 시작하였으며, 고통으로 몸부림치다 일순간 숨을 거두었다.

고통으로 일그러진 얼굴에는 이승에서의 참을 차마 끊지 못하겠다는 듯 눈이 활짝 열려져 있었다. 숨이 끊긴 조광조의 시신을 확인한 유엄은 말했다.

"죄인의 시신은 함부로 수습하거나 장례를 치르지 못한다. 반드시

들판에 버려 들짐승의 먹이가 되도록 방치해 두어야 할 것이다. 이를 어기는 사람은 국법으로 다스릴 것이다."

말을 마친 유엄은 한 떼의 군사를 데리고 곧 사라졌다.

남은 사람들은 눈물로 통곡하고 시신의 주위로 몰려들었고 양팽손이 울면서 부릅뜬 조광조의 눈을 감겨주었다.

이로써 눈을 감은 조광조는 38세의 아까운 나이로 이슬처럼 생을 마감하였다. 조광조가 정치개혁의 웅대한 뜻을 품고 산 지 불과 4년 만의 일이다. 강하면 부러진다고 했던가. 조광조를 생각하면 강직한 선비의 기개(氣概)가 먼저 가슴 저리게 떠오르는, 올곧은 지조 있는 사람이다.

당초 능성(綾城)에 가자 고을 원이 관동(官僮) 몇 사람을 보내서 쇄소(洒掃)의 일에 이바지하게 하였는데, 조광조가 죽을 때 이들에게 각각 은근한 뜻을 보였다. 또 집주인을 불러 말하였다.

"내가 네 집에 묵었음으로 마침내 보답하려 했으나 보답은 못하고 도리어 너에게 흉변(凶變)을 보이고 네 집을 더럽히니 죽어도 한이 남는다."

관동과 주인은 스스로 슬픔을 견디지 못하여 눈물이 흘러내려 옷깃을 적셨고 오래도록 고기를 먹지 않았으며, 당시 조광조 얘기만 하면 눈물을 흘린다고 했다.

또한 학포(學圃) 양팽손은 송흠(宋欽 : 1459~1547) 선생의 문인으로 호남선비중 거봉이라 할 수 있다. 양팽손은 능성현에서 태어나 어린나이에 소과, 대과에 급제하여 호당에 뽑히고 영관에도 올랐다. 송흠(宋欽)을 스승으로 섬겨 천리성명의 원리를 터득하였으며, 조광조와 같은 해에 진사시험에 합격하여 서로 도의지교를 맺고 학문을 연마하였다.

양팽손은 조광조가 당파싸움에 밀려 능성에 유배될 때 임금에게 간곡한 상소를 올려 간절히 애원하였으나 이 때문에 파면 당하고 고향인 능성으로 내려왔다. 기묘사화 이후 양팽손은 쌍봉마을에 학포당을 짓고 구도하는 마음으로 외부와의 접촉을 끊은 채 그림으로 소일하다가 생을 마쳤다. 그의 그림은 우리나라 남종화의 태두로 일컬어지고 있으며, 도의를 숭상하고 의리를 지킨 분이었다.

그 분! 학포 양팽손은 정암 조광조의 임종(臨終)길을 지켜본 유일한 사람으로 그의 눈물을 기리며 다정한 음성으로 지은 한 줄의 시 〈슬픈 친구〉를 적어본다.

"이보게 친구~!"
다정한 음성으로 부르며 찾아 주었던 분
정암 조광조의 유배기간이 한 달여 밖에 안 되었지만
정암의 죽음을 피눈물 삼키며 지켜보아야 했던
마지막 증인
조광조보다 더 슬펐을 친구……

친구의 죽음을 지켜보며
얼마나 찢겨져 나갔을까
얼마나 마음 아팠을까

조광조가 사약 받아
오장육부를 뒤틀면서도 의연히

임금 향해 절명시 짓고 있는 모습을 지켜보며
다 얼려도 모자란
차디찬 눈물을
돌멩이 삼키듯 꿀꺼덩 삼켰다.

누가 볼까 사립문 뒤에 숨어서
내리는 차가운 흰눈 소복이 맞으며
악다문 입술에선
피가 줄줄 흘러내렸다.

의금부 대신은
죽은 죄인의 시체인 조광조를 아무도 손대지 못하게 했지만
삼대의 죽음을 무릅쓰고

조광조의 시신을
멍석에 둘둘 말아 와 그의 고향에
고이고이 묻어 주고
삼년상을 치러 주었다.

학포 선생이 없었으면
조광조의 시신은 까마귀의 밥이 되었을 것이다
요즘 정치세계의 의리가 어찌
이만할 수 있겠는가
'반포지교' 가 어찌 이에

반만 할 수 있겠는가
내가 친구들을 대하는 신의도
반에 반만 되어도
참 좋겠다.

기묘사화가 일어난 이듬해인 1520년 봄, 능성현(지금의 화순군 능주면)에 귀양 와서 사약을 받고 죽은 정암 조광조(趙光祖 : 1482~1519)의 시신이 경기도 용인으로 떠나간다.

눌재 박상(朴祥 : 1474~1530)은 그의 관이 실린 소달구지를 먼발치로 보면서 만시(挽詩)를 짓는다. 시 제목은 '효직(조광조의 자)의 상을 당하여–逢孝直喪' 이다. 상여 줄을 끌면서 만가를 부르듯이 시가 매우 애절하고 상엄하다.

효직의 상을 당하여–逢孝直喪

무등산 앞에서 서로 손을 붙잡았는데
관 실은 소달구지만 바삐 고향으로 가는구나
후일 저세상에서 다시 서로 만나더라도
인간사 부질없는 시비일랑 더 이상 논하지 마세나.

無等山前曾把手(무등산전증파수)
牛車草草故鄉歸(우차초초고향귀)
他年地下相逢處(타년지하상봉처)
莫說人間謾是非(막설인간만시비)

이 시의 첫 1구, 2구는 박상과 조광조와의 과거와 현재의 인연 이야기이다. 1519년 11월 박상은 무등산 앞 분수원(지금의 광주 남문 밖)에서 유배 내려오는 조광조를 만나 슬픔을 나누었다. 그 때 그는 조광조에게 다음과 같은 위로의 시를 건넸다.

분수원 앞에서 일찍이 손잡고 헤어졌을 때
그대가 조정에서 일하다가 귀양살이 옴을 이상하게 여겼노라
귀양살이와 조정에서 벼슬함을 구별하지 마소
저승에 가면 아무런 차등이 없는 것이니.

分水院前曾把手(분수원전증파수)
愧君黃閣落朱崖(괴군황각락주애)
朱崖黃閣莫分別(주애황각막분별)
纔到九原無等差(재도구원무등차)

그런데 조광조는 유배 온 지 한 달도 못 되어 사약을 받았고, 그의 친구 학포 양팽손(梁彭孫 : 1488~1545)이 수습한 시신은 소달구지에 실려서 바삐 고향으로 가고 있는 것이다. 참으로 비참하고 애달프다.

3구와 4구에서는 두 사람이 내세에서 다시 만나기를 기약하면서 그때에는 현세에서의 부질없는 시비(是非)는 하지 말자고 읊는다. 여기에서 시비란 그가 겪었던 신비복위소 사건과 조광조를 죽음으로 몰고 간 급진적 개혁정치를 말한 조시를 읊고 있다.

조광조는 누구인가

조광조(趙光祖 : 1482~1519)는 조선 중기 문신이다. 유생들을 중심으로 한 사림파의 절대적 지지를 바탕으로 도학정치의 실현을 위해 적극적으로 활동했다.

천거를 통해 과거 급제자를 뽑는 현량과의 실시를 주장하기도 했으며, 그의 사상의 핵심은 덕과 예로 다스리는 유학의 이상적 정치인 왕도를 현실에 구현하려는 것이었다. 그의 본관은 한양이다. 호는 정암(靜庵)이요, 별칭으로 자는 효직(孝直)이며, 시호는 문정(文正)이다.

조광조는 개국공신 조온(趙溫)의 5대손이며, 감찰 조원강(趙元綱)의 아들이다. 어천찰방(魚川察訪)이던 아버지의 임지에서 무오사화로 유배 중인 김굉필(金宏弼 : 1454~1504)에게 수학하였다.

김굉필은 조선 전기의 성리학자이다. 자는 대유(大猷)요. 호는 한훤당(寒暄堂) 사옹(蓑翁)이다. 김종직의 문인(門人)으로, 형조(刑曹) 좌랑(佐郞)을 지냈고 무오사화 때 유배되었다가 갑자사화 때 사사(賜死)되었다.

학문은 스승 김종직(金宗直)*의 문하에서 배우면서 특히 '소학' 에 심취하여 '소학동자' 라 지칭되었다.

1498년 무오사화가 일어나자 평안도 희천에 김굉필은 유배되었는데, 그곳에서 조광조(趙光祖)를 만나 학문을 전수하였다.

조광조는 중종 5년(1510)에 진사시를 장원으로 통과하고 성균관에 들어가 공부하던 중, 성균관에서 학문과 수양이 뛰어난 자를 천거하게 되자 유생 200여 명의 추천을 받았고, 다시 이조판서 안당(安瑭)의 천거로 1515년 조지서사지(造紙署司紙)에 임명되었다.

같은 해 증광문과에 급제하여 홍문관에 들어갔으며 전적, 감찰, 정언, 수찬, 교리, 전한 등을 역임하고, 1518년 홍문관의 장관인 부제학을 거쳐 대사헌이 되었다.

성균관 유생들을 중심으로 한 사림파(士林派)의 절대적 지지를 바탕으로 도학정치(道學政治)*의 실현을 위해 적극적으로 활동하였다.

그것은 국왕 교육, 성리학 이념의 전파와 향촌 질서의 개편, 사림파 등용, 훈구정치(勳舊政治) 개혁을 급격하게 추진하는 것이었다. 국왕 교육은 군주가 정치의 근본이라는 점에서 이상정치를 실현하기 위해

---

* －김종직(金宗直 : 1431~1492)은 조선 전기의 성리학자(性理學者)이며 문신이다. 영남학파의 종조이고, 그가 생전에 지은 조의제문이 그가 죽은 후인 연산군 4년(1498)에 무오사화가 일어나는 원인이 되었다.
* －도학정치(道學政治) : 주자학이 우리나라에 들어온 것은 고려 말이었으나 널리 보급되지는 못하였고, 조선 초기에 와서도 사장(詞章) 시가와 문장의 학만이 높이 숭상되었기 때문에 과거에 있어서도 이것에만 치중하였고 도학(道學)은 일반적으로 경시되었다. 조광조의 개혁은 훈구대신들에 의해 권좌에 오른 중종이 훈구대신들의 압박 속에 헤매고 있을 때 훈구세력을 누르기 위해 도학(道學) 도덕에 관한 정주학과 같은 학문을 등용한 것이고, 중종의 새로운 정치란 것으로 정치세력의 균등화를 꾀하여 조선시대의 풍습과 사상을 유교식으로 바꾸어놓는 데 있어서 중요한 동기가 되었다. 이러한 주창을 계기로 하여 당시의 학풍은 변화되어 갔으며, 뒤에 이황(李滉)·이이(李珥) 같은 학자가 탄생될 수 있었던 것이다.

가장 먼저 힘써야 할 것이었다.

그리하여 국왕이 수신(修身), 제가(齊家), 치국(治國), 평천하(平天下), 격물(格物), 치지(致知), 성의(誠意), 정심(正心)에 힘써 노력하여 정체(政體)를 세우고 교화를 행할 것을 강조하는 한편 자신들의 정당성을 확립하고 앞 시기의 사화(士禍)와 같은 탄압을 피하기 위해 군자(君子)와 소인(小人)을 분별할 것을 역설하였다.

성리학 이념의 전파를 위해서는 정몽주(鄭夢周 : 1337~1392)의 문묘종사(文廟從祀)와 김굉필(金宏弼 : 1454~1504), 정여창(鄭汝昌 : 1450~1504)에 대한 관직 추증을 시행하였으며, 나아가 뒤의 두 사람을 문묘에 종사할 것을 요청하였다.

여씨향약(呂氏鄕約)을 간행하여 전국에 반포하게 한 것은 사림파가 주체가 되는 새로운 사회질서를 확립하기 위한 노력이었다.

1518년에 천거를 통해 과거 급제자를 뽑는 현량과(賢良科)의 실시를 주장하여 이듬해에는 천거로 올라온 120명을 대책(對策)으로 시험하여 28인을 선발하였는데 그 급제자는 주로 사림파 인물들이었다.

훈구정치를 극복하려는 정책들은 많은 논란을 일으키며 추진되었다.

조광조는 중종의 조강지처(糟糠之妻)인 신씨가 아버지 신수근(愼守勤)이 연산군 때에 좌의정을 지냈다는 이유로 반정(反正) 후에 폐위된 중종비 단경왕후(端敬王后) 신씨(愼氏)의 복위를 주장하였는데, 이것은 반정공신들의 자의적인 조치를 비판하는 것이었다.

도교 신앙의 제사를 집행하는 관서로서 성리학적 의례에 어긋나는 소격서(昭格署)를 미신으로 몰아 혁파한 것도 사상적인 문제인 동시에 훈구파 체제를 허물기 위한 노력이었다.

1519년에는 중종반정의 공신들이 너무 많을 뿐 아니라 부당한 녹훈자(錄勳者)가 있음을 비판하여 결국 105명의 공신 중 2등공신 이하 76명에 이르는 인원의 훈작(勳爵)을 삭제하였다.

이러한 정책 수행은 반정공신을 중심으로 한 훈구파의 격렬한 반발을 불러 일으켜 홍경주(洪景舟), 남곤(南袞), 심정(沈貞) 등에 의해 당파를 조직하여 조정을 문란하게 한다는 공격을 받았으며, 벌레가 '조광조가 왕이 될 것이라는 주, 초, 위, 왕(走肖爲王)' 이라는 문구를 파먹은 나뭇잎이 임금에게 바쳐지기도 하였다.

결국 사림파의 과격한 언행과 정책에 염증을 느낀 중종의 지지를 업은 훈구파가 대대적인 숙청을 단행하는 기묘사화(己卯士禍)를 일으킴에 따라 조광조는 능주에 유배되었다가 사사되었다.

그러나 후일 사림파의 승리에 따라 선조 초에 신원되어 영의정으로 추증되고, 문묘에 종사되었으며, 전국의 많은 서원과 사당에 제향되었다.

그의 사상의 핵심은 덕(德)과 예(禮)로 다스리는 유학의 이상적 정치인 왕도(王道)를 현실에 구현하려는 것이었다.

"도학을 높이고, 인심을 바르게 하며, 성현을 본받고 지치(至治)를 일으킨다"는 진술로 압축한 바와 같이 도학정치의 구현인 지치라고 표현하였다.

동시에 그러한 이념은 사마시에 제출한 답안인 춘부(春賦)에 나타나듯이 자연 질서 속에서의 인간의 존엄성에 대한 따뜻하고 강렬한 확신이 기초가 된 것이었다.

그러나 학문과 경륜이 완숙되기 전에 정치에 뛰어들어 너무 급진적이고 과격하게 개혁을 추진하려다가 실패했다는 점은 후대 사림들에게 경계해야 할 점으로 평가되었다.

훈구파의 반격으로 자기를 따르는 자들과 함께 죽임을 당하고 개혁은 한때 모두 실패로 돌아갔으나, 그의 이념과 정책은 후대 선비들의 학문과 정치에 중요한 지침이 되었다.

조선 후기까지의 모든 사족(士族)은 그가 정몽주(鄭夢周 : 1337~1392), 길재(吉再 : 1353~1419), 김숙자(金叔滋 : 1389~1456), 김종직(金宗直 : 1431~1492), 김굉필(金宏弼 : 1454~1504)로 이어져 내려온 사림파 도통(道統)의 정맥(正脈)을 후대에 이어준 인물이라는 점에 정파를 초월하여 합의하고 추앙하였다.

그것은 학문의 전수 관계로 인한 것만이 아니고 목숨을 걸고 이상을 현실정치에 실행하려 한 노력에 대한 경의였다. 문집에 《정암집》이 있다.

서원은 서울특별시 도봉구 도봉동. 도봉서원에 조광조의 위패가 봉안되어 있으며, 경기도 가평군 설악면 선촌리에 조광조와 김식의 학문과 덕행을 추모하기 위해 미원서원이 창건되어 있다.

정암 조광조 선생 적려유허비는 전남 화순군 능주면 남정리(전라남도기념물 제41호)에 기묘사화로 능성에 귀양 왔던 조광조를 추모하고자 세웠다. 총 높이 295cm이며 귀부의 높이 164cm, 귀부 너비 81cm, 귀부의 두께 29cm, 이수의 높이는 71cm이다.

조광조 선생 신도비(趙光祖 先生 神道碑)

유명조선국 가선대부 사헌부대사헌 겸동지경연성균관사 증대광보국숭록대부 의정부영의정 겸 영경연홍문관예문관춘추관관상감사 문정공 정암조선생신도비명 병서

有明朝鮮國 嘉善大夫 司憲府大司憲 兼同知經筵成均館事 贈大匡輔國崇祿大夫 議政府領議政 兼 領經筵弘文館藝文館春秋館觀象監事文正公 靜庵趙先生神道碑命 幷序

선조 18년(1585)에 건립되었고, 대리석 재질에 규모는, 높이 244cm, 폭 93cm, 두께 34cm로 장방형 비좌에는 국화문이 있다. 상단에 '文正公靜庵趙先生神道碑銘' (문정공정암조선생신도비명)이라 되어 있으며, 노수신(盧守愼)이 찬(撰)하고, 이산해가 서(書)하였으며, 김응남이 전(篆)하였다.

융경(隆慶) 무진년, 금상(今上)의 원년(금상은 선조를 가리킴. 즉 1568년임)에 정암 선생(靜菴先生)께 영의정을 추증하시고, 이듬해 이름을 바꾸어(謚號를 말함), 도덕이 있고 들은 것이 넓으며 올바른 도리로 사람을 복종시킨다는 뜻을 취하여 '문정(文正)' 이라고 하였다. 그리고 또 그 언행을 기록하게 하고 서원(書院)과 사우(祠宇)를 세우게 하였다. 대개 그것은 천심(天心)을 나타내고 인기(人紀)를 붙들어서 혁혁하게 사람의 이목에 비춰준 것이다. 이로써 한 나라의 선비들이 안정되게 되었다. 그 후 11년 만에 진신(搢紳, 사대부)과 포의(布衣, 벼슬하지 않은 이)들이 모두 그 묘도에 비석이 없다는 것을 안타까워하여, 서로 이끌고 와서 나 수신에게 비명(碑銘)을 위촉하였다.

정히 효릉(孝陵, 文宗의 능호)께서 칭상(稱賞)하던 바와 같이 제생(諸生)의 바른 학문은 선왕이 가르치신 은낵의 뜻에 근본한 것이니, 이 거사(擧事)를 누가 옳다 하지 않겠는가! 나 같은 말학(末學)의 소견이 얕고 말이 약한 이가 족히 써 고명한 이를 제대로 잘 나타낼 수가 없을 것이다. 그래서 오고 가기를 서너 번 하다가 마침내 사양할 수가 없었다. 이에 삼가 상고(詳考)하건대 조씨(趙氏)는 본래 한양사람이다. 휘 지수(之壽)라는 분이 있어서 고려의 첨의중서(僉議中書)가 되시고, 휘 휘(暉)를 낳으시니 쌍성총관(雙城摠管)이셨다.

총관이 휘 양기(良琪)를 낳으셨는데, 이 분이 총관직을 습직하셔서, 나이 13살에 김방경(金方慶)의 부원수(副元帥)로서 원나라 장수를 따라서 일본 병을 토벌해 공을 세우니, 조서(詔書)하여 금포(錦袍)와 옥대(玉帶)를 하사하였다. 아들은 용성부원군(龍城府院君) 휘 돈(暾)이요, 손자는 좌정승(左政丞) 한산백(漢山伯) 용원부원군(龍源府院君) 양렬공(襄烈公)이니, 휘는 인벽(仁璧)이시다. 이 분은 힘을 다하여 등주(登洲)의 12

성을 능히 회복하시고, 서쪽으로 국경을 침입하는 것을 수복하셨다.

그 후세에 휘 온(溫)은 본조의 개국공신 · 정사공신(定社功臣) · 좌명공신(佐命功臣)으로 책록되어 한천부원군(漢川府院君)을 봉하고, 시(謚)는 양절(良節)이다. 휘 육(育)은 의영고사(義盈庫使)로서 증(贈) 이조참판이시고, 휘 충손(衷孫)은 성균관사예(成均館司藝)로서 증 예조판서이시다. 휘 원강(元綱)은 사헌부감찰로서 증 이조참판이신데, 여흥 민씨(麗興閔氏) 현감 휘 의(誼)의 문(門)에 장가 가셔서, 성화(成化) 임인(1482)년 8월 10일에 선생을 낳으셨다.

공은 용모가 청수(淸秀)하고 단정하여 그 놀고 희롱하는 일이나 일상의 행동거지가 곧 성인(成人)의 거동 및 법도와 같으셨다. 남의 비위(非違)를 보시면 곧 능히 그를 넌지시 타일러 그치게 하셨다. 자라서는 스스로 독서할 줄을 알아서 강개하게 큰 뜻을 지녔다. 부모에게 효도하고 형제간에 우애하고 아랫사람을 사랑하고 친구간에 신뢰 있는 것이 모두가 자연으로부터 나오셨다.

홍치(弘治) 을묘년(1495) 겨울에 참판공께서 어천찰방(魚川察訪)이 되셨는데, 무오년(1498) 가을에 한훤 선생(寒暄先生)께서 희천(熙川)으로 귀양가시니, 선생께서 아버님을 따라서 갔다가, 드디어 한훤 선생을 추종하면서 학문하는 대방(大方)을 들었다. 오랜 뒤에 돌아올 때 한훤 선생이 전송하며 말하기를 "우리의 도가 동쪽으로 왔도다"라고 하셨다. 이로부터 도를 독실하게 믿고 민첩하게 탐구해서 세속의 습기를 씻은 듯이 탈피하셨다.

경신년(1500) 여름에 친상(親喪)을 당하여 산소 아래서 시묘를 사실 적에, 다닐 때는 반드시 산소를 도시고 앉으면 반드시 봉분을 대하셨다. 당시에는 「문공가례(文公家禮)」가 세상에 시행하지 않았으나 선생만은 한결같이 이 법을 존수(尊守)하셨다. 복제(服制)가 끝나매 초가집 서너 칸을 그 곁에 지어두고 사모하는 곳을 삼으셨다. 대부인(大夫人)을 섬기시면서 여가마다 학문을 해서 일찍이 잠깐이라도 떠나지 아니하셨다. 그러나 자못 방해하고 저해하는 놈이 있어서 지목하기를, "미친 자다", 혹은 "화의태동이다"라고 하기까지 되어, 친지들이 모두 더불어 사귀지 아니하였으나, 그렇더라도 조금도 흔들리지 아니하셨다. 병인년(1506)에 처음으로 그 도를 이름내어 사류(士類)들을 지도하였다. 오로지 한 방안에 도서(圖書)를 두었을 뿐이고, 거자업(擧子業, 과거)에 대해서는 애당초 생각을 두지 아니하셨다.

정덕(正德) 경오년(1510) 봄에 사마시(司馬試)를 응시하매, 시험관이 보고서 놀라 감탄하며 장원으로 정하였다. 여름에 천마산(天磨山) 성거산(聖居山)에 올랐는데. 경치 좋은 곳을 만나시면 천천히 거닐며 시를 읊으면서 숙연히 진세(塵世)를 벗어난 듯한 생각을 가지셨다. 혹은 절에 거처하시며 올연(兀然)히 이소인(泥塑人)과 같았다. 괴로운 것을 참고 담박한 식사를 승려와 더불어 같이 하시고, 반드시 자시(子時)가 되어야 잠자리에 드시었다. 신미년(1511) 겨울에 상을 당하셨다. 을해년(1515) 봄에는 지평(砥平)의 용문사(龍門寺)에서 사셨다.

그 여름에 성균관의 천거로 특별히 조지서 사지(造紙署司紙)를 주시자, 탄식하여 말하기를 "오늘 이 시대는 옛날 시대가 아니다. 차라리 과거(科擧)로 말미암아서 도를 행해야 할 것이다. 헛된 명예가 드러나는 것을 나는 부끄러워한다"라고 하셨다.

8월에 임금께서 대성전(大成殿)을 알현하고 선비에게 책문으로 시험할 때 제2등으로 급제하여 성균관 전적(典籍)을 제수하셨다. 옮겨서 사헌부 감찰(司憲府監察)이 되시었다. 11월에 사간원 정언(司諫院正

言)으로 발탁되셨다. 이해 봄에 장경왕후(章敬王后)가 돌아가시자, 가을에 담양부사(潭陽府使) 박상(朴祥)과 순창군수(淳昌郡守) 김정(金淨)이 같이 상소해서 신씨(愼氏)를 복위할 것을 청하자, 대간(臺諫)이 국문할 것을 청하여, 당국에 보내서 혼신(魂薪, 죄지은 사람이 신역으로 대가를 바치도록 하는 제도)을 시키자는 의론에까지 이르렀다.

이에 이르러 선생께서 가장 먼저 말씀하기를 "대간의 직분은 언로를 맡은 것이므로, 먼저 스스로 언로를 두절시키는 것은 용납할 수 없습니다"라고 하여, 대간들을 파직시킬 것을 청하였다. 왕께서 그들에게 체임(遞任)을 명하였다. 얼마 뒤에 선생께서도 또한 체임되어 전적이 되시었다.

병자년(1516) 봄에 호조·예조·공조의 삼조(三曹) 좌랑(佐郞)을 역임하시고, 좀 있다가 홍문관 부수찬(弘文館副修撰)으로 뽑혀 들어갔다. 임금을 대하시어 말씀하시기를, "이윤(伊尹)이 말하기를 '한 사람이라도 뜻을 얻지 못한 이가 있으면 저자에서 종아리를 맞는 것과 같다' 고 말한 바 있습니다. 임금과 신하라는 존재는 백성을 위해서 마련된 것입니다. 진실로 이 뜻을 알진대 낮이나 밤이나 백성으로서 마음을 삼으신다면, 다스려지고 평화스러운 상태는 기약할 수가 있습니다"라고 하셨다. 또 말씀하시기를, "하늘이 노여워함이 두 가지가 있습니다. 죄를 짓고도 깨닫지 못하면 반드시 경고로써 보여주고, 형세를 타서 진보하지 못하는 것도 또한 이것을 보여주어 반성하고 노력하게 합니다. 오직 천명이란 항상 됨이 없는 것이오니, 심히 가히 두려워할 만합니다"라고 하셨다.

정축년(1517) 봄에 사가독서(賜暇讀書)를 받으시고 교리(校理)에 나가셨다. 계(啓)하여 말씀하시기를, "풍속이 인순(因循)하기를 좋아하고 사람들은 나쁜 것을 편안하게 여기고 있습니다. 마땅히 시기를 따라서 상량(商量)하여 고칠 수 있는 것은 반드시 고쳐서, 서로 더불어 보고 느끼게 하며 넉넉히 유도하게 하여야 하옵니다"라고 하셨다.

가을에 응교(應教)에 승진하시고 전한(典翰)에 승진되셨다.

사면하기를 청하여 말씀하기를, "소신(小臣)이 학문에 뜻을 두고서 성취하지 못했사옵기에, 바라옵건대 벽지의 고을을 5,6년간 맡기셔서 학문에도 겸하여 힘을 쓸 수 있도록 하였으면 합니다. 부디 거두어 받아들여 주시면, 바야흐로 두 가지가 다 온전할 수 있을 것입니다"라고 하셨다. 겨울에 직제학(直提學)으로 진급되셨다.

무인년(1519) 봄에 부제학(副題學)으로 승진되셨다. 이 무렵 말에서 떨어져서 낙상을 하였는데, 사실을 보고해서 올리자, 보내신 의원과 문안하는 중사가 길에 연속되었다. 계(啓)하여 말씀하기를, "김종직(金宗直)은 유자(儒者)인지라 비록 그 당시에 대유(大儒)로서 크게 베풂을 얻지는 못했지만, 뒤에 많은 이가 풍화(風化)를 듣고서 일어난 것은 그의 공이었습니다. 착한 사람이 나라의 원기(元氣)가 되어야 하거늘, 이승건(李承健)이 화를 조작함으로부터 날마다 쇠퇴하여져서, 이제 그 기운이 이른 봄의 풀이 적은 서리에도 곧 시드는 것과 같게 되었습니다. 어찌 열 가지 착한 것을 버리고서 한 가지에 과실을 제기하여야 하겠습니까? 종사(宗社)의 편안하고 위태로운 것은 모두 이로부터 비롯합니다"라고 하셨다.

여름에 승정원 동부승지(承政院同副承旨)로 옮겼다. 계를 올려 말씀하시기를, "학자가 한가로이 거처하면서 공부하는 것도 또한 어렵고, 잠깐 나와서 벼슬할 적에 일을 임하면 어그러짐이 많습니다. 하물며 인군(人君)은 구중궁궐에서 모든 기무(機務)를 맡아 보시므로, 정신이 흔들리고 뜻을 빼앗기기가 쉽습니다. 이것이 바로 조심하고 생각해야 할 바입니다"라고 하셨다.

조정에서 논의하기를, "도덕을 강론하여 임금을 돕고 기르는 일은 이 사람이 아니고서는 할 수 없다"라고 하여, 수일이 못 되어서 도로 전직(前職)으로 돌아가셨다. 이때에 대과(大科)를 베풀고자 하매 선생께서 계를 올려 말씀하시기를, "임금께서 정치에 뜻을 두었는데도 효과가 나지 않는 것은 인재를 얻지 못하였기 때문입니다. 진실로 능히 이것을 행하신다면 인재를 얻지 못하는 것은 걱정이 없사옵니다"라고 하였다. 뒤에 과연 선비를 제대로 얻었다고들 하였다.

가을에 삼사(三司)가 소격서(昭格署)를 혁파할 것을 청한 지 여러 달이 되었다. 이에 선생께서 직접 상소하셨다. 그 뜻에 대략 말씀하기를 "이 교(敎)를 받드는 것은 비록 여염집 백성이라 하더라도 임금된 자가 진실로 마땅히 예를 밝히고 의를 보여서 바른 방향으로 인도하여야 할 것입니다. 그렇거늘 도리어 관청을 두어서 받들게 해서, 이것을 공경하기를 마땅히 흠향(歆享)하여야 할 귀신과 같이 하여 기도하기를 음울하고 번거롭게 하고 음귀(陰鬼)가 간악한 조화를 빚어내고 있습니다. 이것은 왕의 올바른 법에 따라 영(令)이 없는 것이니, 아래 백성들이 무엇을 법(法) 받겠사옵니까? 어찌해서 굳은 결단성을 아껴서 모두들의 심정에 의혹과 침울한 마음을 갖게 하시나이까?"라고 하셨다. 그리고 이어서 동료들에게 말씀하시기를, "오늘 청함을 얻지 못하면 물러날 수가 없다"라고 하셨다. 저녁이 되자 대간(臺諫)들은 모두 퇴청하였는데도 옥당(玉堂)에서 굳게 버텨서 허락을 받으셨다. 또 회령(會寧) 번호(藩胡)인 속고내(速古乃)가 몰래 깊은 산중 사람들과 결탁해서 갑산(甲山) 경계를 노략질하니, 방어사(防禦使)를 보내어 몰래 엿보았다가 사로잡을 것을 의론하고자, 임금은 정청(政廳)에 임하시고 장수와 재상들이 두루 모셨는데, 선생이 밖에서 달려와 이렇게 말씀하셨다.

"군사를 부리고 백성을 편안히 하는 것은 은혜와 위엄을 펴는 것이 중요한 것입니다. 만포첨사(滿浦僉使) 허혼(許混)이 오랑캐를 엄습해서 잡았다 하여 성종(成宗)께서 특별히 허혼을 처벌하신 일이 있습니다. 그렇거늘 이제 조그마한 오랑캐를 분하게 생각해서 대장을 명하여 도적과 같은 꾀를 행해서 나라의 체통을 크게 손상시키려 하시다니, 신은 실상 부끄럽게 여기나이다."

임금께서도 급히 영을 내려 다시 의논하게 하였다. 그러자 좌우가 다투어 말하기를 "군사에는 기법(奇法)과 정법(正法)이 있사오니, 그러할 수가 없습니다"라 하였고, 혹은 "다 이루어진 계책을 저해하였습니다"라고 말하였다.

그러나 임금께서는 그런 비난을 물리치셨다. 이 달에 특별히 계질(階秩)을 높여서 동지성균관사(同知成均館事)를 겸임시키시니, 그 말을 듣고 힘껏 사양하였으나 임금께서는 돌보심이 더욱 융성하셨다. 겨울에 임금께서 불시에 어강(御講)을 베푸셔서, "마음을 잡으면 성(聖)이 되고 놓으면 광인(狂人)이 된다"는 것을 주제로 삼으셨다.

공이 대하여 말씀하기를, "마음에 감응함이 있으면 일이 주(主)가 되어서 어지럽지 않은 듯한 것이 있습니다. 보통 사람은 외물을 접하지 않았을 때에 도리어 더욱 혼란을 느낍니다. 잡아 두어 보존하는 것이란 한 곳에 집착되는 것을 뜻하는 것은 아닙니다. 또한 반드시 매양 착한 생각을 지니는 것도 아닙니다. 다만 정제하고 한결같이 하여 항상 각성할 수 있음을 말하는 것입니다"라고 하셨다.

하루는 임금께서 선생께 명하여 계(戒)를 지으라 하시니, 이에 〈계심잠〉(戒心箴)을 지어서 바치시었다. 그 서(序)에 말하기를, "임금의 한 마음은 하늘의 큰 이치를 체(體) 받아서 천지의 기운과 만물의 이치가 모두 내 마음에 포괄되어 있습니다. 그러므로 하루의 기후와 한 물건의 성품이라도, 가히 내 법도에 순응하지 아니하고 어그러지거나 간사하게 해서야 되겠습니까? 그러나 사람의 마음은 욕심에 가려서 신령스럽고 신묘한 것이 침체되고 정과 사사로움에 질곡을 받아 능히 소통하지 못하니, 천리가 어두워지고 기도 또한 막혀서 떳떳한 윤리가 무너지며 만물이 제대로 이루어지지 못하게 됩니다. 하물며 아름다운 소리와 색태와 냄새와 맛의 유혹이 날마다 앞에 나열되고, 형세도 높고 높아서 또한 교만하기 쉬운 경우에야 더 말할 것이 있겠습니까?"라고 하셨다.

다시 옮겨져서 사헌부 대사헌과 동지경연사(同知經筵事)를 겸하시었는데, 사양하고 성균(成均)을 겸하기를 청하자, 이를 허락하셨다. 또 원자보양관(元子輔養官)에 보임하시니 사양하여 말씀하기를, "보양하는 책임은 모름지기 노성(老成)하고 후덕한 이에게 맡겨야 할 것입니다. 신은 결코 이 이름을 감당할 수 없습니다"라고 하였다.

기묘년(1519) 봄에 김우증(金友曾)이라는 자가 사림을 모함하고 훼방한 일로 조정에서 심문을 하게 되었는데, 양사(兩司)에서는 선생께서 몸소 힐책하려고 하지 않았다는 일로 논란(論難)하여 동지중추원사(同知中樞府事)로 체임되었다. 얼마 안 가서 다시 부제학이 되셨다. 여름에 동지성균관사를 겸임하셨는데, 정부의 계가 있어서 다시 대사헌이 되셨다. 10월에 양사가 정국공신에 함부로 등록된 자를 삭제할 것을 청했는데 선생께서도 또한 극진히 논하기를, "성희안(成希顔)

이 유자광(柳子光)에게 위임하기 때문에 극형의 죄에 해당할 자들이 많이 끼어 있습니다. 이(利)의 근원을 한 번 열어 그것이 국가의 고질로 되면 이(利)만 있는 것을 알고 의(義)가 있는 걸 알지 못하게 되어 아마도 차마 말할 수 없는 일이 반드시 있게 될 것입니다"라고 하여 11월 11일에 윤허를 얻었다. 계속하여 공훈에 따라 품계를 함부로 가자(加資)한 것을 체직하자고 청하였으나 받아들여지지 않았다.

15일에 군신(群臣)들이 녹건(錄件)을 가지고서 어전에 나아가 개정하였다. 이날 밤 이고(二鼓, 二更)에 심정(沈貞), 남곤(南袞), 홍경주(洪景舟) 등이 신무문(神武門)에 들어가서 변을 고해 올려 말하기를, "조(趙) 아무개가 그 당과 더불어 불법을 꾀하여 홀연 영추문(迎秋門)으로 들어왔기에, 이미 여러 관원들을 잡아 대정(大廷)에다가 매어 두었습니다"라고 하였다.

사건이 예측할 수가 없게 될 무렵, 수상 정광필(鄭光弼) 공이 입대하기를 청하여 눈물을 흘리며, 죽여서는 안 된다고 임금님의 옷깃을 붙들고 호소하였다. 이에 가까스로 금부(禁府)에 하옥시킬 수가 있었고 모두 귀양 보내게 되었다. 그러자 서생마다 울고 불며 거리마다 슬퍼하였다. 선생께서 능성(綾城)에 가셔서 북쪽 담을 헐어버리게 하고 북녘 하늘을 바라보면서 대궐을 연모하는 생각을 달래었다.

12월 20일에 하명(下命, 死藥을 내림)이 이르자 목욕하고 옷을 갈아입으시고 사자(使者)에게 죄명을 물으니 대답이 없었다. 이에 친한 친구들에게 두루 편지를 썼는데, 그 글에 말하기를 "나는 반드시 선인(先人)의 무덤 아래 묻게 하라"라고 하였다. 또 말하기를, "인군(人君)을 사랑하길 아버지와 같이 하니, 하늘과 태양이 단충(丹衷)을 비춰주네"라고 하셨다. 드디어 졸하시니, 나이 38세이셨다.

휘(諱)는 광조(光祖)요, 자(字)는 효직(孝直)이시다. 명년에 용인현(龍仁縣) 심곡리(深谷里)에 장사지냈다. 정사년(1541) 11월 24일 부인의 장사에 의하여 서쪽 수백 보쯤 되는 곳으로 옮기셨다.

부인은 첨사(僉使) 이윤형(二允泂)의 따님이시다. 정숙하고 정성스럽고 공경하고 삼가시며, 능히 군자의 교훈을 지키셨다. 아들 정(定)은 현감 권흡(權恰)의 따님에게 장가들었는데 일찍이 죽었다. 용(容)은 문천군수(文川郡守)인데 대호군(大護軍) 이경(李鏡)의 따님에게 장가들어서 두 사위를 두었다. 사위 가운데 좌랑 허감(許鑑)은 아들 윤(昀)을 낳았고, 진사 홍원(洪遠)은 두 딸을 낳았는데 모두 어리다. 당제(堂弟) 희안(希顔)의 아들 순남(舜男)으로서 후사를 삼았다.

아아! 우리 동방의 호걸이 대를 이어 계속해 일어났으되, 공명과 절의에 국한이 되거나 훈고(訓詁)와 사장(司章)에 빠진 사람들이 대부분이었다. 간혹 이학(理學)을 한다고 이름하는 이가 있더라도, 연마하고 궁리하는 데에 이르지 못하고서 또한 헛되고 먼 데에 관계할 뿐이었다. 그러다가 문경공(文敬公)이 나타남에 이르러서는 선학들이 창도한 것을 선생께서 실상 이를 이어받아 확대시키셨다.

그 학문은 자기 몸을 살피고 사욕을 극복하는 것을 앞세우시고, 공경의 태도를 지키고 정일(靜一)을 위주로 함을 요점으로 삼으셔서, 침잠하고 각려하며 정(精)하게 생각하고 힘써 실천하여서, 능히 도를 몸에 체득하고 덕을 이루어서 성인의 정성(精誠)을 얻으셨다. 의관과 용모와 보고 듣는 것과 말하고 움직이는 것으로 말하면, 지나간 현철(賢哲)들을 모범으로 삼으셨다. 〈소학〉(小學)과 〈근사록〉(近思錄)을 높이시고, 모든 경전을 발휘하셨다. 늦게는 〈주역〉(周易) 배우기를 좋아하셔서 잠시도 쉬지 않으셨다.

집에 들어와서는 수고로움을 무릅쓰고 부모의 뜻을 승순하셔서 곡진하게 하지 않음이 없으셨다. 상사(喪事)에는 슬픔을 극진히 하고 제사에는 공경을 극진히 해서 한결같이 예에 구차히 하지 않으셨다. 안과 밖을 절연(截然)하게 하시고 인(仁)과 신(信)을 행하셨다. 외부에 나아가서는 사람을 접하시매 그 재품(才稟)에 따라서 하시고, 품조(品藻, 즉 평가)는 그 기국과 지식에 따라 취하셨다. 이단을 배척해서 경상(經常)의 도리로 되돌리고자 하셨다. 남들은 그 즐거워하시고 평이하게 여기심을 볼 수가 있었지만, 스스로는 검소하고 간략함을 준봉하였다. 일찍이 부인에게 말씀하시기를, "내 마음이 왕실에 있어서 자연히 가사(家事)에는 미치지 못하겠소"라고 하셨다.

이때를 당해서 임금께서 유술(儒術)을 숭상하시어 옛 도의를 사모하시어, 선생을 의지해서 정치를 하셨다. 선생께서는 경세제민(經世濟民)의 뜻을 품고 알아주는 이를 만난 것을 감격스레 여기시어 요순의 도로써 자기의 책임을 삼았다. 그래서 말씀하기를, "인군의 마음은 정치를 내는 근본입니다. 근본이 바른 연후에 정치가 서고 교화가 성취됩니다"라고 하셨다. 경연에서 강론의 일을 담당할 때마다 그 전날 저녁에 단정히 앉아서 글을 숙독하였는데, 마치 임금님이 곁에 계시는 것과 같이 하셨다.

새벽에 이르러 옷을 갈아입으시고 나아가서는 숙연히 대좌해서 반드시 임금께서 감동하기를 바라셨다. 치도(治道)를 개진하시고 사리를 명백히 하셔서, 성(性)과 정(情)의 선악이나 의(義)와 이(利)의 분변이나 하늘과 사람, 왕도와 패도의 선하고 사특(邪慝)한 분변으로부터 학문을 높이고 변방을 방비하는 허실과 제사의 예를 다하고, 국가를 흥기시키고 조상의 업적을 계승하는 득실에 있어서도 마음을 기울이고 베풀지 않음이 없으셨다. 날이 저무는데도 피로를 잊으시어, 임금께서도 반드시 마음을 전일하게 해서 송연(竦然)하게 들으시고, 잘 한다고 칭찬한 바가 많으셨다. 심지어 백관들은 눈을 부비며 바라보고 모든 백성들은 머리에 손을 얹고 훈취(薰醉)되어 상상하고 기대를 가져서 거의 선생의 법도가 차차로 실행되기에 이르렀다.

그렇거늘 제공(諸公)들은 너무 빨리 하고자 하는 데로 기울어지고 연소한 이들은 덩달아 움직여, 옛 신하들로서 실권을 잡지 못한 자들은 원망이 골수에 박혀서 밤낮으로 기회만 엿보았다. 그래서 선생께서도 진실로 일찍이 그 기미를 보시고서 떠나고자 한 지가 오래 되었다. 그리하여 항상 신상(申鏛) 공과 이자(李耔) 공과 권벌(權橃) 공과 더불어 두 사이를 조정하여 실패가 없도록 하려고 하였다.

그러자 일시(一時)에는 사람들이 말하기를, "비위(非違)에 의지한다"라고 해서 탄핵을 하려는 데까지 이르렀으니, 슬프고 또한 괴이하도다. 다만 추대되고 권력의 끝에 붙어서 세력을 잡았던 한때의 높은 훈신들은 도리어 깊이 탐색하여 죄과를 논하되, 자기의 일에 대해서는 크게 올곧기를 경계하지 않았다.

어찌 선생께서 스스로 떠날 수 없으리란 사실을 아시고, 사악한 것을 막지 않으면 정도(正道)가 시행될 수 없다 여기셔서, 드디어 모든 힘을 다 들여서 주저 없이 격파했던 것이 아니었던가? 아니면 논평하는 자들의 말대로, "갑자기 등용되어서 융화하여 통찰하고 실적을 쌓을 수가 없었고, 일찍이 돌아가셔서 교화를 베풀고 입언(立言)을 할 수가 없었다" 하는 것이었던가? 아아! 가히 슬퍼할 만하고 가히 답답해 할 만하도다. 어찌 우리 도의 원통함을 면하겠는가?

오직 우리 중종(中宗)께서 환연(渙然)히 은혜를 베풀어 유지(遺旨)를 남기시고, 인조(仁祖)께서 인하여 그 관직을 회복하시고, 명종(明宗)께서 또 유념을 하여 보살펴 주시니, 능히 오늘날에 더욱 훌륭하게 될 수 있었고, 또 장차 공자님 사당에 배향하게 되었다. 이제 위학(僞學)을 금하지 않더라도 정맥(正脈)이 의탁할 수 있게 되었다. 우리 백성들을 계몽시켜 사랑하고 미워할 바를 알게 되어 차차로 능히 분발하고 그 무언가 하는 것이 있을 수 있게 하였으니, 이것이 누구의 공으로써 그렇게 된 것이겠는가? 그러나 네 임금께서 이것을 시종 돌보아 주지 않았더라면 누가 능히 이렇게까지 이르게 하였겠는가?

대개 대현(大賢)의 덕은 당초에 구체적으로 드러나는 것이요, 글의 논술이란 마지못한 데에서 있게 되는 법이다. 가령 만일 덕에 나아간 것이 더욱 밝고 글로 지은 것이 더욱 많았더라면 다시 후학에게 유감되고 의심할 바가 없을 것이다. 하지만 진실로 자신이 조정에 서질 못했고 조금 베풀어 한 바가 무언가 일을 할 수 있으리란 것의 조짐만 되었다면, 뒤에 군신들이 어떻게 본받아서 간사하고 바른 것을 살피고, 흥하고 망하는 것의 원인을 따져 이 도가 당금(當今)에 행할 수 있는 것인가를 볼 수 있겠는가? 아마도 이것이 하늘의 뜻인가 보다.

이에 명(銘)에 이르기를,

하느님이 독실하게 이어주고 열어주셔서
질박함으로 되돌려 파괴의 뒤에 거두셨네.
정기의 모임이 남달라서 유례가 없을 정도라
순전(純全)하고 순연(純然)하셔 마장(魔障)에서 벗어나셨다.

양심을 지니어서 망녕됨이 없으시고

그 마음을 보존하여 불편부당(不偏不黨)하셨도다.
마음이 오로지 활발하여
팔황(八荒)을 구역으로 삼아 출입하매
만민을 다스리는 정치를 조물주의 도치(陶治)와 같이 보아
당시는 한때 소강(小康)을 이루었다.

장차 국가의 큰 계책이 성공하려 할 무렵
널리 인재를 맞이하심에 처음으로 복응(服膺)하였으니
기상은 금슬로써 조화한 듯하셨네.
바라보면 신선과 같은 풍모에
경상(經常)의 도리를 지켜 계옥(啓沃)하시고
법률을 지켜서 독려하셨다.

단단(斷斷, 정성이 한결같은 모양)하게 경연(經筵)에 참석하여
옛 것에 근거하여 새 것을 도모해서
왕도를 행하시고 백성을 안정시키니
백성들은 바람을 받은 풀처럼 교화되었다.

진실로 총명하고 사리에 통달하여
물욕의 가리움을 오로지 제거하였기에
나에게 아무 병이 없었건만
소인들은 물여우처럼 모래 뿜어 쏘아대고
무리들이 이를 갈아대었다.

꺼진 재가 다시 탔나니

군주의 기색을 살피고
혹은 세도가의 눈치를 엿보아서
어찌하면 이간하고 어찌하면 허물할까 자나 깨나 모의했네.
하지만 공은 순리대로 살아가고 죽음도 편안하게 여겨
오로지 마음은 단충(丹衷)이어서
밝고 맑은 한수(漢水)이고 빛나는 샘과 같았도다.

오는 이도 있고 가는 이도 있어 끊임없이 이어져
잊지도 아니하고 어기지도 아니하니
뒤에도 계시옵고 앞에서도 계시는 듯하도다.
역대의 임금들이 은혜를 베푸시고
모든 선비들이 보호하고 호위하여
아직도 그 덕이 전하는 바가 있네.

공(功)은 비록 고작 두어 해 동안에 깊었지만
은택은 백세토록 흘러서 내려가리라.
더욱더 그 온전한 덕을 볼 수 있기에
나는 어둑어둑한 이들에게 이렇게 고하노라.
두려워하지도 말고 의심하지도 말고
어질고 현명한 이를 반드시 믿어다오.

아아! 슬프도다!
성공하고 패하는 건
결국 하늘에 맡겨둘 뿐이로다.

김구는 어떤 인물인가

김구(金絿 : 1488~1534)는 조선 중기의 문신이다.

서예가로 글씨에 뛰어나 조선 전기의 4대 서예가의 한 사람으로 꼽히고 있으며, 서울 인수방(仁壽坊)에 살았으므로 그의 서체를 인수체(仁壽體)라고 한다. 본관은 광산이다. 자는 대유(大柔)이며, 호는 자암(自庵) 또는 삼일재(三一齋)라 부른다. 시호는 문의(文懿)이다. 선대의 근거는 경기도 충청도 지역으로 추정되고 성균관사성(成均館司成)이란 벼슬을 지낸 고조부 조소(趙溯 : ? ~1442)는 양주 동쪽 천보산(天寶山) 서쪽 산기슭에 장사지내고 의정부 좌참찬(議政府左參贊)에 추증되었다. 김구의 증조부 김예몽(金禮蒙 : 1406~1469)*은 예조판서를 역임했으며, 증시(贈諡) 시호는 문경(文敬)공이다. 김예몽(金禮蒙)은 당대에 이름을 날렸으며 병으로 충주에 돌아가서 사림들이 그를 애도할 정도였다. 김예몽의 묘표에 기축년(1469) 병으로 중원사제(中原私第)로 돌아가서 죽었다는 기록이 있어 15세기 후반까지는 경기도 양주와 충청도 중원지역에 근거를 두고 있다고 보이는데, 외할아버지 전의인(全義人) 이겸인(李兼仁 : 1412~1476)의 묘소가 예산(禮山) 종경리(宗敬里) 선영에 묻힌 사실에서 아버지 때부터 처가의 기반을 바탕으로 예산지역의 사족으로 옮겨간 것으로 추정된다.

또한 부모의 묘소가 예산에 있고 김구도 남해의 적소에서 풀려나 예산으로 돌아가고자 했으며 죽은 후 그도 종경리 선영에 묻혔다.

김구(金絿)는 1488년 9월에 부 김계문(金季文)과 모 전의이씨(全義李氏) 사이에 서울의 연희방(燕喜坊)에서 태어났다.

김구의 이력을 살펴보면, 그의 역정을 3기로 나누어 볼 수 있다.

제 1기는 관직생활 이전의 시기로 김구가 서울 연희방에서 출생하여 관직에 나아가던 26세 이전까지가 된다.

명문에서 태어난 자암 김구는 성종 24년(1493) 6살에 〈석류〉란 시를 짓고, 8살인 연산군 2년(1495)에 〈오작교(烏鵲橋)〉란 시를 지었다.

잠시 자암 김구가 어릴 적 6살 때 지은 오언절구 17수 〈석류〉와 8살 때 지은 칠언절구의 34수인 〈오작교〉를 보면 다음과 같다.

---

* －김예몽(金禮蒙) : 1429년(세종11) 생원시를 거쳐 1432년 식년문과에 을과로 급제하고 집현전 정자에 제수되었다. 그 뒤 저작랑(著作郎)을 거쳐 감찰에 제수되어, 1440년 통신사의 서장관으로 일본에 다녀온 뒤 과거의 시관이 되어 많은 인재를 등용시켰다. 1447년 집현전교리로 승진하고, 문종이 즉위하자 지승문원사(知承文院事)가 되었다. 단종 때에는 집의, 집현전부제학을 지내고 세조 즉위에 공을 세워 좌익공신에 책록되고 호조참의에 올랐다.
그 뒤 1460년(세조 6)에는 인순부윤(仁順府尹)으로서 사은정사(謝恩正使)가 되어 명나라에 다녀왔고, 동지중추원사를 거쳐 사성이 되었다. 이때에 후학들에 대한 교육에 힘써 자주 시험을 보고 제술이 우수한 자에게는 반드시 포상하여 학문을 권장하였다.
그 뒤 강원도관찰사가 되었다가 대사성에 올랐고, 1466년 발영시(拔英試)에 아들 성원(性源)과 함께 급제하여 한때 조야의 선망을 받았다. 이어 1468년 공조판서에 올랐으나 신병으로 사임하고, 고향인 충주로 낙향하였다. 사람을 보는 안목이 매우 뛰어나 시관이 되어 뽑은 인재가 거의 뒷날 조정의 현직을 차지하니 빙감(氷鑑)이라는 별명이 있을 정도였다. 성품이 온아하고 청렴하였으며, 학문을 좋아하고 사부(詞賦)에도 능하였다.

석류(石榴)

보물을 아끼면서 몸을 아낄 줄 몰랐다니
고호의 어리석음이 가소롭구나
어쩌다가 스스로를 아끼지 못하고
몸을 갈라 밝은 진주를 숨겼단 말인가?

愛寶不愛身(애보불애신)
堪笑賈胡愚(감소고호우)
如何不自愛(여하불자애)
剖身藏明珠(부신장명주)

*고호(賈胡) 장사를 하는 오랑캐 사람

오작교(烏鵲橋)

가을 하늘 은하수는 더욱 멀고 먼데
까마귀와 까치가 어찌 먼 거리를 어그러뜨리리
누가 인간 세상에 좋은 소식을 전할까
푸른 하늘의 신비한 만남은 다리를 필요치 않는다네

秋天何漢更迢迢(추천하한갱초초)
烏鵲何能戾彼遙(오작하능려피요)
誰播人間傳好事(수파인간전호사)
碧控神會不須橋(벽공신회불수교)

그리고 6살 때 머리에 부스럼이 나자 삭발하게 되었는데, 그를 사랑하는 사람이 풍상을 입을까 걱정하여 초피(貂皮, 족제비털)로 귀를 덮도록 그에게 주려 했다. 그러나 김구는 감사하다고 말하면서 다른 사람의 물건이라 받지 않았다.

그 소문을 들은 사람들은 기이하게 여기지 않는 사람이 없었을 정도였다. 이렇게 김구는 문학적 재질을 타고 났으면서도 동시에 타고난 성품이 어른스러웠다.

김구는 연산군 10년(1503) 16살에 한성시에 장원하고, 20살인 중종 2년(1507)에 중사마시 양과에 장원하였을 때, 고관(考官) 생원시험(生員試驗)에 비점(批點)하면서 "한퇴지의 작품이요, 왕희지의 서체로다"라고 탄상할 정도였다. 문장이 기걸(奇杰), 필법이 강건하여 스스로 일가를 이루었는데, 그의 서체를 인수체라 하였다. 후에 중국 사람들이 김구의 글체를 구하고자 할 정도로 서체가 명필이었다. 이렇게 선천적으로 분별력이 탁월하고 어려서도 품행이 어른스러워 단정했으며 스스로 힘써 노력하고 남과 더불어 좋은 방법으로 궁리하여 갈고 닦아 후에 훌륭한 무리를 이루는 인물이 되었다.

제 2기는 26살부터 32살까지 관직생활을 하던 시기이다. 즉 26살 때인 중종 8년(1513) 3월에 한충(韓忠 : 1486~1521)이 장원하고 제 2로 별시에 급제하고, 4월 2일 승문원(承文院, 외교에 관한 문서를 맡아보는 관청) 부정자로 배수된 이후 7월 15일 홍문관 정자겸 춘추관기사관에 올랐다.

중종 9년(1514) 7월 8일 행홍문저작(行弘文著作)에 배수되고 8월 21일에 수홍문박사(守弘文博士)에 올랐다.

28살 때인 중종 10년(1515) 수홍문부수찬(守弘文副修撰), 10월 4일 홍문수찬 겸 승문교검(承文校檢)에 배수됐다.

중종 11년(1516) 7월 17일 29살에 승문교검으로 배수되고 9월 3일 수홍문부교리 겸 춘추관기주관(春秋館記注官), 승문원 교리에 배수됐다. 중종 12년(1517) 30살 2월 25일 수홍문수찬 겸 승문원교검(承文院校檢)에서 다시 8월 28일 수홍문부교리에 배수됐다.

중종 13년(1518) 31살 1월 19일 홍문교리에 배수되었고, 9월 3일 수홍문응교(守弘文應敎) 겸 성균사성(成均司成), 승문참교(承文參校)에 배수됐다. 중종 14년(1519) 3월 5일 수홍문관직제학 겸 예문관응교, 성균사성(成均司成), 승문참교에 배수되었고, 3월 13일 승정원동부승지(承政院同副承旨), 춘추관수찬관(春秋館修撰官)에 배수되고 4월 28일 좌부승지(左副承旨)에 배수됐다.

6월 23일 우승지(右承旨)에 배수되고 6월 26일 홍문관부제학지제교 겸 경연참찬관(經筵參贊官), 춘추관수찬관(春秋館修撰官)에 배수 승진되었으나, 11월 15~16일 북문화작(北門禍作)으로 금오(金吾)에 체반(逮槃)되었다. 4개월간 홍문관부제학을 마지막으로 6년 7개월간의 관직생활이 끝이 난다.

자암 김구는 기묘사화로 조광조(趙光祖), 김정(金淨) 등과 함께 투옥되고 개령(開寧 : 경북 김천)에 유배되었다가, 12월 죄가 추가되어 남해절도에 이배 안치(安置)되었다.

김구의 관직생활 중 중종의 사랑을 듬뿍 받은 시기이며 중종으로부터 상당한 신임을 받아 32살에 당상관의 직위(職位)까지 오르게 되었는데 김구가 말한 화려한 서울생활은 바로 이 기간 동안의 중종의 신임과 믿음을 바탕으로 한 관직생활이었다. 김구는 남해에서 13년간의 유배생활 중 39살 때인 중종 21년(1528) 1월 8일에 아버지의 상을 당하고 2년 뒤 중종 23년(1528) 11월 4일에 어머니 상을 당한다. 그리고 중종 26년(1531) 44살에 사면을 받아 예산으로 가려는데, 임피(臨陂 : 전북 군산)로 옮겼으며, 그곳에서 2년간 생활한다.

중종 28년(1533) 4월 10일 예산 종경리에 있는 부모 산소에 가서 통곡하고 불효를 속죄했다. 고향으로 돌아온 이듬해에 옛 직첩(職帖)을 다시 받았지만, 그곳에 거주하는 동안 부모 산소 앞 포토교(浦土橋)에서 떨어져 큰 부상을 입었는데, 이듬해인 중종 29년(1534) 11월 16일 예산군 서면 종경리에서 47살을 일기로 별세하여 선영 옆에 묻혔다.

제 3기는 김구의 나이 32살 때인 1519년 11월 15일부터 47살까지로 15년 중 14년간을 유배생활했다. 적소생활 중 13년간은 화전(남해)에서 보냈다. 그 고장에서 시, 술, 거문고로 괴로움을 달래고 또한 양친상을 당하기도 했다.

김구는 시문에 뛰어났음은 물론 위진(魏晉) 종왕필법(鐘王必法)을 본받아 인수체라 불릴 정도로 글씨에 일가를 이루었다. 그의 시는 완연하고 글씨에 일가를 이루었다. 김구의 글씨는 필력이 창건하였고 중국 사람까지 친필을 구하고자 했다

김구는 음률에도 조예(造詣)가 있어 장악원(掌樂院) 정악(正樂)이 되기도 했다. 김구는 글씨에 뛰어나 조선 전기의 4대 서예가의 한 사람으로 꼽히며, 서울 인수방(仁壽坊)에 살았으므로 그의 서체를 인수체(仁壽體)라고도 한다. 선조 때 이조참판이 추증되고 예산의 덕잠서원(德岑書院), 군산의 봉암서원(鳳巖書院) 등에 배향되었다.

문집에 《자암문집》, 작품에 〈이겸인묘비(李謙仁墓碑)〉, 〈자암필첩(自庵筆帖)〉, 〈우주영허첩(宇宙盈虛帖)〉 등이 있다.

영화로운 나날들

중종 8년(1513) 9월 6일 조강에서 자암 김구가 인군의 학문을 논하는 가운데, 자암이 아뢰길, "인군의 학문은 구두(句讀) 띄는 정도에 그치는 것이 아닙니다. 마땅히 강구 논란하여 의리(義理)를 연구하고 귀로 듣고 눈으로 보는 것에 그치지 않아야 이익이 있을 것입니다. 이제 경연(經筵)에 진강(進講)하는데, 일정한 시각을 정하고 구두를 띄는 것만으로 일을 삼으니, 매우 옳지 않습니다" 하니,

상(중종)이 말하여 이르길,

"이 말이 매우 절실하다. 대저 강연이란 구두만 띄기 위한 것이 아니요, 다스리는 방도를 강구해야 하는 것이다" 하였다.

그리고 중종 9년 2월 11일 주강에서 전경 김구가 아뢰기를,

"호씨(胡氏)가 이르기를 '일은 힘쓰기에 달려 있다' 하였으니 이는 마땅히 유의해야 할 대목입니다. 만약 학술(學術)이 이만하면 족하고 치도(治道)가 이만하면 족하다, 하여 구차스럽게 구습에 얽매인 채 기

약이 없으면 공을 이룰 수 없고, 일을 종결시킬 수 없는 것입니다" 하니,

상(중종)이 이르기를,

"이 말이 매우 옳다. 공자가 말하기를 '임금 노릇 하기가 어렵다' 고 하였고 서경에 이르기를 '임금은 그 임금됨을 어렵게 여겨야 한다' 하였으니, 임금된 이가 그 임금된 도리를 쉽게 여겨서는 안 된다. 항상 그 어려움을 잊지 않는 것이 가하다" 고 하였다.

김구는 정9품인 전경(典經) 신분으로, 병으로 사직을 청하니 중종이 '체직(遞職)하라' 고 청하였다. 자암 김구는 분별력이 있고, 옳다고 생각하는 것은 당당하게 주장하는 인물로 중종의 신임을 대단히 두텁게 받아 빠른 승진에 이의가 제기되기도 한다.

이것은 중종이 자암을 얼마나 신임하고 있는가를 말해 준다.

이조판서 이장곤(李長坤 : 1474~?)이 정청(政廳)에서 말하기를,

"김구는 직제학에 의망(擬望)해야 하나 김구는 몇 달만에 정랑(正郎)에서 전한(典翰)에 이르렀으니, 이는 근고(近古)에 없던 바이며, 또 직제학이 되면 오래지 않아서 당상에 오르게 될 것이니, 너무 지나치지 않겠는가?" 하였다.

정랑 이약빙(李若氷 : 1488~1547)이 그를 의망하기를 고집하였으나 이장곤이 끝내 듣지 않았다.

중종 10년(1515) 5월 5일 이조, 예조, 대제학 등이 의논하여, 김안로, 김정, 소세양, 류옥, 류돈, 정사룡, 신광한, 표빙, 박세희, 김구, 윤계, 황효헌, 정웅, 손수, 류성춘, 기준 등에게 사가독서(賜暇讀書)할 것을 초계(抄啓)하였는데, 이에 김구는 16명의 명단에 오르게 된다

또한 동년 5월 10일에 헌부에서 사람 수를 줄여 학문에 전심하는

것이 좋다 하니, 중종의 전교가 떨어져 동년 20일에 예조판서와 대제학이 의논하여 소세양, 정사룡, 신광한, 박세희, 김구, 황효헌, 정응 등을 고쳐 뽑았다.

이에 헌부에서 사람을 줄여 학문에 전심하게 사람을 7명으로 압축하게 되는데, 김구는 이 인원에도 들어가게 된다. 이때 김구의 나이는 28살이다.

이듬해(1516년) 6월 19일에 의정부, 이조, 예조, 성균관이 논의하여 사유(師儒)에 합당한 인원으로 52명이 간택되는데, 여기에도 김구는 포함된다. 관직생활 동안의 김구에 대한 중종의 신임은 대단했음을 알 수 있다.

김구는 언제나 기쁜 마음으로 옥당에서 당직할 때 다음과 같이 즐거움을 즉석에서 노래 지어 불렀다.

나온다* 금일(今日)이야 즐거온다 오늘이야
고왕금래(古往今來)* 유(類) 업슨 금일이여
매일(每日)이 오늘 같으면 무슨 성이 가새리*

*나온다 : 즐겁도다.
*고왕금래(古往今來) : 예로부터 이제까지.
*가새리 : 가시겠느냐?

좋구나 오늘이여, 즐겁구나 오늘이여,
옛날부터 지금에 이르기까지 다시 없는 즐거운 오늘이여,
날마다 오늘같다면 무슨 힘들고 고생되는 일이 있겠는가?

김구는 임금의 은혜에 감사하고 태평성대의 감격을 노래하고 있다.

즐겁도다 오늘 이 세상, 어찌 오늘 즐겁지 않을 건가.
예로부터 오늘에 이르기까지 어느 날과도 비교할 수 없이 즐거운 오늘,
날마다 이같이 즐거우면 무슨 걱정이 있겠느냐.

이 시조는 얼른 보아 오늘을 노래한 시조임을 누구나 한 번 읽어보는 순간 쉽사리 느낄 수 있을 것이다.

그렇다면 오늘이란 어떠한 시간일까?

그 오늘을 이해하자면 물론 어제에 대한 특정한 인식이 전제되지 않으면 오늘을 이해할 실마리는 찾아볼 수 없게 된다.

말하자면 여기서 오늘이란 어제와는 전혀 다른 오늘, 다시 말하면 먹구름에 짓눌렸던 어제와는 아주 다른 오늘, 그것은 햇빛이 찬란하고 내일에의 언덕이 희망으로 수놓아진 오늘이 아닐 수 없다. 어두웠던 어제와 대비해서 찬양한 오늘이란 상황분석이 이 시조를 이해하는 하나의 길목이다.

《자암집》에 따르면, 지은이는 중종(中宗)께서 달밤에 그의 글 읽는 소리를 듣고, 노래도 잘할 터이니 한 번 불러 보라고 술까지 내리어 명하므로 즉창(卽昌)으로 지은 것이 이 작품이라고 되어 있다.

이 시조의 배경이 되어 있는 중종은 성종(成宗)의 둘째 아들이요, 유래 없는 폭군이었던 연산군(燕山君)의 뒤를 이어 현량과(賢良科)를 채택하는 등 연산의 폐정을 쇄신한 임금이다.

선천적으로 호학(好學)인 데다가, 근 40년간이나 왕위에 머물렀던 임금이라는 것도 특이할 만하다.

이러한 배경을 미리 알고 이 시조를 다시 읽어보면, 어제란 더 말할 것도 없이 폭정으로 백성을 괴롭히던 연산군 치하의 나날을 가리키는 비유의 구실을 하고 있고, 오늘이란 중종이 연산군의 폐정을 일소하고 선정을 베풀던 평안한 나날의 지칭임을 우리는 짐작할 수 있을 것이다.

살 만한 세상을 가리켜 '즐겁도다' 로 첫머리를 선뜻 가져오는 착상의 대담성은 선정에 기쁜 나머지 저절로 초사(初詞)가 대담해지는 하나의 생리현상이라 하겠으나, 어쨌든 학정(虐政)에서 깨어난 사람이 전체의 안목으로 그 세대를 구가하는 비약은 더 한층 감동을 주고도 남음이 있다.

김구는 어느 날 당직을 하면서 관대를 반듯이 하고서 밤이 되어도 벗지 아니 하였다. 하루는 달밤에 촛불을 밝히고 강경(綱门)을 읽고 있는데, 문득 문을 두드리는 소리가 들렸다. 물어 보았더니 대답이 없기에 이상히 여겨 나가 보았다.

이에 임금이 궁궐에서 걸어 나와 대청 위에 서 계셨고, 별감이 술과 안주를 가지고 따라와 있었다.

김구가 급히 나가 뜰 아래에 엎드리니, 임금께서 오르라 명하시고 말하기를,

"오늘 밤 달 밝기가 이와 같고 후원에 나왔다가 그대의 글 읽는 소리에 마음이 끌려 내가 멈칫 여기에 찾아온 것이요. 어찌 군신의 예를 따르리요. 마땅히 붕우(朋友)로 서로 대할 것이리라."

하고 드디어 함께 조용히 술잔을 주고 받았다.

임금(중종)께서 말하기를,

"글 읽는 소리가 청아하니, 필히 가고도 잘 할 것이요, 나를 위해 노래 불러주구려" 하니,

김구가 꿇어앉아 대답하기를,

"이 날의 성은은 고금에도 드문 일이옵니다. 옛 노래를 아뢰는 것도 잊지 않을 것이고, 지금의 곡으로도 잊지 않을 것입니다. 신은 바라건대 스스로 지어서 아뢸 것입니다."

하고는 드디어 노래를 불렀다. 그 노래는 다음과 같다.

오리 짧은 다리 학의 다리 되도록에
검은 까마귀 해오라기 되도록에
향복무강하사 억만세를 누리소서

오리의 짧은 다리가 학의 다리처럼 될 수 없는 것이며, 검은 까마귀가 백로가 될 수 없는 것이다.

그렇게 될 때까지 만수무강하셔서 백성들을 잘 다스려 달라고 축수하는 노래이다. 불가능하고 비현실적인 지나친 과장이다.

그러나 실현 가능성의 유무를 떠나 그 표현 속에 담긴 의미를 읽어야 하는 것이다.

중종께선 이 노래를 가만히 들으시고,

"이 노래는 좋으니 또 한 번 불러주시게" 하니,

재창(再唱)으로 다시 부르니, 상감(중종)께서 칭찬하시고 또 교서를 내려,

"그대는 노모가 있다고 들었소. 담비 가죽을 하사하니 보내드리시

오" 하였다

이는 마치 고려의 노래인 〈오관산〉이나 〈청석가〉의 수사법과 같다. 화자의 바람이 무궁하도록 기원하는 속에서 성은의 높고 깊음을 다음 시조에서 더 구체적으로 노래하고 있다.

태산이 높다 하여도 하늘 아래 뫼이로다
하해(河海) 깊다 하여도 땅 위에 물이로다
아마도 높고 깊은 것은 성은인가 하노라

성은(聖恩 : 임금의 은혜)이 태산이나 하늘보다 더 높고 깊음을 비유해서 노래하고 있다.

위 시조와 배경 이야기에서도 확인할 수 있듯이 김구의 서울 생활은 유례없는 성은을 입은 생활이고 그 성은에 감복하여 항복무강을 기원할 정도다. 그야말로 김구의 영화로운 관직생활이다.

화전(남해) 향촌생활

자암 김구의 남해생활은 어지러웠던 당시에 명철보신(明哲保身)이나 전원복귀로서가 아니라 어쩔 수 없는 절해의 괴로운 유배생활이었다.

김구는 장차 어떠할지 예측할 수 없어 시와 술, 거문고, 노래를 끊지 않았으며 두려워하는 기색이 없었다. 그것은 죽음과 삶, 빈궁과 영달이 기쁨과 슬픔이 되지 못한다고 여겼기에 크게 본 것이다.

어려운 상황에서 김구에게서 떨어질 수 없는 것은 시, 술, 거문고, 노래였다. 이것으로 슬픔과 괴로움을 달랠 수밖에 없었다.

김구는 음률에 밝아 재임시절에 장악원(掌樂院) 악정(樂正)에 배수되기도 한 것으로 보아 거문고에도 조예가 있었다고 본다.

그리고 계유춘(癸酉春) 별전시작(別殿試作)에서 술에 대하여 말하기를 술은 폐단도 있지만 술의 용도 또한 다양하며, 화(禍)가 술에 있다기보다는 자신의 마음에 달렸기에 몸을 지키는 것은 자신에게 달렸다고 한 것을 볼 때, 김구는 술에 대해 긍정적인 생각을 가졌던 것으로 생각되며, 절도의 적소생활에서 괴로움을 달래는 데 술이 빠질 수 없는 벗이었을 것이다.

이배시(移配時) 진주(晉州)에서 길을 잃어 허탁(許鐸) 집에 청하여 유숙하게 된 것에서 남해생활의 고통이 예견되기도 한다.

물론 허탁 집에서 융숭한 대접을 받기는 하였지만 김구의 마음은 괴로움으로 가득찼다.

《자암집》 1권(自庵集 一卷), 〈이배시 재진주실로 4수 일모원숙허탁가〉(移配時 在晉州失路 四首 日暮援宿許鐸家)를 보자.

집사 선생이 시험에 대책문을 발표했다. 특히 술의 화에 대한 물음이었는데, 먼저 역대로부터 지금까지를 들어 폐해를 구하는 도를 듣고자 했다.

어리석게도 제가 배우지는 못했지만 입에 풀칠은 하므로 후한 기대에 보답하지 않을 수 있겠습니까? 천하에는 쉽게 생기는 화와 구제하기 어려운 화가 있습니다. 쉽게 생기는 화는 물건의 화요, 구제하기 어려운 화는 마음의 화입니다. 구제하기 어려운 것이 앞이고 쉽게 생기는 것이 뒤이니, 마음의 화가 처음이고 물건의 화는 나중입니다. 그러므로 나무에 병이 들면 벌레가 일고, 육장에 냄새나면 구더기가 모입니다.

그런 즉, 술의 화가 어찌 마음의 화에서 비롯됨이 아니겠습니까? 심한 것은 술의 화입니다. 무릇 사람에게는 상성(常性)이 있는데, 술이 그것을 치게 됩니다. 차례에는 오륜이 있는데 술이 그것을 어지럽히고, 만사에는 절제가 있는데 술이 그것을 폐합니다.

그러니 술이 인간의 성정을 치는 도끼라 할 수 있습니다.

성인을 어리석게 하고, 밝은 사람을 혼돈하게 하고, 강한 자를 나약하게 하니, 술은 바로 마음을 공격하는 문이 됩니다.

천하의 어느 사람이나 술이 사람에게 재앙이 되니 끊는 것이 옳고, 술이 예의를 잃게 하니 사용하지 않는 것이 좋다고 어느 누가 말하지 않겠습니까?

그런 즉, 술의 화는 큰 것입니다.

그러나 술의 용도 또한 큽니다.

대개 술은 물건이 되어 제사에 소용되고 친족을 화합하는 바가 되기에 가히 백례를 다스릴 수 있고, 군신간에 연회를 줄 수 있기에 어찌 끊게 하고 사용하지 못하게 하겠습니까? 무릇 음양(陰陽), 풍우(風雨), 회명(晦明)은 천지의 여섯 기(氣)인데, 사람의 기운이 습하여 병을 얻게 되는 즉, 육기가 병을 일으키는 근원이라. 음양, 풍우, 회명이 없다면 병이 다스려진다고 의원이 말한다면, 어찌 그 의원은 졸렬한 사람이 아니겠습니까? 고로 몸을 지키는 것은 나에게 있고 질병은 육기에 있지 아니 하며, 마음을 기르는 데는 나에게 달렸고 화는 술에 있지 아니 합니다.

혹자는 허물이 술에 있지 마음에 허물이 있지 않아 쉽게 생기는 것(물건의 화)을 근심해야지, 구하기 어려운 것(마음의 화)을 근심할 필요가 없다고 합니다.

그런 즉, 천하의 사람들이 성정을 멸하고 몸을 잃는 것에 들지 않고 병과 재앙을 부르는 것이 거의 드물 것입니다.

옛날에 밝은 군주는 마음으로 그 아래를 지도하고, 옛 어진 선비들은 마음으로 그 몸을 길렀던 것이니, 어찌 이로써 아니겠습니까? 어지러운 군주나 용렬한 사람이 나라를 망치게 하고 집안을 망하게 하는 것은 또한 어찌 이로써 아니겠습니까?

《자암집》 2권, 〈제뢰량필송 계유춘 별전공시작 정서〉(帝賚良弼頌 癸酉春 別殿公試作 井序)를 보기로 한다.

사방 길은 잃고 밤은 이미 되어
진창길 무릅쓰고 걸어 홀로 되었구나
산을 가로 지르니, 마음 진실로 감당키 어렵고
솔문 깊이 드니 한숨소리 안 들리네.

失路東西夜已分(실로동서야이분)
衝泥冒兩脚離群(형니모양각잡군)
橫馳山腹眞堪盡(횡치산복진감진)
深入松門峽不聞(심입송문협불문)

만년 봄은 비가 우유 같은 것이고
벽 가운데 잔등은 객지꿈을 외롭게 한다
평생 말 전해 스스로 능력 믿었거니
남아가 만리 힘든 길에 이르렀구나.

暮年春意雨如酥(모년춘의우여소)
半壁殘燈客夢孤(반벽잔등객몽고)
奇語半生應自許(기어반생응자허)

男兒萬里任窮途(남아만리임궁도)

한밤중 마을 사립문을 힘껏 두드리니
주인은 반갑게 의심 않는구나
방은 촛불 피해도 진실로 바랄 것 없고
우아한 계집종과 백옥배로 융숭히 대접하네

半夜村扉費敲推(반야촌비비고추)
主人青眼不相猜(주인청안불상시)
避堂具燭誠非望(피당구촉성비망)
珎重雅鬟白玉杯(진중아농백옥배)

잃은 길 어디서 끝나는지
고생은 다시 참뜻이 되구려
제생은 할 일이 있고
이 세상은 한결 괴로움이구나

失路終何有(실로종하유)
艱危意更眞(간위의경진)
諸生事業在(제생사업재)
斯世共酸辛(사세공산신)

〈이배시재진주실로 사수 일모원숙허탁가〉(移配時在晉州失路 四首 日暮援宿許鐸家) 시로써 김구는 춘야에 말을 타고 주인집에 가니, 주인이

후한 정의(情意)로 크고 깊은 술잔을 자주 내놓는다고 시에서 읊고 있다. 김구는 진주에서 하룻밤을 묵은 후 길을 떠나 하동군 금남면 노량 앞바다에서 나룻배를 타고 남해 설천면 노량리에 도착해 유배생활을 시작했다.

〈재심천가작〉(在深川家作)은 자신을 신선에 비유한 〈화주인남대운〉(和主人南臺韻), 서울로 가는 주인과 이별을 읊은 〈봉별주인여경〉(逢別主人如京), 서울에 잘 다녀왔음을 반기는 〈문주인환이시영지〉(聞主人還以詩迎之) 등의 시에서 보면 남해내에서 김구가 거처한 곳은 현재 설천면 노량리 적려유허비(謫廬遺墟碑)가 있는 바로 그 자리라 할 수 있다. 주인은 김구를 아주 후하게 대접해 주어 한 민가에서 안처(安處)하였다. 둘은 거문고와 술로 서로 함께 할 수 있을 정도로 친분이 두터웠음을 알 수 있다.

김구가 남해에서 머문 곳은 민가에서 바다가 바라보이는 산자락이었다. 적소 이후 기록에서 볼 때 고을에서 그리 멀지 않은 민가라고 추정할 수 있고, 남해 내에서의 활동은 어느 정도 자유로웠을 것으로 볼 수 있다.

《자암집》에 수록된 내용을 통해서 보면, 조용히 그윽하게 살며 대숲에 앉아 〈문주인환이시영지〉(聞主人還以詩迎之) 시를 보면 다음과 같다.

이 몸이 머무는 곳은 궁벽한 땅
집을 지은 곁은 산기슭이다
대나무 길은 나뭇군들이 다니는 길에 있었고
소나무 문은 해협을 바라다본다

棲身窮地裔(서신궁지예)
結宇傍山根(결우방산근)
竹逕連樵逕(죽경연초경)
松門枕海門(송문침해문)

봄바람 불어와 버들가지 흔들리고
행차소리를 들으니 기쁨이 미칠 것 같다
내가 나고 들 수 없는 것이 안타까워
강머리에서 계획 없이 술잔을 달랜다

春風吹盡柳條楊(춘풍취진유조양)
聞道行聲熙欲狂(문도행성희욕광)
恨我幽囚防出入(한아유수방출입)
江頭無計慰壺觴(강두무계위호상)

김구가 머물고 있는 집의 주인이 서울로 다녀온 것을 반겨 맞으면서 자신의 신세를 견주어 말하고 있다.

주인이 서울에 드나들 수 있고 시를 읊을 수 있는 형편이라면 일반 백성의 처지는 아닌 것 같고 지역의 사족이라고 추정이 된다.

자유롭게 서울을 왕래할 수 있는 주인의 형편과 죄인의 몸으로 섬의 출입이 자유롭지 못한 사정에 대비되어 남해의 생활을 보이고 있다.

남해에 유배살이를 하면서 조정에서 함께 활동했던 기묘 사림들과 편지와 인편을 통해 안부를 전하기도 한다.

귀양 초기에는 사건에 연루되었거나 뜻을 같이 했던 동료들과 자주 소식을 주고 받은 것으로 확인할 수 있다.

고변에 연루되어 형신을 받다가 김해에 있던 김덕제(金德劑) 공술에 의하면,

"신이 거제에 가서 한충(韓忠 : 1486~1521)을 만난 뒤 남해로 가서 김구를 만나보고 한충에게 말한 말을 말하자, 구가 어찌 그런 불길한 일을 하려고 하는가? 하기에 신이 드디어 평산포를 건너 전라좌도로 가서 원팽조를 만나고 곡물을 구색하여 순천으로 해서 동복으로 갔다가 이어 나주로 가는 길에 최운을 만나 김구에게 말해 준 뜻대로 말하니, 운이 어찌 그리 불길한 일을 하는가? 했습니다. 신이 드디어 나주 농사집으로 가 한 달을 머무르고 또 전주 농사집으로 가 한 달을 머물렀다가 도로 신의 본 고장으로 갔는데, 이에 앞서 하정이 구례, 광양 현감을 데리고 진주에서 모이려고 한다 했습니다" 고 하는 대목으로 봐 여기에서 동료들과 있게 하는 인물들이 있음을 알 수 있다.

이 무렵에 류인숙(柳仁淑 : 1485~1545)은 경주 부윤이었고, 박영(朴英 : 1471~1540)은 김해 부사였으며, 하정은 칠원 현감으로 있으면서 김해부에 모여 서로의 일을 의논하고 귀양 간 사람들에게 음식 공궤를 했던 것으로 보인다.

김구는 남해 유배 시절에 안처순(安處順 : 1493~1534)이나 민회현(閔懷賢)에게 편지나 시를 보내기도 하며 돈독한 우정을 나누었다. 고향에서 최생이란 사람이 왔다가 갈 때도 시를 지어준 것이 모두 고향을 그리워하거나 남해에서의 고독을 내용으로 한 것이다.

《자암집》에 수록된 글 가운데 안처순(安處順)과 교유를 들 수 있다.

〈복안순지서〉(復安順之書) 권2에는 남해로 가기 전 홍문저작을 할 때 보낸 봉안순지서(奉安順之書) 등이 귀양지에서 안처순에게 안부를 전한 것이다.

김구는 남해에 와 안처순에게 답하는 편지인데 여기서 김구는 안처순에게 안부를 물으며 자신의 괴로움을 토로하기도 하고 안처순이 양식을 보내준 데 대하여 고마움을 표하기도 한다.

또한 김구가 유배가기 전 안처순이 홍문저작이 되었을 때, 김구는 고산의 원님이었던 아버지에게로 가는 도중 양식이 떨어졌다든가, 빨리 걸어 장신경통이 발병했다든가, 축하의 말 등으로 답장한 것이었다.

김구와 안처순은 각별한 것으로 보인다. 또한 민회현에게 고향을 그리워하는 마음을 드러낸 《자암집》 2권 〈제뢰량필송 계유춘 별전공시작 정서〉(帝賚良弼頌 癸酉春 別殿公試作 幷序) 시편이다.

세월은 가고 고질병에 걸려
문 닫고 독기 마고 있네
큰 부리 가마귀 울 때마다 날샘을 알고
까치 지저귀니 숲이 땅거미 지는 줄 알겠다
잠 못 이루어 돌아갈 꿈도 못 꾸고
금주하니 나그네 시름 번거롭구려
어느 날 이부자리에서 일어나
높이 올라 고향쪽 구름을 볼 수 있으랴.

經歲囹沈痼(경세영심고)

閉門除瘴氣(폐문제장기)

解覺鴉啼曙(해각아제서)

林知鵲鬪曛(임지작투훈)

不眠歸夢節(불면귀몽절)

禁酒旅愁紛(금주려수분)

何日離衾枕(하일리금침)

登高望北雲(등고망북운)

또한 〈기증민정언회현〉(寄贈閔正言懷賢)이란 시를 지어 보내기도 하고, 유배지에서 풀려나 오산(烏山)에서 〈배복민좌랑회현서〉(拜復閔佐郞懷賢書)란 글을 보내기도 했다.

민회현과는 돈독한 사이로 시도 지어 보내고 유배지에서 풀려나 오산(烏山)에서도 글을 보내기도 하였다.

김구는 직지사(直指寺)의 준사(俊師)에게 쓴 증준상인(贈俊上人) 향산에 있는 청허스님(서산대사, 西山大師)에게 보낸 시인 증청허선자(贈淸虛禪子), 청허 즉향산승휴정야(淸虛 卽香山僧休正也). 금산(錦山)에 있는 승려 세홍(世弘)에게 차운하여 쓴 시 〈차금봉연도사압사수〉(次錦峯延道士押四首), 그리고 증승(贈僧)의 시가 있다.

하늘 끝을 유랑해도 사인(似人)은 기쁘고

광산(匡山)에서 하물며 옛 벗을 만났구나

한 칸 집 송월(松月)에도 도(道)는 있을 수 있고

10년 세월 시서(詩書)로 이 몸 즐김이 부끄러워라

남극은 창망하고 대해는 넓고

북극성 멀어 꿈에나 자주 뵙네
두류는 까마득한데 신발은 구멍나고
만리 외로움 배에 눈물로 두건 적시네

流落天涯喜似人(유락천애희사인)
匡山況復舊相親(광산황복구상친)
一軒松月能存道(일헌송월능존도)
十載詩書傀娛身(십재시서괴오신)
南極滄茫溟海闊(남극창망명해할)
北辰迢遞夢魂頻(북진초체몽혼빈)
頭流望斷同穿履(두류망단동천리)
萬里孤舟淚濕巾(만리고주누습건)

이와 같이 김구는 승려들과도 교유하여 시를 주고 받기도 했다.

지난날 중종 임금이 자신에게 베풀어준 은혜는 이제 멀어져만 갔기에 더욱더 자연을 벗삼아 마음대로 떠돌아다니는 승려를 신선에 비유하여 그와 같은 삶을 동경한다.

자신의 뜻은 결국 펼 수는 없고 그로 인한 현실의 갈등은 끝이 없기에 오히려 도의 경지를 추구하여 정신적 자유를 바라고자 하는 자세다.

그러나 10년 세월을 시서(詩書)로 보내는 것이 오히려 부끄럽게만 여긴다.

그럴수록 절도(絶島)에서의 한양(서울) 생각은 간절하기만 했다.

남해에서 교유한 인물

김구는 절도안치의 중죄인이기는 하지만 남해의 관리들과 비교적 호의적인 입장에서 교유하고 있었다.

〈송별태수이환〉(送別太守李煥)에서 갈려가는 현감을 송별하는 것을 비롯하여 〈송별첨사김위견체천회령〉(送別僉使金渭堅遞遷會寧)에서는 북새인 회령으로 갈려가는 미조항첨사 김위견을 송별하고 있다.

두 고을 풍토는 처음부터 달라서
나라에 매인 한 몸 일이 따르기 어렵구나
하늘 남녘과 변새 북녘은 구름이 천리라
술을 따르며 어느 해에 다시 마음을 털어 놓을까

兩鄕風土自不同(양향풍토자부동)
一身關 國事難從(일신관국사난종)

天南塞北雲天里(천남새북운천리)
尊酒何年更吐胸(존주하년경토흉)

김위견(金渭堅)은 벼슬을 하고 있고 자신은 죄인의 몸이지만 다 같이 고향을 떠나 있었던 점이 동류의식을 갖게 한 것인데, 멀리 북새인 회령으로 옮겨가는 것을 보면서 그 동안의 회포를 드러내고 있는 것이다.

실제 남해의 구관직은 무반이며 정오품인 현감, 훈도 무반이며 종삼품인 첨사, 무반이며 종사품인 만호가 있는데, 정삼품 당상관인 홍문관 부제학을 역임했던 김구의 입장에서 보면 자신이 역임했던 직위가 이들보다 높았다는 점이 부각될 수 있을 것이다.

지역의 중심이라 할 수 있는 수령인 현감에 대하여는 〈송별태수이환〉에서 공식적인 행적과 개인적인 내면을 말할 뿐 다음에서 알아보는 유향품 같은 놀이 현장에 관한 것은 언급하고 있지 않다 .

남해에서 지내면서 적은 기록 가운데, 〈왜구수토록〉(倭寇搜討錄)《지암집》 권2는 1522년 남해안에 출몰한 왜구를 수색하여 물리치기 위한 각 병영의 작전과 활동을 자세하게 적고 있어 흥미롭다.

여기에서 미조항은 미조항첨사 김위견 및 남해현령의 이환이 활동한 것이 나타나 있다.

탐라는 바다 가운데 있는 고을이라 옛부터 바다와 물의 진기한 것이 많다고 일컬어 왔다. 해마다 바치는 곡물과 다달이 바치는 물건이 있는 까닭에 돛대를 단 배가 물결 위에 오고가는 것이 끊어지지 않았다.

마침 올해 4월에 물 여우와 독한 이무기 무리들이 이에 추자도에서 세공선 다섯 척을 좇아 침략하여 억지로 빼앗고는 40 여인을 살상하였다.

또 6월에는 회령포에서 여덟 척을 불러 모아 대낮에 달려가 충돌하고 노려보면서 물러났다.

뒤에 또 금갑 등에서 여러 번 나타나서 여러 번 싸웠다. 그 순리를 거스르고 근심을 만들어 흉악한 패악이 창궐함은 말보다도 더한 것이다. 일이 비로소 중종 임금에게까지 알려져 염려가 깊었고 조정과 재야가 모두 성을 냈다.

오직 교활하고 작고 더러운 것은 바람으로 가는 거룻배에 명하여 외딴섬에 숨어서 간사한 무리들을 몰래 살피다가 장대한 우리 군사들로 한꺼번에 누르면 될 것이다.

드디어 조를 나누어 장수를 보내니, 원팽조로 경상조 방장을 삼고 장세호, 조세봉, 장세심, 석간으로 군관을 삼아, 본도 절도사 김세희와 수사 허민과 더불어 나누어 지키고 조방장수는 미조항첨사 김위견과 남해현령 이환, 사량만호 이안, 적량만호 맹안인, 평산포만호 김철조, 소비포권관 강여은, 상주포권관 김맹겸, 삼천포권관 허순 등은 각 진에 속해 있는 병선 약간 척을 모아 백여 척으로 미조항에 진을 쳤다.

물에서 밥을 짓고 물에서 자고 물에 머물기를 7월 초엿새 날이 밝자 바다를 떠나 곧바로 욕지도로 향하여 낮에 읍포에 정박했다.

절도사는 창원부사 이순, 김해부사 이세번, 함안군수 암방신, 거제현령 신귀수, 진주판관 이종, 진해현감 조윤령, 사천현감 이유, 당포만호 이세전, 오양권관 홍귀달 등을 거느리고 모두 거느린 병선 약간 척을 내어 합해 이백여 척으로 수영에 모이어 같은 달 초팔일에 바다에 내려 욕지도에 와서 정박하였다.

제포청사 유성령, 안골포만호 우현조, 영등만호 김균, 지세포만호 황윤문, 조라포만호 허인, 옥포만호 강감, 율포권관 정세충은 배가 백여 척인데 속속 섬에 이르러 정박하였다.

그 푸르고 넓은 만리를 바라보면 파도가 눈 끝까지 가고, 앞섬과 뒷섬이 짜놓은 노와 무리지는 담장으로 왼녘으로 가두고, 오른녘으로 둘러 동과 서로 넓고, 정기는 하늘을 가리고, 배 앞머리와 뒷머리는 바다를 싸서, 빠른 노가 앞뒤에, 긴 돛은 위 아래에, 깍지와 팔찌는 사수가 이미 같고, 갑옷과 투구는 졸과 오가 서로 가지런해 여기서 소리 지르면 저기서 답을 하고, 북과 나팔이 함께 일어나 병선의 위의와 군사의 세력이 해신에 떨치어 바다 가운데 어룡이 모두 두려워 물러난다.

물에서 밥을 짓고, 물에서 자고, 물에 머물기를 닷새 만에, 이에 후선을 전라좌수영에 보내어 수색 여부를 조사해 보니, 조방장 황보점과 이인세가 이미 경계로 내려가고 이종인이 오기를 잠시 기다려 약속을 청한 뒤 마당이 배를 띄우기로 알리고 이에 다시 군사를 나누어 미조항과 평산포에 병선을 잠복시키고 각기 그 소속을 거느리고 화미도에 머물며 정박하였다.

그날 밤에 검은 구름이 무너질 듯 일어나고 미칠 듯한 장맛비가 내려 바람이 뒤집혀 바다를 말고 성난 파도가 하늘을 때리며 격렬한 천둥이 들리지 않아 지척을 분간할 수 없었다. 서로 배 안에서 두려움을 감춘 많은 병사들이 늠름하고 충이로 일어나는 분으로 손바닥을 잡고 용감히 일을 착수하여 깨끗하게 씻고자 기약하였다.

장하도다, 대장부의 행함이여. 이와 같이 하기를 한 달에 두세 번이라, 무릇 선비가 세상에 나서 편안하게 잠자고 먹고자 하고 용렬하게 하는 바가 없고 쉬운 것을 기뻐하고 험한 것을 싫어하면 어찌 오늘에 견주어 족히 논할 수 있으리오. 임시로 이 행적을 적어서 다른 날 겨를없게 홀로 지낼 때를 생각하여 여러 군자들의 성과 이름을 서로 생각하고자 한다.

가정 원년 임오(1522) 7월 일 적다.

남해의 미조항을 작전의 중심지로 작전을 펼치는 과정을 상세하게 기록하고 있어서 당시 수군의 운용과 남해안을 중심으로 한 해상작전의 실상을 이해할 수 있다.

제주에서 뭍으로 곡물과 특산품을 옮기는 세공선을 중간에서 빼앗아가고 인명을 살상하는 왜구들의 만행을 보고 특히나 1522년에 추자도와 회령포에서 이러한 소란이 심해서 조정에까지 이 사실이 알려지면서 특별하게 수토령이 내린 것이다 .

특별하게 파견된 조방장과 경상도 절도사와 수사를 중심으로 하고 각 진의 병선을 동원하여 기습작전으로 왜적을 물리치는 과정이 상세하게 사건을 중심으로 기술되고 있다.

1522년 이 작전에 참여했던 핵심인물인 미조항첨사 김위견과 남해현령 이환 등과는 서로간 송별시를 남기고 있어 그 내용에 신빙성을 보장한다.

향촌 유향품관인과 사귀다

김구는 적소생활에서 남해의 유향품관인과 교유하였다. 그곳 향촌 사회의 지배층으로 이들과의 교유로 〈화전별곡〉에 드러난 이들의 인물들과의 교유를 시로 형상화 한 것이다. 김구와 교유한 인물은 지역품관들과 향촌 생활의 중요한 부분이었다고 할 수 있으며, 서로 마음을 토로하기도 했던 인물은 다음과 같다.

서태원(徐兌元), 세홍(世弘), 이수재(李秀才), 하세연(河世涓), 이환(李煥), 강륜(姜綸), 김위견(金渭堅), 김수겸(金守謙), 오진사(吳進士), 홍백눌(洪伯訥), 한지(翰之), 민인노(閔仁老), 박완(朴緩), 이충걸(李忠傑) 등임을 알 수 있다.

이 중 서태원에 대한 시는 〈차서태원운〉(次徐兌元韻), 〈송서태원환향〉(宋徐兌元還鄕), 〈차운송별서태원재임체귀〉(次韻送別徐兌元再任遞歸), 〈대서워지방직작〉(代徐元之房直作) 등이 있으며, 서태원의 자(字)는 원지(元之)이고, 남해의 훈도(訓導)로 있었던 인물이다.

이 중 〈차운송별서태원재임체귀〉(次韻送別徐兌元再任遞歸)란 시를 보기로 한다.

낙엽 지고 매미 우는 바닷가 산길은 가을인데
한 병 술로 병 달래어 억지로 누에 올라
타향에서 자주 객 보냄을 혐의 두지 않고
이별할 때 먼 고향 생각케 하네.

葉落蟬吟海嶠秋(엽낙선음해교추)
一壺扶病强登樓(일호부병강등루)
嫌却他鄕頻送客(혐각타향빈송객)
別時惹起故園愁(별시야기고원수)

이는 서태원이 훈도로 있다가 갈려가는 것을 송별한 시다. 역시 고향에 대한 그리움을 시로 달래고 있다.

그리고 이환에 대한 시로는 〈송별태수이환〉이 있다. 갈려가는 태수 이환에게 송별한 시로 여기서는 고향과 부모를 그리워하고 바라던 일이 뜻대로 되지 못함을 읊고 있다. 또한 김위견이 회령으로 옮겨가는 〈송별첨사김위견체천회령〉(送別僉使金渭堅遞遷會寧)이 있다.

중종 13년(1518)부터 경상우도병마절도사를 하다가 중종 15년 경상도관찰사로 바뀐 김극성(1474~1540)에 화운하는 시다.

그리고 〈곤양태수김수겸청서선면취중주필〉(昆陽太守金守謙請書扇面醉中走筆)은 김구가 남해와 이웃한 곤양의 태수 김수겸과도 교유한 사실을 말해 준다. 이는 첨사(僉使) 서수천(徐壽千)이 등과하여 당상에 오를 때 축하연을 여는 자리였다. 김구는 남해의 관리뿐 아니라 고을 향촌 지배층으로 추정되는 인물들과도 교유했음을 알 수 있다. 이는 실제로 〈화전별곡〉에 나타나는 인물로 향촌생활의 중요한 부분이었다고 할 수 있다.

〈희증하청수명세연〉(戲贈河淸叟名世涓), 〈향교석전후음〉(鄕校釋奠後飮), 〈송서태원환향〉(送徐兌元還鄕), 〈차서태원운〉(次徐兌元韻), 〈송별교수박완신묘오월십구일〉(送別敎授朴緩辛卯五月十九日) 등이 이곳에서 교유한 인물들을 소재로 그들과의 교유를 시로 형상화한 것이다.

〈희증하청수명세연〉(戲贈河淸叟名世涓)을 보기로 한다.

한 표주박 맑은 모임이 청류에 가까워
손에 손 술잔을 삼아 머무르지 말게나
시에 기대고 술의 힘을 비는 그대가 안타까워
이전의 피가 이미 먼저 익었구려

一壺淸會近淸流(일호청회근청류)
到手杯殘愼莫留(도수배잔신막류)
恨子詩憑酒借力(한자시빙주차력)
從前梯稗已先秋(종전제비이선추)

김구는 남해내서 유향품관과도 친분관계를 유지해 왔고, 이수재에게 회답하는 시에는 정처 없는 생애의 외로움을 노래했고, 〈화전별곡〉 2장에서 나오는 하세연(河世涓)에 대한 시에는 술잔을 돌리며 모임을 갖는 시가 나온다.

'하세훈씨 발버훈 풍월'(風月)이라는 인물 바로 그 사람이다. 남해의 인물로 본관은 진양이다. 하별시(河別侍) 위에서 얻어진 하세연의 간함이다. 그의 치자로 물들인 허리에 띠, 황대(黃帶)는 어쩌면 나이와 관직에 걸맞는 어울림이었다는 것이다.

다음은 〈향교석전후음차강륜운자리지〉(鄕校釋奠後飮次姜綸韻字理只)를 보기로 하자.

귤나무 단풍나무 수풀에 몇 봄을 보냈던가
유학의 성대한 모임에 성균관을 떠올린다
곁사람아 가르치지 말아라 긴 피리 부는 것
한 곡조가 들려오면 모지라진 터럭이 새롭다

橘樹楓林過幾春(귤수풍림과기춘)
斦文高會憶成均(근문고회억성균)
傍人莫教吹長笛(방인막교취장적)
一曲聞來種髮新(일곡문래종발신)

여기에 나오는 강륜은 〈화전별곡〉 2장에서 강륜잡담이라고 한 바에 의하면 잡담을 잘하는 인물이다. 남해 향교에서 석전 행사를 서울에서 성균관 석전과 견주어보고 있다. 강륜은 남해인물로 본관은 진양이다.

자암(自庵) 김구(金絿)가 남해에서 임피로 양이(量移)되던 중종 26년(1531)에 지어진 것인데, 여기에 나오는 박완(朴緩) 교수로 화전별곡 제2장에서 박 교수 주중 버릇으로 나오는 인물로 남해 인물은 아닌 듯하며 훈도로 왔다가 1531년 갈리어나갈 때까지 김구와 교유한 듯하다.

박완은 1501년 진주 교수관으로 있다가 정란(政亂)의 위험을 피해 관직을 버리고 남해로 온 인물로 1535년 11월 11일 향년 70세로 사망했다. 박완은 김구와 서로 시가를 읊었으며 김구와 이별할 때는 눈물을 그치지 않았다고 한다. 그리고 끝내 고향으로 돌아가지 못했다.

〈송별교수박완 신묘오월십구일〉(送別教授朴緩 辛卯五月十九日)을 보자.

지기와 헤어져 있는 곳
창파에 생각은 끝없고
하늘은 이어 산세는 멀고
안개 자욱하여 수목은 음산한데
만사가 시비 밖이라
평생을 시와 술에 젖어
보통으로 그대는 이것을 얻었는데
떠도는 슬픈 늙은이 부끄럽기만 하구나

知己分携處(지기분휴처)
滄波思不窮(창파사불궁)
天連山勢遠(천연산세원)
烟惹樹陰重(연야수음중)
萬事是非外(만사시비외)
百年詩酒中(백년시주중)

尋常君得此(심상군득차)

飄泊媿衰翁(표박괴쇠옹)

이와 유사한 시편으로 〈송서태원환향〉(宋徐兌元還鄕)이 있는데, 남해훈도로 있다가 고향으로 돌아가는 것을 송별하고 있다.

서태원은 자가 원지(元之)인데 남해의 훈도이다. '태원 자원지 남해훈도서지소권명칠비고운' (兌元 字元之 南海訓導徐之所眷名七非故云)라는 주가 붙어 있다.

하늘 끝 맑은 벼슬이 얼음과 눈을 띄웠는데

구차하게 봄바람을 물리치니 칠월의 가을이다

다만 믿는 건 백년을 마음과 힘이 건강한 것

미워하지 마라 오늘 머리에 흰 빛이 침노했다고

天涯淸宦帶氷雪(천애청환대빙설)

偸却春風七月秋(투각춘풍칠월추)

只恃百年心力健(지시백년심력건)

莫嫌今日白侵頭(막혐금일백침두)

〈차운송별서태원재임체귀〉(次韻送別徐兌元再任遞歸), 〈대서원지방직작〉(代徐元之房直作) 등도 서태원과 관련된 시편이다.

한편 홍미로운 것은 1525년 희극을 보고 지은 〈이밀양댁연석관우희작〉(李密陽宅讌席觀優戲作)이라는 시다.

거짓으로 변하여 장황하게 북과 피리를 불며
참모습에 가짜 얼굴이 사람의 넋을 홀린다
참되고 거짓됨을 무슨 수로 가려낼까
참과 거짓은 이전부터 한 뿌리라

基幻張皇鼓吹宣(기환장황고취선)
眞形假面眩人魂(진형가면현인혼)
眞眞假假何須辨 (진진가가하수변)
眞假從來只一根(진가종래지일근)

이 시는 중종 20년(1525) 정월 초하룻날 남해의 이밀양 댁에 열린 가면회에서 탈을 쓰고 공연하는 놀이를 보고 사신의 심회를 술회한 것인데, 탈놀이가 정월 초하루에 집안에서 연회되고 있었다는 것을 밝히고 있어 흥미롭다.

여기서 김구는 과거 사화의 희생물이 된 자신을 되돌아보게 되며 이밀양 댁에서 가면회가 공연되는 것을 보고 인생무상을 느끼면서 사화 당시 세태를 풍자하고 현 상황을 자위하기도 한다.

이밀양이 누구를 가리키는지는 분명하게 알 수 없지만, 남해의 섬에서 이러한 유희가 연희되고 있었다는 데서 화전별곡에 그려진 분위기와 함께 당시 남해의 문화적인 성격을 짐작할 수 있는 좋은 자료가 될 수 있다. 김구는 절도의 남해에서 생활하고 있지만 내심은 늘 서울로 향해 있는 그의 시조를 보기로 한다.

여기를 더긔 삼고 더긔를 예 삼고

여긔 더긔를 멀게도 삼길시고
이 몸이 호접(蝴蝶)이 되어 오명가명 하고져

심정을 그대로 드러내며 노래하고 있다. '여기와 거기' 를 동일시하고자 하는 것은 자신의 몸은 남해에 있으나 서울에 있는 것과 마찬가지로 생각하고픈 마음이다. 그러나 현실은 여기와 거기는 너무도 멀리 떨어져 있음을 깨닫게 된다. 그리하여 자유로이 날아다닐 수 있는 나비처럼 날아 임금을 보필하고 싶은 바람이다.

김구는 시조와 한시라는 작품에서 남해 유배살이의 괴로운 나날을 읊고 있다. 남해안에서의 생활은 어느 정도 자유로워 남해 밖의 관리나 다른 사람들과 서신 왕래를 하고 남해내의 관리나 유향품관들과 사귀어 놀며 이충걸과 함께 매를 놓아 사냥을 즐기기도 했다.

그러나 이러한 가운데도 김구의 내면은 항상 부모 생각, 임금을 그리워하며 한양(서울) 생각으로 가득 찼다. 금산에 유람하며 승려 세홍(世弘)과도 차운하는 시를 쓰기도 하였고, 망운산 화방사에 갔다가 거기서 돌아오는 길에 시를 쓰기도 했다.

김구는 명산을 섭렵하여도 즐겁기보단 집을 생각하니, 두 곳은 떨어져 있고 사가양지격(思家兩地隔), 협운시한지(峽雲示翰之)라 하여 화방사에서도 항상 고향생각에 젖어 있었다.

유학의 성대한 모임에 성균관을 떠올리며 고향의 가을 하늘 집을 생각하니, 두 곳이 너무 멀고 겨울옷 손수 바느질하는 어머니가 슬프고 짧은 편지로 마음을 보이니 옛 친구가 부끄럽다.

나 슬프게 서울을 바라보니 하늘은 아득하고 일일 월월 가을 서리 보태니 몇 해가 새로울까. 궁궐을 그리고 어버이 생각 막을 수 없어 시름겨워도, 그러나 갈 수 없는 몸이기에 오히려 승려와 같은 생활이 부럽게도 느껴졌다.

〈우회〉라는 시에 그것이 잘 나타나고 있다.

날은 저물고 비 소리는 끊이지 않고
밤은 깊고 사람의 말소리는 들리지 않네
어찌하여 만리의 외로운 나그네 되어
홀로 앉아 부모 생각과 임금 그리는 정이라

日暮雨聲不節(일모우성부절)
夜深人語無聞(야심인어무문)
如何萬里孤客(여하만리고객)
獨坐思親戀君(독좌사친연군)

머나먼 타향에서 유배지의 외로운 한과 고통이 꾸밈없이 솟아나고 부모를 생각하고 임금을 그리워하는 정서가 진솔하게 배어나온다. 그야말로 유배문학의 특성을 잘 말해 주고 있음을 알 수 있다.

자신은 남해 절도의 천리 타향에서 고향과 한양을 그리워하고 있지만 결국 자신의 한양생활은 순간의 영화일 수 있고, 시시비비 이 모두가 한 근원에서 비롯될 수 있다는 것을 말하고 있다.

한편 〈화이수재운〉(和李秀才韻), 〈송홍인점백눌〉(送洪仁點伯訥), 〈오진사차소주이이시답지〉(吳進士借燒酒以詩答之), 〈오진사병후래방희증〉(吳進士病後來訪戲贈), 〈송오수재응거이수〉(送吳秀才應擧二首), 〈협운시한지〉(峽雲示翰之), 〈우음증한지이수〉(偶吟贈翰之二首) 등에서 보듯 남해의 인물들로 추정되는 이수재, 홍백눌, 민인로, 오진사, 한지 등과의 교유도 알 수 있고 〈차금봉연도사압사수연명세홍야〉(次錦峯延道士押四首延名世弘也), 〈기금봉도사〉(寄錦峯道士) 등에서 보듯 화방사와 금산을 유람하면서 승려 세홍과의 교유도 짐작할 수 있다.

다음 내면적 추이에 관한 것은 유배지 남해에서 느끼는 외로움이나 슬픔에 관한 것인데 시편이나 편지글의 곳곳에서 진술되고 있다.

우선 유배지 남해의 지역적 성격에 대해 장해(瘴海) 증별최생이수문(贈別崔生二首文), 단양숙부만(丹陽叔父挽), 해교(海嶠), 송인(送人), 차운송별서태원재임체귀(次韻送別徐兌元再任遞歸), 송민인노부시(送閔仁老赴試), 장향(瘴鄕), 적리증권정자(謫裡贈權正字), 남황(南荒), 우음증한지이수(偶吟贈翰之二首) 등으로 형상화하고 있어서 화전별곡에서 말하는 화전과는 상당히 거리가 있음을 알 수 있다.

홀로 앉아 어버이 생각, 임금님 생각 "웅당 대홍 고을을 지나면 노친을 보리라" "유학의 성대한 성균관을 떠올린다" 고향의 시름 집을 생각하니 두 곳이 너무 멀고 그림자를 마주하니 일신이 어긋났다.

궁궐을 그리고 어버이 생각 이미 막을 수 없어 김구의 내면에 짙게 드리워져 있음을 알 수 있다.

김구의 남해생활을 살펴보고 화려했던 한양의 벼슬살이를 떠올리며 현지의 관리들과 또 유향품관들과 어울리기는 하지만 가슴 속에는 궁박한 바닷가에서 지내야 하는 괴로움이 늘 한양에 대한 그리움과 함께 항상 심연의 중심을 차지하고 있음을 알 수 있다.

화전별곡(花田別曲)을 설(說)하다

〈화전별곡〉은 중종 때 자암 김구가 기묘사화로 인하여 남해 화전에 유배되어 있을 때 쓴 전 6장으로 구성된 경기체가인데, 그 내용이나 정서의 지향에서 지역이나 관청의 풍경을 다분히 포함하고 있다고 할 수 있다.

〈화전별곡〉이란 '화(花), 전(田)' 꽃밭이 주는 이미지처럼 각 장마다 요염하게 흐르고 있는 상층사회의 유생호걸들이 노래와 술과 춤과 여인들을 즐겼고, 풍류 또한 대단한 것이었다.

한양에서 멀리 떨어진 섬, 산과 바다를 끼고 있으면서 중앙의 통제와는 별 상관없이 자족적인 문화를 이루고 살던 곳, 가끔씩 유배객들이 찾아오는 그들이 있어 문화의 교섭을 이루지만 그들이 떠나고 나면 나름대로 삶을 그리면서 풍광이 아름다운 천혜자연의 운치가 있는, 한 점 신선의 섬이 화전인 것이다.

제1장에서는 산천이 빼어난 화전의 지리적 배경을 찬양하고 유생, 호걸, 준사들이 모여들어 인물들이 번성하느니, 노래 · 술 · 여인들과 더불어 모여들었던 인걸들이, 아! 나까지 보태어서 몇 분이나 되겠습니까.

이렇게 화(花)와 전(田)의 풍류를 노래하였다.

고려 말 성리학을 닦아 입신 출세한 사대부 계급에 의하여 조선이 개국된 뒤, 백여 년이 지난 16세기로 접어들면서 사화가 잦아지게 되었다.

그 원인은 개국공신의 후예들인 기득권층과, 지방 사림 출신의 신진사류들의 알력과 갈등이 바로 사화로 빚어졌던 것이다.

이미 쇠퇴일로를 걷고 있던 기존세력과 신진 사림 사이에서 알력과 갈등으로 빚어진 역사적 사건이 기묘사화였던 것이다.

중종 14년(1519)에 일어난 기묘사화의 캐치프레이즈는 유교적 도덕국가의 건설을 정치적 목표로 삼았던 것이다.

이 목표를 주장한 중심인물이 삼암, 즉 정암(靜庵) 조광조(趙光祖 : 1482~1519)를 위시하여 충암(沖菴) 김정(金淨 : 1486~1520), 자암(自庵) 김구(金絿 : 1488~1534)였다. 이들은 패기만만한 소장관료이면서 사림 출신인 양반계급층으로서 화려하게 정치무대에 등장하였다가 그 모두가 희생되어 버리고 겨우 김구만이 목숨을 부지한 채 개령(開寧)으로 유배되었다.

그리고 다시 살아올 가망이 없는 멀고먼 남해로 귀양 가게 되었다.

화전은 남해의 옛 이름으로 우리나라로 봐서는 하늘의 가장자리로서 하늘의 끝이요, 땅의 머리란 의미를 갖고 땅이 시작되는 곳으로 여기 한 점의 신선들이 사는 섬이 바로 남해라는 것이다. 이 신선섬인 화전(남해)에는 왼쪽으로는 수려한 망운산이 있고, 오른쪽으로는 기암괴석으로 빼어난 금산이 있다.

이 망운산과 금산 사이로 봉내와 고내의 물이 바다로 흐른다. 이렇게도 산천이 기이하고 수려한 이곳 남해로서, 유생 호걸 준사들이 모여들음으로써 인물들이 너무나 번성하다는 것이다.

'아! 동국여지승람(東國輿地勝覽)에서도 이르길 천남승지(天南勝地)라 하였거늘, 하늘의 남쪽, 경치 좋고 이름난 곳의 아름다운 경개, 그것이야말로 어떻습니까.'

'멋들어진 노래, 향기로운 술들, 아리따운 여인들과 더불어 한 때는 걸출한 인재들이었던 이들과 질탕하게 어울려 놀이를 벌였느니, 아! 나까지 보태어 이런 멋스러운 풍류에 어울려 놀 만한 사람이 도대체 몇 분이나 됩니까' 에서, 비록 몸은 귀양 와서 고달플지언정 정신적으로 꺾이지 않겠다는 양반으로서의 자기 과시가 너무나 또렷하다.

제2장에서는 유배지에서 김구와 교우관계를 했던 품관들의 특징이 나열되어 있다.

하별시(河別侍)가 하세연씨(河世涓氏)라면 여기에 등장하는 인물은 하세연, 박환(朴桓), 강륜(姜綸), 방훈(方勳), 정기(鄭機)와 김구를 합하여 여섯 명이다.

김구는 여섯 명이기에 여섯 연으로 창작한 것이 아닐까. 이들은 노래했는데, 박 교수가 손을 저으며 술 취한 가운데, 버릇과 강륜이, 잡담과 방훈이, 자는 모습과 정기가, 잘 먹는 모습들, 아! 벼슬들이 모여드는 광경, 그것이야말로 어떻습니까.

겨루는 시 짓기의 풍월에서 운을 부르면 화답하는 광경들, 겸하여 비록 유배지라 할지라도 현실적으로는 이해가 어려운 정도임에는 틀림없는 것이다.

하별시(河別侍)의 별시는 별시위에서 얻어진 하세연(河世涓)의 관함이다.

그의 치자로 물들인 허리의 띠 황대(黃帶)는 어쩌면 나이와 관작에 겸하여 높아 걸맞게 어울렸다는 것이다.

박환이 술 취한 가운데 손을 이리 저리 휘둘러 흔드는 버릇도 좋지만, 김구는 이배 당시 송별하는 시 〈송별교수박환〉(送別教授朴桓)에서 세상 만 가지 일이란 정치적 일로서 그 옳고 그름을 떠나 나는 평생을 시와 술 가운데서 살기로 작심하였는데, 박 교수처럼 시주를 얻는다는 것은 예사로운 행운이 아니거늘, 다만 귀양 와서 떠도는 신세에다 쇠약해진 늙은이가 됨을 부끄러워한다고 읊조렸다.

강륜도 잡담을 잘하여 김구의 귀양살이에 대한 처참한 심정을 달래주기도 하였지만 륜(綸)의 운자(韻字)를 좇아 지은 시 〈향교석전후음차〉(鄉校釋奠後飮次)에서도 귀양살이하는 그의 심정이 잘 드러나고 있다.

품관들과의 교유한 모임으로 창화를 즐기는 유흥의 자리로 별시위하 아무개와 교수 박환, 강륜, 방훈, 정기 등의 품관들이 각기의 장기를 자랑하면서 곁에 있는 사람들이여 길게 부는 젓대소리를 가르지지 말라, 한 곡조 들려오는 속에 간지러지는 머리털이여, 하고 되뇌는 것이나, 별시위인 아무개는 허리에 지지로 띠를 두르고 나이와 벼슬이 아울러 높고, 방훈이 술 마시면 코를 골며 자는 모습이라든지, 교수 박환은 손재주로 술 취한 버릇을 보여주고, 강륜은 잡담을 잘

하고, 정기는 대식가여서 잘 마시고 먹는 모습에서 아! 비록 말단의 식품과 관계를 지닌 벼슬아치들이 잔치에 가지런히 모여 노는 광경, 그것이야말로 어떻습니까. 게다가 청수라는 자(字)를 가진 하세연 씨의 빼어난 발버훈 풍월에 시를 주고 받는 모습이 더욱 아름답다는 것이다.

하세연(河世涓) 씨가 한시 끝에 발로 다는 운자로 겨루는 시짓기의 음풍농월이야말로 발군의 실력을 보였지만, 김구가 하청수세연(河淸叟世涓)에게 장난삼아 써준 시 〈희증하청수〉(戱贈河淸叟)에서, "한하노라 그대의 시는 술에 의지하여 그 힘을 빌어 쓰여지느니, 이전부터 그대로인 나의 시는 마치 논에서 자라는 피처럼 이미 먼저 가을에 익어버리는 형편없는 시"라고 탄식하고 있다.

하세연은 정희철과는 처남 남매의 인척이었고 정희철과 정소는 종반의 친척 관계였다.

김구가 남해 귀양 와서 교유한 인사 중에는 하세연의 시짓기 솜씨가 탁월하였음을 알 수 있다. 운자를 부르면 얼른 화답하는 광경, 그것이야말로 어떻습니까.

제3장은 화전의 빼어난 아름다움과 연악을 노래하였다.

강금의 노래와 춤, 녹금의 장구소리, 버린 학비와 못난 옥지~.

아! 꽃수풀의 아름다움을 이기는 광경, 그것이야말로 어떻습니까.

철석같이 굳고도 단단한 지조라 할지라도 아니 끊어질 리 없도다.

이쯤이면 소위 기녀들의 화림승미경(花林勝美景)이 표현되면서, 어떠한 경지라는 것을 접할 것이다.

서옥비(徐玉非), 고옥비(高玉非), 기녀로서 검고 흰 머리가 아주 다른 모습이요, 큰 은덕(銀德)이와 작은 은덕(銀德)이는 늙거나 젊거나 서로 다른 모습이란 기녀들의 외양상 드러난 머리를 보거나 얼굴을 보고 젊고 늙은 모습을 그린 것이다.

그리고 강금(姜今)이란 기녀가 꾀꼬리같이 잘 부르는 노랫소리에다 멋들어지게 잘 추는 춤사위, 녹금(綠今)이란 기녀가 치는 은근한 장구 소리는 한층 분위기를 홍겹게 만든다.

이렇게 기녀들과 흐드러지게 노는 가운데, 학비(學非)의 잘 빠졌던 몸피는, 너무 가냘퍼서 한 아름밖에 안 되는 늘씬한 맵시이나 옥지는 소졸하여 못난 모습이지만 멋진 홍이 있어 대단하다는 것이다.

아! 화림이란 이름 그대로 앞서 등장한 8명의 기녀들이 가히 꽃수풀을 이루었는데, 차라리 실제 고유명사인 화전인 기생들에 에워싸여 질탕하게 노는 김구의 모습에서 그는 기녀의 꽃밭 속에서 괴롭고도 고달픈 유배생활의 나날을 보냈던 것이다.

기묘사화(己卯士禍)로 완전 몰락한 처지에 더구나 비참한 유배생활의 스트레스를 풀기 위해서는 기녀들의 꽃밭에서 놀았다는 사실은 어쩌면 음성적 즐거움이라 할 수 있겠다.

이 기녀들과 갖는 놀이야말로 꽃수풀의 아름다움을 차라리 이기는 것으로, 화전(花田)이란 지명과 실제 기녀의 꽃밭이, 이름과 실제가 부합하는 광경, 그것이야말로 어떻습니까.

이런 꽃밭 속에서는 아무리 사나이 지조가 철석같이 굳고 단단하다 하여도 아니 끊어질 리가 있겠느냐고 반문하는 것이다.

이런 기녀와 홍겨운 즐거움의 놀이는 〈한림별곡〉(翰林別曲), 〈관동별곡〉(關東別曲), 〈죽계별곡〉(竹溪別曲), 〈금성별곡〉(錦城別曲) 등에서도 볼 수 있는데, 이들은 양성적 즐거움으로 처리될 수 있겠으나, 다만

〈화전별곡〉에서는 김구가 귀양살이하는 형편으로 볼 때 이 기녀들과 갖는 즐거움이란 참담한 귀양살이에서 오는 스트레스를 풀기 위한 방편으로 음성적 즐거움이리고 지적할 수 있다.

제4장은 연악 중의 좋은 음악을 노래하였는데, 한원금은 시문으로 노래하고, 정소는 풀피리를 잘 부느니, 혹은 바릿대도 치고, 혹은 소반도 두드리고, 잔대도 쳤도다.

거문고는 고급화된 악기로 볼 수 있으며, 모두 흥취를 돋구는 것들이지만 그 취한 모습들……. 스라렝딩, 스라렝딩 하며 타는 거문고 소리를 듣고서야 잠에 들 것이라고 한다.

한원금(漢元今)이란 기녀는 글로써 노래하고, 정소(鄭韶)는 풀피리를 부는데, 흥이 도도하면 혹 바릿대도 댕댕 치기도 하고, 혹은 소반도 덩덩 두드리기도 하고 그런 사이마다 잔대도 딩딩 때리기도 하였다.

머리를 흔들기도 하고 몸을 비꼬면서 뒤척거리기도 하고 여러 가지 취한 모습들을 보이는 등, 술이 취해 도도한 광경을 발하는 모습 그것이야말로 이떻습니끼.

특히 강윤원씨(姜允元氏)가 스라렝딩 하며 타는 거문고 소리를 듣고서야 잠이 들리라 하였다,

이는 시골 기생들과 시골 선비들을 상대하면서 주연에 흥취를 돋구는 각종 악기로는 풀피리, 바릿대, 소반, 잔대 등으로 장단을 맞추어 초라한 잔치판의 한 모습을 그려볼 수 있다.

제5장에서는 각양각색의 주효가 풍요로움을 노래하였다. 녹파주(綠波酒)와 소국주(小麴酒)에 맥주(麥酒)와 탁주(濁酒) 등 여러 가지 술에

다 황금빛 나는 닭과 흰 문어 안주에 유자잔을 접시대에 들어 잔을 권하는 광경, 그것이야말로 어떻습니까. 아! 어느 때 슬플 적이 있을고, 감히 짐작이 갈 법도 한 것이다.

백미와 국말로 빚고 사흘 만에 찹쌀을 섞어 20일 후에 쓰는 녹파주와 백미에다 국말을 넣고 익으면 다시 백미와 국말을 넣어 빚은 소국주에다 보리로 빚은 보리술과 청주를 떠내지 않은 막걸리 등으로 질이 좋지 않은 술이나마 모두가 궁벽한 시골의 술로서 그만그만하다.

이 술을 마시는데, 안줏감으로 황금빛 나는 닭과 흰 문어로 하였다. 술잔은 남해에서 나는 유자 껍질로 만든 잔으로 이를 접시에다 받쳐 아! 가득 부어서 권하는 광경 그것이야말로 어떻습니까. 정희철 씨는 한 방울도 입에 대지 못하는 위인으로 그는 밀밭만 스쳐 지나가도 크게 취해 버릴 정도로 술을 못 마셨다.

남해에서 이런 시골 선비들과 어울려 세월을 보내는 김구의 심정을 우리는 헤아려볼 수 있다.

그는 '어느 때 슬플 일이 있을고' 하면서 표면적으로 긍정하였으나 이는 역설적으로 헤아려 볼 때 오히려 부정적인 요소로 해석할 수 있겠다.

괴로운 하루하루 고달픈 나날이 자꾸만 답답하게 되풀이 되어가는 귀양살이 속에서 내뱉는 현실에 대한 부정이요, 그런 부정에서 오는 즐거움이란 오로지 음성적 세계, 바로 그것뿐이다.

제6장에는 표면적으로는 경락번화(京洛繁華), 주문주육(朱門酒肉)보다 돌무더기 밭 가운데 띠집에 살면서 사철화순하여 풍년들 때 향촌회집(鄉村會集)이 좋다고 한다.

김구는 남해생활을 하면서도 품관들과 주고 받는 시에서 나타나듯이 늘 고향생각, 부모생각, 서울을 그리워하며 임금을 생각했다.

김구는 남해 품관들과 한바탕 흐드러지게 노는 놀이 현장을 노래하는 가운데, 바로 안빈락도의 생활에서 행복을 찾는다는 화전별곡의 노래로 끝을 맺고 있다.

지난 30대 초반 한양(서울)에서 벼슬살이할 때 문전성시하던 번성하고 화려한 생활을 지금도 부러워하느냐. 지위 높은 으리으리한 벼슬아치의 붉은 단청을 올린 소슬대문 안에 있는 좋은 술과 맛있는 고기를 자암 너는 아직도 좋아하느냐.

지난날 서울 생활을 부러워하고 좋아한다는 것은 이미 단념한 지 오래되었다는 것이다.

지금은 돌멩이가 박혀 있는 척박한 돌무더기 밭을 일구고 그 가운데 삼간 띠집에 살고 있지만 그래도 사계절이 화순하여 농사짓는 일에서 오곡이 잘 익어 풍년들게 된다면 이곳 시골 선비들과 기녀들과 어울리는 모습을 나는 좋아할 뿐이라고 내뱉고 있다.

따라서 기묘사화의 뒤서리를 맞고는 서울과 벼슬아치의 길을 이에 단념하고 마는 것이었다.

풍류와 기생

풍류는 즐기는 것으로 우리 본래의 고유사상을 의미하기도 한다. 그러나 일반적으로 고달픈 현실 생활 속에서도 늘 마음의 여유를 갖고 즐겁게 살아갈 줄 아는 삶의 지혜와 멋을 가리켜 풍류라 한다.

이러한 멋이 정서적 생활 모습으로는 가무를 즐기고 철 따라 물 좋고 산 좋은 경관을 찾아 노닐면서 자연의 운치가 있는 곳을 찾아 멋스럽게 노니는 풍류사상을 기반으로 하여 이루어진 것이 화랑도인데 화랑도를 바로 풍류도라 하기도 하고 그 사상을 일러 풍류사상이라 하기도 하였다.

지성적으로는 선비정신을 낳게 했고 예술 문화적으로는 장(匠)의 정신으로 이어져 선(線)으로 가락으로 여백으로의 한국미를 창조해 내는 동력이 되기도 한 음악(音樂)은 사람의 마음을 감동시키고 화합하고 친하게 하는 예악이었다.

우리의 민족적 정서를 그대로 전승하면서 늘 삶의 지혜나 활력을 갖게 하는 것은 가무와 함께하는 마음의 풍류라 할 것이다. 춤과 노래는 각박한 세속적 삶의 굴레에서 벗어나 잠시나마 인생 본래의 자리로 돌아와 순수함에 잠겨 보는 한국인의 삶의 멋이요, 마음의 여유라고 할 수 있는 풍류, 이 소리를 소재로 하여 박자 선율 화성 음색 등을 일정한 법칙과 형식으로 종합해서 사상과 감정을 나타내는 예술로 풍류는 소리를 듣고 즐거움을 느낄 수 있는 감성을 갖고 있다는 심리적 측면과 함께 또한 즐거움을 불러일으키는 소리를 만들어 이를 들으며 즐길 수 있는 삶의 창조적 음악은 사람에 미치는 그 영향이 매우 크다고 볼 수 있다.

16세기 초반 화전이라는 지역의 문화적 속성을 다분히 반영하고 있는 김구의 귀양살이는 향촌에서 물질적 현실적 기반을 둔 것이 아니라 현실배타적이거나 서울에서의 벼슬살이와 견주어보는 입장에서 1510년대의 이 시기 유배 은거 등으로 한 사림(士林)의 향촌에서 보낸 삶을 사실 관념적 입장에서 당시 사회적 구체적인 향촌체험에서 풍류와 기생의 이른바 재지적 입장을 바탕으로 새롭게 인식할 수 있었다는 점에서 중요한 의미를 갖는 것이다.

귀양살이라는 것도 그야말로 정치적 실각에 다름 아니며 백성들에 대한 관심은 한발 비껴난 입장에서 김구의 경우 향촌체험의 부재와 함께 유배생활은 화가 장차 어떻게 될지 헤아릴 수 없어 시와 술과 거문고와 노래를 폐하지 아니하고 두려워하는 기색이 없이 적소에서 현감, 첨사 등을 포함한 유향품관들과 교유하며 개인의 내면적 추이에 기반을 바탕으로 한 자암의 경우 그 시대적 지배적이었던 예(禮)와 악(樂)의 풍류는 가는 곳마다 기생들의 아름다운 목소리로 부르는 지화자(持花者)의 소리가 곱게 울려 나왔던 것이다.

그 옛날 우리네의 선비들은 풍류를 무척 숭상하였다.

풍류를 즐겼다는 것은 생활을 미화할 만큼 정신적 여유를 가지고 구애됨이 없이 살았다고 짐작된다.

요즘처럼 물질만능적인 향락(享樂)보다는 정신적인 쾌락을 소중히 여겼던 취향이 현대인들과는 근본적으로 다르다.

풍류는 사람의 감정에서 음악이 없을 수 없듯이 즐거우면 그것이 목소리에 나타나고 행동으로 표현된다. 그래서 사람의 도인 목소리와 행동과 본성의 작용변화가 모두 여기에서 발취되는 것이다.

그러므로 사람에게는 즐김이 없을 수 없으며 즐기면 곧 겉으로 표현되지 않을 수 없고 풍류를 하면 마음과 뜻이 넓어질 수 있다.

풍류는 무미건조한 일상생활을 고차원적 솜씨로 삶을 구사해 가는 세련된 사교와 다채로운 생활예술의 정신적 향기, 이것이 사람 사는 멋이다.

멋은 세련되고 말쑥한 맵시나 풍치 있는 맛 그리고 온갖 사물의 진미(珍味)이다. 다시 말해 멋에는 아취(雅趣), 운치(韻致), 해학(諧謔), 풍자(諷刺), 예지(叡智) 등등의 풍류가 포함된다.

풍류는 형식을 갖추고 음악이 중정(中正)하고 화평하면 엄숙하고 질서가 어지럽지 않으나 음악이 요염하고 음흉하면 빗나가고 그릇되며 야비하고 천박하게 된다.

풍류는 북과 피리로 사람의 뜻을 인도하고 금(琴)과 술은 사람의 마음을 즐겁게 한다.

풍류는 인간적인 물욕을 버리고 대자연에 순응하며 나의 마음 속에 청풍명월(淸風明月)의 멋진 우주를 가지고 살아가는 멋, 풍류는 바로 그런 데 있지 않는가 싶다.

풍류를 즐기는 양반네님 선비들은 당대의 호걸로 천하가 다 알다시피 기생이란 여인네와 어울려 장단을 맞추고 가락을 엮어나가며 싫든 좋든 간에 그녀들 자신도 노래를 배우고 춤을 배우고 그림을 배우고 글을 배우고 하는 동안 기녀(妓女)들은 예술가로 일가를 이룬 이도 적지 않으며 기생들이 명기로 후세에 이름이 길이 남게 된 이도 적지 않다.

사회적인 계급에는 층하가 있어도 예술과 풍류에는 귀천이 있을 리 없다.

풍류란 단지 정신적인 까닭에 풍류에 서로 통하면 인간적으로 의기 상통하는 바가 있어서 일류 명기들과 당대의 풍류객들 사이에는 사랑의 불꽃이 흔히들 피어나기도 했다.

음양의 이치로 보아 그것만은 영원히 막아낼 수 없는 인생의 애환이기도 하다. 그 때문에 얼마나 많은 영웅호걸이 당대 명기의 치마폭에 놀아났는가! 기생이란 누구나 돈만 주면 맘대로 꺾을 수 있는 꽃으로 여겨왔다. 그러나 그들도 기생의 명기에 도달하면 면목이 근본적으로 다르다.

그들은 인생을 알고 풍류를 이해하는 까닭에 서로 간에 마음이 통하지 않으면 비록 어쩔 수 없이 몸은 허락하여도 마음 속으로는 삼공육경(三公六卿)조차 우습게 여기기는 일쑤이다.

남녀 간의 애정은 살과 살을 뜨겁게 부딪치는 것만이 능사가 아니라 마음으로부터 그리는 임을 가슴 속 깊숙이 고이 모셔 놓고 오랜 세월을 차분히 누려가는 데서 은은히 느껴지는 참된 즐거움, 옛날의 명기들은 그런 사랑을 소중히 여겼다.

꽃피는 봄 저녁과 달 밝은 가을바람에 그녀들의 가슴 속에 절절히 사무치는 애수와 고적감은 오죽했으랴. 그러한 시름을 거문고에 담고 노래에 실어서 서러운 인생을 달래며 살아간 명기들이었으니 그들의 원한에 예술적 향기가 진동할 것은 자연지세라 아니할 수 없겠다.

그러면 기생이란 과연 어느 때 어떻게 해서 생겨난 것일까?

우리나라의 기생사는 《삼국사기》의 신라본기에 진흥왕 38년(서기 576) 봄에 원화(源花)라는 것이 처음 생겨났다.

《조선해어화사》(朝鮮解語花史)의 저자인 이능화(李能和 : 1869~1943, 사학자)는 그 대목을 중요시하고 있다.

원화라는 것은 본디 임금의 신하들과 더불어 무리를 지어 노닐 때에 술을 따르고 노래를 부르며 춤을 추는 여성을 말하는 것이었고 보니 원화제도가 생긴 것을 기생의 기원이라고 보는 것도 그릇된 견해는 아닐지 모른다.

그 주장을 그대로 시인한다면 역사는 실로 1400년이라는 장구한 세월을 헤아리게 된다.

원화와 기생이란 이름이 생겨난 것은 고려 이후의 일이나 원화와 기생의 출신은 그 족속이 근본으로 달랐다.

원화의 기준은 여상십구(女相十俱)라 하여 미녀이어야 했다.

장목려안(張目麗眼), 눈매가 길되 고와야 하고

고비복두(高鼻福頭), 콧날이 오똑하고 콧망울이 복스러워야 하고

피윤옥골(皮潤玉骨), 살결이 윤택하고 귀골이어야 한다

견부반원(肩部半圓), 어깨가 둥글어야 한다

유두홍흑(乳頭紅黑), 젖꼭지가 검붉고
둔부광구(臀部廣球), 엉덩이는 둥글되 펑퍼짐한 것이며
운발비황(雲髮非黃), 머리가 구름같고 검되 노란머리가 아니어야 한다.
수족비대(手足非大), 손과 발이 커서는 안 되고
체격비거(體格非巨), 몸체가 거구여도 안 되며
신장비이(身長非異), 키는 크지도 작지도 않아야 한다.

이것이 서양이나 동양이나 우리나라 여성의 아름다운 기준으로 옛부터 지금에 이르기까지 공통적으로 내려오는 예쁘기의 본보기다.

원화는 양가집 규수들 중에서 얼굴이 아름답고 행동거지가 뛰어난 여자를 뽑는데 반하여 기생은 사회적으로 가장 미천한 무자리 수척사(水尺者)의 딸들 중에서 뽑았으니 그 면목은 전연 다르다.

무자란 삼국시대의 유민족속들로서 그들은 관직도 없고 부역(賦役)도 아니 하고 산과 들로 돌아다니며 사냥질을 하여 사는 일종의 집시족이었던 것이다.

그들은 성질이 사납고 난폭하여 순순히 다스리기 어려웠고 고려조에서는 골머리를 앓다 못해 전국에 흩어져 있는 무자리들을 노예로 한다는 제도를 만들어 남자는 노복~ 종놈, 여자는 노비~종년을 삼아서 경향각지의 관가에 예속시켰다.

그 종년의 딸들 중에서 얼굴이 예쁘고 재주가 뛰어난 계집들을 따로 뽑아 노래를 배워주고 춤도 가르치고, 또한 때로는 높은 양반들이 재미도 보았으니 그것이 바로 기생의 시초였다. 고려시대의 여악(女樂)도 거기서 비롯되었다. 이들은 의술도 배워주고 연락(宴樂)을 베풀 때는 무자리인 이들을 모아다 마음대로 즐겼다.

그것이 바로 기생의 연락이다.

고려 19대 명종(明宗 : 1131~1202) 때의 무신 판병부사 이의민(李義旼)*의 아들 이지영은 무자리의 후손인 기생을 모아서 기적(妓籍)을 만들었으니 정식으로 호적이 만들어진 것은 1150~1160년대의 일이다.

기생의 역사를 그때부터 말하더라도 800여년이 넘는다. 자고로 기생들이 인간 이하의 천민으로 취급 받아온 원인도 거기서 충분히 이해할 수 있다.

단군 이래로 우리나라는 언제든지 부계가족제도(父系家族制度)를 견지해 왔다. 그러나 기생의 소생에 한해서는 그 성(姓)만은 아버지의 성을 따르게 하되 그 신분은 모계를 따르게 하였다.

그러므로 기생의 몸에서 양반의 자식이 태어나면 그 아이는 아버지의 신분으로 양반이 되는 게 아니라 어머니의 신분을 따라 기생과 마찬가지로 천민의 대우를 받게 되어 있었다.

따라서 기생의 딸은 싫든 좋든 간에 사회적으로 기생과 똑 같은 취급을 당하는 것이 통례였다.

춘향전의 주인공 성춘향은 성모(成某)라는 당당한 딸이어서 그녀의 이름을 기적에 올린 일이 없음에도 불구하고 그 어미 월매가 퇴기(退妓)였던 관계로 춘향도 역시 기생 취급을 받아 변학도에게 갖은 욕을 보게 되었던 것이 아닌가. 만약 상민(常民)의 딸이 기생에게 수양녀로 들어갔을 경우에도 그 역시 기생의 친딸과 다름없는 천민으로 간주

* ─이의민(李義旼 : ? ~1196) : 고려 19대 명종(明宗 : 1131~1202) 때의 무신 판병부사. 천민 출신으로 1170년 정중부의 난에 가담하여 공을 세웠으며, 경대승이 죽은 후 권력을 잡아 13년 동안 독재하다 최충헌(崔忠獻 : 1149~1219, 무인, 최씨정권의 첫 번째 독재자)에게 살해되었다.

되었으니 기생신분에 대한 사회적인 대우는 그만큼 가혹했던 것이다.

기생이란 연락에서 흥을 돋우어주며 춤추고 노래 부르고 하는 여인을 세도 있는 사람이나 대감님은 물론 영감네들은 바야흐로 피어오르는 꽃송이같이 아름다운 기생 여인들을 곱게 내버려둘 리 없이 유희를 즐겼으며, 조선왕조 이후에도 기생제도만은 그대로 답습되어 세월이 흘러감에 따라 그 기구가 방대해 가고 그 규모가 점점 다채로워져서 중앙에서는 장악원(掌樂院)이라는 기생을 다스리는 새로운 관청이 생겼고, 지방관가에서는 예방(禮房)이 기생을 장악하도록 하였다.

그뿐 아니라 의술을 배우는 기생들을 장악하기 위해서 혜민서(惠民署)라는 별개의 관청을 따로 두었다.

당시의 일시는 기생이 얼마나 많았던지 한양(서울)에서만도 몇 천 명으로 헤아렸고 지방은 지방대로 가는 곳마다 득실거렸으니 조선왕조의 중기는 가히 기생들의 황금시대였다고도 볼 수 있을 것이다.

기생이라는 칭호도 중간에 여러 차례 바뀌어 조선 초기에는 궁중연락에 참여하는 기생은 특별히 진풍정(進豊呈)이니 진연(進宴)이니 하는 멋들어진 칭호로 부를 때도 있었다.

조선왕조 들어와 기생들의 기세는 점점 왕성해지다가 연산조에 와서는 갑자년에 각도(各道)의 대소읍(大小邑)에 기악부(妓樂部)를 두게 하여 지방기생의 칭호를 운평(運平)이라고 고쳐 부르게 하였으며, 궁중에 있는 기생을 흥청(興淸) 또는 계평(繼平)이라 부르게 하였다.

당시 지방에 굴러 먹던 시골뜨기도 한 번 흥청으로 뽑혀 연산군을 가까이 모시게 되면 그 자신이 영화를 누리게 되는 것은 말할 나위도 없고 일가친척도 모두 살통이 생기는 판이었다.

우리가 지금도 우쭐대고 으시대는 사람들을 흔히 '홍청거린다' 라고 표현하는데 그 경우의 홍청거린다는 말은 연산군 때에 홍청이라는 기생의 명칭에서 생겨난 말이다.

조정의 한 중신은 봉명사신으로 지방에 내려가면 즐거움도 많지만 이별의 괴로움도 또한 없지 않다고 하였다.

말을 타고 목적지에 당도하면 머리를 쪽진 미기(美妓) 수십 명이 길가에 엎드려 영접을 하는데 그들을 못 본 체하고 말에서 내려 상방(上房)으로 들어가면서도 속으로는 '오늘밤 어떤 여인과 동침을 하게 될 것인가' 하고 생각하게 된다는 것이다. 조금 후에 주관이 찾아와 인사를 나누고 동헌(東軒)에서 술자리를 벌이면 기생이 잔을 받들고 들어온다. 그때에 수청들 기생이 마음에 들지 않으면 불쾌하고 괘씸한 생각이 들어서 읍내의 산천이 모두 빛이 없어 보이고 좌우의 사람들조차 두들겨 패고 싶을 정도로 미워진다.

그러나 그 기생이 얼굴이 예뻐서 마음에 들면 그때에는 주인 사또의 얼굴조차 명관(名官)으로 보인다.

수일을 머무르며 낮에는 술에 곯고 밤이면 잠자리에 피곤해서 심신이 모두 혼미해 올 무렵이면 '내가 이 이상 오래 머무르다가는 병이 생기지 않을까' 하는 걱정이 생긴다.

그러면 그곳을 떠나게 되는데 그 고장을 떠날 때에는 주관이 읍문(邑文) 밖에 주연을 마련해 주고 미기(美妓)는 울면서 이별주를 권한다. 그런 후에는 말을 타고 회로에 오르면 정신이 몽롱하여 하늘이 노랗게 보일 뿐만 아니라 며칠 동안 눈앞에서 알찐거리던 아리따운 계집의 자태가 흐릿한 망각 속에 자꾸만 헛개비처럼 떠올라 보이는 것이다.

어명을 받들고 지방관청으로 순찰을 갔던 봉명사신들의 행장이 대략 그 꼬락서니였으니, 조선왕조 5백년 동안 여악(女樂)을 반드시 전폐해 버려야 한다는 박경(朴經 : 1350~1414)이 조선 건국 후 태조* 4년(1395)에 대사헌으로 있을 때 태조가 응방(鷹坊)을 설치하려 하자 이를 말렸으며, 또 행차 때 여악(女樂)을 따르게 하는 것을 극간(極諫)하여 중지하게 하였다.

태종* 2년(1402) 총제(摠制)로 재직 중에는 사신을 영접하지 않은 죄로 사헌부의 탄핵을 받아 파직되었다.

1405년 개성유후사유후(開城留後司留後)에 재등용되어 1411년 대사헌으로 국가의 백년대계를 위해 상소문을 올린 것을 비롯하여 태종 11년에는 임금님 자신의 발의로 기생제도를 없애려다가 개국공신 하륜(河崙)의 반대에 부딪쳐 뜻을 이루지 못했고, 세종대왕도 기생을 없애 버릴 생각이었으나 영의정 허주(許稠)의 반대로 실패하고 말았다.

허주가 반대한 이유는 이러하다.

남녀간의 색욕은 인간의 본능이므로 그것을 무리하게 억압해서는 아니 되옵니다.

만약 각 고을의 기생들을 깡그리 없애 버리면 지방에 나가 있는 젊은 관리들이 여염집 부녀들을 불의로 취하여 많은 죄악을 범하게 될 것입니다. 그러므로 구가의 준걸들이 죄를 짓지 않게 하기 위해서는

---

*－태조 : 이성계(李成桂 : 1335~1408) 조선의 제1대 왕. 탁월한 무장으로 고려말 홍건적과 왜구의 침입을 격퇴하는 데 크게 활약했으며, 개혁파 사류와 함께 고려 왕조를 무너뜨리고 조선을 건국했다. 본관은 전주(全州)다.

*－태종 : 이방원(李芳遠 : 1367~1422) 조선 제3대 왕. 태조와 신의왕후의 다섯 번째 아들로 태어났으며, 비는 원경왕후(元敬王后)이다. 태조 이후 아직 왕권이 제대로 갖춰져 있지 않던 조선의 기틀을 다져서 조선의 사실상 창업 군주로 불린다.

기생제도가 반드시 있어야 하는 것입니다.

폐기론은 그 후에도 수없이 반복되었으나 특히 다산(茶山) 정약용(丁若鏞 : 1762~1836) 같은 이는 농민의 토지균점과 노동력에 의거한 수확의 공평한 분배, 노비제의 폐기 등을 그의 〈목민심서〉(牧民心書)에서 신랄하게 주장하였다.

이러한 학문체계는 유형원(柳馨遠)과 이익을 잇는 실학의 중농주의적 학풍을 계승한 것이며, 또한 박지원(朴趾源)을 대표로 하는 북학파(北學派)의 기술도입론을 받아들여 실학을 집대성한 분이었다.

기생제도에서 오는 폐단을 다른 사람들이라고 모르는 바는 아니나 조선왕조가 멸망하는 최후의 순간까지 기생은 연면하게 꼬리를 물고 이어 내려왔다.

고려조는 476년으로 망하고 조선왕조는 519년으로 망했건만 기생은 국가의 흥망성쇠를 초월하여 장장 천년이란 역사를 의연하게 이어 내려왔던 것이다.

가장 중요한 원인은 사회제도의 결함에 있음은 말할 것도 없다.

지방관들이 한결같이 서울 양반네의 자제들뿐인 데다 젊은 사람들이 모두 독신으로 지방에 내려갔으니 기생이 필요하지 않을 리가 없었던 것이다.

사람은 동서고금 남녀노소 홀로 지내면 외로운 고적을 지내기 마련인데 하물며 새파란 젊은이가 지방에 내려가 벼슬을 지내고 많은 양반님네 인걸이 모여든 화전(남해)에는 기생들이 찾아들어 진창 만창 놀아나는 세상사는 웃음도 팔고 돈도 버는 의외의 직업이었다.

망운산(望雲山)에 올라

화전(남해)에서 가장 높은 망운산은 해발 786m로 4월에는 진달래 · 철쭉꽃 군락지로 산을 붉게 뒤덮어 꽃동산을 이룬다. 멀리 바다 위에 점점이 올망졸망 떠있는 섬들과 강진만 청정해역과 서상 앞 바다와 남해읍의 전경을 볼 수 있으며, 멀리 삼천포항까지 한 눈에 들어오는 조망이다.

망운산은 남해의 진산으로 운곡에서 흐르는 두 계곡이 울창한 숲으로 빼욱히 들어선 숲으로 쌓인 운산(雲山)치고는 남해의 제일 높은 명산(名山)이다. 지리산의 천왕봉과 광양 백운산, 하동 금오산이 조망되며 석양의 노을빛 황혼은 낙조에 극치를 이룬다.

붉게 타오르는 태양과 붉은 철쭉, 노을빛은 그림으로도 그릴 수 없는 절경이다. 또 정상에서 바라볼 수 있는 절경은 일출과 일몰로 남해 바다에 떠 있는 섬들이 명화와 같이 아름다운 장관을 이룬다.

망망대해에 푸른 주단을 깔아놓은 듯 초원처럼 느껴지는 창해한 바다는 남해를 선경으로 애찬(愛讚)한 심오하고도 수려한 한려해상 풍광은 신선들이 살고 간 비경의 아름다운 높고 우뚝한 망운산이 구름과 나무가 푸른 바다에 몸을 담그며 푸르게 빛난다.

자암 김구는 화전 땅에 귀양 왔어도 항상 각처 지형과 유적을 섭렵하며 그곳의 풍토를 살피고 백성들의 아프고 괴로운 일을 평소에 유의하여 보는 것이 버릇처럼 주민들과 다정다감(多情多感)하면서 고을원의 관리들과 관대하게 담소하며 사람의 도리를 인식하면서 섬세한 시(詩)세계와 궁핍한 고을생활에 잘 적응하면서 내심은 언제나 임금과 어버이 생각에 고독한 세월을 보냈다.

한해는 가뭄이 들었을 때 강우를 기원하며 지내는 제사(기우제)를 도우(禱雨)라고 하며 가뭄으로 인해 비에 절대적으로 의존하는 천수답의 가뭄은 당시 농경사회에서 가장 큰 재앙이었다. 따라서 기우제는 조정으로부터 자연마을에 이르기까지 나라 전체가 지내는 가장 큰 행사였다.

환웅이 풍백 · 우사 · 운사를 거느리고 하강했다는 기록은 이미 고조선 사회가 물에 의존하는 본격적인 농경사회로 진입했음을 알려준다. 삼국시대에는 명산대천이나 시조묘에서 기우제를 지냈으며, 고려시대에는 불교식 법회인 태일(太一)이나 도교식의 초제(醮祭), 그리고 무당을 모아서 지내는 취무도우(聚巫禱雨) 등 가능한 모든 방법을 동원하여 강우를 빌었다.

조선시대에는 유교식 기우제를 중심으로 각종 주술적 방법까지 동원된 기우풍습이 있었다. 가뭄이 들면 임금을 비롯한 조정대신들이 모두 근신하였는데, 이는 임금이 천명을 잘못 받들고 정사를 부덕하게 했기 때문이라는 인식이 있었기 때문이었다.

조선 초의 기록인 용재총화(慵齋叢話)에는 거행 장소에 따라 12제차를 소개하고 있는데, 각 명산대천 종묘사직 북교(北郊)의 용신에게 지내는 절차가 있었다. 이는 국행기우제(國行祈雨祭)를 설명한 것이었다.

한편 민간에서도 다양한 기우 풍습이 있었는데, 일반적 동제(洞祭)의 절차에 따라 기우제를 지낸 다음 여러 가지 주술적 방법이 동원되었다. 먼저 정초의 줄다리기는 줄을 용으로 인식하는 쌍룡상쟁(雙龍相爭)의 상징으로서 기우를 비는 풍습이었다.

전라도 지역에서는 특히 산상분화(山上焚火)가 성했는데, 양(陽)인 불을 지핌으로써 음(陰)인 비가 내리기를 기대하는 풍습이었다. 이는 밤에 대개 여러 마을이 함께 지냈기 때문에 대단한 장관을 이루었다고 한다.

또 조정에서 북묘의 용에게 제사지내는 것과 같이 민간에서는 용제(龍祭)를 지냈다. 용제는 기우제장이나 장터에서 지냈는데, 통나무에 짚을 감고 흙을 바른 다음 비늘 등을 그려 용의 형상을 만들고 제를 지냈다. 용신이 거주한다고 믿는 못에 호랑이의 머리나 개의 생피를 뿌려 더럽힘으로써 용이 비를 내려 그것을 씻어내리기를 기대하는 풍습도 일반적이었다. 또 사립문에 금줄을 치고 처마 끝에 물병을 거꾸로 매달아 비가 내리기를 기대하기도 했다. 그러나 이러한 기우 풍습은 현재 관개수리의 발달과 더불어 거의 소멸되었다.

당시 하늘이 물을 주지 않으면 가뭄으로 농사를 지을 수 없는 농민들의 맥없이 무너져 내리는 농심은 땅 · 나무 · 바람 · 바다 모두 하늘에 기원하며 비가 내리기를 빌었고 망운산에서 자암 김구가 기우제를 지내며 쓴 기우문(祈雨文)을 보면 다음과 같다.

기우문(祈雨文)

산이 높고 우뚝하니
바다를 누르는 관문입니다.
바다의 기운을 뿜고 머금으면서
비로도 내리고 구름으로 떠돕니다.
신령들이 모여앉고 도우니
은택이 백성들을 맡으셨습니다.
시절이 바야흐로 농사철에 이르렀는데
가뭄 귀신이 일어나 위태롭고 고통스럽네요.
산은 어찌하여 땔감을 쓰느라 붉게 헐벗었고
물은 어이하여 메말라 버렸습니까?
쇠도 끈적거리고 돌은 녹았으니
하물며 농사짓는 벼이겠는지요.
열기를 씻고 마른 것들은 소생시키어서
직분을 맡은 신령은 이를 베푸소서.
신령이 외면하여 직분을 버렸다면
어찌 이를 참아내겠습니까?
내 조정의 명령을 받아서
이곳에 와서 바다의 땅을 맡았습니다.
두루 옹화한 기운을 베풀어서
이 근심을 깨끗하게 쓸어버리소서.
직접 희생을 잡아 실효를 요구하노니
구휼하신다면 잡아 실효를 요구하노니

이 미약한 정성을 받들어 올리는데
두려운 마음으로 공경을 다해 올립니다.
우러러 돌아보실 것을 바라보니
신령께서도 응답하여 내려주소서.
문득 구름 기운이 일어나더니
이곳에 두루두루 비가 퍼붓겠지요.
말라 버린 벼도 생기를 되찾고
삼도 자라지 못하다가 싹을 틔우리다.
은혜가 백성들에게 고루 베풀어져
끼니도 잇고 옷도 입으리이다.
오직 백성들의 운명은
오직 신령의 곡식에 있습니다.

望雲山 祈雨文(망운산 기우문)

維山峻極(유산준극) 鎭海之門(진해지문) 噴含海氣(분함해기)
以雨以雲(이우이운) 蓄靈擁祐(축령옹우) 澤司黎元(택사려원)
序屬方農(서속방농) 魃煽威赭(발선위자) 山焉爨赭(산언찬자)
水焉(수언) 涸(호) 金膏石融(금고석융) 矧伊稼穡(신이가색)
濯炎蘇枯(탁염소고) 職神攸施(직신유시) 神顧棄職(신고기직)
胡寧忍斯(호령인사) 我忝朝命(아첨조명) 來典海壤(래전해양)
分宣雍和(분선옹화) 厥咎靡爽(궐구미상) 躬犧責實(궁희책실)
莫恤湯聖(막휼탕성) 奉厥菲薄(봉궐비박) 伈伈薦敬(심심천경)
尙仰玆顧(상앙자고) 克對靈貺(극대영황) 倏起膚寸(숙기부촌)

遍爾霈滂(편이패방) 禾燋而醒(화초이성) 麻閼而孼(마알이얼)
式俾齊氓(식비제맹) 伊粒伊褐(이립이갈) 惟民之命(유민지명)
惟神之食(유신지식)

백성들은 나라님이 덕이 없어 비가 오지 않는다고 원망들을 하겠지. 늙은 대신들은 하늘만 바라보며 한숨 칠 테고. 농민은 아침에 잠깨어 머리맡이 쌀쌀하면 오늘이나 비 오려나 창을 열고 하늘을 쳐다보지만 가뭄 때 농민(農民)들은 속 태우며 비를 몹시 기다리며 기우제를 지내기도 했다.

딱히 벼를 대신할 소득 작물이 없는 관계로 주곡의 생산이 천수답의 경우 가장 절실한 물의 곤란이었다.

바삭바삭 건조한 전답 속에 곡물을 더 많이 생산할지 더 이상 곡물을 생산하지 못하는 마른 땅이 될지 걱정 속에 노을이 짙다 바람이 습기를 머금었다. 올해는 흉작이다를 부르짖는 원시농경의 농심에는 혀에 가시가 돋았다.

행복하게 살 만한 땅 궁핍한 환경 속에 생존권의 보장과 생활상의 행복을 추구하며 어려운 삶 속에 천수답의 고달픔을 알았기에 수로를 정비하고 저수지를 만들어서 안정적인 삶의 터전을 만들려 애썼으며 치수와 수로 정비에 능숙한 대비로 확고한 논리를 얻어 하늘에서 내리는 비를 언제 내릴지 천수답의 농경사회는 어려운 시절이기도 했다.

화방사를 다녀오다

따스한 햇살이 초목에 푸른 생기를 내듯 뜰 앞마당은 한적하고 포근한 봄 향기가 바람에 쏟아 놓고 있다.

자암 김구는 오랜만에 길을 나섰다. 산들바람에 나무와 풀잎들이 한들거리며 손짓하듯 춤춘다. 하늘은 채색을 한 듯 푸르고 곱기만 하다. 멀리 보이는 산등성이에는 아물아물 아지랑이 피어오르고 노란 개나리꽃과 붉은 진달래꽃은 만발해서 어우러진 봄날이다.

겨울 내내 움츠린 마음을 활짝 열어 보이듯 아련한 계절은 점점 푸르게 활기를 띄운다.

바닷바람은 차가웠지만 푸른 안개로 넓은 바다에 아득히 멀리 떠 있고 상쾌하게 머리를 쓸고 가는 해풍은 간간이 가슴을 헤집고 시원하게 파고들었다.

춘색의 단비가 내리자 산언덕의 나뭇잎들이 한층 더 싱그러움을 더하고 따사로운 햇살은 한 잎 두 잎 나뭇잎을 간질이고 있었다.

오솔길의 화방사를 오르는 길은 빼곡히 들어선 나무들이 손을 잡고 봄이 오는 바위와 골짜기를 넘어 산허리를 내려 봄기운이 푸르게 반갑게 맞으니 산 공기가 더욱 맑은 듯하다.

돌다리 건너 화방사의 산문인 일주문 돌계단을 들어서면 채진루가 보인다. 대웅전이 웅장히 서 있고 오른쪽으로 대숲이 조용한 정적 속에 미혹중생의 부처님 사람을 맞이한다.

채진루 맞은편에는 천연기념물인 산닥나무 자생지가 화방사의 역사를 품고 있다.

화방사 고문서의 완문절목에 보면 이곳에 한지를 생산하는 지소가 있었고, 서울의 각 관청에까지 종이를 보급하였으며, 31가지의 종이를 생산했다고 기록되어 있다.

경내 주변 3천여 평 부지에서 자생하는 산닥나무 껍질은 고급종이를 만드는 원료로 사용되고 있다.

화방사는 대한불교 조계종 제13교구로 본사인 쌍계사의 말사이다. 신라 신문왕(재위 : 681~692년) 때 원효(元曉)가 창건하였다. 창건 당시에는 연죽사(煙竹寺)라 불렀고, 고려 중기 혜심(慧諶 : 1178~1234)이 중창한 뒤에는 영장사(靈藏寺)라 하였다. 임진왜란 때 승병들의 근거지로 쓰이다가 불에 타 없어진 것을 1636년(인조 14)에 계원(戒元)과 영철(靈哲)이 현 위치로 옮기면서 절 이름을 화방사라 하였다. 임진왜란과 영조 17년(1741)에 두 번이나 방화와 화재로 폐사(廢寺)되었으나 영조, 정조 때 가직(嘉直)이 머무르면서 절을 중수 복원하게 되었다.

현존하는 건물로는 대웅전과 응진전, 명부전, 칠성각, 일주문, 채진루 등이 있다. 이중 대웅전과 마주보고 있는 채진루(採眞樓)는 정면 5칸, 측면 2칸의 오량(五樑) 구조로 된 2층 맞배지붕 건물로 경상남도 문화재자료 제152호로 지정되어 있다.

대웅전은 본래 보광전이었으나 보광전이 1981년 10월 1일 불에 타 사라지자 1984년 12월 29일 복원하면서 전각 이름을 바꾼 것이다.

1997년 가을 3년에 걸친 복원작업 끝에 완성된 이충무공 목판 묘비는 남해 충렬사 내삼문 바로 안에 있는 석조 묘비와 크기 및 내용이 동일하다. 이 묘비가 화방사에 있는 이유는 임진왜란 때 순국한 장병들의 영혼을 모시고 제사를 지내던 곳이 바로 화방사였기 때문이다.

역사의 호국사찰인 화방사는 대웅전을 중심으로 좌우에 부불전인 응진전과 명부전이 배치되어 있다. 조선시대 유행하던 삼불전형이다. 대웅전 맞은편 채진루 옆에는 범종각이 있다. 범종은 신성한 불음으로 고통받는 중생을 번뇌에서 벗어나 깨달음을 얻게 해준다. 또한 지옥에 있는 영혼까지도 제도한다고 한다.

유물로는 옥종자(玉宗子), 금고(金鼓), 이충무공비문목판(李忠武公碑文木版) 등이 유명하다.

이중 옥종자는 절을 짓고 불상을 모실 때 밝혔던 등잔으로 한 번 불을 붙이면 꺼뜨려서도 안 되고, 일단 꺼진 뒤에는 다시 불을 붙일 수도 없다고 전한다. 1234년(고려 고종 21) 이전에 불을 붙였다가 1592년 임진왜란이 일어난 뒤 꺼졌다. 이런 까닭에 다시 불을 붙이지 못하여 지금은 사용하지 않는다.

금고는 조선 중기 때의 유물로 범자(梵字)가 사방에 양각되어 있으며, 이충무공비문목판에는 모두 2천 자가 새겨져 있다.

이밖에 현판기문, 완문절목, 선생안 등의 고문서가 보관되어 있다.

산내는 암자로 망운암이 있다.

망운산 정상 부근에 있는 망운암은 창건연대는 알 수 없지만 화방사의 부속암자로 화방사를 건립할 때 같이 건립된 것으로 추정하고 있다.

대개의 명승지들이 관광지로 탈바꿈되어 세속화되고 있지만 아직은 동자승 눈빛처럼 깔끔한 곳이다.

망운암은 중병을 앓고 있는 사람들이 이곳에서 기도를 드리면 병이 씻은 듯이 낫는다는 영험을 안고 있는 기도도량으로 보물급에 해당하는 보살을 형상화한 석불이 있는데 수백 년의 인고의 세월을 이겨냈다고 전한다.

위풍당당한 위용으로 산의 상층부에 오래도록 눈부신 자태를 뽐내고 묵묵히 세월의 영겁 속에 인고의 풍상을 지켜온 망운암은 자비의 향기가 산사에 가득하다.

산역의 울창한 숲 나무들의 수려한 풍경은 산뜻하고도 맑아 푸른 대해의 물결이 일듯 그 청아함이 한눈에 부딪쳐 온다.

나뭇잎은 붉게 타는 햇살에 맑고 청아한 숲 바람과 새소리에 산록은 푸른 숨소리로 물결 가득하다.

아래에는 먼 수평선의 푸른 물결이 은빛으로 빛나고 현란한 오색 자연 속의 절간은 그 비경의 숲속에 그림처럼 우뚝 자리하고 앉아 있다.

자암 김구는 힘겨운 골짜기를 이곳 저곳 올라서 능선에 서니, 초목의 연잎 위 눈부신 태양이 반짝반짝 빛났다.

찬불소리 낭랑히 고을 안을 메우며 세속의 번뇌 중생을 위해 구석구석 평등하게 향내음이 초목에 가득하다.

아름답고 근엄한 자연의 비경은 청원하게 가슴을 맑고 푸르게 한다.

명경처럼 맑은 공기가 세속의 찌든 삶의 번뇌를 씻어 내리듯 맑고 개운한 맛이 달콤하기만 하다.

먼 산에서 불어오는 바람의 물결에 나무의 푸른 숲이 파도처럼 울렁이는 싱그러운 자연의 경이로움은 또 하나의 눈부신 경관이 아닐 수 없으며, 산림의 숲 향기는 생명을 순하게 한다.

자암 김구는 오랜만에 고요한 산사에 들러 변화무쌍한 우주의 갖가지 현상이 스스로의 행복과 생명에 작용하는 것임을 알고 보다 깊은 사색을 해서 사물의 현상 속에 일관하고 있는 법칙성을 발견하고 확실한 자기 자신을 사랑하려고 산사를 찾아 불도수행의 구극(究極)도 마음 깊이 새기며, 장엄한 불광토의 아름다운 묘법이 자연과 함께 하는 도량에서 멀리 떨어져 있는 가족과 어머님의 소식에 몸과 마음으로 불효의 아픔을 속죄하였다.

화방사에는 연꽃은 없지만 화방사는 아름다운 명산대찰(名山大刹)로 남해 금산 보리암과 호구산 용문사는 남해기도 도량의 3대 사찰로 그 영함이 이름 높기 때문이다.

하늘이 성인보다 높으니 나는 성인의 가르침을 어길지언정 하늘이 내려주신 본성을 어길 수 없으니, 이 당대의 벌 어디다 받을까.

세상은 영욕에 이익과 명예에 빠져 늙고 병들어 괴로움에 시들어 꺾이니 풍상의 행업은 기구하기만 하다.

인생도, 사회도 끊임없이 세상은 변하며 사계의 계절 속에 강물처럼 흘러간다.

자암 김구는 마음 속에 회한의 조각들이 비 오듯 쏟아진다.

평생을 사모하며 모시면서 원호하고 살아온 나라님이 오늘은 조용히 얼굴에 떠오른다.

화방사에서 노닐다가 돌아오는 도중에 2수 짓다.

遊華房寺還歸道中作 二首

(1)
억지로 파리한 말을 타고 읊조리며 채찍을 치니
쌓인 낙엽에 산은 묻혔고 샘물 소리 가녀리게 들리네.
물으니 화방사는 어느 곳에 있는가?
푸른 안개가 고목을 두르고 노을이 지는 곳이라오.

(2)
땔나무 연기 가라앉은 곳에 외로운 마을이 있는데
개울물 소리가 귓가를 간지럽혀 즐겁구나.
모래톱가에 나란히 앉으니 배고픔은 심한데
여울물이 모래 흔적을 지우는 것을 부럽게 보네.

遊華房寺還歸道中作 二首(유화방사환귀도중작 이수)

(一)
强騎羸馬縱吟鞭(강기리마종음편)
積葉埋山響暗泉(적엽매산향암천)
借問華房伺處是(차문화방사처시)
蒼煙老樹夕陽邊(창연노수석양변)

(二)
銷沈煙火有孤村(소심연화유고촌)
猶喜溪聲傍耳喧(유희계성방이훤)
鼎坐汀洲飢餒甚(정좌정주기뇌심)
美看湍激食沙痕(이간단격식사흔)

政治는 百姓을 위하는 것

우리 백성들을 살게 하는 것은
임금의 지극함 아닌 것이 없다
느끼지도 못하고 알지도 못하면서도
임금의 법에 따르고 있다.

立我烝民(립아증민)
莫匪爾極(막비이극)
不識不知(부식부지)
順帝之則(순제지칙)

백성이 사는 세상은 임금님이 인간본성의 도리에 따라 백성을 잘 인도하기 때문에 백성들은 법(法)이니, 정치(政治)니 하는 것을 알지 못해도 자연히 임금님이 인도하는 대로 잘 따르고 있다는 것이다. 즉 임금이 백성들을 잘 이끌고 있기 때문에 그냥 따르고 있다는 것이다.

남해 노량

노량(露梁)은 예로부터 남해군의 노량과 하동군 금남면(金南面) 두 곳을 잇는 나루터가 발달한 곳이다.

한려수도의 개통으로 부산, 여수 간의 정기연락선이 기항하였으나, 남해대교(南海大橋)의 설치로 수륙교통의 요지를 이룬 곳으로 남해군 설천면(雪川面) 노량리(露梁里)와 하동군 금남면(金南面) 노량리를 잇는 다리로 한국 최초의 현수교(懸垂橋)로서, 길이 660m, 너비 12m, 높이 52m로, 1968년 5월에 착공하여 1973년 6월 22일 준공되었다.

이로써 남해도가 육지와 연결되어 한려해상국립공원(閑麗海上國立公園) 지역과 남해도 전체의 개발에 이바지하게 되었다.

남해 노량해협은 통영과 여수를 잇는 해상교통의 요지이다.

노량은 임진왜란 때 거제도(巨濟島)의 견내량(見乃梁), 한산섬 앞바다에 이어 삼대첩지(三大捷地)의 하나로 알려진 곳이기도 하며, 충무공(忠武公) 이순신이 전사한 최후의 싸움터로 유명하다.

이순신의 본관은 덕수(德水)이다. 자는 여해(汝諧)이며, 시호는 충무(忠武)이다. 서울 건천동(乾川洞)에서 태어났으며 선조 5년(1572)에 무인 선발시험인 훈련원 별과에 응시하였으나 달리던 말에서 떨어져 왼쪽 다리가 부러지는 부상으로 실격되었다.

32세가 되어서 식년 무과에 병과로 급제한 뒤 권지훈련원봉사(權知訓練院奉事)로 첫 관직에 올랐다.

이어 함경도의 동구비보권관(董仇非堡權管)과 발포수군만호(鉢浦水軍萬戶)를 거쳐 선조 16년(1583) 건원보권관(乾原堡權管) 훈련원참군(訓鍊院參軍)을 지냈으며, 1586년(선조 19) 사복시 주부를 거쳐 조산보만호(造山堡萬戶)가 되었는데, 이때 호인(胡人)의 침입을 막지 못하는 안타까운 전황을 보고 무인으로서 백의종군하게 되었으며, 그 뒤 전라도 관찰사 이광에게 발탁되어 전라도의 조방장(助防將)이 되었다.

이후 선조 22년(1589) 선전관과 정읍(井邑) 현감 등을 거쳐 선조 24년(1591)에 유성룡의 천거로 절충장군 진도군수 등을 지냈다. 같은 해 전라좌도수군절도사(全羅左道水軍節度使)로 승진한 뒤, 좌수영에 부임하여 군비 확충에 힘썼다.

이듬해 임진왜란이 일어나자 옥포해전에서 일본 수군과 첫 해전을 벌여 적선 30여 척을 격파하였다. 이어 사천해전에서는 거북선을 처음 사용하여 적선 13척을 격파하였다. 또 당포해전과 1차 당항포해전에서 각각 적선 20척과 26척을 격파하는 등 전공을 세워 자헌대부로 품계가 올라갔다. 같은 해 7월 한산도대첩에서는 적선 70척을 대파하는 공을 세워 정헌대부에 올랐다.

또 안골포에서 가토 요시아키와 구키 요시다카 등이 이끄는 일본 수군을 격파하였는데 안골포해전(安骨浦海戰)*이라 한다. 또 같은 해 9

월엔 부산포해전으로 일본 수군의 근거지인 부산으로 진격하여 적선 100여 척을 무찔렀다.

선조 26년(1593) 다시 부산과 웅천(熊川)에 있던 일본군을 격파함으로써 남해안 일대의 일본 수군을 완전히 일소한 뒤 한산도로 진영을 옮겨 최초의 삼도수군통제사가 되었다.

이듬해 명나라 수군이 합세하자 진영을 죽도(竹島)로 옮긴 뒤, 장문포해전에서 육군과 합동작전으로 일본군을 격파함으로써 적의 후방을 교란하여 서해안으로 진출하려는 전략에 큰 타격을 가하였다.

명나라와 일본 사이에 화의가 시작되어 전쟁이 소강상태로 접어들었을 때에는 병사들의 훈련을 강화하고 군비를 확충하는 한편, 피난민들의 민생을 돌보고 산업을 장려하는 데 힘썼다.

선조 30년(1597) 일본은 이중간첩으로 하여금 가토 기요마사(加藤清正)가 바다를 건너올 것이니 수군을 시켜 생포하도록 하라는 거짓 정보를 흘리는 계략을 꾸몄다. 이를 사실로 믿은 조정의 명에도 불구

---

* ㅡ안골포해전(安骨浦海戰) : 임진왜란 때 안골포(경남 진해시 웅동면)에서 조선 수군이 일본 수군을 물리친 해전으로 1592년(선조 25) 7월 8일에 전라좌수사 이순신(李舜臣)과 전라우수사 이억기(李億祺), 경상우수사 원균(元均) 등이 한산도 앞바다에서 와키자카[脇坂安治]가 이끄는 일본군을 격멸한 후 가덕도에 머물고 있었다. 그곳에서 와키자카군을 지원하기 위해서 일본 함선이 안골포로 왔다는 정보를 들었다. 연합함대는 이억기가 포구 바깥 바다인 가덕도 주변에 진을 치고 있다가 복병(伏兵)을 배치해 놓고, 본대의 해전지로 와서 전투할 작전계획을 세워 10월 새벽에 출항했다. 이순신의 함대는 먼저 학익진(鶴翼陣) 진형으로 진격하고, 원균의 함대도 그 뒤를 따라 안골포를 향해 출발했다. 안골포의 포구에는 일본 함선 42척이 있었는데, 대선 3척만이 포구에서 밖을 향하여 떠 있고 나머지 함선들은 정박하고 있었다. 포구의 지세는 배가 출입하기 어려울 정도로 낮았으므로 일본군을 유인하여 포구 밖으로 꾀어내려 했다.
  그러나 일본군은 한산도에서 유인작전에 당했던 생각을 하고, 이번에는 좀처럼 유인작전에 말려들지 않았다. 그러자 조선군은 번갈아 포구에 출입하면서 여러 총포를 쏘고 장편전(長片箭) 등으로 일본함선을 불태우려 했다. 이때 이억기도 복병선을 배치해 놓고 공격에 합세했다. 이 전투를 통해 일본함선을 거의 격파했고 일본군 250여 명을 사살했다. 그리하여 살아남은 일본군은 육지로 도망갔다. 이 해전은 이틀 전에 있었던 한산도해전에 이어서 거둔 대승리였다.

하고 그는 일본의 계략임을 간파하여 출동하지 않았다. 가토 기요마사는 이미 여러 날 전에 조선에 상륙해 있었다. 이로 인하여 적장을 놓아주었다는 모함을 받아 파직당하고 서울로 압송되어 투옥되었다.

사형에 처해질 위기에까지 몰렸으나 우의정 정탁의 변호로 죽음을 면하고 도원수 권율의 밑에서 두 번째 백의종군을 했다.

그의 후임 원균은 7월 칠천해전에서 일본군에 참패하고 전사하였다. 이에 수군통제사로 재임명된 그는 13척의 함선과 빈약한 병력을 거느리고 명량대첩에서 133척의 적군과 대결, 31척을 격파하는 대승을 거두었다. 이 승리로 조선은 다시 해상권을 회복하였다.

선조 31년(1598) 2월 고금도(古今島)로 진영을 옮긴 뒤, 11월에 명나라 제독 진린과 연합하여 철수하기 위해 노량에 집결한 일본군과 혼전을 벌인다. 정유재란(丁酉再亂)* 으로 조선을 침략한 왜군은 도요토

---

* – 정유재란(丁酉再亂) : 1597년(선조 30)에 일어난 2번째 왜란이다.
일본은 강화가 결렬되자 1597년(선조 30) 1~2월 14만 1,500여 명의 병력을 동원하여 재차 침략했다. 명나라도 병부상서 형개(邢玠)를 총독, 양호(楊鎬)를 경리조선군무(經理朝鮮軍務), 총병관 마귀(麻貴)를 제독으로 삼아 5만 5,000명의 원군을 보내왔다. 이때 조선군의 전선 동원병력은 3만 명으로 권율 부대를 대구 공산에, 권응수 부대를 경주에, 곽재우 부대를 창녕에, 이복남(李福男) 부대를 나주에, 이시언(李時言) 부대를 추풍령에 각각 배치했다.
7월초 일본은 주력군을 재편하여 고바야가와[小早川秀包]를 총사령관으로, 우군은 대장 모리[毛利秀元] 이하 가토 · 구로다 등으로, 좌군은 대장 우키다 이하 고니시 · 시마즈[島津義弘] 등으로 편성한 뒤 하삼도를 완전 점령하기 위해서 공격을 감행했다. 일본군은 남해, 사천, 고성, 하동, 광양 등을 점령한 후 구례를 거쳐 전병력으로 남원을 총공격했다. 이에 이복남 · 이춘원 · 김경로 지휘하의 수성군은 격전을 벌였으나 수의 열세로 성은 함락되고 말았다.
이후 일본군은 전주에 집결한 후 좌군은 남쪽으로 내려오면서 약탈을 하고, 우군은 충청도로 북진했다. 9월초 충청방어사 박명현 부대는 여산, 은진, 진산에서 일본군을 공격했고, 이시언 부대도 회덕에서 일본 좌군을 격파했다. 그리고 정기룡(鄭起龍) 부대는 고령에서, 조종도(趙宗道) 부대는 황석산성에서 일본 우군과 치열한 격전을 전개했다. 9월 5~6일 권율 · 이시언이 지휘하는 조선군과 해생(解生) 지휘하의 명나라 연합군은 직산에서 가토군 · 구로다군을 대파했다. 이에 일본군은 더 이상 북상하지 못하고 남하하여 고니시군은 순천, 가토군은 울산으로 후퇴하여 농성했다. 그때 11월 명의 형개가 4만 명의 병력을 3로로 재편하자 조선군도 이시언 · 성윤문(成允文) · 정기룡이 각각 1영(營)씩 지휘하여 남진을 시작했다.

미 히데요시(豊臣秀吉)의 병사(病死) 소식을 듣고 철군하게 되었다.

이때 이순신은 명나라의 수사제독(水師提督) 진린(陳璘)과 함께 퇴로를 막기로 하였다. 그런데 철수부대를 실은 왜선의 해로를 열어줄 것을 조건으로 고니시 유키나가(小西行長)에게서 뇌물을 받은 진린은 이순신에게 왜군의 퇴로를 차단하지 말자고 권고하였다. 이순신은 이에 강경하게 반대하여 진린을 설득한 후 함께 왜군을 치기로 하였다.

고니시는 경남 사천(泗川)에 있던 시마쓰 요시히로(島津義弘)와 남해의 소시라노부(宗調信)에게 구원을 청하여 전선 500여 척을 노량 앞바다에 집결시켰다.

그러자 이순신은 휘하 장병에게 진격 명령을 내려 노량 앞바다로 쳐들어가 적선 50여 척을 격파하고 200여 명의 적병을 죽였다.

이때 왜군은 이순신을 잡을 목적으로 그를 포위하려 하였으나 도

한편 그해 1월 일본군측의 거짓 정보와 서인 일부의 모함에 의해 정부의 출동명령을 집행하지 않았다는 이유로 이순신은 파직당하고 대신 원균이 삼도수군통제사가 되었다. 4월 조선 수군은 조선 연해로 들어오는 일본 수군을 중도에서 공격하려다 태풍으로 뜻을 이루지 못하고 일본 수군의 부산상륙을 허용했다. 이어 일본군이 제해권을 빼앗기 위해 해전에서 맹렬한 공세를 취하자 원균이 이끄는 조선 수군은 6월 안골포전투와 7월 웅포전투, 칠천도전투에서 대패했다. 8월초 다시 삼도수군통제사에 복귀한 이순신은 9월 16일 13척의 함선을 이끌고 출동하여 서해로 향하는 300여 척의 일본전선을 명량(鳴梁)에서 대파했다. 이 승리로 일본군의 수륙병진계획은 수포로 돌아갔고, 조선 수군은 다시 제해권을 장악했다. 육지와 바다에서 참패를 당한 일본군은 전의를 상실하고 패주하여 남해안 일대에 몰려 있었다. 그해 12월과 다음해 1월에 걸쳐 울산 도산성에서 권율 지휘하의 조선군은 가토군을 공격했고, 각 지역에서 일본군 잔당들을 섬멸했다. 그리고 이순신 지휘하의 수군도 절이도와 고금도에서 일본 수군에 결정적 타격을 가했다. 1598년 8월 마침내 도요토미가 죽자 일본군은 철수하기 시작했고, 이에 조선군은 마귀 · 유정(劉綎) · 동일원(董一元) 등이 지휘하는 명군과 함께 육상에서 일본군을 추격했으나, 명군의 유정이 고니시로부터 뇌물을 받고 명군을 철수시킴으로써 일본군을 섬멸하지 못했다. 한편 이순신의 조선 수군은 진린(陳璘) 지휘하의 명 수군과 함께 일본군의 퇴로를 차단하고자 11월 노량(露梁)에서 일본 전선 300여 척과 해전을 벌였다. 그 결과 조선과 명이 일본의 함선을 200여 척이나 격침시키는 최후의 승리를 거두었으나 이순신은 전사하고 말았다. 이 노량해전을 마지막으로 일본과의 7년에 걸친 전쟁은 끝나게 되었다.

리어 진린의 협공을 받아 관음포(觀音浦) 방면으로 후퇴하였다. 이순신은 적선의 퇴로를 막고 이를 공격하여 격파하는 동시에 적에게 포위된 진린도 구출하였다.

이 해전에서 400여 척의 전선을 격파당한 왜군은 남해 방면으로 도망쳤는데, 이순신은 이들을 놓치지 않으려고 필사적으로 추격하였다. 이 추격전에서 이순신은 적의 유탄에 맞아 11월 19일 전사하였다. 이순신은 죽는 순간까지 자기의 죽음을 알리지 말고 추격을 계속하여 적을 격파하라고 유언했기 때문에, 조선군은 왜군을 격파한 후에 이순신의 전사소식이 알려지게 되었다.

이 추격전에서 왜군은 다시 50여 척의 전선이 격파당하고 겨우 50여 척의 남은 배를 수습하여 간신히 도주하였다.

이 전투에서는 이순신 외에도 명나라의 등사룡(鄧子龍), 조선 수군의 가리포첨사(加里浦僉使) 이영남(李英男), 낙안군수(樂安郡守) 방덕룡(方德龍), 흥양현감(興陽縣監) 고득장(高得蔣) 등이 전사하였다.

이 전투를 마지막으로 7년간이나 끌던 조선과 일본 간의 전쟁은 끝이 났으며, 이순신이 노량 앞바다 전투에서 순국하자, 처음 이곳에 유해를 안치하였다가 어라산으로 이장하였고, 현재 남해 노량에는 봉분(封墳)뿐인 가분묘만 남아 있다.

장군은 무인으로서 뿐만 아니라 시문(詩文)에도 능하여 〈난중일기〉와 시조, 한시 등 여러 편의 뛰어난 작품을 남겼다.

선조 37년(1604) 선무공신 1등이 되고 덕풍부원군(德豊府院君)에 추봉된 데 이어 좌의정이 추증되었고, 광해군 5년(1613) 영의정이 더해졌다. 묘소는 아산시 어라산(於羅山)에 있으며, 왕이 직접 지은 비문과 충신문(忠臣門)이 건립되었다. 통영 충렬사(사적 제236호), 여수 충민사(사적 제381호), 아산 현충사(사적 제155호) 등에 배향되었다.

남해 노량 충렬사는 이순신이 순국한 지 35년 뒤인 인조 11년(1633) 초사(草舍)와 비를 세워 치제추모(致祭追慕)하였고, 효종 9년(1658) 어사 민정중이 통제사 정익에게 사당을 신축케 하여 새로 건립하고, 현종* 3년(1662)에는 '충렬사(忠烈祠)' 라는 사액(賜額)을 받았

---

* 현종(顯宗 : 1541~1674) : 조선 제18대 왕. 휘는 연(棩), 자는 경직(景直)이다. 효종의 맏아들로 어머니는 우의정 장유(張維)의 딸 인선왕후(仁宣王后)이다. 비는 영돈녕부사 김우명(金佑明)의 딸 명성왕후(明聖王后)이다. 봉림대군(鳳林大君 : 뒤의 효종)이 볼모가 되어 선양[瀋陽]에 끌려가 있을 때 심관(瀋館)에서 태어났다. 현종은 1649년(인조 27) 왕세손에 책봉되었다가 효종이 즉위한 후 왕세자로 진봉(進封)되었다. 인조 이래 서인우명, 정권을 빼앗기고 있던 남인은 다시 집권할 기회를 엿보고 있던 1659년(효종 10) 효종이 돌아가자 효종의 계모후(繼母后) 자의대비의 복상은 서인의 뜻을 따라 기년(朞年 : 만 1년)으로 정하고, 곧 이어서 현종이 즉위하였다.
즉위 직후 인조의 계비(繼妃)인 자의대비(慈懿大妃)의 복상문제를 놓고 예송(禮訟)이 일어났다. 효종은 인조의 둘째 아들로서 왕위에 올랐고, 인조의 맏아들인 소현세자(昭顯世子)가 죽었을 때 자의대비가 맏아들에 대한 예로 3년상의 상복을 입었기 때문에 효종의 상에는 어떠한 상복을 입어야 하는가가 문제가 되었던 것이다. 서인은 효종이 적장자가 아님을 들어 왕과 사대부에게 동일한 예가 적용되어야 한다는 입장에서 1년설과 9개월설을 주장하였고, 남인은 왕에게는 일반 사대부와 다른 예가 적용되어야 한다는 입장에서 3년설과 1년설을 각각 주장하여 대립하였다. 그런데 이듬해인 1660년(현종 1) 음력 3월 남인 허목(許穆) 등이 상소하여 조대비의 복상에 대해 3년설을 주장하면서 들고 일어나 맹렬히 서인을 공격하여 잠잠하던 정계에 풍파를 일으켰다. 이에 대하여 서인측에서는 송시열, 송준길(宋浚吉) 등은, 효종은 인조의 제2왕자이므로 계모후(繼母后)인 자의대비의 복상에 대해서는 기년설(朞年說 : 만 1년)이 옳다고 대항하였고, 남인측에서는 윤휴(尹鑴), 허목(許穆) 등이 또 다시 이를 반박하여 효종은 왕위를 계승하였기 때문에 적장자(嫡長子)나 다름없으니 3년설이 옳은 것이라고 반박하였다. 결국 정태화(鄭太和)가 국제기년복(國制朞年服)을 건의하고 현종이 이를 지지함으로써 1차 예송에서는 서인들이 승리하게 되어 더욱 세력을 얻게 되었다. 이것이 소위 기해예송(己亥禮訟)이다.
그 후 1674년(현종 15) 효종의 비(妃) 효숙왕대비(孝肅王大妃, 인선왕후)가 돌아가자, 자의대비의 복상문제를 에워싸고 또 다시 서인, 남인 간에 논쟁이 벌어졌다. 이때 남인은 대공설(大功說 : 자의대비)의 복상을 서인의 주장대로 기년(朞年)으로 정해 놓았는데, 이제 와서 서인의 주장대로 대공(大功)으로 고친다는 것은 이치에 닿지 않는 부당한 일이라고 들고 일어나며, 전번에 정한 대로 기년(朞年)으로 해야 한다고 주장하였다. 결국 이번에는 남인이 주장하는 기년설이 채택되어 남인이 다시 득세하게 되었으니, 이것이 갑인예송(甲寅禮訟)이다.
현종은 재위기간중 양란을 겪으면서 흔들렸던 조선왕조 지배질서의 확립을 위해 노력했다. 선왕인 효종이 추진해 오던 명분론적 북벌은 중단했으나 군비강화에 힘써 1665년 통제영(統制營)에서 불랑기(佛狼機) 50정, 정찰자포 200문을 만들어 강화도에 배치했으며, 1669년에는 어영병제(御營兵制)에 의한 훈련별대(訓練別隊)를 창설했다. 재정구조의 재건을 위해서는 호구수의 증가와 농업의 발전, 조세징수체계의 확립에 노력했다. 우선 호구의 증가를 위해 1660년 양민의 삭

다. 이충무공 사당은 묘비와 사우 그리고 충무공비와 충민공비, 내삼문·외삼문을 모두 갖추고 있으며, 청해루와 장군의 가묘가 잘 정비되어 있다. 또 이 사당은 현종 2년(1661)과 광무 3년(1899)에 중수하였는데, 비 하나에는 1661년에 중수한 사유를 자세히 기록한 사림정치의 영수였던 우암(尤庵) 송시열(宋時烈 : 1607~1689)이 찬하고, 동춘당(同春堂) 송준길(宋浚吉 : 1606~1672)이 쓴 비문이 있다.

사당을 세운 당시에는 사당 옆에 호충암(護忠庵)이라는 암자가 있어 화방사(花芳寺)의 승려 10여 명과 승장(僧將) 1명이 교대로 수직하였다. 1968년 12월에 지정된 한려해상국립공원(閑麗海上國立公園)의 풍광이 운치(韻致)를 더하는 곳이기도 하다.

이충무공남해충렬묘비문

통제사증시충무이공묘비(統制使贈諡忠武李公墓碑)

발과 입승(入僧)을 금했으며, 이듬해 도성 내의 자수(慈壽)·인수(仁壽)의 두 사찰을 폐지하고 어린 승려는 환속하게 했다. 1670년 산간지방의 유민을 단속하여 호적에 편성하고, 1672년 국경지대의 범월인(犯越人)을 처벌하는 법을 정했으며, 호구 장악을 위해 오가작통사목(五家作統事目)을 제정했다. 농업의 발전을 위해 1662년 전주·익산 등지에 관개시설을 만들어 수리면적을 늘렸고, 이듬해에는 양관(量官)을 각 도에 보내 관개시설을 점검하게 했다. 아울러 조세체계의 정비를 위해 1660년 호남의 산군(山郡)에 대동법(大同法)을 실시하고, 1663년에는 호남대동청을 설치했으며, 1662년 경기도에 균전사를 임명하여 양전을 실시했다.

1669년에는 조운선의 파선사고를 막기 위해 충청도 안흥에 남창(南倉)과 북창(北倉)을 설치하고 이 구간은 육로로 운반하게 했다. 1660년 재정부족을 메우기 위해 영직첩(影職帖)과 공명첩(空名帖)을 대량으로 발급했는데, 이것은 이후 정부의 재정보충책으로 보편화되어 신분제의 해체에 크게 기여하게 된다. 1669년에는 양인확보책의 일환으로 공사천인(公私賤人)으로서 양처(良妻)의 소생은 모역(母役)을 따르게 하여 합법적으로 양인이 될 수 있는 길을 열었다.

그밖에 1660년 강화도의 정족산성(鼎足山城)에 새로이 사고(史庫)를 마련해 1665년에 등서(謄書)한 역대 실록을 보관하게 했으며, 1668년 교서관(校書館)에서 활자를 주조하게 하여 1672년 대자(大字) 6만 6,000여 자, 소자(小字) 4만 6,000여 자에 이르는 동활자(銅活字)의 주조를 완성했다. 1669년에는 송시열의 건의를 받아들여 성(姓)이 같으면 본관이 다르더라도 혼인을 못하게 했으며, 문묘(文廟) 안에 계성묘(啓聖廟)를 세웠다. 시호는 소휴(昭休)이며, 능은 경기도 구리시에 있는 숭릉(崇陵)이다.

남해 노량에 세 칸 사당이 있으니 고 충무 이공의 위패를 모시고 제사를 올리는 곳이다. 명 신종 만리 연간에 왜국의 수길이 그 군주를 시해하고 국력을 키울려 침략하여 왔다. 공은 앞서 북쪽 변방에 있으면서 여러 번 기특한 공을 세웠지만 사람들이 그리 알아주지 않았다.

신묘년 2월에 전라좌수사로 발탁되어 부임하자 날마다 무기를 가다듬고 사졸을 무마하였는데 드디어 적과 접전하자 옥포에서 패배시키고 노량 및 당포에서 패배시키고 사랑에서 패배시키고 그 적장을 베었으며 또 당항포에서 패배시켜 그들의 배 40여 척을 깨뜨렸는데 모두 적은 군사로 많은 적을 친 것이었다.

임금께서 서찰을 내려 포상하시고 그 품계를 높였다. 영등포(거제 장목)에 이르러 패배시키고 견내량에 이르러 적을 유인하여 패배시키니 피비린내가 바다에 가득하였으며, 또 안골포에서 싸워 그들의 배 40여 척을 불사르고 드디어 부산까지 나가 싸워서 또 그들의 배 백여 척을 깨뜨렸으며, 마침내 한산도에 진영을 설치하고 곡식을 쌓고 군사를 정돈하여 의주에서 임금을 모셔오려고 계획 하였다. 조정에서는 공을 위하여 삼도수군통제사를 두어 그 자리를 맡겼다.

적들은 매우 심하게 우리의 여러 장수를 이간하여 속이고 원균이 또 시기하여 모함하니 조정에서는 양쪽 말을 믿어 버렸다. 공은 드디어 체포되어 심문을 받게 되었는데 대신 중에 변호하는 이가 있었고 임금께서 또한 공의 공적을 생각하여 관직만 깎아 백의종군하여 면책하도록 하였다.

이때 공의 모부인께서 별세하였다. 공은 지름길로 가서 통곡하고는 곧장 떠나면서 말하기를 "나는 일심으로 충효를 하였는데 이제 둘 다 잃었다" 하였다. 군사와 백성들이 말을 에워싸고 소리치며 울었고 원근의 사람들이 모두 억울하다 탄식하였다.

원균은 공 대신 통제사가 되었다가 적에게 군사가 유인되어 패하여 도망하다 죽었고 그리하여 한산도도 함락되었으며 적은 마침내 서쪽 바닷길을 거쳐 남원으로 진격하여 함락하였다.

조정에서는 마침내 공을 다시 통제사로 복직하였다. 공은 기병 10여 기를 데리고 순천부로 달려들어가서 도망한 군졸들을 제법 모아서 어란도와 벽파정에서 싸워 모두 크게 격파하였다.

첩보가 오자 임금께서는 높은 품계에 올리려고 하였는데 공의 직위가 이미 높다고 하는 이가 있어서 그만 두고 단지 장수와 사졸에게만 상을 내렸다. 명나라 장수 양호 또한 은과 비단을 보내 위로하였고 명나라 조정에 상주하니 공의 명성은 천하에 알려지게 되었다.

당시 공은 아직 상중이라 소찬을 먹고 짚자리를 깔고 지내고 있었다. 임금님께서는 특별히 타이르는 말씀을 내리시고 한 편으로 육류를 보내었다. 공은 마지못해 눈물을 흘리며 명을 따랐다. 임금께서는 공의 수군이 고단하고 약함을 염려하여 물러나 형세를 관망하게 하려고 하였다. 공은 장계를 올려 말하기를 "신이 일단 항구를 떠나면 적은 반드시 상륙하여 짓쳐 들어갈 것입니다"라고 하였다.

당시 명나라 장수 진린과 유정이 바다와 육지로 건너와서 모였는데 공은 적절히 접대하여 모두에게 관심을 얻었다. 공은 나아가 고금도에 버티고서 백성을 모아 농사를 지음으로써 공사간에 서로 편하도록 하니 남방의 백성들이 줄지어 모여들었다.

적장 행장은 급히 철수하려고 매우 공손하게 갈 길을 청하자 명나라의 두 장수는 그들의 뇌물을 받고서 허락하려 하였는데 공은 극진히 잘못을 꾀십었다.

행장은 또 공에게 사람을 보내주어 총과 칼을 보내었는데 공은 원수와 사절을 통하는 것은 불가하다고 준엄하게 물리치니 병사들의 용기가 저절로 배가되었다.

행장은 계교가 궁하여 마침내 사천에 주둔한 적병을 끌어와서 자신을 돕게 하였다. 하루 저녁에는 큰 별이 떨어졌는데 군사들이 매우 두려워하였다. 무술년 11월 19일에 공은 진린과 더불어 노량에서 적과 마주하여 싸웠다. 적은 크게 패하였는데 공이 홀연 탄환에 맞아 절명하고 진린은 포위되어 급박하였다. 공의 조카 완은 담략이 있어서 곡성을 내지 아니하고 태연히 전투를 독려하여 진린의 포위를 풀어내었고 행장은 겨우 도망쳐 갔다.

발상을 하자 우리 군사와 명나라 장수 두 진영에서는 모두 호곡을 하여 그 소리가 바다를 울렸다. 남해로부터 아산에 이르자 영구를 맞이하여 곡하고 제존을 올리는 이가 천리에 끊이지 않았으며 삼년 동안 상복을 입는 자도 있었고 승려들은 곳곳마다 제를 베풀었으며 우리 목숨을 살리고 우리 원수를 갚은 분이 공이라고들 하였다.

공은 안으로 돈독한 행실이 있었고 곧고 개결한 마음을 스스로 지켜서 마음에 불가한 것이면 의리에 근거하여 부끄러워 굽히도록 하였다. 계책을 내고 일을 처리함에 있어서 모두 빈틈이 없었고 용맹을 떨쳐 결단하면 나가는 곳에 막을 적이 없었다. 군정은 간절하면서도 법도가 있어서 한 사람도 함부로 죽이지 않아서 삼군이 뜻을 한결같이 하여 감히 명령을 아끼지 않았다.

대의를 들어 왜적의 사절을 배척할 적에는 뇌물을 받은 자로 하여금 얼굴을 붉게 하였고 화친을 주장한 자로 하여금 아미가 홍건하게 하였으니 장충헌 악무옥도 여기서 더할 수 없으리라.

그러므로 나라가 쇠퇴하여 오래도록 병사를 꺼리던 시절을 당하여 천하의 막강한 적을 만나서 대소 수십 번의 전투에서 모두 온전히 승리함으로써 동남지방을 가로 막아 중흥의 기틀을 놓은 위대한 공훈을 세우고 황제로부터 은총어린 명을 받아 인부(印符)를 하사받기에 이르렀으니 온 나라 사람들이 집집마다 모셔 제사를 드린다 한들 지나치지 않으리라. 더구나 이곳 노량은 공의 대장 깃발이 임했던 곳이요, 군사들이 피살된 곳이라 그 경의스런 정령은 장차 억만년이 가도록 없어지지 아니하고 산을 차고 바닷물을 내뿜으며 바람처럼 노하고 구름처럼 뒤덮어 반드시 일로는 더욱이 우선해야 할 곳이다.

옛적에 사당이 있었으니 너무 협소하여서 공의 영을 편안하게 모실 수 없었다. 그러므로 고 통제사 정익이 포은 선생의 후손으로서 공의 충의에 감격하여 고쳐 짓고 또 큰 돌을 캐어서 희생물을 매는 빗돌을 만들고 학사 민정중을 통하여 나에게 그 사적을 쓰게 하였다.

글이 대략 완성되자 판서 홍명하 공이 그 일을 아뢰니 효종대왕께서는 곧장 초본을 요구하여 특별히 살펴보셨으니 또한 어찌 염파 이목을 이루어 만지시던 뜻이 아니겠는가! 다만 지금 임금께서는 돌아가시고 왕릉의 송백이 빽빽하게 우거졌으니 공의 굳센 혼백도 거듭 구천에서 눈물을 삼키리라. 인하여 이를 아울러 기록하여 시말을 갖추면서 하늘과 땅을 우러러 옛적을 생각하며, 피눈물을 닦노라. 공의 휘는 순신이요 자는 여해이며 덕수인이다.

때는 숭정 신축 10월일이다. 금상 계묘년에 사당의 현액을 충렬사라고 하사하시니 이제야 높은 보답이 유감없게 되었다. 비를 세우는 일을 전후로 도운 이는 통제사 박경지 공과 김시성 공이다. 이해 7월일에 추각하다 라고 비문 되어 있다.

성웅 이충무공은 그 품성이 돈독하고 스스로 정절을 지켜 비록 높은 벼슬자리에 있었으나 항상 의(義)를 숭상하고 일을 처리함에 있어 조금의 잘못이나 부끄러움이 없었다.

또 한 번 용단을 내리면 어떤 강자이건 이에 순종케 하였다.

장군은 군정(軍政)을 펴나감에 있어서는 지극히 간결하면서도 법도(法度)가 있어 무고한 백성을 한 사람이라도 희생시키는 일이 없었다. 그리하여 3군이 한 마음 한 뜻이 되어 법을 위반하는 일이 없었다. 대의를 이루려는 이 마당에 왜적의 밀사를 가까이하여 뇌물을 받은 안쇠나, 휴전을 주장하는 주화자(主和者), 인상비칙 장충헌(張忠獻), 악무목(岳武穆) 등보다 월등하게 훌륭했으므로 허약한 군졸을 통솔하여 천하에서 제일 강하다는 적과 대소 수십 번을 싸워 이겨낸 공(公)인지라 동남쪽을 굳게 막아 조선 중흥의 위업을 성취하였다.

그리고 거기에 임금의 총애를 입고, 석이 인부(錫以 印符) 재물과 글을 쓰고 도장(圖章)한 증표까지 하사 받았으니 이 나라 백성임에야 가가호호(家家戶戶)에서 신주(神主)처럼 모심도 과할 것이 있겠는가?

항차 이 노량은 큰 명정이 내린 곳이오, 비록 유명을 달리하여 말은 없으나, 공의 영의 혜덕을 입은 곳이며 그 충성의 정신이 두려운 곳이라, 공의 위명은 억만년을 두고도 잊혀 지지 않으리라.

산을 박차고 바닷물을 내뿜듯 바람이 노하여 구름을 휘몰아 강호지기(强豪之氣) 치는 듯한 조마도(調馬導)와 같이 거창한 패기에 넘치는 공의 넋을 엄숙하게 제일 먼저 모신 곳이다.

예산 종경리에 영면하다

자암 김구(金絿)는 1488년 9월에 한양(서울)의 연희방(燕喜坊)에서 태어나 언제나 가슴 가득 그리운 부모를 생각하며 긴 세월 동안 자신을 지배해 온 부모님이 안장된 예산 종경리 묘소를 찾았다.

하늘은 만물을 생성하고 땅은 그 위에 살게 하지만 사람이 사람을 다스리는 건 오지 임금이 천하를 다스리니 김구는 행동과 사고를 통해 군주를 잘 알고 하늘의 도와 땅의 도와 사람의 도는 그 생명이 근본이고 부모는 종족의 근본으로 자식은 어버이를 모셔야 하는데도 낳아준 은혜에 진실로 만분의 일을 보답하지 못하고 어려운 걱정만 끼치게 했으니 크나큰 근심 어이하여 갚으며 그 누구에게 말할까?

땅을 치며 통곡하고 목메어 흐르는 눈물, 시름없이 한없는 슬픔, 눈물이 앞을 가린다.

남해의 쪽빛 바닷가를 오가며 한양과 고향을 사모하며 부모를 애틋이 그리워하면서 중종 임금의 측근에 있으면서 직위가 올라가고 문효가 창대하여 바야흐로 놀라움과 같이 초목이 단비에 싹이 트듯 자라나 사우들이 칭찬하고 흠모함을, 간신과 난종이 안팎으로 화를 꾸미어 음모에 이르러 극도에 도달해 귀양을 가게 되었다.

자암은 몇몇 동지와 치밀하게 계획하고 임금을 도와 종사의 위경에서 안정을 찾고 사림은 사지에서 삶을 얻으니 그 은공이 높음과 충성이 지극함은 고금에 극히 드문 일이었으나 간결한 무리들이 헌신짝 버리듯 죄인으로 몰아 어쩌면 살아 돌아올 가망이 없는 절해고도의 적소에 유배됐다.

김구는 임금을 도우며 곧은 도를 펴고 동류와 협조하여 사류들이 의지하며 날로 기미(氣味)가 일신(一新)하게 변하여 갔으나 참으로 고마운 마음을 간직함이 후의(厚誼) 펴지 못할까 두렵기만 했다.

자암 김구는 남해로 유배되어 곧은 기풍이 꺾이고 위축돼서 괴로운 일일월월 세월을 보내는 심정, 시와 술로 슬픈 음성적 세계 바로 그것이었다.

향촌품관 유향인과 서로 사귀고 화목하게 지내나 일신이 언제 초로와 같이 연기처럼 사라질지 어두움 속에서 괴로움을 잊기 위해 절로 춤추며 노래하고 읊조리니 이 역시 향촌생활의 기쁨이 아닐는지.

꽃수풀이란 화전의 기생 꽃밭에서 귀양살이하는 참담한 생활에서 권위를 유지하며 마음을 열고 유향인과 접촉하며 자기의 내면에 있는 스트레스를 풀며 그것을 용서하고 무거운 쇠사슬의 탈출을 원하는 몸부림도 심한 것은 아닐 것이다.

김구는 인간의 한 사람으로 자식이었다면 애정이 넘치는 부모의 모습은 마음의 지주로서 생명을 키우는 주역이고 솔직하게 자연스런 모성애일 것이다.

모성애가 없는 여성이 없듯이 그것을 바라지 않는 자식도 또한 없다. 아들딸들이 제구실을 할 수 있는 인간으로서의 최대 토양(土壤)은 어버이의 마음이고 모성애이다.

자암은 종종 어머니의 애정인 자기를 잃은 먼 타향의 아들을 생각하며 늘 근심과 걱정으로 불행한 현실 속에 자식을 위해 마음으로 무탈을 기원하며 고생하는 어머니의 모습에서 그리움의 희망을 커다란 교두보(橋頭堡)로 믿었기 때문이다.

자암 김구는 항상 정신적으로 부모님께 효성과 봉양을 다하지 못하고 이제 은덕을 갚으려 해도 갚을 수 없음을 한탄하고, 낳아 길러 준 은혜가 하늘처럼 무궁한데 세상은 허무하게도 세월은 흘러 무상한 쓸쓸함만 고요히 흐른다.

평생 동안 슬픔을 끼쳐 드렸으니 불효의 죄는 하늘에 닿았는데 바닷가 오막살이에서 삶을 구하며, 보지 못하고 깨어나지 않는 어버이 앞에 목숨을 부지하고 이제사 돌아왔으니 진실로 두렵고 불초의 죄가 이에 이르니 용서하세요. 자암은 세상 떠난 부모님을 생각하며 사죄의 배를 올리고 또 올렸다.

자암은 평생에 오로지 쏠리는 마음 원망과 미움도 없이 임금을 돕는 데 스스로 일신의 이해는 계교(計較)하지 않고 장구한 세월 동안 화를 당하고도 그 마음은 임금만을 사랑하고 있었다.

자암은 부모의 묘소가 예산에 있고 남해의 유배지에서 풀려나 예산으로 돌아가고자 했으며 중종 27년(1532)에 임피로 옮겼다가 2년 뒤인 계사년에 풀려 나와 고향땅의 어버이 묘소를 시묘하며 통곡했고, 이때 한 많은 눈물 방울이 떨어진 곳마다 초목이 말라 죽었다 전한다.

이로 인해 김구는 상심의 병을 얻어 47살의 나이로 중종 29년(1534)에 사거(死去)하였다. 죽은 후 그도 종경리 선영이 계신 곳에 묻혔다.

선조(宣祖)* 24년(1591)에 광국의훈에 추록하고 이조참판에 추증되었다.

---

* ―선조(宣祖 : 1552~1608) : 조선 제14대 왕. 중종의 일곱째 아들인 덕흥대원군(德興大院君)의 셋째 아들이며, 어머니는 정세호(鄭世虎)의 딸 하동부대부인(河東府大夫人) 정씨이다. 비는 박응순(朴應順)의 딸 의인왕후(懿仁王后)이며, 계비(繼妃)는 김제남(金悌男)의 딸 인목왕후(仁穆王后)이다. 하성군(河城君)에 봉해졌다가 1567년 명종이 후사(後嗣) 없이 죽자 즉위했다.
선조가 즉위할 무렵은 성종 때부터 중앙정치에 진출하기 시작한 사림이 정계를 주도할 수 있을 만큼 성장했던 시기였다. 이러한 분위기 속에서 선조는 주자학을 장려하고 사림을 널리 등용했으며, 스스로 학문에 힘써 강연(講筵)에서 이황·이이·성혼 등 대유학자들과 경사(經史)를 토론했다.
기묘사화 때 화를 당한 조광조를 비롯한 여러 사림을 신원하고 을사사화로 귀양가 있던 노수신(盧守愼)·유희춘(柳希春) 등을 석방하여 기용하는 한편, 훈신세력인 남곤(南袞)·윤원형(尹元衡) 등의 관작을 추탈(追奪)하거나 삭훈(削勳)했다. 또한 현량과(賢良科)를 다시 설치하고, 유일(遺逸)을 천거하도록 하여 조식(曺植)·성운(成運) 등을 등용했다.
유교사상 확립을 위해 명유들의 저술과 경서의 간행에 힘써 1575년 '주자대전'의 교정본을 간행하고 1585년에는 교정청(校正廳)을 설치해 경서의 훈해(訓解)를 교정하게 했다. 1588년 사서삼경의 음석언해(音釋諺解)를 완성하고 '소학언해'를 간행했다.

남해에서 지은 경기체가

자암은 명문 출신으로 문학적 재질을 타고났다. 어렸을 때 학문에 능통하였으며, 품성이 어른스러웠고 또한 분별력이 뛰어났다.

그리고 스스로 노력하여 남과 더불어 훌륭한 무리를 이루는 인물이 되었으며, 조선 초기 4대 서예가 중의 한 사람이 되었다.

그는 음률에도 조예가 깊어 악정에도 임명된 적이 있다.

자암은 일찍이 성리학에 전념하여 학문실력이 조광조, 김식과 견줄 만하였고, 글씨 역시 뛰어나 안평대군 용(瑢 : 1418~1453), 양사언(楊士彦 : 1517~1584), 한호(韓濩 : 1543~1605) 등과 같이 조선시대 전기 서예가의 4대가로 손꼽힌다. 특히 그의 서체는 독특하여 인수체라 하였다.

남해에서 지은 경기체가 〈화전별곡〉은 자암이 유배지 생활인 남해 노량에서 향사(鄕士)와 같이 시를 읊으며 사는 동안 지은 것이다. 그의 유배 삶이기는 하지만 내부적으로 경기체가 정서가 변화하고 있는 과정을 현실의 변화와 함께 드러내고 있는 화전별곡은 남해의 경치, 품관들과의 창화, 기녀들이 동원된 풍류의 현장, 홍취가 도도한 현장의 분위기, 각종 안주가 마련된 술자리의 풍경, 경락번화와 견준 향촌회집의 즐거움을 말하고 있다. 경락번화와 견준 향촌회집의 실체는 바로 화전별곡의 중심이 된다.

경락번화는 임금을 모시는 벼슬살이에서 단 한 번의 좌절도 없이 홍문관 요직을 두루 거친 20대 후반과 30대 초반의 화려했던 경험 그것이 바탕이다.

여기에서 임금의 특별한 관심과 거기에 대한 보답으로 지은 '나온다' 류도 포함되는 것이다. 이에 비하면 향촌회집은 향촌생활의 핵심적인 것을 반영하고 있는 것이 아니라 귀양지에서 향촌의 유향품관들과의 유흥적인 교유가 그 중심을 이룬다.

화전별곡의 내용도 이러한 유흥적인 교유의 실체를 근간으로 하여 집필된 것이다. 그러기에 표면적으로 자갈밭에 띠집을 짓고, 시절은 평화롭고 풍년 든 향촌사회의 모임인 향촌회집을 내세우면서도 내면적으로는 경락번화를 강렬하게 내세우는 것이다.

경락번화의 그리움을 남해의 다른 이름인 화전으로 말하면서 자위하고 있는 작품이다.

여기에서 고락을 중심으로 하는 경기체가라는 갈래가 선택된 이유가 명백하게 드러난 셈으로 향촌사회의 홍취는 경기체가의 몫이 아니라 오히려 놀이와 일이 한 데 어우러진 시조 그것도 연시조의 몫이기 때문이다.

작품의 성격

자암이 지은 〈화전별곡〉의 창작은 〈한림별곡〉이 처음 노래한 지 300여 년 이후의 일이다.

그런데도 〈한림별곡〉의 영향을 많이 받은 작품이라 할 수 있다. 작품이름부터 'XX별곡' 이라는 형태를 취하고 있다. 이 시기에는 박성건(朴成乾)이 성종 11년(1480)에 지은 〈금성별곡〉(錦城別曲)이 'XX별곡' 의 형태이고, 이후의 이 형태를 취한 것은 중종 16년(1521)에 심석평(瀋碩枰)이 지은 〈관산별곡〉(關山別曲), 그리고 〈화전별곡〉이 있으나 〈관산별곡〉은 가사가 전해지지 않는다. 그리고 〈한림별곡〉은 경기체가를 지을 때 모범이 됨과 동시에 조선조에서도 즐겨 불려졌던 노래이다.

항상 임금의 은혜가 그지없음을 생각해 고려의 〈한림별곡〉 음절에 의지하여 '불우헌곡' 을 지었다.

임금이 술과 고기를 하사하고 이에 명하기를

"너희들은 한림별곡을 부르며 즐기라" 고 하였다.

이와같이 한림별곡의 음절을 모방하여 경기체가를 짓고 조선시대까지 향연에 이 노래를 불렀다 .

또한 유생들이 처음 과거에 오르면 사관(四館)에 나누어 속하게 하고 허참(許參) 면신(免新)의 절차에 한림별곡을 부르는데 이는 옛부터 내려오는 풍습이라 한다.

한림별곡을 부를 때는 여러 사람들이 손뼉을 치고 춤을 추면서 들끓는 음란한 음악이 섞이는데 날이 새야 흩어진다고 한다.

한림별곡은 그 연행이 활발하여 명나라까지 알려졌고 그 때문에 사신을 대접하는 잔치에도 자주 불렀다. 그 뿐만 아니라 한림별곡은 임진왜란 이후까지도 계속 불려졌으며 〈상대별곡〉(霜臺別曲), 〈화산별곡〉(華山別曲), 〈오륜가〉(五倫歌), 〈연형제곡〉(宴兄弟曲) 등은 한림별곡의 형식을 그대로 이어 창으로 불리워졌다.

특히 〈화산별곡〉 가성덕(歌聖德) 등의 경기체가는 한림별곡의 악곡에 맞추어 불렀다는 장사훈(張師勛)의 연구를 통해볼 때 경기체가는 한림별곡의 악곡에 가사만을 바꾸어 창작했던 것이다.

경기체가엔 기본이 있었던 것 같다. 자암은 과거로 관직에 올랐다.

음률에 밝은 자암 역시 이러한 풍습에 젖었음을 부인할 수 없다. 그렇다면 자암은 한림별곡을 향수한 사람 중의 한 사람이었을 것이다.
〈한림별곡〉과 〈화전별곡〉의 공통점을 살펴보면 다음과 같다.

1. 여타의 경기체가보다 공히 한글표기가 많이 있다.

2. 송덕의 찬미, 도덕 종교적 경건성, 그리고 온유돈후(溫柔敦厚)의 경지보다는 공히 풍류 취락적 요소가 아주 강하다.

3. 한림별곡 제 1장 끝의 "위 날조차 몃부니 잇고"나 화전별곡 제 1장 끝의 "위 날조차 몇 분이 신고"가 거의 같고, 한림별곡 4장 "호박배(琥珀盃) 예 가득 브어 위 권상경(勸上景) 긔 어더하니잇고"가 화전별곡 제 5장 첩시대(貼匙臺) 예 偉(위) 가득 부어(권상경)勸觴景 긔 어더하닝잇고"와 유사하고 그리고 한림별곡 제6장 "위 듣고아 잠드러지라"가 화전별곡 제 4장 "위잠드로리라"와 흡사하다. 바로 3) 4) 항의 각 대응 장의 정서가 거의 일치한다.

이런 점으로 보아 자암이 화전별곡을 지을 때 정극인이 불우헌곡 창작시 한림별곡의 음절을 사용한다고 한 것처럼 말하지는 않았지만 한림별곡의 가락뿐만 아니라 그 정서도 모방했음을 미루어 알 수 있는 것이다. 그런데 화전별곡 마지막 장인 제 6장에는 다른 장과 달리 전대절의 "위(偉)~경 긔 어더하닝잇고" 나 후소절의 "위(偉)~"가 없다. 이와같이 마지막 장이 파격된 것은 상대별곡과 불우헌곡이다. 이 중상대별곡의 끝장인 제 5항의 형태는 화전별곡과 거의 흡사하다.

이뿐만 아니라 상대별곡 제 4장의 권상경(勸上景)이나 화전별곡 제 5장의 "偉 가득 부어 권상경(勸觴景)"이 거의 유사하고 그 정서도 같다.

그러므로 자암이 화전별곡을 지을 때 한림별곡과 상대별곡 등의 노래를 알고 있었다고 할 수 있으며, 이것이 화전별곡 창작에 직접적인 영향을 주었다고 본다. 그렇다고 그대로의 모방이라고 보기보다는 나름대로 소화하여 자기 것으로 만들어낸 것이 화전별곡이다.

그런데 왜 마지막 장이 여타의 장과 다른 형태를 취했을까 하는 점이다. 상대별곡, 불우헌곡, 화전별곡은 공히 마지막 장에서 형태상 파격이 나타난다.

특히 불우헌곡은 한림별곡의 음절을 사용한다고 했으면서도 형태상 마지막 장이 한림별곡과는 다르다. 그러나 상대별곡, 불우헌곡, 화전별곡은 각각 여타의 장에 비해 마지막 장들이 한글 표기가 많은 점과 같다. 막장이 다른 장에 비해 한글 표기가 많은 것은 흥이 고조되어 감정의 격정이 우리말식 표현으로 나아가게 한 것이 아닐까 한다.

물론 한자어가 당시 사대부에게는 익숙한 것이지만 그래도 격정된 상태에서는 저절로 우리말의 표현이 나올 수밖에 없었다고 본다. 이 자체가 앞장들의 틀과 다른 점이다.

이것이 확대되어 상대별곡에 가서는 마지막 장의 틀 자체가 허물어지게 된다. 그리하여 '위~' 부분이 하나가 빠지거나 아예 없어지게 된 것이라 볼 수 있다.

이것이 화전별곡에서 재현된 것이다. 화전별곡에서 다른 장들과는 달리 마지막 장에서 틀의 파격을 보이고 있으면서 또한 대립적인 표현으로 자신의 입장을 드러내고 있다.

이는 상대별곡의 영향을 받은 것은 물론이고 앞장들의 사실들을 요약 마무리하면서 자신의 주장을 강조하고자 한 것이 아닐까 한다. 즉 자신의 본심을 문학적 아이러니로 나타내어 그 본심을 강조 하고자 한 것으로 볼 수 있다. 그리고 화전별곡 제5장의 "위(偉) 가득 부어 권상경(勸觴景)긔엇더하닝잇고"는 한림별곡의 "호박배(琥珀盃) 예 그득 브어 위 권상경(勸上景) 긔 어더하니잇고"를 볼 때 "쳡시대(貼匙臺)예 가득 브어 위 권상경(勸上景) 긔 어더하니잇고"로 함이 타당하리라 본다. 어쩌면 판각시 오류가 발생되었을 수도 있다고 본다.

자암 김구 선생 적려유허추모비

이곳 남해 노량 충렬사가 있는 곳에 오르면 우측에 오래 된 비 1기가 있는데, 이곳이 자암 김구가 적소생활을 한 곳으로 오랜 세월 풍랑(風浪)에 젖은 그 비석 하나가 바로 자암 김구 선생의 적려유허추모비이다.

터만 남아 있어 추모비를 세웠다는 이곳은 남해찬가 〈하전별곡〉을 지은 자암 김구가 유배 와서 13년간의 긴 세월을 노량 앞바다가 바라보이는 적소로 고향을 그리며 부모님과 단청을 사모하며 적거생활을 한 곳이다.

남해군이 이곳을 성역화하면서 말끔히 단장된 입구 공지에는 높이 2m, 전면 90cm, 측면 25cm에 이르는 비석이 숙연히 서 있다.

이 비석은 조선 중종 14년(1519)에 기묘사화(己卯士禍)로 남해에 유배와 적거생활을 한 조선 4대 서예가 중 한 사람이며 홍문관 부제학이던 자암 김구 선생이 이곳에서 1531년까지 적거생활을 한 사실을 담고 있다. 적거생활을 하던 김구는 이때 남해찬가라 할 수 있는 화전별곡(花田別曲)을 경기체가로 지었고 삼남 일대의 유림과 남해지역의 향사와도 가까운 교우관계를 가졌을 뿐 아니라, 특히 가깝게 지낸 하별시(河別侍), 박교수(朴教授), 강론(姜論), 방훈(方勳), 정기(鄭機), 하세연(河世涓), 한원(漢元), 정소(鄭韶), 강윤원(姜允元), 정희철(鄭希哲) 등 실제인물이 자암집에 나온다.

김구는 중종 28년(1533)에 사면되어 복관(復官)되었으나 이듬해인 1534년에 47세를 일기로 타계(他界)했으며 이조참판(吏曹參判)에 추증(追贈)되었다.

자암유허비는 숙종 32년(1706) 김구의 6대손인 김만화가 남해 현령으로 부임하여 그의 선조(先祖) 김구가 지냈던 옛터에 죽림서원을 짓고 추모비를 세워 위패를 봉안하고 배향하여 제사를 지냈으나 1864년 고종(高宗) 원년에 대원군의 서원철폐령으로 죽림서원은 없어지고 지금의 자리에 유허비만 쓸쓸히 남아 세월을 보내고 있다.

남해를 찬양하며 애송하여 유명한 한 젊은이의 주옥 같은 화전별곡(花田別曲)은 유학도이며 혁신정치가이기도 한 자암 선생이 아름다운 남해를 예찬하며 학사(學舍)를 지어 후진들에게 문물을 가르치고 예속진작(禮俗振作)에 전념하던 산 증거이기도 하다.

자암 김구 선생 적려유허추모비 비문을 보면 선생이 가신 지 188년 후인 숭정기후(崇禎紀後) 79년(숙종 32, 1706) 병술년 3월에 그의 6대손인 통정대부행(通政大夫行) 남해 현령(南海縣令) 김만화(金萬和)가 글을 짓고 통정대부전행사헌부장령(通政大夫前行司憲府掌令) 김만조(金萬曺)가 이를 건립한 것이다.

비문

아 슬프도다. 여기가 곧 선조 자암 김구 선생이 귀양살이하며 사시던 곳이다. 소자 선생의 6대손으로서 이 고을 현감으로 부임 즉시 선생의 유허를 찾았다. 여택은 이미 폐허가 되어 있어 돌이켜 옛일들을 생각할수록 공경하는 마음과 한스럽고 슬픈 마음을 금할 길 없다.

조용히 생각해 보건대 예로부터 현인군자가 지나거나 사시던 곳에는 필히 문채를 세워 길이 이를 남기는 법이려니와 항차 불초 이곳에 머물러 있는 자손인 몸으로 어찌 선생의 유적을 길이 전하도록 아니할 수 있겠는가.

임피의 적소나 예산 향리에는 모두 서원이 있고, 입석까지 하여 기록되어 있거니와 선생의 휘는 구요, 자는 대유로 광산 김씨이다.

어릴 때부터 재질이 특출하여 여섯 살 때 읊은 석류시의 뜻이 기특하고 훌륭하다 하여 주위사람들을 경탄케 하였다.

16세 때 한성시에 장원을 하고, 약관 20세 때 문과에 장원으로 뽑혔는데 그때 글은 "한퇴지(韓退之)의 작품이요, 글씨는 왕희지(王羲之)의 서체로다"라고 시험관들을 놀라게 하였다는 후문도 있다.

26세 때인 중종 8년(1513)에 승문원 부정자로 배수되었다가 홍문관 정자, 수홍문박사, 사간원 등을 거쳐 좌부승지, 우부승지, 홍문관 부제학에 올랐다.

어느 달 밝은 밤 자암 김구가 소리내어 책을 읽고 있을 때 마침 완월하려 뜰에 나와 있던 중종 임금이 그 낭랑한 목소리에 매혹되어 주연을 함께 베풀었다. 선생은 즉석에서 임금께 노래 두 수를 바치고 고금에 유례없이 돈피로 만든 갑옷을 하사받는 은총을 입기도 하였다. 선생은 정암 조광조 · 충암 김정 등과 깊이 새기면서 협심 개혁으로 이른바 요순의 군민처럼 새 세상을 실현코자 하였으나 시운이 불행하여 기묘사화로 멀리 귀양살이를 하게 되었다.

세월이 흐름에 따라 사람들은 모두 신변을 두려워하고 떨었으나 선생은 화복에는 개의치 않고 대밭에 조그마한 초막을 짓고 거기에서 시가와 술로 태연자약하였다. 즉 13년 간 남해에서의 귀양살이를 끝내고 임피로 이배되었다가 계사년에 풀려 나와 갑오년에 복관되었다. 귀양살이 중에 양친상을 당하였으므로 그 슬픔 비길 데 없을 만큼 컸다. 양친 묘 앞에서 남루한 차림으로 시묘하면서 눈물이 끊어지지 않았고 그 눈물 방울이 떨어진 곳마다 초목이 말라 죽었다.

선생은 47살을 일기로 무신년에 사거하였다. 만력 신묘년 이조참판을 추증받았다. 자손들이 선생의 모함을 지우고 그 공로를 밝혀낸 것이다. 이 거룩한 선생의 높은 덕과 문장은 서지로나 문장으로 기록되어 있거니와 그 글과 명성으로 보아 그 모두가 국가에 도움 될 것이라 해도 결코 과언은 아닐 것이다.

이제 기묘사화 후 188년만에 여기에 비를 세우니 어찌 소자 혼자만의 감개이며, 회포일 것이오.

장차 먼 후예와 선비들이 우러러 감회 깊게 받들어 모실 것으로 믿으며, 선생의 적려유허가 이곳임을 길이 새겨 잊지 말지어다. 숭정기원 후 79년 병술 숙종 32년(1706)년 3월에 세움.

필자(홍춘표)는 그리움의 땅 정겨운 고향을 언제나 찾을 때마다 선생의 존엄하고 거룩한 충군애국(忠君愛國) 정신과 효덕(孝德)심에 감화하여 남해를 찬양한 공의 높은 뜻을 기리며 우러러 공경하는 마음으로 여기 헌시(獻詩)를 올립니다.

도학의 기풍 필설의 혼

선경의 아름다운 고도(孤島)의 남해 섬
인고의 세월 화전(花田)에서 사는 선비
바다 위에 짙은 안개 노량산을 감돌고
높다란 의지는 도학의 기풍(氣風)으로
귀양살이 남긴 글 회한의 필설(筆舌)

신진사류 자암 김구 그 높은 충절은
해와 달, 별과 함께 빛을 발하고
산수명미 비경(秘境)을 화전별곡 노래하니
붓 끝에 혼을 남긴 필명의 서예가
저 하늘 흰 구름도 태양 빛에 빛난다

반평생 사모(思慕)의 단청을 그리며
충효(忠孝)로 곧은 절개 임금을 망극(罔極)하다
선영(先塋)에 참회(懺悔) 눈물 후회도 아닌
부모와 영원히 만날 수 없는 이별
무상(無相)과 속죄의 피눈물이어라

오오 자암 김구 남해를 애찬한
그 충절 기품(氣稟) 흐르는 도덕은
푸른 정기 포효(咆哮)하는 남해의 얼
유허비 노량 언덕 빛나는 옛터
명사(名士)의 서가(書家) 자암 김구
홍춘표 시인이 찬미(讚美)하도다
님의 얼 기리며 찬양(讚揚)하도다

자암 김구는 중종 14년(1519)에 홍문관부제학지제교 겸 경연참찬관(弘文館副提學知製敎 兼 經筵參贊官)으로 신진사류(新進士類)를 육성하는 자리에 있으면서 조광조를 중심으로 한 사림들과 함께 혼탁한 사회를 개혁하고 도학정치를 실현하려 힘을 기울이다가 수구세력들의 반발에 부딪쳐 기묘사화(己卯士禍)를 일으킨 남곤(南袞), 홍경주(洪景舟) 등의 훈구파(勳舊派)에 의해 그해 11월 15~16일 북문화작(北門禍作)으로 금오(金吾)에 체번(逮繫) 장류(杖流)로 경상도 개령(開寧), 김천으로 유배되었다가 수개월 후에 죄목이 추가되어 남해로 이배되었다.

자암 김구는 시독관(侍讀官)으로도 활약해 중종으로 하여금 사림파의 개혁정치에 적극 호응하도록 하였으며, 조정의 일에 임해서는 매우 강개하였다.

또, 조광조와 함께 소격서(昭格署)의 혁파에 앞장섰고, 사림파 대간(臺諫)의 현실 개혁 상소에도 적극 후원하였다.

자암 김구는 중종 14년(1519) 32살로 유배 13년이란 긴 세월동안 절해고도 남해 적소에서 생활하며 향촌의 유향품관들과 친분관계를 유지하며 시와 술에 젖어 생활해야 하는 슬픈 신세를 스스로 생각하며 시가를 읊은 화전별곡을 경기체가로 지었고, 죽림서원에서 향인과 교우관계를 가졌을 뿐 아니라 후학들을 가르쳤다.

중종 27년(1532)에 임피로 옮겼다가 2년 뒤인 계사년에 풀려나와 고향인 예산으로 돌아갔으며 중종 29년(1534)에 복관되었다.

유배생활 중에 양친상을 당하였으므로 임종을 지키지 못한 자식으로서의 슬픔을 이루 말할 수 없이 마음 아파하며 부모님의 산소에 가서 시묘하면서 통곡하니 자신의 불효를 조금이나마 씻고자 애절히 통곡하며 무상한 세월에 한없는 눈물만 흘렸다고 한다. 그 때문에 김구는 병을 얻어 47세인 중종 29년(1534)에 사거하였다.

그 후 선조 2년(1591)에 광국의 훈에 추록하고 이조참판에 추증되었다. 자암 김구는 일찍이 성리학에 전념하여 학문실력이 뛰어났으며 음률에도 능통하여 악정에 임명된 적이 있으며 글씨 또한 뛰어나 안평대군 용(安平大君 瑢), 양사언(楊士彦), 한호(석봉) 등과 같이 조선시대 전기 서예가의 4대가로 글씨는 맑고 아름다우며, 특히 그의 서체는 한양(서울) 인수방(仁壽坊)에 살았던 관계로 인수체(仁壽體)라 칭한다.

매양 중국 사람들이 그의 글씨를 보면 필세가 좋아 사가지고 가 그 글씨를 헤아려 보기도 하였다.

자암 김구가 13년간 적거한 자리엔 김구 선생의 6대손인 김만화가 남해 현령으로 1702년 10월 12일 부임하여 1707년 3월까지 재임(在任)하며 조상인 김구의 흔적을 찾아보니 찾을 수 없었으나, 향인들에게 물어서 적거한 적소를 찾아 유허비를 1706에서 7년 사이에 세웠다고 추정하고 있다.

《자암집》의 부록에 기록된 남해죽림서원 상량문에 피산(전북 옥구 임피)은 2년간 머물던 곳에 서원을 짓고 춘추정일(春秋丁日)에 두 차례 사향제를 지내며, 예산 덕잠서원에도 배향자 김구, 1705년 창건, 1714년 사액, 1871년 훼철(毁撤)이 있어 배향하고 입석이 되어 있다 하였다.

예산의 덕잠서원(德岑書院), 군산의 봉암서원(鳳巖書院) 등에 배향되었다. 하물며 도학을 강론한 남해 노량에도 죽림서원이 창건되었으나 고종 원년(1864)을 전후로 대원군의 서당 · 향사철폐령에 의하여 훼철된 것으로 보인다.

자암 김구의 영혼을 편히 모시고자 죽림서원을 세워 김구를 배향한 것으로 추정하나 현재는 유허비만 외로이 서 있다.

문집에 자암문집, 유품으로는 자암필첩(自菴筆帖), 우주영허첩(宇宙盈虛帖), 예산 소재의 이겸인묘지(李謙仁墓誌) 등이 있다.

후학 통정대부 성균관대사성 지제교 김세렴이 지은 공덕 비문은 다음과 같다.

유명조선국통정대부 홍문관부제학 · 지제교겸경연참찬관 · 춘추관수찬관 증가선대부이조참판겸홍문관제학 · 예문관제학 · 동지경

연 · 의금부 · 춘추관 · 성균관사 자암 김선생묘비명 병서(김세렴)

공의 이름은 구고, 자는 대유인데, 광주 사람으로, 〈기묘선현전〉에서 말한 자암 김선생이다. 공은 천분이 아주 뛰어났고 실천에도 돈독하여 어릴 때부터 분발해 힘써 실행에 옮겼으니, 서로 강구하고 절차했던 이들은 모두 당시의 훌륭한 무리였다.

중종조 때 문치에 뜻을 기울여 새로운 한 세상을 이룰 때 공은 정암 조광조 선생, 충암 김정 선생과 함께 아래 위로 서로 의지하고 소중히 여기면서 마음으로 협력하고 도우며 나아가 훌륭한 정치를 회복하고자 도모해서 군주와 백성을 요순시대 때의 그것으로 만들고 사문(斯文)을 일으키는 것을 자신들의 임무로 삼았었다. 괴원(槐院 : 承文院. 조선시대 외교에 관한 문서를 맡아보던 관청)으로부터 시작하여 홍문관에 뽑혀 들어가 정자가 되고, 저작과 박사, 수찬, 교리 등을 역임한 뒤 얼마 후 이조좌랑에 임명되었다가 정랑으로 옮겼다. 또 사간원 헌납과 사간, 장악원정을 거쳐 다시 홍문관에 들어가 응교와 전한, 직제학을 지냈는데 항상 예문관 응교와 성균관 사성을 겸했다. 호당에서 사가독서하고 승정원 동부승지로 승진했다가 좌승지로 옮기고 부제학에 임명되었다. 얼마 뒤 북문에서 재앙이 일어났으니, 바로 기묘년 11월 15일의 일이었다. 공은 정암 조광조, 충암 김정 등과 함께 하룻밤 사이에 모두 옥에 갇혀 문초를 받았다.

그보다 앞서 남곤과 심정이 공의에 따라 버림을 당하자 노여움을 쌓고 앙심을 부추겨 대역죄로 무고를 하니 일이 헤아리기 어렵게 되었다. 대신 정광필이 힘써 구원하는 데 힘입어 유배를 당하는데 차등이 있었어도 사방으로 쫓겨났는데, 공은 개령으로 장류(杖流)되었다가 몇 달 뒤 죄가 더해져 남해로 내침을 당했다. 정암과 충암은 끝내 사면의 왕명을 얻는 데 실패해 죽고 말았으니 오호라! 애통할 따름이로다.

선비가 진실로 충성을 다해 도를 바르게 함이 있다면 관직에 나아가서 현명한 군주를 만나지 못했으면 선행을 즐기고 배우기를 좋아하며, 물러나서는 능히 홀로 그 몸을 착하게 두어 곤궁하고 어려운 가운데 처지를 마치는 것이다. 공과 같은 분은 충성은 족히 군주의 알음을 얻었지만 성명(聖明)한 시대에 내쫓겼고, 명철함은 족히 그 몸을 보전할 수 있었지만 마침내 간사한 인간들의 함정에 빠졌으니, 이 또한 어쩐 일인가? 오호라! 천도를 기필(期必)할 수 없는 것이 결국 이에 이른 것이겠구나!

공은 절도에서 13년 동안 머물다가 비로소 임피로 유배지를 옮기고 또 2년 뒤에야 석방되어 고향으로 돌아왔다. 유배지에 있을 때 부모님이 모두 먼저 돌아가셨으니, 이때에 이르러서야 부모님 묘소로 달려가 곡을 했고 혼절하여 다시 깨어났다. 추세(追稅)의 정을 펴고자 하여 아침 저녁으로 묘소로 올라가 눈물을 흘리니 눈물이 떨어진 초목이 모두 말라 버리기에 이르렀다. 가정 갑오년(1534) 11월 16일 병으로 일어나지 못하고 돌아가시니 향년 마흔 일곱이었다.

예산 종경리 오향의 언덕에서 장례를 치르니 선조를 따른 것이었다. 그리고 57년 뒤 선조 때를 당해 특별히 이조참판에 증직되었다.

공의 문장은 기발하고 우뚝하여 높이 위진(魏晉)을 벗어났고, 곁으로 예능에 미쳐서도 음률을 잘 알았다. 악정에 임명되었을 때에는 아악(雅樂)을 바로잡고자 하기도 했다. 16살에 한성시에 장원급제하고, 20살에는 사마시에, 26살에는 문과에 급제했는데, 사마시에 응시했을 때에는 고관(考官)이 거듭 찬탄하면서 시권(詩卷)에 쓰기를 '한퇴지의 문장이고, 왕희지(王羲之)의 글씨' 라고 평가하면서 마침내 모두 장원으로 합격시켰으니 국조(國朝)에 보기 드문 일이었다. 필법 또한 강건하여 스스로 일가를 이루었는데, 세상에서는 이를 인수체(仁壽體)라 불렀으니, 대개 공이 살던 곳이 인수방(仁壽坊)이었던 까닭이다. 나중에 중국 사람들이 구매하려 한다고 소식을 듣고는 글씨 쓰기를 그치고 그만두어 이 때문에 세상에 전하는 것이 드물게 되었다.

아버지의 이름은 계문으로 대홍현감을 지냈는데 좌승지에 추증되었고, 조부의 이름은 성원으로 성균관사예를 지냈는데 이조참판에 추증되었으며, 증조의 이름은 예몽으로 예조판서를 지냈는데 시호는 문경공이다.

어머니는 숙부인 전의이씨로 고려 때 태사를 지낸 이도(李棹)의 후손이다. 김해김씨와 결혼하여 2남 1녀를 두었다. 장남의 이름은 용(鎔)인데 일찍 죽었고, 둘째의 이름은 균(鈞)인데 진사시에 장원급제했다. 딸은 전력부위 이사항(李思航)에게 시집을 갔다. 김균(金鈞)도 2남 1녀를 두었는데 장남의 이름은 온(轀)으로 사간원헌납을 지냈고, 둘째의 이름은 겹(韐)으로 별좌를 지냈다. 효성으로 지평이 증직되었는데 용(鎔)의 후손으로 출계했다. 딸은 순계군 안세복에게 시집을 갔다.

이사항은 아들 하나를 두었는데 이름은 희용(希用)이고 직장을 지냈다. 김온은 2남 1녀를 두었는데 각각 이름이 벌(橃)로 만호를 지냈고, 황(榥)은 통정군수를 지냈으며, 딸은 윤덕경(尹德敬)에게 시집을 갔는데 측출(側出)이었다.

김겹은 2남 2녀를 두었는데 장남의 이름은 숙(橚)으로 현감을 지냈고, 둘째의 이름은 건(楗)으로 장사랑을 지냈으며, 큰딸은 현령 이영의(李榮義)에게 시집을 갔고, 둘째딸은 첨지 이진형(李晉亨)에게 시집을 갔다.

안팎으로 증손과 현손들이 백여 명에 이르렀는데 유학 백휘(伯輝)는 숙(橚)의 후손이다. 이것이 종계(宗系)로 순양군과 여러 종인(宗人)들이 묘각(墓刻)을 세울 것을 계획하고 직접 가장(家狀)을 지어 나에게 부탁하니, 나는 이렇게 말했다.

도학이 일어남에
문장의 바름도 실로 떨쳤구나.
풀을 뜯어서 소에게 먹이듯이
군자에게 도도 점점 성장했네.
아름답구나, 선생이여!
들어간 경지가 이미 깊었네.
훈지가 서로 응하듯이
그 날카로움은 쇠를 끊겠네.
공경과 의리를 함께 갖추고서
오직 바른 일만 기뻐하셨지.
실천에는 험난함과 용이함이 있는데
그 갈 길을 바꾸지 않으셨네.
뭇 흉악한 이들의 시기를 받았고
참언하는 말도 끝이 없었지.
위험한 상황에 마침내 놀랐으니
귀신이 되고 물여우가 되었구나.

하늘이 장차 망하려고 하니
위대한 인간도 사라지고 말았네.
아득한 먼 곳에 몸을 던지고
죽을 때까지 궁핍한 고을에 머물렀네.
공정한 논의는 항상 정해지기 마련이라
백 년을 기다릴 필요가 있겠는가?
백 년을 기다릴 필요가 있겠는가?
사림의 유종으로서
하늘의 북두성이 되었도다.
풍성한 비석과 큰 글자로서
그 평탄치 못한 삶을 드러냈도다.
비각을 보는 일은 영원하리니
공정할 것인즉 어찌 의심하리오.

황명 숭정 13년 경진년(1640) 2월에 세웠다.

조선 전기 사상의 흐름

조선은 주자성리학자들인 신흥사대부가 중심이 되어 건국한 나라로 주자성리학을 국시(國是)로 내세워 주자성리학 이념에 입각한 사회를 건설하려 하였다. 그러나 이들은 세자책봉과정에서 적장자가 아닌 왕자를 세자로 추대하여 주자성리학의 핵심인 종법(宗法) 사상에 정면으로 배치되는 행동을 하였다. 그리고 조선의 건국을 반대하고 고려(高麗)*에 대해 충의를 지킨 두문동 72현들과 그 제자들이 태조대의 성리학의 이념을 주도하였다. 이러한 태조대의 한계는 정도전(鄭道傳 : 1342~1398)*과의 권력투쟁에서 승리한 태종과 그를 추종하는 권근, 하륜 등에 의해 극복되기 시작했다.

비록 명나라의 것들을 모방하였지만 주자성리학에 입각한 개혁을 서둘러 시행했던 것이다.

---

* – 고려(高麗) : 918년 태조 왕건이 궁예의 후고구려를 무너뜨리고 신라와 후백제를 통합한 이후, 1392년 조선 왕조에게 멸망하기까지 약 470여년간 한반도를 지배하였던 왕조이다.
* – 정도전(鄭道傳) : 1342~1398, 고려 말부터 조선 초의 유학자이자 정치가

그러나 명나라의 제도를 피상적으로 모방하는 데 그쳤고, 그에 대한 반성으로 태종대 후반에는 중국사전류의 검토를 통해 주자성리학의 이념에 맞게 개혁을 시도하였지만, 일부의 지식인층에 의해 이제 막 받아들여진 주자성리학은 당시 주자성리학자들도 그것을 이해하는 데 피상적인 수준에 머물고 있다는 한계를 갖고 있었고 일반에는 아직 보급조차 안 되어 있었다.

이에 세종대에는 집현전(集賢殿 : 고려 말 조선 초의 시강 학문 연구 및 국왕의 자문 기관으로, 왕실 연구기관이다)을 중심으로 주자성리학에 대한 깊이 있는 이해를 위해 노력하면서 중국 송나라의 제도를 기준으로 삼아 한·당의 옛 제도를 참고하여 주자성리학의 이념에 가장 가깝다고 생각되는 수준에 맞추어 문물제도를 정비하였다.

세종대의 이러한 노력은 세조(世祖 : 1417~1468, 조선의 제7대 왕)의 왕위찬탈로 역행하게 되었는데, 세조는 부국강병을 추구하여 패도정치를 지향했으므로 왕안석의 신법을 모델로 하여 개혁을 추진하였고, 불교를 장려하여 왕도정치(王道政治)를 추구하는 주자성리학의 이념에 역행하는 개혁을 실시하였다. 그러나 세조의 왕위찬탈에 반대한 사육신(死六臣)*과 생육신(生六臣)*, 그리고 그 후예들이 주자성리학의 이념을 일반에 확산시켜 갔다. 따라서 성종대에 이르러 등장한 사림파들이 주자성리학을 일반에 정착시켜 갔고 이를 위하여 세조의 왕위찬탈을 부정하였다. 그러나 이들은 연산군대에 무오사화(戊午士禍 : 1498년, 연산군 4년)와 갑자사화(甲子士禍 : 1504년, 연산군 10년)를 당하

* ―사육신 : 성삼문(成三問 : 1418~1456), 하위지(河緯地 : 1387~1456), 이개(李塏 : 1417~1456), 유성원(柳誠源 : ?~1456), 박팽년(朴彭年 : 1417~1456), 유응부(兪應孚 : ?~1456)

* ―생육신 : 김시습(金時習), 원호(元昊), 이맹전(李孟專), 조려(趙旅), 성담수(成聃壽), 남효온(南孝溫)

여 그 동안 이루어졌던 성리학적 질서가 붕괴되었다.

그러나 중종반정으로 인해 붕괴되었던 성리학적 질서를 재정립 할 수 있는 기회가 마련되었다. 연산군 때 사화로 몰락한 영남 사림파를 대신하여 기호 사림파가 정계에 등장하여 성리학적 이상정치 실현을 다시 시도하였으나 중종 14년(1519)에 일어난 기묘사화(己卯士禍)로 이들의 이상은 좌절되었다.

살아남은 사림파들은 현실에서의 한계를 절감하고 자신들의 근거지에 서원을 만들고 성리학의 연구에 몰두하였는데 두 가지 방향에서 연구가 진행되었다. 그것은 사단(四端), 칠정(七情) 논쟁과 인심(人心), 도심(道心) 논쟁이라는 심성(心性) 논쟁으로 인한 성리학의 심학화(心學化)와 중종 38년(1543)에 수입, 간행된 주자대전을 대상으로 하여 주자성리학의 본격적인 연구를 통해 주자성리학의 자기화(自己化)라는 두 가지 방향이었다.

이 두 가지 방향에서의 성리학 연구는 퇴계 이황이 심경후론을 지어 성리학의 심학화를 진행하고, 주자서절요를 지어 주자성리학에 대한 이해를 바탕으로 하여 자가학설(自家學說)을 피력하는 것으로 정리되었는데, 이를 통해 주자학의 표면적인 이해는 완벽한 단계에 이르게 되었다. 이를 기점으로 하여 많은 학자들이 배출되면서 성리학 연구가 더욱 활발하게 이루어졌는데, 율곡 이이(李珥 : 1536~1584)에 의해 이기일원론(理氣一元論)이 등장하면서 주자성리학은 외래 사상에서 조선의 사상으로 자리를 잡게 되었다.

이에 따라 성리학적 질서가 조선의 전 계층에 뿌리를 내리게 되어 1400년대까지만 해도 사대부 계층에 한정되었던 삼년상 제도가 1500년대에는 양인과 천민까지 확대되었다.

조선 후기 사상의 흐름

조선 후기 성리학을 이해하기 위해서는 양명학(陽明學), 실학(實學), 수주자학파(守朱子學派), 탈주자학파(脫朱子學派)라는 용어들을 이해하여야 한다.

이를 위해서는 성리학의 개념을 알아야 하는데, 성리학은 성(性)을 이(理)로 보는가, 그렇지 않은가의 차이로 파악할 수 있다.

따라서 실학자 중에서도 성(性)을 이(理)로 보는 성리학자와 성(性)을 이(理)로 보지 않는 탈성리학자로 구분해야 한다.

기존의 주자를 부정하는 양명학자들을 실학자로 구분해서는 안 되며, 이들은 기본적으로 주자학자이므로 성리학을 탈피하여 성(性)을 이(理)로 보지 않으려는 북학파와도 구별되어야 한다.

17세기에 들어서면서 율곡계열의 성리학자들은 율곡의 기발이승지(氣發理乘之)설에 입각하여 조선성리학의 이해를 진전시키려 하였는데, 율곡의 이통기국론(理通氣局論)으로 집대성된 조선성리학을 계승하여 현실을 개혁하고 대동사회(大同社會)의 이상을 실현하였다.

이러한 노력은 대부분 1600년대에 우암 송시열의 기(氣) 중심설을 강화하는 입장으로 나타났다.

이는 사람들이 균전제를 통해 지주전호제의 폐단인 토지겸병의 모순을 해결하고, 당시에 장시(場市) 등을 통해 상공업이 발달하고 있는 상황을 반영하여 대동법 등의 조세균등론을 통해 정전제(井田制)의 이상을 실현하려는 움직임으로 나타났다.

이와 달리 우계 성혼(1535~1598)의 계통을 잇는 소론계통의 학자들은 현실에 맞는 보편성을 추구하는 과정에서 기본적으로는 율곡의 기발이승지(氣發理乘之)설에 심즉리(心卽理)를 주장하는 양명학을 수용하여 이(理) 중심의 관념적인 성리철학으로 나아가게 되었다.

이러한 소론의 성리철학은 박세당 등의 학자들로 이어지면서 조선의 양명학파를 형성하게 되었는데 기본적으로는 조선화 된 조선양명학이었다. 이러한 것들과는 달리 퇴계의 이기호발(理氣互發)설을 계승한 학자들은 더 이상 이론을 발전시키지 못하고 퇴계설을 굳게 지키거나 이발기수지(理發氣隨之)의 이(理)를 기(氣)의 개념으로 전환시켜서 시대 변화에 대처하였다.

여기에 기호 남인계통 학자들이 합류하면서 퇴계학파의 주류로 등장하였다. 이러한 각 학파간의 성리철학의 차이는 경학에 대한 입장에서도 차이를 보여 주자(朱子) 주(註)를 통해 경전을 해석하려는 수주자학파(守朱子學派)와 주자 주를 무시하고 경전을 해석하려는 탈주자학파(脫朱子學派)로 구분되고 있다.

경전의 해석에 있어서 수주자학파(守朱子學派)는 주자의 해석을 검토하면서 이해를 심화하는 것이고 탈주자학파(脫朱子學派)는 주자의 해석을 탈피하여 자신 나름대로의 해석을 시도하여 성리철학의 체계적 인식에 많은 혼란을 가져오고 있었다.

이러한 조선 후기 조선성리학을 시대의 변화에 따라 이해하는 과정은 화의론에 입각한 북벌론과 사회구성원리인 종법 이해에 따른 예송논쟁의 시작에 의한 붕당간의 이념논쟁으로 비화되어 학파간의 대립으로 나타났다.

이념논쟁에서 율곡계통의 서인이 승리함에 따라 율곡학파가 이후의 학파와 정계를 주도하게 되었는데, 당파간의 경쟁이 점차 과열되어 여러 가지 문제가 발생하였다.

1700년대에 들어서면서 당파간의 과열된 경쟁으로 인한 문제를 해결하기 위해 탕평정치가 시작되었는데, 성리학의 이념논쟁에서 패한 퇴계학파는 퇴계를 다리로 하여 주자를 직접 이해하려는 성호우파인 순암 안정복(順菴 安鼎福 : 1712~1791) 계열과, 성리학을 버리고 당시에 전래되고 있었던 서학 중 천주교를 능동적으로 수용하여 성리학과 대결하려는 성호좌파인 광암 이벽(曠菴 李檗 : 1754~1786) 계열로 나뉘었다. 이들은 1600년대를 이끌어 온 율곡 계열의 조선성리학에 대해 자신들이 실학을 한다고 표방하였으나 이렇게 자주성과 비자주성이라는 상반된 성격을 가진 두 개의 파벌로 분열됨으로써 당시에 정국을 주도하던 노론 개혁파에게는 주변의 견제세력에 불과하였다.

오히려 서인들이 율곡 계열의 노론과 우계 계열의 소론으로 나뉘면서 학계를 주도하였고, 노론 내에서는 율곡의 조선성리학 이해문제로 호파(湖派)와 낙파(洛派)로 분열되어 대논쟁이 벌어졌다.

호락논쟁은 숙종 34년(1708)에 맹자와 중용에 있는 주자 주의 해석이 발단이 되어 벌어진 논쟁으로 성리학 자체가 시대 변화에 따라 주도권을 상실하는 과정에서 유학을 시대를 이끌어가는 주도이념으로 재구성하여 보려는 몸부림이었다.

이러한 움직임은 보편성, 즉 본질을 강조하는 낙파가 고증학을 수용하여 북학사상으로 재구성되는 밑거름이 되었다.

19세기에는 앞 시기의 전통을 이어 새로운 학문적 발전이 이룩되었다. 이 시기의 학문에서 주목되는 것은 학문의 종합적인 정리에 대한 노력이 두드러진다는 것이다.

백과사전적인 경향은 이미 〈지봉유설〉(芝峰類說), 〈성호사설〉(星湖僿說) 이래로 있어 왔으나 이 방면을 집대성한 것은 북학파의 비조 서명응(鼻祖 徐命雄 : 1716~1787)의 손자인 풍석 서유구(楓石 徐有榘)*의 〈임원경제십육지〉(林園經濟十六志)와 북학파 형암 이덕무(炯庵 李德懋 : 1741~1793)의 손자인 오주 이규경(五洲 李圭景 : 1788~1856)의 〈오주연문장전산고〉(五洲衍文長箋散稿)이다.

〈임원십육지〉(林園十六志)는 일상생활로부터 산업, 문예 등 사회생

---

* -서유구(徐有榘 : 1764~1845) : 조선 후기의 학자 문신이다. 본관은 달성(達城)이며, 자는 준평(準平)이요, 호는 풍석(楓石)이다. 대제학 서명응(徐命膺)의 손자이며, 아버지는 이조판서 서호수(徐浩修)이다. 1790년(정조 14) 증광문과에 병과로 급제하여 외직으로는 군수 · 관찰사를 거치고, 내직으로는 대교(待敎) 부제학 이조판서 우참찬을 거쳐 대제학에 이르렀다. 할아버지와 아버지의 가학을 이어 특히 농학(農學)에 큰 업적을 남겼다.

  35세에 순창군수로 있을 때 농서(農書)를 구하는 정조의 윤음(綸音)에 접하여, 도 단위로 농학자를 한 사람씩 두어 각기 그 지방의 농업기술을 조사, 연구하여 보고하게 한 다음, 그것을 토대로 내각에서 전국적인 농서로 정리, 편찬하도록 하자는 방안을 제시하였다. 이 제안이 실현되지는 않았지만 정조의 윤음이 가학인 자신의 농학을 체계화시킬 필요성을 느낀 중요한 계기가 되었다. 그의 농학은《임원경제지》로 집대성되지만 그 이전에 기초적 연구로써 농업기술과 농지경영을 주로 다룬《행포지(杏浦志)》, 농업경영과 유통경제의 관련에 초점을 둔《금화경독기(金華耕讀記)》, 농업정책에 관한 경계책(經界策) 등을 저술하였다.

  그는 자신의 이러한 연구를 토대로 아버지의《해동농서(海東農書)》, 할아버지의《고사신서(攷事新書)》의《농포문(農圃門)》, 그리고《증보산림경제(增補山林經濟)》·《과농소초(課農小抄)》·《북학의(北學議)》·《농가집성(農家集成)》·《색경(穡經)》 등의 여러 국내 농서, 중국의 문헌 등 800여종을 참조하여 만년에《임원경제지》를 완성하였다.

활 전반에 걸쳐 언급한 것이며, 〈오주연문장전산고〉는 천문, 지리, 정치, 경제, 사회, 역사 등 학문의 전 분야에 걸친 방대한 사실들에 대한 변증(辨證 : 고증(考證))을 실은 것이다.

또 다른 이 시대의 특징은 고증학적 방법을 들 수 있다. 이규경(李圭景)이 고증에 각별한 관심을 기울였지만 고증학의 대표적인 학자는 추사 김정희였다.

그는 북학파의 박제가(朴齊家 : 1750~1805)에게 배우고 다시 청나라에 가서 청나라 고증학의 대가 옹방강에게서 청조고증학을 배워 금석문을 깊게 연구하였다. 그러나 김정희(金正喜 : 1786년~1856)는 고증에만 그치지 않고 학문을 구별하지 말고 실제 일에 옳은 것을 추구해야 한다는 경학사상 체계를 완성하였다.

그리고 이를 바탕으로 하여 위당 신헌(威堂 申櫶 : 1810~1888), 운미 민영익(芸楣 閔泳翊 : 1860~1914), 중인인 역관 오경석(吳慶錫 : 1831~1879) 등을 가르치면서 근대사회를 이끌고 갈 방향을 제시하였다.

조선 전기의 역사인식

중국에서 한나라 이후 불교, 도교가 성행하면서 쇠퇴하였던 유교는 당태종의 유교부흥정책으로 한나라 이후의 훈고학(訓言古學)이 재정비되면서, 당말오대(唐末五代)를 거치면서 불교, 도교의 철학적 우주론을 바탕으로 의리명분의 정통론에 입각한 신유학으로 변모하여, 남송의 주자에 이르러 주자성리학으로 집대성되고, 동양사회에서는 주자성리학을 이해하여 사회개혁을 추진하는 것이 일반화되었다.

조선에 기자(箕子)가 중원문화를 전달함으로써 우리나라가 중화가 되기 시작한 기자조선의 정통을 이어 받는다는 의식을 바탕으로 국호를 조선으로 하여 건국한 이후로 주자성리학 이해가 진행됨에 따라 기자를 존경하고 숭배하는 것이 강화되면서 기자, 마한으로 이어지는 정통론이 주자성리학자인 양촌 권근(陽村 權近 : 1352~1409)의 〈동국사략〉에서 이미 표방되었고, 〈삼국사절요〉, 〈고려사〉, 〈고려사절요〉 등 왕조사로 정리되어 사림파가 등장하는 성종대의 〈동국통감〉에 이르러 체계를 잡아갔다.

이들 역사서는 성리학적 정통론에 의해 편찬된 것으로 민족사의 시작을 단군조선에서부터 체계화하려는 공통된 역사의식에서 편찬되었다. 이것은 고려 후기 편찬된 〈삼국유사〉나 〈제왕운기〉같이 단군부터 정통을 확립하려고 했던 역사의식을 계승 발전시킨 것이라 할 수 있다.

이처럼 성리학적인 역사인식을 발달시켜 가면서 한편으로는 당대의 역사를 왕조실록으로 편찬하였다. 왕조실록은 태조실록을 만든 이후 역대 왕은 선대왕의 실록을 편찬하였는데, 역대의 실록은 사초(史草)를 기준으로 의정부등록(議政府謄錄), 승정원일기(承政院日記), 시정기(時政記) 등을 자료로 하여 실록청에서 만들었다.

왕조실록은 편년체(編年體)의 정사(正史)로서 4군데의 사고(史庫)에서 보존케 하였다. 왕조실록으로 태조~철종까지 25대의 실록이 총 1893권이 현존하고 있다.

실록은 그 분량이 너무 많아서 열람이 어려우므로 세조 때에 역대 군주의 치적 중 모범으로 삼을 만한 것을 추려내어 〈국조보감〉을 만들었다. 또한 전조(前朝)인 고려의 역사도 태조(李成桂)대에 정도전(鄭道傳)*이 왕명에 의해 고려사를 편찬하였지만 그 내용이 불완전하여

* －정도전(鄭道傳 : 1342~1398) : 고려 말, 조선 초의 유학자이자 정치가이다.
호는 삼봉이며, 시호는 문헌이다. 1362년 문과에 급제하여 전교시주부, 예조 정랑, 지제교 등의 벼슬을 지냈다. 1388년에 이성계가 위화도에서 회군하여 정권을 잡자 그를 도와 토지개혁을 실시하였다. 1392년에 이성계를 왕위에 오르게 하여 조선 왕조의 개국 공신이 되었다.
그는 불교를 철저히 반대한 유학자로서 조선 초기 유학을 크게 발전시켰다. 조선 태조의 명에 따라 〈고려사〉 37권을 편찬하였으며, 글씨에도 뛰어났다. 제1차 왕자의 난 때 이방원의 습격을 받아 목숨을 잃었다.

다시 고쳐서 문종 1년(1451)에 현존하는 고려사가 만들어졌다.

이 역사서는 세가(世家) 열전(列傳) 지(志)로 이루어진 기전체의 사서로 조선의 건국을 정당화하기 위해 역사적 내용들이 왜곡되어 있다.

이러한 문제점을 극복하기 위해 편년체(編年體)로 된 〈고려사절요〉(高麗史節要)가 만들어졌다.

16세기에 사림들에 의해 주자성리학이 조선성리학으로 토착화됨에 따라 좀더 철저한 성리학적 정통론에 입각한 역사서가 요구되었고, 이를 반영한 역사서로 눌재 박상(訥齋 朴祥 : 1474~1530)의 〈동국사략〉과 소요당 박세무(消遙堂 朴世茂 : 1487~1554)의 〈동몽선습〉(童蒙先習)에도 나타나 있다.

또한 16세기 사림들에 의한 성리학의 토착화 과정에서 조선에 중국문화를 전한 기자를 성현으로 높여 추앙했고, 이로 인한 기자연구의 집대성은 이후 17~18세기에 기자조선(箕子朝鮮), 삼한(三韓), 삼국(三國), 신라(新羅), 고려(高麗)로 이어지는 정통론을 체계화하는데 가장 필수적인 작업이었다.

조선 후기의 역사인식

조선 후기에는 성리학이 토착화되어 역사서술체제에서는 성리학적 정통론에 입각하여 문자표기로 포폄(褒貶 : 칭찬과 나무람, 시비선악을 가림)을 가리는 강(綱)과 목(目)으로 서술하는 강목체(綱目體) 사서가 주류를 이루었다.

이들은 중원문화를 전달한 기자조선을 정통으로 보면서 위만조선을 찬탈자로 보고, 특히 우리나라에서 제외시키는 등 화의론에 입각한 역사인식을 가지고 있었다.

화의론에 입각하여 조선을 중화로 보는 역사인식은 중화의 본질 자체는 절대로 변할 수 없다는 주자성리학적 이기관을 바탕으로 한 철저한 민족의식에서 출발하였다.

이미 삼국사기에서부터 소중화로 자처하던 문화적 자부심은 성리학을 국시로 하는 조선의 건국으로 더욱 강렬해져 신흥사대부들은 조선이 중화라는 것을 밝히고 그 연원이 깊음을 천명하기 위해 동이

(東夷)에 중화문화를 확립해 준 기자조선을 정통으로 삼았다.

이는 우리나라의 중원문화가 기자조선으로부터 시작됨을 의미하는 동시에, 우리의 중원문화가 주대(周代)와 시대적으로 대등하나 공자에 이르러서야 화(化)를 이룬 중국의 중원문화에 비해 내용적으로는 더 연원이 깊다는 것을 암시하고 있다.

조선 전기에는 기자조선만이 강조되어 왔으나 16세기부터는 단군조선을 역사적으로 부각시켜 18세기에 이르면 단군조선에서부터, 기자조선, 삼한, 삼국, 신라, 고려, 조선으로 정통이 이어짐을 명확히 하고, 성리학의 심화된 이해로 종법질서가 일반화된 것과 맥을 같이 하여 단군을 요순(堯舜)에 대치시키고 기자를 주공에 대치시켜 단군조선과 기자조선의 계보를 정립함으로써 단군조선이 요순시대와 함께 존재하는 이상사회로 올라가고 중원문화의 기원이 중국과 대등하게 되었다.

이것은 단군과 기자를 내세워 우리나라가 중국보다 중화문화 유교문화의 연원(淵源)이 깊다고 보고 조선(朝鮮) 중화(中華)라는 조선제일주의를 표방하고 있었다.

그러나 이는 근본적으로 성리학에 근거한 화의론적인 민족주의 의식이었고 이는 뒤에 위정척사론으로 이어지게 되었다.

조선 후기에 화의론적인 정통론에 입각한 역사의식이 국수적인 입장을 나타낼 정도로 강화되면서 민족의식을 표방한 것은 당시의 국제정세와 연관이 있었는데, 당시 한족이 세운 명이 오랑캐라 여겨진 여진족이 세운 후금(후에 청으로 이름을 바꿈)에게 멸망당하고 중원문화의 중심지인 중원을 빼앗기고 말았다.

따라서 중원문화를 주장할 수 있는 유일한 나라는 조선밖에 없었고, 이에 조선 성리학자들은 조선에서의 중화문화의 기원과 그 정통의 전승이 중국과 대등하다는 것을 밝힐 필요성이 있다고 생각하고 위에서 밝힌 이유에 따라 단군 기자로 이어지는 정통론이 체계화되었다.

여기에 명이 망한 후 명황제의 제사를 조선에서 지내 중국과 조선에서 내려오던 중화의 정통이 조선으로 합쳐지게 되어 조선만이 중화의 문화를 계승하였다는 조선제일주의가 표방되었다.

이러한 성리학적 역사인식을 대표하는 사서들로는 서인인 시남 유계(市南 兪棨 : 1607~1664)의 〈여사제강〉(麗史提綱, 1667)과 남인인 목재 홍여하(木齋 洪汝河 : 1621~1678)가 쓴 〈휘찬여사〉(彙簒麗史, 1672)의 〈동국통감제강〉(東國通鑑提綱)이 있다.

한편 숙종 초의 남인인 미수 허목(眉叟 許穆 : 1595~1682)은 1670년대에 〈동사〉(東事)를 써서 단군조선에 대한 관심을 환기시켰고, 숙종 말년에 소론 학자 노촌 임상덕(老村 林象德 : 1683~1719)은 1710년대에 〈동사회강〉(東史會綱)을 써서 고대의 강역(江域)과 단군에 대한 사실을 고증하고 있다.

또한 허목의 계통을 잇는 성호 이익(星湖 李瀷 : 1681~1763)은 삼한정통론을 지지하면서 정통의 시작을 단군부터로 보았고, 이러한 입장은 제자인 순암 안정복(順菴 安鼎福 : 1712~1791)에게 전수되어 기자 이전에 단군시대부터 이미 유교문명이 시작된 것으로 이해하였다.

안정복은 〈동사강목〉(東史綱目)에서 단군 기자 삼한으로 이어지는 정통론을 완성하면서 위만조선을 찬탈왕조로 다루고 발해를 말갈왕조로 보아 우리 역사에서 제외시켜 버렸는데, 이는 조선 성리학자로서 당연한 인식이었다.

반면에 담헌 홍대용(湛軒 洪大容 : 1731~1783) 이후 북학 사상가들은 북벌론과 정반대되는 북학을 주장하면서 조선 중화라는 역사인식을 부정하는 역외춘추론(域外春秋論)을 표방하고 조선동이(朝鮮東夷)라는 역사인식을 확립하여 갔다.

이에 따라 화의론적인 정통론에 입각한 역사인식은 부정되고 강목체 서술방법도 지양되었다.

오히려 계속 정통에서 제외되어 연구되지 않았던 발해왕조가 북학 사상가들 대부분의 연구대상이 되면서 옥유당(玉蕤堂) 한치윤(韓致奫 : 1765~1814)의 〈해동역사〉(海東歷史)에서는 우리나라가 하나의 왕조로 다루어져 위만조선과 함께 세가(世家)에 기록되었다.

이와 함께 경전 자체의 고증을 바탕으로 기자동래설이 재검토되면서 당시까지 중국인으로 다루어졌던 기자를 동이족 중의 한족(韓族)으로 봄으로써 조선 중화라는 인식 대신에 조선 동이(東夷) 한(韓)이라는 인식이 새롭게 확립되었다.

이는 발해연구를 활발히 전개하여 근대적인 민족의식을 확립해 가는 북학사상가들이 화의론적인 정통론을 확립해 가는 성리학자들의 역사인식과는 다른 것이다.

중국형 서체와 한국형 서체 갈래

전서체(篆書體)는 우리가 대하는 한문 옥편의 글씨체를 말하며 달리 전자체라 말한다.

예서체(隸書體)는 중국 진나라 때에 운양지방의 옥리(교도소관리인) 정막이 전서체의 번잡한 것을 생략해 만들었다.

행서체(行書體)는 해서체와 초서체의 중간 정도의 글씨를 말한다.

초서체(草書體)는 오늘날의 속기체를 말한다. 흘리어 쓰는 글씨를 말하며 달리 흘림체라고도 한다. 한문의 획순이 너무 많아 여러번 획을 그어야 하는 불편함을 덜고자 하여 만들어진 것으로 대체로 한 획으로 한자 1글자를 줄이어 쓰도록 돼 있다.

한국형 서체에는 해서체(楷書體)와 궁서체(宮書體)가 있다.

해서체는 중국형 서체인 예서체에서 발달된 것으로 보통 붓글씨하면 이 글씨체를 말하고 한글을 쓸 때에 이 글씨체를 이용한다. 흔히 한석봉 글씨체라 말하며 해자체 진서체 등으로 불리운다.

궁서체는 중국형 서체에서 흘림체로 초서체가 있다. 그런대로 한글에서도 흘림체가 있는데 이는 초서체와 같은 속기체가 아니다. 획순은 그대로 두고 다만 그 글씨체를 흘려서 쓰는 것에 불과하다. 이를 궁서체라 하며 조선시대에 있어 궁궐에 있는 여인들이 사용하였다고 붙여진 이름이다.

어느 시대를 막론하고 서예에 능한 이의 필적은 현재 전하는 문화재에서 많이 접할 수 있다.

특히 예술분야 문화재 중에는 더욱 그러하다.

비석에 있어 비문, 각종 건조물의 이름을 알리는 편액(현판) 등이 바로 그것이다.

목판 금속활자의 자체 또한 그러하고 글씨와 관계하지 아니하는 역사 그 자체도 논할 수 없는 것이 사실이다.

고려시대의 서체로 고려 초기에는 구양순(歐陽詢 : 557~641, 중국 당나라 서예가)체와 왕희지(王羲之 : 307~365, 중국 진나라 서예가)체가 유명하였고, 후기에는 송설 조맹부(趙孟頫 : 1254~1322, 중국 원나라 서예가 · 화가)체가 유명하였다.

이 송설체는 충선왕이 중국에서 송설 조맹부와 교제하면서 익혔다가 귀국하여 고려에 전래시킨 글씨체이다.

우리나라에서 송설체(松雪體)의 대가로 꼽히는 이는 고려 충선왕 때의 행촌 이암(杏村 李嵒 : 1297~1364) 등이 있는데 그는 송설체의 정신을 얻은 동방 최초의 인물로 불리어졌다.

조선시대에는 서체 글씨를 서예라 하여 매우 중요시 여겼다. 고려말 이래 원나라 송설 조맹부의 송설체가 유행하였고, 후기에는 추사체라는 한국형 글씨체가 등장하였다.

송설체의 대표자는 안평대군이었다.

명종 때의 봉래 양사언(蓬萊 楊士彦 : 1517~1584)은 초서(草書), 선조 때의 석봉 한호(石峯 韓濩 : 1543~1605)는 해서(楷書), 중종 때의 자암 김구(自庵 金絿 : 1488~1534)는 인수체(仁壽體)로 조선(朝鮮) 중종(中宗 : 1488~1544 조선 제11대왕) 때의 문신 김구가 쓴 글씨체이다. 자암체(自庵體)라고 하기도 하는 독특한 서풍의 글체를 말한다.

중국 명나라 지산 축윤명(枝山 祝允明 : 1460~1526)의 체를 본받은 것으로, 보기에 부드럽고 글자 모양이 넓고 품위가 있어 보인다.

김구는 글씨에 뛰어나 조선 전기 4대 서예가의 한 사람으로 꼽힌다. 필력이 경건하고 왕희지(王羲之 : 307~365)의 서체(書體)를 깊이 연구하여 인수체(仁壽體)라 하였는데, 이는 그가 서울 인수방(仁壽坊)에 살았으므로 이러한 명칭이 생겨 인수체로 유명하였다.

조선 후기에는 추사 김정희(秋史 金正喜 : 1786~1856), 자하 신위(紫霞 申緯 : 1769~1845), 눌인 조광진(訥人 曺匡振 : 1772~1840) 등이 명필로서 이름을 떨쳤다.

양송체는 율곡학파의 양대 수장이던 우암 송시열(尤庵 宋時烈 : 1607~1689)과 동춘당 송준길(同春堂 宋浚吉 : 1606~1672)의 글씨체를 합하여 양송체(兩宋體)라고 한다.

조선 전기 송설체의 정착

송설체는 중국 원나라의 서예가인 조맹부(趙孟頫 : 1254~1322)의 글씨체로, 그의 호를 따라 붙여진 이름으로 조체(趙體)라고도 한다. 전통에 구애받지 않고 개성을 중시하던 송대의 서풍(書風)과는 달리 조맹부는 전통, 즉 진당(晉唐) 이전으로의 복고(復古)를 주장하여 왕희지(王羲之)의 글씨를 바탕으로 필법이 굳세고 결구가 정밀하면서도 유려한 서체를 완성했다.

해서(楷書), 행서(行書)는 물론 당시에는 잘 쓰이지 않던 초서(草書), 전서(篆書), 예서(隸書)까지도 연구했다.

송설체는 중국에서 한림원체(翰林院體)라 하여 판본(版本)에도 널리 사용되었고, 청나라 전반에까지 영향을 미쳤다. 조맹부의 송설체는 고려 말 이제현(李齊賢 : 1287~1367), 이암(李嵒 : 1297~1364) 등을 통해 성리학과 함께 본격 도입되어 조선에서는 각 시기와 작가에 따라 다양하게 해석되었다.

고려(高麗) 말 원(元)과의 밀접한 관계 속에서 충선왕(忠宣王)*이 베이징(北京)에 세운 만권당(萬卷堂)을 통해 조맹부와 직접 교류가 있었으므로 고려에 그의 서적이 유입되었고, 많은 문인들이 베이징을 왕래하며 그의 서법을 배우게 되었다.

행촌 이암(杏村 李嵓 : 1297~1364) · 이제현(李齊賢 : 1287~1367) 등이 유명한데, 특히 이암(李嵓)은 조맹부 필법의 진수를 체득하여 귀국한 뒤 처음으로 송설체를 전한 인물이다.

조선시대에는 안평대군 이용(李瑢 : 1418~1453)을 위시하여 집현전을 중심으로 그와 교유하던 문사들과 최흥효(崔興孝), 성임(成任) 등이 송설체를 사용했다. 그 후 조선 중기까지 200여년 동안 반듯한 해서(楷書), 행서(行書)에서는 거의 송설체가 지배할 정도로 한 시대를 풍미했다.

고려 말기 이래의 경향으로 조선 왕조를 건국한 신지식층들은 모두 만권당(萬卷堂)계의 학맥을 이은 주자성리학자들이었다.

그래서 민권당의 주빈으로 고려의 신진 성리학도들을 길러낸 송설 조맹부(松雪 趙孟頫 : 1254~1322)의 학예 전통을 충실히 계승하고 있었으니 글씨도 예외 없이 송설체(松雪體)를 따라 쓰게 되며 유행하였다.

만권당의 일세(一世) 제자인 익재 이제현(益齋 李齊賢 : 1287~1367), 행촌 이암(杏村 李嵓 : 1297~1364) 등 송설체의 대가들이 고려 말기에 배출된 까닭이 거기에 있다.

그러나 송설체의 전면적인 확산은 조선 개국시기를 기다려야 했다. 성리학도들은 마치 성리학을 국시로 천명한 것만큼이나 송설체

* — 충선왕(忠宣王 : 1275~1325) : 고려 제26대 왕.

를 중시했기 때문이다.

이에 성리학적 이념국가로 문물제도 정비를 완성해 놓으려는 원대한 포부를 가졌던 세종대왕(世宗大王 : 1397~1450, 조선 제4대 왕)은 집현전을 설치하여 연소재사(年少才士)들을 모아들여 성리학 연구에 몰두하게 하고 그들로 하여금 성리학적 국체 정비를 담당하도록 하는 현명한 문화정책을 과감하게 추진해 갔다.

따라서 만권당 시절의 순수한 학문풍토가 되살아나서 글씨도 이제 송설체를 근본으로 연구하여 수용하는 여유를 보이게 된다. 집현전 학자들과 더불어 이런 역할을 일선에 나서서 주도한 인물이 시문서화금기(詩文書畫琴棋)에 정통하여 쌍삼절(雙三絶)로 꼽히던 대표적인 인물로 안평대군(安平大君 : 1418~1453, 세종의 셋째 아들)이 있는데, 안평대군은 조맹부보다도 송설체를 수려하고 곱고 아름답게 구사하여 명(明)에서조차 당대 제일로 꼽았으며 당시의 예술계에서는 그의 서체를 좇아 이후 송설체가 조선서체로 정착하게 되었다.

조선 초기에는 안평대군과 문종(文宗)* 등의 왕실인사와 취금헌 박

---

* ─문종(文宗 : 1414~1452) : 조선 제5대 왕으로 세종의 첫째 아들이다. 어머니는 소헌왕후(昭憲王后) 심씨(沈氏)이다. 휘는 향(珦), 자는 휘지(輝之). 1421년(세종 3) 세자로 책봉되었다.
일찍부터 학문을 좋아하고 인품이 관후했다. 세종은 자신이 각종 질환을 앓게 되자 세자가 섭정하는 데 필요한 체제를 마련했다. 1445년부터 시작된 세자의 섭정은 세종이 죽을 때까지 계속되었다. 언로(言路)를 넓혀 조신(朝臣) 6품 이상에게는 모두 윤대(輪對 : 임금을 만나 직무에 대해 아뢰던 일)를 허락했다. 또한 세자 때부터 진법(陣法)을 편찬하는 등 군정(軍政)에도 관심이 많아, 1451년 3군(三軍)에 속한 12사(十二司)를 5사로 줄인 반면 병력을 증대시키고, 각 병종(兵種)을 5사에 배분하는 등 군제를 정비했다.
서적 편찬에도 많은 관심을 기울여 즉위년에 〈동국병감〉(東國兵鑑)이 출간되었고, 1449년에 김종서(金宗瑞)·정인지(鄭麟趾) 등에 개찬(改撰)을 명한 〈고려사〉가 1451년 완성을 보았다. 1452년에는 편년체로 서술된 〈고려사절요〉도 완성되었다.
문종은 유학·천문·역법·산술 등에 정통했고, 글씨에도 뛰어났다. 그러나 몸이 허약해 재위 2년 4개월 만에 죽어, 나이 어린 세자 단종이 즉위하게 되었다. 능은 경기도 양주에 있는 현릉(顯陵)이다. 시호는 공순(恭順)이다.

팽년(醉琴軒 朴彭年 : 1417~1456), 매죽헌 성삼문(梅竹軒 成三問 : 1418~1456) 등 집현전 학사를 중심으로 한 문인들이 송설체를 조선화 하였다.

그런데 조선 중기에는 송설체의 전형미에도 불구하고 연미함을 극복하려는 움직임이 나타났다. 퇴계 이황을 비롯한 영남학파 도학자나 석봉 한호 등이 도학자의 미감과 성정 기질에 맞는 왕희지 서법의 복고를 직접 시도하였던 것이다. 그러나 여전히 퇴계나 석봉의 초기 토대는 송설체였다는 점에서 이 시기를 또 다른 국면에서 전개되는 송설체의 조선화 단계로 볼 수도 있다. 즉 조선 전기가 송설체를 주로 하면서 왕희지를 겸했다면, 조선 중기는 왕희지를 주로 하면서 송설체를 수용했던 것이다.

이런 가운데에서도 여전히 송설체를 중심으로 글씨를 구사한 인물들이 있었는데, 율곡 이이(栗谷 李珥 : 1536~1584)를 중심으로 한 기호학파가 여기에 포함된다. 특히 남창 김현성(金玄成)은 이 시기를 대표하는 송설체의 명가로 이름을 날렸는데 평양의 '숭인전비문'이 대표적이다.

문종(文宗)이 이를 좇아 가경(佳境)에 이르렀고, 성종(成宗)을 비롯하여 월곡 최홍효(月谷 崔興孝 : ? ~ ?), 인재 강희안(仁齋 姜希顔 : 1417~1464), 취금헌 박팽년(醉琴軒 朴彭年 : 1417~1456), 백옥헌 이개(白玉軒 李塏 : 1417~1456), 매죽헌 성삼문(梅竹軒 成三問 : 1418~1456), 사가정 서거정(四佳亭 徐居正 : 1420~1488), 일재 성임(逸齋 成任 : 1421~1484), 눌재 박증영(訥齋 朴增榮 : 1464~1494), 이계 신공제(伊溪 申公濟 : 1469~1536), 물암 임희재(勿庵 任熙載 : 1472~1504), 김희수(金希壽 : 1475~1527), 돈재 성세창(遯齋 成世昌 : 1481~1548), 보한재 신숙주(保閑齋 申叔舟 : 1417~1475)

등이 송설체의 대가로 등장하였다.

문종의 어필은 열성어필첩(列聖御筆帖)에 등재되어 있는데 청경유려(淸勁流麗)하여 안평체(安平體)와 방불하며, 인재 강희안(仁齋 姜希顔 : 1417~1464)의 글씨는 윤형묘비(尹炯墓碑)에서 그 진면목을 볼 수 있는데 조금 살집이 두터워 유려장중(流麗莊重)한 맛을 낸다.

선조대 1568년에서 숙종대 1680년대에 이르기까지 조선성리학의 확립에 따라 그를 사상적 바탕으로 하는 석봉체가 출현하지만 안평대군으로부터 조선의 국서체로 자리를 굳혀온 송설체가 점점 사라지는 것은 아니었다. 일부 보수성 있는 명문구가(名門舊家)에서는 오히려 이를 가법(家法)으로 지켜 나가기도 하였으니, 한석봉과 비슷한 연배로 그와 필명을 다투던 남창 김현성(南窓 金玄成 : 1542~1621)을 비롯하여 이호민(李好閔 : 1553~1634), 이홍주(李弘胄 : 1562~1638), 이수광(李睟光 : 1563~1628), 신익성(申翊聖 : 1588~1668), 조문수(曺文秀 : 1590~1695), 이명한(李明漢 : 1595~1695) 등이 대표적인 송설체의 대가들이다.

안평대군의 글씨는 세상에 전하는 것이 많이 있지만 득의필(得意筆)로 현존 대표작이라 할 만한 것은 〈몽유도원도기〉(夢遊桃源圖記)라 하겠다.

서예에서는 주자성리학이 본격적으로 이해되면서 사림(士林)들 사이에서 독자적인 자기 서체의 형성이 이루어지기 시작했다.

자암 김구(1488~1534)가 왕희지체와 거의 비슷한 인수체(仁壽體)를 이룬 것을 시작으로 청송 성수침(1493~1564), 하서 김인후(河西 金麟厚 : 1510~1560), 퇴계 이황(退溪 李滉 : 1501~1570), 우계 성혼(牛溪 成渾 : 1535~1616), 율곡 이이(栗谷 李珥 : 1536~1584), 월정 윤근수(月汀 尹根壽 : 1537~1616) 등 대학자들이 뒤를 이어 독특한 자가서체(自家書體)를 확립해

감으로써 송설체의 굴레를 벗어나기에 이르렀다.

이들의 글씨는 송설체의 특징이자 결점인 연미지체(姸媚之體)를 벗어났지만 송설체의 성리학적 규범에 맞도록 근엄 단정하게 변화되어 조선화 되었다.

이렇게 주자성리학이 조선성리학으로 변화되어 여러 문화현상들이 고유색을 나타내는 시대상황 속에서 봉래 양사언(蓬萊 楊士彦 : 1517~1584)과 석봉 한호(石峯 韓濩 : 1543~1605)와 같은 대가들이 출현하였는데, 이들의 서체는 송설체를 바탕으로 하면서 우리 고유의 예술감각인 강경명정성(剛硬明正性)을 첨가하여 근엄, 단정, 강경성을 보여주는 독특한 서체였다.

그래서 한석봉의 글씨는 명의 감식가들에게 높은 평가를 받았다. 이런 특징은 조선성리학이 요구하던 서체였으므로 선조의 어필체(御筆體)가 되었고 왕실과 사대부 계층에서 따라 쓰게 되어, 17세기 후반에 이르기까지 석봉체는 전 조선을 석권하게 되었으며, 송설체는 청평위 심익현(1641~1683), 해창위 오태주(1668~1716)와 같은 왕실과 왕의 인척을 중심으로 남아 있다가 사라지게 되었다.

서예 양송풍(兩宋風)의 근간

양송(兩宋)이라 함은 송시열(宋時烈)과 송준길(宋浚吉)을 병칭(竝稱)하는 것으로 이들은 율곡학파의 적통을 이은 법손(法孫)들이었으므로 당연히 석봉체(石峰體)를 쓰기 마련이었다. 한석봉체가 기본틀을 형성하자 송시열(宋時烈 : 1607~1689), 송준길(宋浚吉 : 1606~1672)로 이어져서 이 양송체(兩宋體)가 율곡학파의 기본 서체로 자리잡았는데 석봉 한호(石峯 韓濩 : 1543~1605)는 율곡의 인격이나 학문을 사숙(私淑)한 대표적인 율곡학파였다. 성리학 연구의 대가인 화담(花潭) 서경덕(徐敬德 : 1489~1546)과 조선 고유 한문체의 창시자인 간이 최립(簡易 崔笠 : 1539~1612)과 함께 '송도삼절(松都三絶)'로 꼽히던 인물이다. 그런데 간이 최립은 석봉 한호의 진외가 8촌형으로 율곡(栗谷)이 10대 때부터 그 글재주를 높이 평가해 극진히 아꼈던 후배였다. 이런 인연으로 율곡학파의 영향 아래 고유서체를 창안해 가게 되었다.

연소 시절에는 당시 유행했던 송설 조맹부(松雪 趙孟頫 : 1254~1322)

의 송설체(松雪體)를 익히다가 중년 이후에 왕희지(王羲之 : 321~379) 법첩을 얻어 보고 그 필법을 터득하여 자기화 함으로써 고유의 석봉체를 이룩해 냈던 것이다. 이들은 조선성리학의 체제를 완비하고 그 이상(理想)을 과감하게 실천해 나간 백세유림(百世儒林)의 태두답게 기질(氣質)이 웅혼(雄渾)하고 행의(行儀)가 장중(壯重)하였으므로 석봉체의 골격을 가지면서도 웅건장중(雄建壯重)한 무게와 기품을 더하여 별격(別格)을 이루어 놓는다.

조선성리학의 성립은 필연적으로 이들 조선성리학과의 정권장악을 가져오게 하였으니 율곡학파가 중심이 되고 퇴계학파가 동조함으로써 이루어진 인조반정이라는 혁명의 성공이 그것이다.

따라서 성리학의 이상인 왕도정치의 구현은 예치(禮治)라는 정치형태를 가져오게 하였고, 이를 위해서 율곡학파의 수장인 사계(沙溪) 김장생(金長生)*이 〈가례집람〉(家禮輯覽) 10권 6책을 편찬하였고, 퇴계문인 용졸제 신식(用拙濟 申湜 : 1551~1623)이 〈주자가례〉(朱子家禮)를 번역한 〈가례언해〉(家禮諺解) 5책을 내어 놓는다.

---

* ㅡ김장생(金長生 : 1548~1631) : 본관은 광산. 자는 희원(希元), 호는 사계(沙溪). 대사헌 계휘(繼輝)의 아들이며, 집(集)의 아버지이다. 송익필(宋翼弼)로부터 사서(四書)와 〈근사록(近思錄)〉 등을 배웠고, 장성하여 20세 무렵에 이이(李珥)에게 사사했다. 1578년(선조 11) 학행(學行)으로 창릉참봉에 천거되었다. 1581년 종계변무(宗系辨誣)의 일로 명나라 사행(使行)을 가는 아버지를 수행한 뒤, 돈녕부참봉이 되었다. 이어 순릉참봉 · 평시서봉사(平市署奉事) · 동몽교관 · 통례원인의를 거쳐 1591년 정산현감이 되었다. 임진왜란 때 호조정랑 · 군자감첨정(軍資監僉正)으로서 군량 조달에 공을 세웠다.
그 뒤 남양부사 · 안성군수를 거쳐 1600년 유성룡(柳成龍)의 천거로 종친부전부(宗親府典簿)가 되었다. 1602년에 청백리에 뽑히고 이듬해 익산군수로 나갔으나, 북인(北人)이 득세하게 되자 1605년 벼슬을 버리고 연산으로 낙향했다.
광해군이 즉위한 뒤 잠시 회양 · 철원부사를 지냈다. 그러나 1613년(광해군 5) 영창대군(永昌大君)의 외할아버지이자 인목대비(仁穆大妃)의 아버지인 김제남(金悌男) 등이 역모를 꾀했다 하여 사사되거나 옥에 갇힌 계축옥사(癸丑獄事) 때 동생이 이에 관련됨으로써 연좌되어 심문을 받았다. 무혐의로 풀려 나온 뒤 곧 관직을 사퇴하고 다시 연산에 은거하면서 학문에 몰두했다.

이로써 조선왕조에 바야흐로 성리학의 이상인 예치의 시대가 도래하는데 마침 임진왜란(1592~1598)으로 조선과 명이 피폐한 틈을 타서 강성해진 만주의 여진족이 대륙을 넘보게 됨으로써 중화질서는 파괴되고 이를 고수하려던 조선은 이들에게 예치에 걸쳐 무력으로 유린당하여 병자호란 때는 끝내 인조가 청태종에게 항복하는 치욕을 당한다. 이로 말미암아 이제 막 예치의 이상을 구현시키려던 조선의 지식층들은 극도의 좌절감에 빠지게 된다.

여기서 이들은 자기회복 방법으로 주자성리학의 정통학맥을 이은 우암 송시열(尤庵 宋時烈 : 1607~1689)과 동춘당 송준길(同春堂 宋浚吉 : 1606~1672) 일파가 전자에 속하고 비순정주자학적(非純正朱子學的) 요소가 강하던 소북계(小北系) 출신인 백호 윤휴(白湖 尹鑴 : 1617~1680)와 미수 허목(眉叟 許穆 : 1595~1682) 일파가 후자에 속한다.

그래서 이들은 자기 자가학파의 이론적 근거 마련을 위해 부심하게 되었으니 송시열은 주자연구에 심혈을 기울여 〈주자대전차의〉(朱子大全箚疑) 6권 3책을 지어 매듭짓고, 백호 윤휴(白湖 尹鑴 : 1617~1680)는 경서의 주자주(註)를 쓸어버리고 독자적인 주소(注疏)를 내기에 이르렀다. 이에 양대 학파에서는 복수설치(復讐雪恥)와 예치(禮治)라는 대내외적 목표는 동일하였지만 수주자학(守朱子學)이냐 탈주자학(脫朱子學)이냐 하는 근본적 노선차이로 예(禮)에 대한 해석의 상이(相異)를 가져와 천하동례(天下同禮)를 주장하는 수주자학파와 왕자례부동사서(王者禮不同士庶)를 주장하는 탈주자학파의 대립이 끝내 예송(禮訟)이라는 정쟁의 형태로까지 비화하기에 이르렀다.

그러나 조선왕조 개창의 근본이념으로 수용되어 2백여 년의 저작(詛嚼)과 소화(消化) 끝에 겨우 자기화에 성공함으로써 신생 조선성리학으로 탈바꿈한 조선성리학은 이제 겨우 그 이상을 현실에 구현해 보려는 초창 단계에 돌입해 있는 상태였다 .

이런 형편에 주자학을 부정한다는 것은 곧 보수화를 의미하는 반동적인 사고이기 쉬운데 실제로 이를 주장한 소북계의 인사들은 보수적 기질이 강한 명문구가(舊家) 출신들이었다. 그래서 그들의 보수적 경향으로의 탈주자학 이론은 일반의 지지를 얻지 못하게 된다.

더구나 왕의 예는 일반의 예와 같지 않다는 '왕자례부동사서' 를 주장하여 왕권을 절대화 시키려는 움직임은 왕권과 결탁하여 일시 성공하기는 하지만 일반으로부터 더욱 외면당하는 결과를 가져와 갑술환국(甲戌換局)*을 계기로 이들의 주장은 철저하게 분쇄당하게 된다. 이후 조선성리학이 절대적인 가치기준으로 확고한 자리를 차지하게 된다.

한편 조선성리학파들은 본래 명에게 주자학 발전이 크게 이루어지지 않은 데 반해 조선에서의 발전에 긍지를 갖고 자신들이 주자학의 적파정통임을 자부하고 있었는데 이제 한족의 명(明)이 여진족 청에게 멸망당하자 중화문화가 중국 대륙에서 소멸한 것으로 보고 중화문화의 여맥(餘脈)을 조선이 계승한다는 포부와 자세를 자임하게 된다. 이는 야만족 청에게 무력으로 굴복당한 수치와 절망에 대한 심리적 치유에 더없는 묘약이었다.

이러한 자긍과 적개심이 병자호란 이후 조선을 지탱시켜 준 정신적 지주가 된다. 이로부터 조선은 명의 후계자임을 자처하며 조선이

---

* –갑술환국(甲戌換局) : 1694년(숙종 20) 노론의 김춘택(金春澤), 소론의 한중혁(韓重爀) 등이 숙종의 폐비(廢妃)인 민씨의 복위운동을 일으키자 이를 계기로 남인의 민암(閔黯) 등이 소론 일파를 제거하려다 실패하여 화를 당한 사건

곧 중화라는 조선중화사상에 입각하여 나아가니 미술사에서도 동국진풍(東國眞風)이라고 총칭(總稱)할 수 있는 온갖 고유책이 나타난다.

동국진풍(東國眞風)이라고 할 수 있는 시대사조는 서예에도 영향을 미쳐 제일 먼저 양송체(兩宋體)와 미수체(眉叟體)를 출현시켰다.

양송(兩宋)은 율곡학파의 적통을 이은 우암 송시열(尤庵 宋時烈 : 1607~1689)과 동춘당 송준길(同春堂 宋浚吉 : 1606~1672)을 가리키는 것으로, 이들은 웅대하고 힘차며 장엄하고 정중한 무게를 더하고 있다.

한편, 탈주자학파인 미수 허목(眉叟 許穆 : 1595~1682)은 주자 이전의 유학을 지향한 것처럼 서법(書法) 또한 삼대(三代) 문자로의 복고를 신념으로 하여 진위를 가리지 않고 고전체(古篆體)의 특징을 취하여 기이하고 옛스러운 서체를 이룩하였다.

허목의 서체는 그에게 배운 옥동 이서(玉洞 李敍 : 1662~1723)에게 영향을 미친 듯한데, 이서는 필결(筆訣)을 지어 조선서예사상 최초로 서론(書論)을 남긴 서예이론가로서 그의 서예이론은 서(書)의 본질을 철저하게 주역(周易)의 이치를 바탕으로 하고 있다.

이서의 서체를 세상에서는 동국진체라 불렀는데 이 동국진체는 공재 윤두서(恭齋 尹斗緖 : 1668~1715)에게 전해졌고, 다시 백하 윤순(白下 尹淳 : 168?~ 1741)에게 전해졌는데, 윤순은 이론적으로는 이서의 왕희지 유일주의의 논리를 벗어나 보다 높은 차원에서 이를 정비하고 서체 자체도 김생(金生)* 이래 우리나라의 대가들의 서체를 소화하여 왕희지체로 절충, 흡수함으로써 큰 발전을 이루게 되었다.

동국진체는 백하 윤순(白下 尹淳 : 1680~1741)의 제자인 원교 이광사

* - 김생(金生 : 711~791) : 신라의 명필. 예서(隸書), 행서(行書), 초서(草書)에 능하여 '해동(海東)의 서성(書聖)' 이라 불렸고, 송나라에서도 왕희지(王羲之)를 능가하는 명필이었다.

(圓嶠 李匡師 : 1705~1777)에 의하여 집대성되었는데, 위부인(衛夫人)과 왕희지의 글로 되어 있는 필진도(筆陣圖)를 기본으로 삼고 옥동 이서(玉洞 李溆 : 1662~1723)의 '필결' 을 본받아 훨씬 더 방대한 체계를 갖춘 '원교필결' 전후 양편을 지어 동국진체의 이론적 체계를 발전적으로 정비하였다. 이에 뒤이어 표암 강세황(豹菴 姜世晃 : 1712~1791) 같이 학을 이해하는 학자들이 이광사 서론(書論)의 근거가 되는 필진도(筆陣圖)를 부정하여 동국진체에 대해 전면적인 부정을 하였다.

이 이후 북학파의 서체는 동국진체를 탈피하여 구양순체나 동기창체를 귀의처로 삼아 무징불신(無徵不信)의 고증적 태도를 여실히 드러내었다. 이어서 추사 김정희(秋史 金正喜 : 1786~1856)는 한예(漢隸)에 바탕을 두고 여러 필체의 특별히 뛰어난 장점을 겸비한 추사체를 이루어내었는데, 이는 중국의 청조고증학의 대가인 담계 옹방강(覃溪 翁方綱 : 1733~ 1818) 일파가 이상으로 하면서 이루어내지 못한 서예 사상 이상적인 경지였다. 이러한 추사체는 중국 서예계에도 충격을 주어 추사보다 어린 중국 서예가들이 다투어 이를 추종하였다.

우리나라에서는 자하 신위(紫霞 申緯 : 1769~1845), 눌인 조광진(訥人 曺匡振 : 1772~1840), 이재 권돈인(彝齋 權敦仁 : 1783~1859), 이당 조면호(怡堂 趙冕鎬 : 1803~1887), 위당 신헌(威堂 申櫶 : 1810~1888), 흥선대원군 이하응(石坡 李昰應)* 등 명문 출신들과 이상적(李尙迪 : 1804~1865), 오경석(吳慶錫 : 1831~1879), 김준석(1831~1915) 등 중인인 한역관(漢譯官)들이 추사체를 배우고 있었다.

---

* 一홍선대원군 이하응(石坡 李昰應 : 1820~1898) : 대원위대감(大院位大監)이라고도 불렸다. 아버지는 영조의 현손 남연군 이구(南延君 李球 : 1788~1836)이며 아들이 조선 제26대 왕 고종이다.

촉체(蜀體)와 진체(晉體)

비록 선조대에 조선성리학의 확립에 따라 이를 사상적 바탕으로 하는 석봉체가 출현하지만 안평대군으로부터 조선의 국서체로 자리를 굳혀 온 송설체가 이로 말미암아 갑자기 사라지는 것은 아니었다.

일부 보수적인 명문 구가에서는 오히려 이를 가법으로 지켜 나가기도 하였으니 석봉 한호(石峯 韓濩 : 1543~1605)와 비슷한 연배로 그와 필명을 다투던 남창 김현성(南窓 金玄成 : 1542~1621)을 비롯하여 이호민(李好閔 : 1553~1628), 이홍주(李弘胄 : 1562~1638), 지봉 이수광(芝峰 李睟光 : 1563~1628), 신익성(申翊聖 : 1588~1668), 조문수(趙文秀 : 1590~1647), 이명한(李明漢 : 1595~1695) 등이 대표적인 송설체의 대가들이다.

그러나 이미 김현성으로부터 송설체는 석봉체의 영향을 받아 그 연미성을 많이 배제해 가니 지봉 이수광의 봉송박학사(奉送朴學士) 1625년 진적(眞蹟)에서 보면 단아수려한 유아지태(儒雅之態)가 필획을 지배하여 이미 송설체의 본면목을 일탈한 것을 실감할 수 있다.

이로부터 송설체는 연미지태를 유아지태로 바꾸어 유려단아(流麗端雅)한 조선식 송설체인 촉체의 단서를 여는 듯한데, 유득공(柳得恭 : 1748~1807)이 〈경도잡지〉(京都雜誌)에서 말한 것처럼 조체(趙體)의 의미인 초체(肖體)의 와오(訛誤)로 촉체란 명칭이 생긴 듯하다. 조선의 우리말 발음이 남근을 연상시키기 때문에 이를 피하기 위해 초체로 하다가 이것이 와전된 것으로 보는 것이 가장 타당할 것이다.

어쨌든 촉체로 불리어지는 것은 조선 고유책이 노골화 되는 진경시대의 일이라 생각되니 조구명(趙龜命 : 1693~1737)의 동계집(東谿集) 권6 제종씨가장유교경첩(題從氏家藏遺敎經帖) 1730년에서 "우리나라 서법은 대략 세 번 변하니 국초에는 촉체를 배우고, 선조(宣祖), 인조(仁祖)* 이후에는 한체를 배우고, 근래에는 진체(晋體)를 배운다"라고

---

* －인조(仁祖) : 조선 제16대 왕. 선조의 손자이자 원종의 아들이다. 어머니는 인헌왕후이며, 비는 인열왕후이다. 1607년 능양군이 되었고, 1623년 김류, 김자점, 이귀, 이괄 등 서인들이 광해군을 몰아낸 인조반정을 일으켜 왕위에 올랐다. 이듬해 이괄의 난으로 잠시 공주로 피난 갔다 돌아왔다. 이이와 이원익이 주장한 대동법을 강원도까지 확대 실시하였으며, 1624년에는 총융청, 수어청을 설치하여 국방을 강화하였다. 광해군 때의 중립정책을 버리고 친명 배금정책을 취하는 바람에 금나라(뒤에 이름을 청으로 바꿈)의 침입을 받은 정묘호란이 발생하여 서울을 강화도로 옮겼다. 1623년 서인 김유(金蕤), 이귀(李貴), 이괄(李适), 최명길(崔鳴吉) 등이 일으킨 정변에 힘입어 왕위에 올랐다.
  즉위 직후 반정의 명분을 확립하여 정통성을 다지는 동시에 서인계를 중심으로 정부를 재구성하고 왕권을 안정시키는 작업을 폈다. 반정의 명분은 광해군 정권의 부도덕성과 실정에서 구했다. 가장 문제가 된 것은 인목대비(仁穆大妃)를 박해하고 영창대군(永昌大君)을 살해한 반인륜적인 행위와 후금(後金)과 우호적인 관계를 맺은 일로, 반정은 이러한 광해군의 폭정을 중단시키기 위한 불가피한 행위인 것으로 합리화되었다. 따라서 광해군을 서인(庶人)으로 강등시켜 강화도로 귀양 보내고, 광해군대의 정국을 주도했던 대북파의 이이첨(李爾瞻)·정인홍(鄭仁弘) 등 수십 명을 처형했다.
  반면 반정에 공을 세운 33명은 3등급으로 나누어 정사공신(靖社功臣)에 봉하고 관직을 내렸다.
  이와 함께 광해군대의 정치를 비판, 자진해서 물러났거나 대북계로부터 축출당했던 서인, 남인의 사림(士林)들을 중앙 정계로 불러들였다. 서인계의 정엽(鄭曄), 오윤겸(吳允謙), 이정구(李廷龜), 김상헌(金尙憲) 등과 남인계의 이원익(李元翼), 정경세(鄭經世), 이수광(李睟光) 등이 그들이었다.
  즉위 초기인 1623년 7월 기자헌(奇自獻), 유몽인(柳夢寅) 등의 역모가 있었으며, 동년 10월에는 흥안군(興安君)을 왕으로 추대하고자 하는 황현(黃玹), 이유림(李有林) 등의 역모가 있었다.
  특히 1624년에는 반정공신이던 이괄이 반란을 일으켜 공주까지 피난할 정도의 위기에 처하기도 했다. 이괄(李适)의 난이다. 이괄은 반정에 대한 논공행상에서 도감대장(都監大將) 이수일(李守一)이 내응(內應)의 공이 있다 하여 공조판서로 중용된 데 비해, 자신은 2등으로 평가받고 도원수 장만(張晩)

하여 처음으로 촉체, 한체, 진체의 명칭을 문자화 시키고 있기 때문이다. 진경시대로 이어지는 촉체의 대가들을 꼽아본다면 효종(孝宗)*, 숙종(肅宗)*, 영조(英祖)*, 김좌명(金佐明 : 1616~1671), 신익상(申翼相 : 1634~1697), 한구(韓構 : 1636~?), 심익현(沈益顯 : 1641~1683), 조형기(趙亨期 :

휘하의 부원수 겸 평안병사로 임명된 것에 불만을 품고 반란을 일으킨 것이다.

인조는 이러한 반왕권 움직임을 효과적으로 제어함으로써 비정통적인 방법에 의해 승계한 왕위를 유지할 수 있었다. 그러나 강력한 왕권을 세워 신료를 장악하거나 독자적으로 정국을 운영하는 데는 많은 한계가 있었다. 특히 서인세력은 반정 이후 정국을 주도하고, 남인의 정계 진출을 견제하여 인조의 왕권행사를 제약했다.

인조정권은 광해군 때의 후금의 존재를 인정하는 현실주의적 외교정책을 반인륜적인 것으로 비판하고 친명배금정책을 실시했다. 이 무렵 선양(瀋陽)으로 수도를 옮기고 태종이 왕위를 계승하는 등 국세가 날로 강대해지고 있었던 후금은 조선이 형제의 관계를 맺자는 요구에 응하지 않자, 1627년 군사 3만 명을 이끌고 침략했다. 정묘호란이다. 의주를 거쳐 평산까지 함락되자 조정은 강화도로 천도했으며, 최명길의 강화 주장을 받아들여 양국의 대표가 회맹(會盟), 형제의 의를 약속하는 정묘화약(丁卯和約)을 맺었다. 1636년 12월 후금은 국호를 청(淸)으로 바꾸고 형제의 관계를 군신(君臣)의 관계로 바꾸자고 요구했으나 거부당하자 10만여 군을 이끌고 다시 침입해 병자호란을 일으켰다. 그러나 인조정권은 이를 막지 못하고 봉림대군(鳳林大君)·인평대군(麟坪大君)과 비빈(妃嬪)을 강도(江都)로 보낸 뒤, 남한산성으로 후퇴하여 항거했다. 조정에서는 전쟁 수행 여부를 놓고 김상헌(金尙憲), 정온(鄭蘊)을 중심으로 한 척화파(斥和派)와 최명길 등의 주화파(主和派) 간의 치열한 논쟁이 전개되었으나, 주화파의 뜻에 따라 항복을 결정하고 삼전도(三田渡)에서 군신의 예를 맺었다. 이와 함께 소현세자(昭顯世子), 봉림대군과 척화론자인 삼학사(三學士), 즉 홍익한(洪翼漢)·윤집(尹集)·오달제(吳達濟)를 청나라에 인질로 보냈다. 2차례의 전란을 거치면서, 임진왜란 이후 다소 수습된 국가 기강과 경제는 파탄 상태로 빠지는 한편, 정국은 친청파와 배청파로 분화·대립해 혼란스러워졌다.

특히 서인의 분화는 가속화하여 김자점(金自點)을 영수로 하는 낙당(洛黨)과 원두표(元斗杓)를 중심으로 한 원당(原黨), 김집(金集), 김장생(金長生), 송시열(宋時烈) 등의 산당(山黨), 김육(金堉) 등의 한당(漢黨)이 형성되었다. 인조 말년 김자점은 외척으로서 친청세력을 규합하여 정권을 장악했고, 이에 반해 산당을 중심으로 반청친명사상과 북벌론이 강화되어 광범위한 여론이 형성되었다. 소현세자의 죽음과 강빈(姜嬪)의 옥사, 봉림대군의 세자책봉과 왕위승계는 이러한 대립 속에서 이루어졌다.

* -효종(孝宗 : 1619~1659) : 조선 제17대 왕. 인조의 둘째 아들로 태어났다. 1626년(인조 4) 봉림대군에 봉해지고, 1636년 병자호란이 일어나자 아우 인평대군과 함께 강화도로 피난했다.
이듬해 청나라와 강화가 성립되자, 형 소현세자와 함께 청나라에 인질로 잡혀 가 선양(瀋陽)에서 8년 동안 지냈다. 1645년 2월에 먼저 귀국했던 소현세자가 그해 4월 갑자기 죽자 5월에 청나라로부터 돌아왔다. 1649년에 왕위에 올랐다. 청나라에 인질로 가 있던 치욕을 씻고자 원한을 품고 평생 청나라를 공격하기 위한 북벌계획을 추진하였다. 국내 정치에서는 백성들의 생활 안정을 위한 경제 정책을 많이 세웠다.

* -숙종(肅宗 : 1661~1720) : 조선의 제19대 왕. 현종의 아들로서 어머니는 청풍부원군 김우명(金佑明)의 딸 명성왕후(明聖王后)이다. 초비(初妃)는 영돈녕부사 김만기(金萬基)의 딸인 인경왕후(仁敬王

1641~1699), 조태구(趙泰耈 : 1660~1723), 오태주(吳泰周 : 1668~1716), 이삼(李森 : 1677~1735) 등을 들 수 있다.

이 촉체는 진경시대까지 왕실 주변에서 겨우 명맥을 유지하나 한체인 양송체 및 진체와 동국진체에 밀려 더 이상 지탱하지 못하고 소

后), 계비(繼妃)는 영돈녕부사 민유중(閔維重)의 딸인 인현왕후(仁顯王后), 제2계비는 경은부원군 김주신(金柱臣)의 딸인 인원왕후(仁元王后)이다.

1667년 왕세자에 책봉되었고, 1674년 8월 즉위했다. 숙종 초기 집권층이었던 남인은 병권의 장악과 서인에 대한 대책을 둘러싸고 청남(淸南)과 탁남(濁南)으로 분열되어, 허적(許積)을 중심으로 한 탁남이 정국의 주도권을 장악하고 있었다. 이에 숙종은 김석주(金錫胄)·김익훈(金益勳) 등 외척을 기용하는 한편 서인을 재등용하고자 했다. 1680년(숙종 6) 복선군(福善君)과 탁남의 영수인 허적의 서자 허견(許堅) 등이 역모했다는 고변이 있자 이를 계기로 남인들을 축출하고 서인들을 등용시켰다. 경신대출척(庚申大黜陟)이다.

그러나 서인계열은 남인의 숙청 문제를 둘러싸고 노론과 소론으로 분열되었고, 1689년 희빈 장씨(禧嬪張氏) 소생 왕자(뒤의 경종)의 세자책봉에 반대하다가 다시 남인에게 정권을 넘겨주었다. 기사환국(己巳換局)이다. 남인은 이후 정국을 이끌면서 1694년에는 서인이 인현왕후 복위를 도모하려 했다는 고변을 하고 옥사를 일으켰다. 갑술옥사(甲戌獄事)이다. 이러한 상황에서 숙종은 인현왕후를 서인(庶人)으로 폐비한 것을 후회한다는 전지(傳旨)를 내려 소론정권을 성립하게 하고 남인의 다수를 명의죄인(名儀罪人)이라 하여 중앙정계에서 몰아냈다. 갑술환국(甲戌換局)이다. 그 뒤 정국은 서인 내의 노론·소론 사이에 정권을 둘러싼 각축이 벌어지면서 노론 일당전제화의 방향으로 전개되었다. 노론, 소론 당쟁의 핵심은 희빈 장씨의 처벌문제 및 장씨 소생의 세자와 숙빈 최씨 소생의 연잉군(延礽君 : 뒤의 영조)의 왕위계승을 둘러싼 문제였다. 숙종은 노론의 주장을 받아들여 희빈 장씨에게 사약을 내리는 한편, 1717년에 세자에게 대리청정을 맡겼다.

* 영조(英祖 : 1694~1776) : 조선 제21대 왕. 숙종(肅宗)의 차남이자 서장자이며, 경종의 배다른 아우이다. 화경숙빈 최씨(和敬淑嬪 崔氏)의 소생으로, 왕비는 서종제(徐宗悌)의 딸 정성왕후(貞聖王后)와 김한구의 딸 정순왕후(貞純王后)이다. 1699년(숙종 25) 연잉군(延礽君)에 봉해졌다.

1720년(경종 즉위) 희빈장씨(禧嬪張氏)의 아들인 경종이 33세로 즉위했으나 자식이 없었고, 왕자가 태어날 가망도 보이지 않았다. 이에 노론측이 경종의 동생인 그를 세제(世弟)로 책봉하자는 논의를 일으킨 결과, 소론측의 반대에도 불구하고 숙종의 제2계비인 인원왕후(仁元王后) 김씨의 후원하에 1721년 왕세제로 책봉되었다.

노론은 더 나아가 경종이 병이 많음을 들어 왕세제에게 대리청정(代理聽政)을 시킬 것을 주장했다. 경종의 비망기(備忘記)를 얻어 대리청정이 일단 허락되었으나 찬성 최석항(崔錫恒), 우의정 조태구(趙泰耈) 등의 강력한 반대와 각지 수령, 성균관 학생, 각 도 유생들의 반대상소로 대리청정이 취소되었다. 이 일을 추진했던 영의정 김창집(金昌集), 좌의정 이건명(李健命), 판중추부사 조태채(趙泰采), 영중추부사 이이명(李頤命) 등 이른바 노론 4대신이 경종에 대한 반역으로 치죄되어 귀양가고(신축옥사), 이듬해 이들을 비롯한 60여 명이 처형되었다(임인옥사). 이 과정에서 그는 신변의 위협까지 받았으나 노론편인 인원왕후의 강력한 비호로 위기를 넘기고, 1724년 경종이 죽자 뒤를 이어 즉위했다.

멸하는데 촉체의 마지막 대가라 할 수 있는 영조가 필진도(筆陣圖)를 진체 16행, 촉체 16행씩 써서 각석(刻石)해 놓은 것은 화려한 고별을 의미하는 의식이었다고 할 수 있다.

다음 진체라 하는 것은 왕희지 부자가 살던 동진시대(東晋時代)의 서체 즉 왕희지체(王羲之體)라는 의미이다.

석봉체가 이루어지는 것이 왕희지의 해서 법첩(法帖)인 악의론, 황정경, 효녀 조아비의 영향이었다는 사실은 이미 앞에서 밝힌 바이다.

따라서 이후 석봉체를 쓰는 서가들은 그 근원인 왕체(王體)의 탐구를 게을리 하지 않았으니 벌써 선조왕손인 낭선군 이우*(朗善君 李俁)로부터 왕체 연구에 골몰하게 된다.

낭선군은 서법 연구를 위해 우리나라의 역대 금석 탁본 155종을 모아 대동금석첩(大東金石帖)을 꾸미기도 한 학구파였으므로 왕체의 진본이 집왕성교서(集王聖教序)인 것도 간파하고 이를 열심히 임모(臨摹)하여 그 신수(神髓)를 얻기에 이른다.

이는 마치 신라나 고려 성세에 집왕성교서 풍의 왕체가 유행하였던 것과 같은 현상이었으니 송광사사원사적비(松廣寺嗣院事蹟碑) 1678년 비와 백련사사적비(白蓮寺事蹟碑) 1680년 비와 직지사사적비(直指寺事蹟碑) 1681년 비 등에서 이를 확인할 수 있다.

사실 낭선군의 이런 왕체서법은 진경시대의 초반경인 숙종시대로부터 영조 초년에 걸쳐 왕지(王旨)의 서사(書寫)를 도맡아 왔던 사자관(寫字官) 정곡 이수장(貞谷 李壽長 : 1661~1733)에게 전해져서 동국전체의 기틀을 미련하며 사자관 서체로 자리를 잡아가게 한다.

* ― 이우(李俁 : 1637~1693) : 선조의 손자이자 선조의 12남 인흥군 이영의 장남이다.

한편 사림에서는 우상을 지낸 조상우(趙相愚 : 1640~1718)와 영상 서명균(徐命均 : 1680~1745) 등이 이를 이어 썼지만 신라나 고려처럼 이 서체가 주류를 이루어 일세를 풍미하지는 못한다.

왕체해법(王體楷法)의 영향이 한체를 계승한 양송체에도 동국진체에도 두루 미쳐 한결같이 왕체를 표방하였기 때문이다. 그래서 조선 고유색이 고양되는 조선 성기(盛期)에는 왕체 위본(僞本)인 송나라 초기 왕착(王着)의 해서법(楷書法)이 왕희지체의 진본 서법을 누르고 주류를 이루기에 이르렀던 것이다.

이는 진위의 간별에 어두워서라기보다 송대 위본인 왕체 해서가 단아전중한 특징을 보여 조선 성리학이 추구하는 미감과 일치되었기 때문이라고 보아야 하겠다.

어떻든 진경시대에는 송설체를 제외하고 모든 서체가 왕체임을 주장하게 되는데 이를 통털어 진체(晉體)라 하였으니 영조가 진체 16행이라고 써놓은 필진도(筆陣圖) 글씨가 사실 한체에 가까운 청경수정(淸勁脩正)한 서체라는 사실에서도 이를 확인할 수 있다.

서체의 변천과 북학(北學)의 진흥

영조시대를 절정기로 난만하게 꽃피웠던 진경문화는 그 사상적 기반인 조선성리학이 말폐(末弊)를 노정하며 조락해 가자 그와 함께 쇠퇴해 간다. 그러자 이에 대체할 신사상으로 청조고증학(淸朝考證學)을 받아들이려는 움직임이 집권층의 연소신예(年少新銳)한 자제들로부터 일어나기 시작한다. 이것이 소위 북학운동(北學運動)인데 이는 담헌 홍대용(湛軒 洪大容 : 1731~1786)에 의하여 처음 주청된다.

그는 세손익위사시직(世孫翊衛司侍直)을 지내면서 당시 세손(世孫)이던 정조에게 이를 알려 장차 정조로 하여금 이를 진�케 하니 정조는 즉위하자 곧 규장각을 개편하고 연소신예한 재사들을 모아 이 신사상운동에 적극 종사하도록 한다.

이에 담헌(湛軒) 홍대용(洪大容 : 1731~1783)의 지우로 북학에 심취한 연암 박지원(燕巖 朴趾源 : 1737~1805)의 제자들인 아정 이덕우(雅亭 李德懋 : 1741~1793), 영재 유득공(泠齋 柳得恭 : 1749~1807), 초정 박제가(楚亭

朴齊家 : 1750~1805), 강산 이서구(薑山 李書九 : 1754~1825), 사영 남공철(思穎 南公轍 : 1760~1840) 등이 중심이 되어 규장각을 이끌어 가며 북학 운동에 열중한다. 따라서 정조시대에 뿌리를 내려가게 되니 이에 따라 단아삽상(端雅颯爽)하던 진경문화 풍토는 차츰 화려장중한 북학문화 풍토로 바뀌어 나가게 된다.

그래서 서예도 전조의 돈실원후(惇實圓厚), 졸박무교(拙樸無巧)의 취향에 따라 전예(篆隷)나 안진경체를 주로 써 나가게 되어 이덕무와 이서구는 전예기가 있는 졸박청고한 필법을 구사했고, 박제가는 안기(顔氣) 있는 원후장중(圓厚壯重)한 필법을 쓰니 이는 정조어필체(正祖御筆體)와 방불한 서체이다.

그런데 앞서 이야기한 것처럼 양송체가 예서(禮書)의 영향을 받아 이미 웅건장중한 특징을 보이고 있었다. 이에 그 제자들 사이에서는 이를 안체(顔體)의 영향이라고 생각하였던지 안체를 따라 쓰는 사람도 생겨났으니 송준길의 문인으로 소론 영수가 된 남구만(南九萬 : 1629~1711)이 그 대표적인 예이다.

그의 글씨인 공주 쌍수정기적비(雙樹亭紀蹟碑) 1708년의 비를 보면 안법(顔法)을 충실히 따랐으나 비후장중미(肥厚莊重味)가 없어 졸박흉용(拙樸洶湧)한 특징을 보인다.

이런 서법은 그의 생질들인 박태유(朴泰維 : 1648~1710)와 박태보(朴泰輔 : 1654~689) 형제에게 전해지는데 이들 역시 안체 운필(運筆)의 특징이라는 연미잠두법(燕尾蠶頭法)만 취하였을 뿐 비후장중미는 없다.

이런 서체는 송시열의 수제자 권상하(權尙夏 : 1641~1721)의 문인인 윤봉오(尹鳳五 : 1688~1769)에게로 이어져서 금산 백세청풍비(百世淸風碑) 1761년에 세운 것과 영천 권응수신도비(權應銖神道碑) 1767년 비에서 이를 보여주고 있다. 그래서 정조(正祖)*는 송자(宋子)로 떠받들 만큼 존앙하던 송시열의 괴산 문정공송시열신도비(文正公宋時烈神道碑) 1779년 비글을 어제(御製)로 손수 짓고 글씨는 안진경의 집자(集子)로 쓰게 하여 그 웅혼강건(雄渾强健)한 행의기상(行儀氣像)에 맞추려 하였으며, 아산 충무공이순신신도비(忠武公李舜臣神道碑) 1794년 비글 역시 어제로 짓고 안체 집자로 쓰게 하였다.

이로부터 경향(京鄕) 진신(縉紳) 간에 안체 안법이 크게 유행하여 한 시대의 풍조를 이루게 된다.

한편 예서의 맥은 김수증(金壽增)에게서 사계 김장생의 현손(玄孫)인 김진상(金鎭商 : 1684~1755)에게로 이어지고 김진상에게서는 송준길의 현손인 송문흠(宋文欽 : 1710~1760)과 이경여(李敬輿 : 1585~1657)의 현손 이인상(李麟祥 : 1710~1760)에게 전해져서 송시열(宋時烈), 문인 유명뢰(兪命賚)의 증손 유한지(兪漢芝 : 1760~1834)에게 이르는 사승(師承) 관계를 보이면서 발전하니 예서만은 노론의 전유물이 되었던 듯한 느낌

---

* ─정조(正祖 : 1752~1800) : 조선 제22대 왕. 이름은 산(祘). 자는 형운(亨運), 호는 홍재(弘齋). 영조의 손자이고, 아버지는 장헌세자(莊獻世子 : 思悼世子)이며, 어머니는 영의정 홍봉한(洪鳳漢)의 딸 혜경궁 홍씨(惠慶宮洪氏)이다. 비는 좌참찬 김시묵(金時默)의 딸 효의왕후(孝懿王后)이다.
1759년(영조 35년) 세손(世孫)에 책봉되고, 1762년 세자인 아버지가 뒤주 속에 갇혀 죽은 뒤 동궁으로 불렸으며, 1764년 2월 어려서 죽은 영조의 맏아들 효장세자(孝章世子 : 뒤의 眞宗)의 후사(後嗣)가 되었다. 1775년 11월 영조가 대리청정을 시키려 하자 홍인한(洪麟漢)이 "동궁은 노론·소론을 알 필요가 없고 이조판서, 병조판서에 누가 좋은지를 알 필요가 없으며, 조정의 일은 더욱 알 필요가 없다"는 삼불필지설(三不必知說)을 내세우며 반대했으나, 그해 12월 대리청정의 명을 받았고, 이듬해 3월 영조가 죽자 대보(大寶)를 세손에게 전하라는 유교(遺敎)에 따라 즉위했다. 왕위에 오르자 바로 효장세자를 진종대왕으로, 사도세자를 장헌세자로 추존했으며, 세손 때부터 그를 보호한 홍국영(洪國榮)을 도승지로 삼고 숙위대장(宿衛大將)을 겸직시켜 반대세력을 숙청해 정권의 안정을 도모했다. 사도세자의 죽음을 사주한 숙의 문씨(淑儀文氏)의 작호를 삭탈하고, 화완옹주(和緩翁主)는 사가(私家)로 방축했으며, 문성국(文聖國)은 노비로 만들고, 그의 즉위를 방해했던 정후겸(鄭厚謙)과 홍인한을 경원과 여산으로 귀양보냈다가 사사(賜死)했다.
홍국영이 세도를 부리며 권력을 남용하자 조신들의 탄핵에 따라 1779년 9월 정계에서 물러나게 하고, 이듬해 2월에는 전리(田里)로 돌려보내 친정체제를 강화했다.

이 든다.

그래서 진경시대 절정기인 영조 때 영의정을 지낸 김흥경(金興慶 : 1677~1750)의 현손이며 영조 제일부마(第一駙馬) 월성위(月城尉) 김한신(金漢藎 : 1720~1758)의 증손으로 태어나 진경문화를 주도했던 노론 핵심가문의 학예전통을 가학으로 이어받은 추사 김정희(秋史 金正喜 : 1786~1856)가 안진경체와 예서체를 바탕으로 진경시대의 여러 서체를 아우르며 청으로부터 참신한 비학(碑學) 이론을 수용하여 추사체를 이룩해낼 수 있었던 것이다.

조선시대 역사

조선(朝鮮)은 1392년부터 1897년까지 한반도 지역을 통치하였던 왕국이다. 일반적으로 조선왕조(朝鮮王朝)라고 하며, 내부적으로 대조선국(大朝鮮國)이라는 명칭을 어보(御寶), 국서(國書) 등에 사용하였고, 외부적으로도 제한적으로 대조선국이라는 명칭을 사용하여 오다 1897년에 대한제국(大韓帝國)이 되었다.

조선의 태조 이성계(李成桂)는 자신의 탁월한 군사적 재능과 무장으로 고려 말기 홍건적(紅巾賊)과 왜구(倭寇)의 침입을 격퇴하는 데 크게 활약하였고, 계속 무공을 세워 1388년 수문하시중이 되었으며, 이해 명나라의 철령위 설치 문제로 요동정벌이 결정되자 이에 반대하였으나 1388년(우왕 14년) 최영(崔瑩)의 주장에 따라 받아들여지지 않았다.

그는 우군도통사가 되어 좌군도통사 조민수(曺敏修)와 함께 정벌군을 거느리고 위화도(威化島)까지 나아갔으나, 끝내 회군(回軍)을 단행하여 개경에 돌아와 최영(崔瑩)을 제거하고 우왕이 공민왕(恭愍王)의 아들이 아니라 신돈(辛旽)의 아들이라 하여 폐가입진(廢假立眞)을 주장해 폐위하고 정치적, 군사적 실권자의 자리를 굳혔으며, 마침내 1392년 7월 개성에서 고려의 마지막 임금 공양왕에게 왕위를 물려받는 형식으로 고려(高麗)를 넘겨받아 한때 '고려'라는 국호를 계속 쓰다가 고조선(古朝鮮)의 전통을 계승하고 민족의 독자성을 찾자는 의미에서 국호를 조선(朝鮮)으로 바꾸고 도읍지를 한양(漢陽)으로 옮겼다.

태조 이성계에 의해 고려를 이어받아 조선은 개국되었으며, 이후 500여 년 동안 존속되어 왔다. 조선은 유교에 의한 통치 이념을 기본으로 임금과 신하에 의한 통치를 중요시 여겼다.

조선시대 동안 한반도에서는 한글의 창제와 과학 기술 및 농업 기술의 발달 등이 이루어졌으며, 임진왜란(壬辰倭亂)을 비롯한 여러 외침을 극복하고 현재의 한민족과 한국 문화의 직접적 전통의 기반이 되는 문화를 형성한 조선시대이기도 하였다.

조선왕조(朝鮮王朝)는 1392년 7월에 이성계가 세운 왕조로 1910년 8월에 일본에 강점될 때까지 519년간 지속된 나라로 태조부터 순종까지 27명의 왕이 통치했다.

마지막 대한제국(大韓帝國)은 (1897년 10월 12일~1910년 8월 29일) 황제시대이었다. 두 차례에 걸친 왕자의 난은(1398년, 1400년) 태조 7년에 일어난 무인정사, 방원의 난이고 다음에 일어난 것을 방간(芳幹)의 난으로 왕자들 간에 벌어진 싸움이었다. 태종 방원(太宗 芳遠)은 왕권을 강화하고 임금 중심의 통치 체제를 정비하기 위해 관료제도를 정비하여 치세를 위한 토대를 닦았으며, 조선의 왕조로서의 역사는 506년이다.

시대가 내려오면서 제도의 결함이 드러나게 되고, 특히 지배계급의 경제적 기반인 토지제도의 문란에 따른 훈구 재상의 대토지 소유는 토지분배의 혜택을 받지 못하는 사림의 불만을 사게 되어, 여러 번에 걸쳐 사화(士禍)라는 참극을 빚어냈다. 사림들은 여러 차례 사화를 겪자 벼슬을 그만두고 지방에 내려가 학문에만 열중하는 경향이 있었으나, 선조(宣祖) 때에는 이들을 재등용하기도 해 마침내 사림들이 정계를 장악하게 되었다. 그러나 사류들 사이에 다시 대립이 생겨 자기 일파만이 정권을 장악하기 위하여 대대로 서로 싸우게 되니, 이를 당쟁이라 한다.

이어 16세기~17세기에 주변국가인 일본, 청과 치른 전쟁인 임진왜란(壬辰倭亂), 병자호란(丙子胡亂)으로 인하여 국토는 황폐해지고, 국가 재정은 고갈되었으며, 백성들은 비참한 생활을 강요당하였다. 이후 청나라에게 당한 수치를 씻자는 북벌론이 대두되었으나, 실천에 옮겨지지는 못했고, 청나라를 본받자는 북학론(北學論)이 대두되었다.

조선 후기의 정치는 붕당(朋黨)을 중심으로 형성되었는데 마침내 서인은 17세기 중반의 예송논쟁에서 남인에게 권력을 넘겨준다. 그러나 1680년의 경신환국(庚申換局)으로 서인이 권력을 잡은 뒤 균형이 무너져 서인은 남인을 철저히 탄압하였다. 이어 서인에서 분열된 노론과 소론이 대립하였다.

영조(英祖)와 정조(正祖)는 당파의 균형을 고려한 인재기용 탕평책(蕩平策)을 실천하였다. 19세기의 순조(純祖), 헌종(憲宗), 철종(哲宗) 3대에 걸친 안동 김씨와 풍양 조씨 등 외척 세력의 세도정치가 60여 년 동안 계속되었다.

고종의 아버지인 홍선대원군(興宣大院君)은 대원군이 되어 막강한 권력을 행사하였다. 또한 프랑스와 미국의 통상강요를 물리치고 쇄국정책을 유지하였다.

1873년 홍선대원군이 실각하고 민씨 정권이 들어서면서 대외정책이 개방되었다. 이어 일본, 미국 등에 문호를 개방하였다. 1880년대에는 구식 군인의 차별대우에 따른 저항으로 임오군란(壬午軍亂, 1882)이 일어났는가 하면, 개화정권을 수립하려는 시도인 갑신정변(甲申政變, 1884)이 일어나기도 하였다.

1890년대에는 농민 수탈에 대한 저항으로 동학농민운동이 일어났고, 동학농민운동(東學農民運動, 1894)의 진압을 명분으로 조선에 들어온 청나라와 일본의 군대가 충돌하기도 하였다. 1894년에는 친일적인 성격을 지닌 갑오개혁(甲午改革)이 실행되었다.

한편 일본이 친러파인 명성황후(明聖王后)를 암살하자, 고종(高宗)은 궁궐을 벗어나 아관파천(俄館播遷)을 감행, 러시아 공사관으로 옮기기도 하였다. 1897년 2월 20일 덕수궁으로 환궁한 고종(高宗)은 국호를 대한제국(大韓帝國)으로 고치고, 연호를 광무, 자신을 황제라 일컬어 자주 독립국임을 내외에 널리 알렸다.

조선시대는 정치, 경제, 사회, 문화의 모든 면에서 고려시대보다 한 단계 높은 수준으로 발전하여 근대사회에 한층 가까워졌으며, 수많은 문화 유적을 남겨놓아 한국 민족문화의 중핵을 이루고 있다.

조선은 5백년이 넘는 긴 역사 속에서 많은 변화를 겪으며 발전을 해 왔으므로, 이를 몇 단계로 나누어 이해할 필요가 있다. 전기와 후기로 나누기도 하고, 초기, 중기, 후기로 나누기도 하지만, 여기서는 대략 100년을 단위로 하여 다섯 시기로 구분한다.

(1) 14세기

14세기 후반에 이르러 고려왕조는 권문세족이 발호하는 가운데 정치체제의 약화로 왕권 쇠퇴, 밖으로는 이민족의 침입 등 혼란이 거듭되었다.

1388년 우왕 14년에 이인임(李仁任)의 보수 귀족세력은 관료들의 원성을 샀고, 결국 최영(崔瑩), 이성계(李成桂) 등의 무장세력에 의해 제거되었다. 이후 최영과 이성계는 각각 시중(侍中), 수시중(守侍中)에 올라 정치를 주도했다.

그런데 중국을 통일한 명나라가 한때 철령 이북이 원나라의 영토였다는 이유로 무리하게 반환을 요구하여 서로 대립했다. 이에 최영은 명과의 실력대결을 주창하여 우선 전진기지를 확보하기 위해 요동을 점령함으로써 명의 압력을 배제하고자 했다. 반면 이성계는 당시 고려의 전쟁능력, 시기, 효과 등 현실적인 측면을 고려하여 4불가론(四不可論)을 내세우며 요동정벌에 반대했다.

첫째, 군량미 · 군사규모 등에서 명과 대결할 만한 능력을 갖고 있지 못한 약소국이 강대국을 상대로 싸우는 것은 상책이 되지 못한다.

둘째, 전쟁시기를 여름철로 잡은 것은 잘못인데, 이 시기에 전쟁을 벌이면 농사를 망칠 뿐만 아니라 농민의 호응을 받기가 어렵다.

셋째, 거국적으로 대군을 원정시키면 그 틈을 타서 왜구의 침입이 증대할 것이다.

넷째, 당시 장마철이므로 전투하기에 불편하고 전염병으로 군사들이 희생될 우려가 크다는 것이다.

이상과 같은 의견을 개진했으나 최영과 우왕은 강력한 반론을 내세우며 요동정벌을 감행하고자 했다. 결국 원정이 단행되어 최고사령관 최영을 8도도통사(八道都統使), 조민수(曹敏修)를 좌군도통사(左軍都統使)로 각각 임명했다. 1388년 5월 원정군이 위화도에 이르렀을 때 이성계는 휘하 장병들의 절대적인 지지와 조민수의 동의를 얻어 회군을 단행했다. 그 해 6월에 개경을 점령한 뒤 최영을 체포해서 유배시키고 우왕을 퇴위시켰다.

처음에는 종실 중에서 국왕을 택하려 했으나 조민수(曺敏修), 이색(李穡)의 주장으로 우왕(禑王)의 아들 창왕(昌王)을 즉위시켰다. 그러나 조민수가 이성계파의 탄핵으로 실각하고 이성계가 권력을 장악하면서 창왕도 폐위당하고 공양왕(恭讓王)이 뒤를 이었다. 결국 이 사건은 이성계(李成桂)파가 권력을 장악하고 조선 건국의 기틀을 마련하는 계기가 되었다.

그는 마침내 1392년 7월 16일 개성의 수창궁에서 선양의 형식으로 왕위에 올라 나라를 건국함으로써 역성혁명(易姓革命)에 성공하였다.

태조는 민심의 혁신을 위하여 국호의 개정과 천도를 단행하여 먼저 국호는 고조선의 계승자임을 밝히고자 하는 자부심과 사명감에서 '조선'으로 정하고, 이를 1393년(태조 2년) 2월 15일부터 사용하였다. 또 1394년 1월 농업생산력이 높고 교통과 군사의 요지인 한양을 조선의 도읍으로 정하고 이곳에 궁궐, 관아, 성곽, 4대문 등을 건설하고 한성부라 칭하였다.

조선왕조가 건국이념으로 표방한 것은 외교정책으로서 사대교린(事大交隣), 문화정책으로서 숭유배불(崇儒排佛), 경제정책으로서 농본민생(農本民生)이다.

이에 따라 중국의 명(明)에 대해서는 종주국의 명분을 살려주고, 일본과 여진에 대해서 우호적인 관계를 유지하려 하였다.

또 유교를 정치, 문화, 사상계의 지도적 근본이념이 되게 하여, 교육, 과거, 의례를 유교적인 체제로 바꾸어 갔으며, 건국 초기부터 농업을 적극 장려하여 국민생활의 안정을 위해 노력하였다.

(2) 15세기

조선왕조의 기본틀이 짜여진 시기로, 1대 태조, 3대 태종, 4대 세종, 7대 세조, 9대 성종이 재위하는 동안 국력이 커지고 민족문화의 꽃이 피었다.

태조는 고려 말에 전제개혁을 단행하여 민심을 얻은 뒤 나라를 세웠다. 그리고 단군조선(檀君朝鮮)의 자주성(自主性)과 기자조선(箕子朝鮮)의 도덕성(道德性)을 계승한다는 의미에서 국호를 조선으로 바꾸고, 수도를 한양으로 옮겼다. 한양은 중앙집권(中央集權)과 국제화에 유리한 지리 조건을 갖추고 삼국 문화를 골고루 포용하고 있어 국민통합에 이로운 도읍이었다.

태종은 전제 개혁을 마무리짓고 왕권을 안정시켰으며, 세종은 안정된 왕권과 경제력을 바탕으로 집현전을 세워 유교문화의 꽃을 활짝 피웠다. 또한 4군 6진을 개척하여 국토를 넓히고, 왜구를 근절했으며, 훈민정음(訓民正音)을 창제했다.

세조(世祖)는 어린 조카 단종(端宗)을 밀어내고 왕위에 올라 도덕적으로는 비난을 받았으나, 국방을 강화하고 자주적인 문교정책을 펴서 왕권을 다시 안정시켰다.

성종은 세조의 과도한 부국강병정책을 조정하고, 세종과 같이 유교정치의 부흥에 힘쓰면서 모든 개혁을 마무리했다. 또한 경국대전(經國大典)을 완성하고, 동국통감(東國通鑑), 동국여지승람(東國輿地勝

覽), 동문선(東文選) 등 기념비적인 편찬사업을 펼쳐 정치, 경제, 사회, 문화의 모든 틀을 완성했다.

(3) 16세기

이 시기에는 동아시아의 국제질서가 비교적 안정되었는데, 조선은 중앙집권체제를 완료하면서 지방사회에 대한 관심이 높아졌다. 성종(成宗) 때부터 지방에서 성장한 새로운 유학자 정치세력인 사림이 중앙에 진출하기 시작했다.

사림은 연산군(燕山君)의 정치성향이 성종과는 달리 유교적인 왕도정치(王道政治)에 입각하지 않은 것을 못마땅하게 여겼고, 사람파는 주로 사간원, 사헌부, 홍문관 등 3사(三司)에 진출하여 언론과 문필을 담당하면서 연산군을 적극 견제하며 집권세력을 비판하면서 정치, 경제, 사상 등 여러 면에 걸쳐 훈구파와 사림파 간의 갈등이 깊어갔다. 결국 왕과 훈구의 결속에 의한 반격인 무오사화(戊午士禍)에 휩쓸리게 되었다. 무오사화의 결과 신진사림파는 커다란 타격을 받고 중앙정계에서 일단 후퇴하게 되었다. 사화로 많은 수의 사림이 처형되거나 유배되었을 뿐만 아니라 연산군의 전횡과 훈구파의 득세로 분위기도 크게 경색되었다.

한편 이 옥사의 주모자 가운데 유자광(柳子光)은 권력의 정상에 오르면서 위세를 떨쳤으며, 이극돈(李克墩)은 잠시 벼슬에서 쫓겨났으나 곧 광원군(廣原君)으로 봉해지는 등 훈구파들은 권력기반을 굳히게 되었다.

그 뒤에도 연산군(燕山君)과 중종(中宗)의 재위 동안 사림파는 잇단 사화를 겪으면서 훈구파의 집중적인 견제를 받았다.

그러나 사림은 재지(在地)의 서원과 향약을 기반으로, 조선 성리학의 중심을 이루어 나갔으며 정치적으로도 중앙정계에 진출하여 도학정치를 실현하려고 했다.

연산군(燕山君) 생모인 윤씨의 복위문제로 연산군이 언론의 견제가 약화된 상황에서 사치와 낭비를 일삼아 국가재정은 궁핍해졌고, 그 재정 부담을 백성뿐 아니라 훈구 재상들에게 지우자 재상들과 연산군의 관계는 더욱 악화되었다.

왕과 재상의 갈등이 심화되자 재상들은 궁중의 경비를 절약하고 왕의 방종을 견제하려 했으나, 외척인 신수근(愼守勤 : 연산군의 비인 신씨의 오빠)을 중심으로 임사홍(任士洪) 등이 연산군을 지원하면서, 오히려 사화를 야기하여 훈구 재상들이 피해를 입게 되었다. 사림은 무오사화로 위축되었지만 일정한 기능을 하면서 왕의 방탕을 견제하던 사림이 그 피해에 같이 연루된 것은 당연하였다.

연산군의 폭정으로 백성들의 원성이 높아지자 연산군의 비위를 상하여 파직되었던 전 이조참판(吏曺參判) 성희안(成希顔)은 지중추부사(知中樞府事) 박원종(朴元宗)과 밀약하고 이조판서(吏曺判書) 유순정(柳順汀)의 조력을 얻어 1506년 음력 9월 왕이 장단(長端)으로 유람(遊覽)하는 틈을 타서 군자감부정(軍資監副正) 신윤무(辛允武), 군기시첨정(軍器寺僉正) 박영문(朴永文) 등과 함께 무사들을 모아 궁중 세력의 대표자인 임사홍(任士洪), 신수근(愼守勤) 등을 제거한 다음 궁중에 들어가 성종의 계비인 정현왕후(貞顯王后)의 허락을 받아 연산군을 폐위시키고 성종(成宗)의 둘째 아들 진성대군을 추대할 계획을 세웠다.

반정(反正)으로 추대된 중종(中宗)의 비호를 받으면서 한때 권력을 장악하고, 지방자치와 농민 부담 완화 등의 개혁을 실시했다.

특히 연작상경(連作常耕)의 집약적 농업기술과 전국적인 유통 경제망 건설 등 그동안 소규모적, 정기적으로 이루어지는 공무역(公貿易) 중심의 대외무역이 점차 국내 수요의 증가와 해외시장의 확대로 활발해지면서 사무역(私貿易)이 크게 늘어났다.

그러나 기득권을 지키려는 보수층의 반격을 받아 몇 차례에 걸쳐 숙청을 당했는데, 이를 사화라고 한다. 그러나 16세기 후반에 선조가 즉위한 후 사림정권이 들어서고, 사림의 정당인 붕당이 형성되어 서인과 동인이 경쟁하면서 본격적인 성리학 정치를 전개했다.

(4) 17세기

16세기 말에 일본을 무력으로 통일한 도요토미 히데요시가 20만 대군을 보내 조선을 침략해 임진왜란(1592~1598)이 일어났다. 전쟁 초기에는 조선이 조총으로 무장한 일본군에 밀렸다. 하지만 전쟁이 길어지면서 유생과 농민이 연합한 의병이 일어나고, 바다에서는 이순신(李舜臣)이 이끄는 해군이 위력을 발휘하여 7년간 계속된 전쟁은 1598년(선조 31년) 음력 11월 19일 남해 노량대첩의 승리로 끝이 났다. 임진왜란(壬辰倭亂)이 끝난 후 명은 곧 망하고, 일본에서도 도쿠가와시대가 열리는 등 큰 정치변동이 일어났으나, 조선은 전쟁에 승리한 자신감과 우월감을 가지고 대일외교를 펴 갔다.

전쟁 이후 임진왜란에서 큰 공을 세운 광해군(光海君)과 동인의 일파인 북인이 정권을 잡아 강력한 부국강병(富國强兵) 정책을 추진하여 비범한 정치적 역량을 발휘하여 임진왜란 뒤의 사고 정비, 서적 간행, 호패의 실시 등으로 눈부신 치적을 올리는 한편, 밖으로는 여진의 후금이 만주에서 일어나는 새로운 국제정세에 처하여 현명한 외교정책을 써서 국제적인 전란에 빠져 들어가는 것을 피하였다.

그러나 광해군은 만주에서 새로 일어나던 후금(뒤 청나라)과 왜란 때 우리를 도와준 명 사이에서 중립정책을 취하고, 계모인 인목대비를 폐위시킨 사건으로 유교의 도리를 어겼다는 비난을 받았다.

그리하여 광해군(光海君)은 반정으로 쫓겨나고 인조(仁祖)가 즉위했다. 인조(仁祖) 때에는 서인이 집권하여 유교정치를 부활시켰으나, 청에 대해 친명배금(親明排金) 정책을 표방함으로써 후금(後金 : 淸) 태종은 3만 명의 대군을 거느리고 1627년(인조 5) 정월 14일 폐위된 광해군을 위하여 보복한다는 구실을 내세우고 조선을 침입한 것이 정묘호란(丁卯胡亂)이다. 병자호란(丙子胡亂)은 1636년 12월에 다시 청태종이 조선 침략을 감행해 온 전쟁인데 조정에서는 봉림대군, 인평대군을 비롯한 비빈종실(妃嬪宗室)과 남녀 귀족은 우선 강화도로 피난가게 하였고, 인조는 소현세자와 조정의 문무백관(文武百官)을 친히 동반하고 부득이 남한산성(南漢山城)으로 피하였다.

이듬해 정월 1일에 남한산성 아래의 탄천(炭川)에서 12만 명의 청군이 결집하고 강화 함락의 소식을 접하면서 척화파 김상헌 등과 최명길 등이 여러 차례 청군과 화평교섭을 진행하였으나 두 달 만에 조선은 굴복으로 태종(청)의 요구에 인조는 항복하고 성문 밖 삼전도에 나와 무릎을 꿇고 말았다.

두 차례의 호란으로 큰 피해를 입은 조선은 정부나 백성 모두가 청나라에 대한 적대 감정과 복수심에 불탔다. 이에 청나라를 쳐서 원수를 갚아야 한다는 북벌론이 일어났다.

특히, 청나라에 인질로 억류되었던 효종(孝宗)은 심양에서 겪은 인질로서의 고초와 굴욕을 분히 여겨 북벌을 나라의 가장 중요한 정책

목표로 삼았다. 효종(孝宗)은 송시열(宋時烈), 이완(李浣) 등과 함께 남한산성(南漢山城) 및 북한산성(北漢山城)을 수축하고 군대의 양성에 힘을 기울였으나, 북벌을 실천에 옮기지는 못하였다. 그 뒤 효종, 현종, 숙종 때 청에 복수하자는 북벌운동이 크게 일어났다. 이에 따라 군비가 강화되고, 문화적으로도 청보다 높은 중화국가(中華國家)라는 자부심을 가지면서 민족의식을 고취하는 국학(國學)운동이 일어났다.

그 후 청나라가 한족의 반발을 누르면서 중국에 대한 지배를 확고히 하고, 강력한 군사력을 유지하고 있었기 때문에 조선으로서는 강대국으로 부상한 청나라와의 관계 개선이 불가피하였고, 이에 따라 경제적 문화적 교류도 빈번해졌다. 18세기 후반에는 청나라의 발달한 문화를 받아들여야 한다는 주장도 설득력을 얻어가고 있었다.

이 무렵, 러시아가 침략해 오자 청나라는 이를 물리치기 위해 조선 원병을 요청하여 이에 조선은 두 차례에 걸쳐 조총부대를 출병시켜 큰 전과를 올리기도 했다. 이 시기에는 붕당간의 경쟁이 가장 심했고 정권 교체가 잦았는데, 이는 그만큼 정책 대결이 치열하고 정치 운영이 탄력적이었음을 의미한다.

또한 이 시기는 뛰어난 학자들이 많이 나와 성리학의 전성기를 이루었다. 성리학에 대한 이해가 깊어지면서 성리학의 정치이념에 따라 붕당이 생겨났다. 당파간의 과열 경쟁이 때로는 많은 사람을 다치게 했지만, 붕당간의 정책과 학문 경쟁이 치열해져서 정치 수준이 한 단계 높아졌다.

(5) 18세기

이 시기에는 치세를 겪으며 실학이 융성하였고 천주교가 전래되었다. 강력한 지도력을 발휘하여 등장한 영조(英祖), 정조(正祖)는 국력을 키우고 문화를 중흥시켰다. 탕평책을 실시하여 여러 붕당의 인재를 등용하면서, 왕권이 강화되어 개혁을 좀더 힘 있게 추진했다.

사회, 경제면에서도 큰 변화가 나타났다. 상공업이 발달하여 화폐 유통이 활성화 되어 경제가 발전하고 도시 시민층이 성장했으며, 서양의 과학 기술을 적극 수용했다.

북학사상이 이러한 변화를 이끌었다. 영조는 신임사화와 같은 살륙(殺戮)의 보복은 피하고, 노론의 전제를 막아야만 불안한 왕권을 강화하고 정국을 안정시킬 수 있다고 생각했다. 따라서 노론이 소론 4 대신을 비롯해 신임사화(세자 책봉을 둘러싸고 일어난 옥사)에 관련된 인물들을 모두 죽일 것을 주장하자 탕평책의 일환으로 노론(老論) 강경파를 파면하고 소론(少論)을 정권에 참여시킨 정미환국(丁未換局)을 단행하여 노론 대신들을 파직시키고 일시 소론정국을 만드는 등 몇 차례에 걸쳐 정국의 변동을 단행하고 탕평파를 키우는 등 노력을 했으나 소기의 목표를 달성할 수는 없었다.

한편, 농촌사회의 분배 구조를 개혁하려는 실학도 활발했다. 영조(英祖)와 정조(正祖)는 도시와 농촌의 변화를 수용하면서 국가의 부강을 꾀하고 농촌사회의 분배 구조를 개선하고자 했다. 특히, 정조는 당쟁의 폐해를 절감하고, 당색에 구애되지 않고 인물 본위 준론(峻論)의 관리를 등용하는 탕평을 강구했다.

그리고 정조는 규장각을 중심으로 개혁을 추진해 왕조의 근대화를 가져오는 계기를 만들었다.

한편, 국력이 커지면서 북방지역과 섬지방의 개발도 활발하게 이루어졌다. 17세기에 팽배했던 북벌운동은 청의 국력이 커감에 따라 점차 수그러들고, 그 대신 문화적인 자신감을 바탕으로 국가의 내실을 다져나갔다.

18세기 이후로는 붕당정치의 부작용을 줄이려고 탕평책(蕩平策)을 시행하여 권력을 붕당보다도 국왕에게 모았다. 이는 서양에서 중세에서 근대로 넘어갈 때 절대왕권이 성립한 것과 비슷하다.

19세기의 세도정치는, 탕평이 무너지고 일당독재로 넘어가 견제와 균형을 잃고 정치가 부패하는 원인이 되었다.

(6) 19세기

강력한 군주인 정조(正祖)가 죽고 나이 어린 순조(純祖), 헌종(憲宗), 철종(哲宗), 고종(高宗)이 즉위하면서 왕의 지도력이 약해지고, 한양의 명문 양반들이 권력을 장악했다. 세도의 책임을 맡은 자가 세도를 빙자하여 세력을 휘둘렀다는 부정적인 의미에서 세도정치(勢道政治)라고 불렀다.

세도가문들은 그들 스스로가 내세운 명분과 의리를 세상 가운데의 올바른 도리로 정립하고 스스로를 그리한 의리의 실현자 곧 세도의 책임자로서 자임할 수 있었다. 이들은 관료적 기반, 사림으로서의 명망, 왕실의 외척으로서의 정치적 영향력 등으로 정치적 주도권을 행사했다.

한양에서 성장한 세도가들은 농촌사회(農村社會)를 소외시키고 권력과 경제력을 독점하여 심각한 사회갈등을 일으켰다. 그리하여 19세기 중반에는 전국 각지에서 농민봉기가 일어났다. 이 과정에서 신분질서가 무너지고 지방사회가 성장했으며, 그 힘이 개화기의 민족운동으로 발산되었다. 특히 흥선대원군(興宣大院君)과 고종(高宗)은 전통 왕조의 질서를 지키면서 자주적인 근대화를 시도했으나, 일본의 방해와 무력 간섭으로 자주적인 근대국가(近代國家)를 세우는 데에는 끝내 실패했다.

세도정치 아래에서의 세도가는 국민의 이익보다는 자신의 권력 유지를 위한 정치를 하였으므로, 왕권이 약해져 인사 행정이 바르지 못하고 관기가 어지러워졌다. 관료들은 사리사욕을 채우기에 바빠 탐관오리(貪官汚吏)가 넘쳐났고, 매관매직(돈을 받고 벼슬을 시킴)이 성행하였으며, 이로 인해 점차 삼정(전정, 군정, 환곡)이 문란해졌다.

세도정치가 행해졌던 19세기는 봉건사회가 급격히 해체되는 변동기로서 일반 백성은 물론이고 양반들마저도 권력으로부터 소외되어 갔다. 따라서 농민들은 점차 격화되어 가는 사회모순에 저항하기 시작했고, 1862년(철종 13)에는 삼남지방에서 대대적으로 봉기했다.

이에 세도정권은 사회모순의 해결 없이는 정권 유지가 불가능함을 깨닫고, 농민들의 요구사항의 하나였던 삼정(三政) 문제의 해결을 약속하고 사태를 수습했으나 그것마저도 제대로 시행하지 못했다.

농민항쟁으로 조성된 정치적 위기 상황 속에서 1863년 고종의 왕위계승을 계기로 대원군(大院君) 정권이 등장함에 따라 세도정치는 막을 내렸다. 대원군 정권이나 민씨 정권의 정치형태를 세도정치에 포함시키기도 하나 정치제도, 정치세력의 존재 형태와 지향, 정치상황 등이 이전과는 크게 달라져 세도정치와 동일시하기는 어렵다.

1870년대 초반에 일본은 조선에 압력을 행사하면서 이미 영향력을 행사하고 있던 중국과 충돌하였고, 한국을 일본의 영향력 아래 두려고 하였다.

1895년 명성황후(明聖皇后)는 일본 자객들에게 암살되었다.

1897년 조선은 대한제국(1897~1910)으로 국호를 새롭게 정하였고, 고종(高宗)은 황제의 자리에 올랐다.

1905년 일본은 대한제국에게 압력을 행사하여 을사조약*을 강제로 체결함으로써 대한제국을 보호국으로 만들었고, 1910년에는 한일합방조약(韓日合邦條約)을 체결하였지만, 이 두 조약 모두 법적으로는 무효라고 볼 수 있다.

경술국치 강제 합방조약 전문을 보면 한국 황제 폐하와 일본국 황제 폐하는 양국간의 특수하고 친밀한 관계를 회고하여 상호행복을 증진하며 동양의 평화를 영구히 확보코자 하는 바 이 목적을 달성하기 위하여서는 한국을 일본제국에 병합함만 같지 못한 것을 확신하여 이에 양국간에 합병조약을 체결하기로 결하고 일본국 황제 폐하는 통감 자작사내정의 한국 황제 폐하는 내각총리대신 이완용을 명기 전권위원으로 임명함.(이 전권위원은 회동협의한 후 좌의 제조를 협정함)

1. 한국 황제 폐하는 한국 전부에 관한 일절의 통치권을 완전하고도 영구히 일본국 황제 폐하에게 양여함.
2. 일본국 황제 폐하는 전 조에 게재한 양여를 수락하고 또 전연 한국을 일본국에 병합함을 승낙함.
3. 일본국 황제 폐하는 한국 황제 폐하 · 태황제 폐하 · 황태자 폐하와 그 후비 및 후예로 하여금 명기 지위에 응하여 상당한 존칭 · 위엄, 그리고 명예를 향유케 하며 또 이를 보지하기에 충분한 세

---

* 을사조약 : 1905년 일본이 대한제국을 강압하여 체결한 조약으로, 외교권 박탈과 통감부 설치.

비를 공급할 것을 약함.

4. 일본국 황제 폐하는 전 조 이외의 한국 황족과 기후예에 대하여 명기 상당한 명예와 대우를 향유케 하며, 또 이를 유지하기에 필요한 자금을 공여할 것을 약함.
5. 일본국 황제 폐하는 훈공 있는 한인으로서 특히 표창을 행함이 적당하다고 인정되는 자에 대하여 영작을 수여하고 또 은금을 수여할 것.
6. 일본국 정부는 전기병합의 결과로써 전연 한국의 시정을 담임하고 동시에 시행하는 법규를 준수하는 한인의 신체와 재산에 대하여 충분한 보호를 하며 또 기 복리의 증진을 도모할 것.
7. 일본국 정부는 성의와 충실로 신제도를 존중하는 한인으로서 상당한 자격이 있는 자를 사정이 허하는 한에서 한국에 있는 제국관리로 등용할 것.
8. 본조약은 일본국 황제 폐하와 한국 황제 폐하의 재가를 경한 것으로 공시일로부터 시행함.

우증거로 양 전권위원은 본조약에 기명 조인하는 것이다.

한일합방늑약(韓日合邦勒約)은 1910년 8월 22일에 대한제국과 일본제국 사이에 맺어진 합병조약(合倂條約)이다. 대한제국의 내각총리대신 이완용(李完用)과 제3대 한국 통감인 데라우치 마사타케가 형식적인 회의를 거쳐 조약을 통과시켰으며, 조약의 공포는 8월 29일에 이루어져 대한제국(大韓帝國)은 이 길로 멸망하게 된다.

1905년 을사조약(乙巳條約) 이후 실질적 통치권을 잃었던 대한제국은 일본제국에 편입되었고, 일제 강점기가 시작되었다. 특이한 점은 한일합병조약(韓日合拼條約)이 체결, 성립한 당시에는 조약의 이름이 존재하지 않았고, 순종(純宗)이 직접 작성한 비준서가 존재하지 않는다는 점이다.

한국인은 일본의 점령에 저항하고자 곳곳에서 비폭력적인 3.1운동을 1919년에 전개하였다. 뒤이어 이러한 독립운동(獨立運動)을 총괄하고자 대한민국 임시정부가 설립되어 만주와 중국과 시베리아에서 많은 활동을 하였다.

조선, 중국, 일본 각 나라는 14세기에 다같이 새 국가와 정권이 등장한 이후 2세기 동안 안정기를 누려왔으나 16세기에 접어들면서 명나라가 동요되고 이웃한 여러 민족들이 자주적으로 발전하려는 경향을 보이면서 동아시아의 정세는 소용돌이 속으로 빠져들었다.

명나라는 16세기경에 환관(宦官)이 실권을 장악하는 등 정치가 극도로 문란해졌고, 지방에서도 향리재주(鄕吏在主)의 관리나 과거급제자층이 향신(鄕紳)이라는 새로운 지배층을 형성하여 반(反)환관운동, 반(反)해금정책 등 중앙권력에 대한 저항력을 강화하고 있었다. 또한 각지에서는 농민봉기와 종실간의 반란이 잦았으며, 북쪽의 오랑캐와 남쪽의 왜적이 자주 침입해 왔다.

한편 일본은 16세기 전반에는 전국 다이묘 '大名' 들의 영국경영(領國經營)에 기반하여 상공업 발달이 이루어졌고, 후반에는 권력을 잡은 오다 노부나가 '織田信長' 정권이 전국통일전쟁 과정에서 국내의 상권과 국제무역권의 통일을 강화해갔다.

이어 16세기~17세기에 주변국가인 일본, 청과 치른 전쟁(임진왜란, 병자호란)으로 인하여 국토는 황폐해지고, 국가 재정은 고갈되었으며, 백성들은 비참한 생활을 강요당하였다. 이후 청나라에게 당한 수치를 씻자는 북벌론이 대두되었으나, 실천에 옮기지는 못했고, 청나라를 본받자는 북학론이 대두되었다.

조선 후기의 정치는 붕당을 중심으로 형성되었는데 마침내 서인은 17세기 중반의 예송논쟁에서 남인에게 권력을 넘겨준다. 그러나 1680년의 경신환국(庚申換局)으로 서인이 권력을 잡은 뒤 균형이 무너져, 서인은 남인을 철저히 탄압하였다. 이어 서인에서 분열된 노론과 소론이 대립하였다.

영조(英祖)와 정조(正祖)는 당파의 균형을 고려한 인재기용(탕평책)을 실천하였다. 19세기의 순조(純祖), 헌종(憲宗), 철종(哲宗) 3대에 걸친 안동 김씨와 풍양 조씨 등 외척 세력의 세도정치(勢道政治)가 60여 년 동안 계속되었다.

고종은 1852년(철종 3) 흥선대원군(興宣大院君) 이하응(李昰應)의 둘째 아들로 태어났다. 철종(哲宗)이 자식이 없이 세상을 떠나자, 고종(高宗)은 12세의 어린 나이로 조선의 제 26대 왕이 되었다. 그러나 어리다는 이유로 아버지 흥선대원군(興宣大院君)이 10년 동안 나라 일을 대신 맡아 돌보았다. 1866년 고종(高宗)은 민치록의 딸(명성황후)를 왕비로 맞이했다.

1873년 흥선대원군을 비판하는 최익현(崔益鉉)의 상소로 대원군이 물러나자 고종은 직접 정사를 돌보았다. 그러나 강력한 왕권을 갖지 못해 주로 명성황후(明成皇后)를 비롯한 민씨 일파의 자문을 얻어 나라 일을 돌보았다.

1876년에 일본과 강화도조약(江華島條約)을 맺어 문호를 개방했고, 1881년 일본과 청나라에 각각 신사유람단(紳士遊覽團)과 영선사(營繕

司)를 보내어 새로운 문물과 제도를 배워 오도록 하였다. 똑 같은 통리기무아문(統理機務衙門)을 만들어 조정을 근대적으로 바꾸고, 일본 군사 교관을 초빙하여 신식 군대인 별기군(別技軍)을 만들었다. 1882년 기존의 군대가 신식 군대와의 차별 대우에 항의하여 임오군란(壬午軍亂)을 일으키고 흥선대원군(興宣大院君)을 다시 불러들였다. 그러자 민씨 일파의 요청으로 청나라가 개입하여 임오군란(壬午軍亂)을 진압하였고, 대원군을 청나라로 끌고 갔다.

1884년 12월에는 김옥균(金玉均), 박영효(朴泳孝), 홍영식(洪英植) 등 개화당 중심으로 기존의 청나라에 의존하려는 척족 중심의 수구당을 몰아내고 개화정권을 수립하려 갑신정변(甲申政變)을 일으켰으나 사흘만에 실패로 돌아갔다. 1894년(고종 31) 전봉준(全琫準)이 이끄는 동학혁명(東學革命)이 일어나자 고종(高宗)은 개혁의 필요성을 느껴 갑오개혁(甲午改革)을 1896년(고종 33)까지 3차례나 추진 실행하였다.

1894년 3월 동학혁명 갑오농민전쟁(東學革命 甲午農民戰爭)의 진압을 빌미로 일어난 청나라와 일본 간의 전쟁에서 승리한 일본이 조선에 내정 간섭을 강화하자 고종은 일본을 견제하기 위하여 러시아와 친밀한 관계를 맺었다.

그러자 일본은 1895년 10월 일본공사 미우라(三浦梧樓)가 지휘하는 폭도들이 경복궁에 난입하여 민비(閔妃) 명성황후(明成皇后)를 시해하는 을미사변(乙未事變)을 일으켰고, 급기야 고종(高宗)은 러시아 공사관으로 피신했다가 이듬해 돌아왔다. 이를 아관파천(俄館播遷)이라 한다. 그런데 러시아 공사관이 고종을 아무런 대가 없이 보호해 준 것이 아니었다. 러시아는 고종(高宗)의 보호를 대가로 조선의 여러 가지 이권을 넘겨 달라 요구했다. 즉 광산을 개발하거나 철도를 놓을 권리 등을 자신들에게 달라는 것이었다. 이로 인해 조선의 많은 이권이 서양에게 넘어갔다.

고종(高宗)은 1897년 국호를 대한제국(大韓帝國)으로 고치고, '광무'라는 연호를 정했다. 그리고 스스로 황제(皇帝)라 부르고 근대화 정책을 추진하였다. 이는 모두 조선(朝鮮)이 자주적인 독립국가임을 세계에 알리려는 고종(高宗)의 노력이었다. 아관파천(俄館播遷) 이후, 일본이 조선을 식민지로 삼는 데 가장 큰 걸림돌은 러시아였다.

1904년 2월 6일 일본은 러시아의 여순항을 기습 공격했다. 러일전쟁이 일어난 것이다. 전쟁이 시작되자마자, 일본은 고종에게 한일의정서(韓日議定書)를 내밀었다. 한일의정서는 일본이 우리 땅에서 맘대로 군사 행동을 할 수 있도록 하고, 일본의 요구를 모조건 받아들이라는 조약이었다.

고종은 당연히 이를 거부하였으나, 얼마 못가 이 한일의정서에 도장을 찍고 말았다. 이 전쟁에서 일본은 러시아를 무찌른다. 그리고 1905년 일본은 궁궐을 포위하고 일본이 조선을 보호한다는 내용의 문서를 내밀었다. 고종(高宗)은 일본과 친일파들의 협박과 강압에 못이겨 을사조약(乙巳條約)을 맺었고, 그 결과 외교권을 일본에 빼앗기고 말았다.

고종은 1907년 네덜란드 헤이그에서 열린 만국평화회의에 이상설(李相卨), 이준(李儁), 이위종(李瑋鍾)을 밀사로 파견하여 일본의 조선 침략에 대한 부당함을 세계에 알리려고 했다. 하지만 일본의 방해로 밀사들은 회의장에 들어가지도 못하였고, 고종의 노력은 실패로 끝이 났다.

이 사건으로 고종은 강제로 폐위되고 아들 순종(純宗)이 황제가 되었다.

순종(純宗)은 1907년 대한제국의 황제로 즉위하여 연호를 '융희'(隆熙)로 고쳤다. 또한 동생인 영친왕(英親王)을 황태자로 책립(冊立)했다. 즉위 후 일본의 강요로 한일신협약(韓日新協約)을 체결함으로써 일본인 차관이 국정 전반을 간섭하는 차관정치가 시작되었다. 이어 일제는 재정부족의 이유를 들어 군대를 강제 해산했으며, 1909년에는 기유각서(己酉覺書)를 통해 사법권마저 빼앗았다. 정치, 외교, 군사, 경제, 사법권 등을 강탈한 일제는 조선을 완전한 식민지로 만들기 위해 이용구(李容九), 송병준(宋秉畯) 등이 중심이 된 일진회(一進會)를 앞세워 합병을 추진하여 1910년 한일합병조약(韓日合拼條約)을 체결함으로써 대한제국은 무너지게 되었다.

1910년 식민지가 된 이후 고종은 이태왕(李太王)으로 불리다가 1919년 1월 21일 죽었다. 독살설 속에 치러진 그의 장례는 거족적인 3·1운동이 일어난 하나의 계기가 되었고, 이 해 중국 상하이에서 이승만, 김구 등을 중심으로 망명 대한민국 광복을 위한 임시정부가 세워졌다.

대한제국(大韓帝國) 붕괴 후 순종은 왕으로 강등되었고, 한국이 주권을 상실하게 되자 한국인들은 독립군을 일으켜 투쟁을 하게 된다. 국내에서의 무장 독립운동이 사실상 어렵다고 판단한 이들은 주로 만주나 연해주 등지를 근거지로 삼아 독립운동을 벌였다.

1919년 3월 1일 낮 12시 서울의 파고다 공원에서 독립선언서를 낭독하고 독립을 선언한 학생과 청년들은 수십만 명의 군중과 함께 '대한독립만세'를 외치며 온 거리를 휩씀으로써 3·1운동은 시작되었다. 한 번 불붙은 만세 시위는 일제의 헌병·경찰의 무자비한 탄압 속에서도 삽시간에 전국 방방곡곡으로 퍼져 나갔고, 간도, 시베리아, 연해주, 미주지역까지 퍼져 나갔다.

1926년 순종(純宗)의 장례 때 6.10만세운동이 일어났으며, 1929년 광주학생운동이 일어나 일본에 일격을 가했다. 또한 만주지방에서는 유망민중이 교민회를 조직하여 자활을 모색하였으며, 끊임없는 저항으로 많은 독립운동단체가 조직되어 국내외에서 일본 요인의 암살, 파괴활동을 적극적으로 펴 나갔다.

1941년부터 일본의 진주만 기습으로 인한 미국 연합국과 태평양전쟁을 벌였지만 1945년 8월 6일 히로시마에 핵투하로 패색이 짙어지자 1945년 8월 15일 무조건 항복하였고, 식민지 통치 하에 있던 대한민국도 이 때 해방되었다. 그러나 북위 38도를 경계로 남쪽은 미국, 북쪽은 소련의 신탁통치가 시작되어 민족은 분단되었다.

대한제국의 황실은 조선왕국의 후계로 1897년 10월부터 1910년 8월 29일까지 존속한 조선왕조의 국가를 대한제국이라 말한다.

조선시대(朝鮮時代, 1392년~1910년, 518년간, 총 27대) 왕 계보는 다음과 같다.

- **1代** 태조(太祖, 1335~1408), 왕후 신의왕후(神懿王后), 신덕왕후(神德王后)

  재위기간 1392~1398. 휘는 성계(成桂). 고려말 무신으로 왜구를 물리쳐 공을 세우고, 1388년 위화도회군으로 고려를 멸망시키고 1392년 7월 새 왕조의 태조로서 조선왕조를 세워 왕위에 올랐다.
- **2代** 정종(定宗, 1357~1419), 왕후 정안왕후(定安王后)

  재위기간 1398~1400. 휘는 방과(芳果). 태조의 둘째 아들. 사병을 삼군부에 편입시킴. 즉위 2년만에 방원에게 왕위를 물려주고 상왕이 되었음.

- 3代 태종(太宗, 1369~1422), 왕후 원경왕후(元敬王后)

재위기간 1400~1418. 휘는 방원(芳遠). 태조가 조선을 세우는 데 공헌하였으며, 왕자들의 왕위 다툼(왕자의 난)에서 이겨 왕위에 오름. 여러 가지 정책으로 조선왕조의 기틀을 세움.

- 4代 세종(世宗, 1397~1450), 왕후 소헌왕후(昭憲王后)

재위기간 1418~1450. 휘는 도(裪). 태종의 셋째 아들. 집현전을 두어 학문을 장려하고, 훈민정음을 창제하고, 측우기 · 해시계 등의 과학기구를 창제케 함. 외치에도 힘을 써 북쪽에 사군과 육진, 남쪽에 삼포를 두었음.

- 5代 문종(文宗, 1414~1452), 왕후 현덕왕후(顯德王后)

재위기간 1450~1452. 휘는 향(珦). 학문에 밝고 인품이 좋았으며, 세종의 뒤를 이어 유교적 이상 정치를 베풀고 문화를 발달시켰음. 문종은 유학, 천문, 역법, 산술 등에 정통했고, 글씨에도 뛰어났다.

- 6代 단종(端宗, 1441~1457), 왕후 정순왕후(定順王后)

재위기간 1452~1455. 휘는 홍위(弘暐). 12살에 왕위에 올랐으나 계유사화 로 영월에 유배되었다가 죽임을 당함. 200년 후인 숙종 때 왕위를 다시 찾아 단종이라 하였음.

- 7代 세조(世祖, 1417~1468), 왕후 정희왕후(貞熹王后)

재위기간 1455~1468. 휘는 유(瑈). 국조보감(國朝寶鑑), 경국대전(經國大典) 등을 편찬하고 관제의 개혁으로 괄목할 만한 치적을 남김. 수양대군(首陽大君).

- 8代 예종(睿宗, 1441~1469), 왕후 장순왕후(章順王后)

재위기간 1468~1469. 휘는 광(晄). 세조의 둘째 아들. 세조 때부터 시작한 경국대전을 완성시켰음.

- 9대 성종(成宗, 1457~1494), 왕후 공혜왕후(恭惠王后), 정현왕후(貞顯王后)

재위기간 1469~1494. 휘는 혈(娎). 학문을 좋아하고 숭유억불, 인재등용 등 조선 초기의 문물제도를 완성함. 경국대전을 편찬함.

- 10代 연산군(燕山君, 1476~1506), 왕후 폐비신씨(愼氏)

재위기간 1494~1506. 휘는 융(㦕). 폭군으로 무오사화, 갑자사화, 병인사화 를 일으켜 많은 선비를 죽임. 중종반정으로 폐위됨.

- 11代 중종(中宗, 1488~1544), 왕후 단경왕후(端敬王后), 장경왕후(章敬王后), 문정왕후(文定王后)

재위기간 1506~1544. 휘는 역(懌). 혁신정치를 기도하였으나 훈구파의 원한으로 실패하고 1519년 기묘사화, 신사사화 를 초래함.

- 12代 인종(仁宗, 1515~1545), 왕후 인성왕후(仁成王后)

재위기간 1544~1545. 휘는 호(峼). 장경왕후의 소생. 기묘사화로 없어진 현량과를 부활함.

- 13代 명종(明宗, 1534~1567), 왕후 인순왕후(仁順王后)

재위기간 1545~1567. 휘는 환. 중종의 둘째 아들. 12세에 즉위하여 을사사화, 정미사화, 을유사화, 을묘왜변을 겪음.

- 14代 선조(宣祖, 1552~1608), 왕후 의인왕후(懿仁王后), 인목왕후(仁穆王后)

재위기간 1567~1608. 휘는 균. 명종이 후사없이 승하하자 16세에 즉위. 이이, 이황 등의 인재를 등용하여 선정에 힘썼으나 당쟁과 임진왜란으로 시련을 겪음.

- 15代 광해군(光海君, 1575~1641), 왕후 폐비 유씨(柳氏)

  재위기간 1608~1623. 휘는 혼. 당쟁으로 임해군, 영창대군을 역모로 죽이고(계축사화), 인목대비를 유폐하는 등 패륜을 많이 지질렀으며, 한편 서적편찬 등 내치에 힘쓰고 명나라와 후금에 대한 양면정책으로 난국에 대처함. 인조반정으로 폐위됨.

- 16代 인조(仁祖, 1595~1649), 왕후 인열왕후(仁烈王后), 장렬왕후(莊烈王后)

  재위기간 1623~1649. 휘는 천윤. 광해군을 몰아내고 왕위에 올랐으나 이괄의 난 , 병자호란, 정묘호란을 겪음.

- 17代 효종(孝宗, 1619~1659), 왕후 인선왕후(仁宣王后)

  재위기간 1649~1659. 휘는 호. 인조의 둘째 아들. 병자호란으로 형인 소현세자와 함께 청나라에 볼모로 8년간 잡혀 갔다 돌아와 즉위 후 이를 설욕하고자 국력을 양성하였으나 뜻을 이루지 못함.

- 18代 현종(顯宗, 1641~1674), 왕후 명성왕후(明聖王后)

  재위기간 1659~1674. 휘는 연(棩). 즉위 초부터 남인과 서인의 당쟁에 의해 많은 유신들이 희생됨. 대동법을 진라도에 실시하고, 동철제 활자 10만여 글자를 주조함.

- 19代 숙종(肅宗, 1661~1720), 왕후 인경왕후(仁敬王后), 인현왕후(仁顯王后), 인원왕후(仁元王后)

  재위기간 1674~1720. 휘는 순. 남인, 서인의 당파싸움(기사사화)과 장희빈으로 인한 내환이 잦음. 대동법을 전국으로 확대하고, 백두산 정계비를 세워 국경을 확정함.

- 20代 경종(景宗, 1688~1724), 왕후 단이왕후(端懿王后), 선이왕후(宣懿王后)

재위기간 1720~1724. 휘는 윤. 숙종의 아들로 장희빈 소생. 신임사화 등 당쟁이 절정에 이름.

• 21代 영조(英祖, 1694~1776), 왕후 정성왕후(貞聖王后), 정순왕후(貞純王后)

재위기간 1724~1776. 휘는 금(昑). 탕평책을 써서 당쟁을 제거에 힘썼으며, 균역법 시행, 신문고 부활, 동국문헌비고 발간 등 부흥의 기틀을 만듬. 말년에 사도세자의 비극이 벌어짐.

• 22代 정조(正祖, 1752~1800), 왕후 효의왕후(孝懿王后)

재위기간 1776~1800. 휘는 산(祘). 탕평책에 의거하여 인재를 등용하고, 서적보관 및 간행을 위한 규장각을 설치함. 임진자, 정유자 등의 새 활자를 만들고 실학을 발전시키는 등 문화적 황금시대를 이룩함.

• 23代 순조(純祖, 1790~1834), 왕후 순원왕후(純元王后)

재위기간 1800~1834. 휘는 공. 김조순(金組淳) 등 안동김씨의 세도정치시대. 신유사옥을 비롯한 세 차례의 천주교 대탄압이 있었음. 1811년 홍경래의 난이 일어남.

• 24代 헌종(憲宗, 1827~1849), 왕후 효현왕후(孝顯王后), 효정왕후(孝定王后)

재위기간 1834~1849. 휘는 환(奐). 8세에 즉위하여 왕 5년에 천주교를 탄압하는 기해사옥이 일어났음.

• 25代 철종(哲宗, 1831~1863), 왕후 철인왕후(哲仁王后)

재위기간 1849~1863. 휘는 변. 헌종이 후사없이 죽자 대왕대비 순원왕후의 명으로 즉위함. 왕2년 김문근(金汶根)의 딸을 왕비로 맞아들여 안동김씨의 세도정치가 시작됨. 진주민란 등 민란이 많았음.

병사함.

- 26代 고종(高宗, 1852~1919), 왕후 명성황후(明成皇后)

  재위기간 1863~1907. 휘는 희(熙). 홍선대원군의 둘째 아들. 대원군과 민비의 세력다툼, 구미열강의 문호개방 압력에 시달림. 1907년 헤이그 밀사사건으로 퇴위함. 임오군란이 일어남.

- 27代 순종(純宗, 1874~1926), 왕후 순명효황후(純明孝皇后), 순정효황후(純貞孝皇后)

  재위기간 1907~1910. 휘는 척(拓). 고종의 둘째 아들. 1910년 일본에 나라를 빼앗겨 35년간 치욕의 일제시대를 보내게 되었고, 이왕(李王)으로 강등되어 불렸다.

이은 영친왕(李垠 英親王)은 순종(純宗)과는 이복형제로 고종의 일곱째 아들이다. 1907년 순종 융희(純宗 隆熙) 1년에 황태자에 책봉되었다. 1907년 12월 이토 히로부미(伊藤博文) 통감에 의해 유학이라는 명목으로 일본에 인질로 잡혀갔다. 1910년 국권이 일제에 의해 강탈되면서 융희황제(隆熙皇帝 : 뒤의 순종)가 이왕(李王)으로 폐위되자, 그도 황태자에서 왕세제(王世弟)가 되었다. 1920년 일본의 흡수정책에 따라 일본 왕족 나시모토노미야(梨本宮)의 딸 마사코(方子)와 정략결혼을 했다. 1926년 순종이 죽자 형식상으로 왕위계승자가 되어 이왕이라고 불렸다. 일본에 억류되어 있는 동안, 일본 육군사관학교, 육군대학을 거쳐 육군 중장을 지냈다. 1945년 일제가 패망하자 귀국하려고 했으나 뜻을 이루지 못했으며, 그 뒤 1963년까지 일본에 머물렀다. 1963년 국적을 회복하고 귀국했으나 귀국 당시 이미 뇌혈전증으로 인한 실어증에 걸려 있는 상태였다

1. 정치

(1) 왕권의 강화

조선시대에는 중앙집권이 강화되고, 국왕의 권위가 고려시대보다 높아졌다. 국왕이 파견한 수령이 전국의 모든 군현을 지배하여 전 국토와 주민이 국왕의 관할 아래 들어갔다. 국왕이 파견한 수령이 지방을 통치하면서 백성들은 지방 세력가의 임의적인 지배에서 벗어나 국가 공권력의 보호를 받는 동시에 국가에 대한 의무도 함께 지게 되었다. 국왕의 평균 통치기간도 고려는 14년이었으나, 조선은 19년으로 늘어나 왕권도 그만큼 안정되었다. 왕권의 강화로 백성에 대한 특권층의 지배가 상대적으로 약화되고 민권이 성장했으며, 왕의 권력을 분담하고 있는 신권(臣權)이 성장했다.

(2) 통치기구

군주 밑에 최고의 통치기구로 의정부가 있어 정책 결정을 주도하고, 그 밑의 6조는 행정을 분담했다. 한편, 권력의 남용과 부패를 방지하고자 언론기관인 사간원과 감찰기관인 사헌부를 두었으며, 국왕과 더불어 학문과 정책을 토론하고 국왕의 문서를 작성하는 홍문관을 두었다. 이 세 기관을 언론삼사(三司)라 하여 매우 중요하게 여겼다.

이 밖에 왕명을 출납하는 비서기관인 승정원이 있었고, 중죄인을 다스리는 최고의 사법기관으로 의금부를 두었다. 조선시대에는 법에 따른 통치를 강조하여 국왕 마음대로 정치를 할 수 없었다. 〈경국대전〉이라는 독자적 통치규범을 확립한 것은 조선이 법치국가였음을 알려준다. 규범에 따라 운영되는 관료정치였기 때문에 정치에서 공정성과 합리성을 띠었으며, 민본주의가 신장되었다.

2. 교육과 관리 선발

(1) 교육기관

조선시대에는 교육을 강조하는 유교이념이 확산되면서 교육 기회가 크게 늘어났다. 먼저, 전국 군현에 관립학교인 향교가 설치되어, 양인 이상의 자제들이 입학해 유교 교육을 받았다. 한양에는 네 개의 부학(部學)을 설치하여 향교와 같은 수준의 교육을 했다. 또한 최고 학부인 성균관이 있었는데, 여기에는 향교를 졸업한 사람이나 생원, 진사가 입학할 수 있었다.

16세기 이후로는 교육기관이 더욱 늘어나 전국 각지에 옛 현인들을 제사하고 추모하는 서원이 들어섰는데, 조선 후기에는 그 수가 1천 개를 넘어서게 되어 향교보다도 더 주요한 교육기관이 되었다. 그리고 각 향촌에는 초등교육기관인 서당이 있어, 어린이의 초보적인 한문교육과 유학 교육을 담당했다. 학교 입학은 남성만의 특권이었으나, 여성들은 가정교육을 통해 기초적인 유교 교양을 쌓았다. 한편, 금속활자의 개량과 출판 · 인쇄술의 발달, 그리고 종이 제작술의 발전은 교육을 확산하는 데 크게 기여했다.

(2) 과거제도

교육받은 인재를 공정하게 관리로 선발하려고 각종 시험제도를 마련했다. 고려시대에는 고급 관리의 자제가 자동으로 관리가 되는 문음제도의 문이 넓었으나, 조선시대에는 문음의 기회를 줄이고 그 대신 시험제도를 확산했다. 시험제도 중에서 가장 어렵고도 출세가 빠른 것은 생원 · 진사시를 거쳐 문과에 합격하는 길이었다. 그리고 무반을 뽑는 무과와 기술관을 뽑는 잡과가 있었다.

그 밖에 하급 기술관을 선발하는 각종 취재(取材) 시험이 있어서, 특수한 재능이 있는 평민은 유교 교양이 부족하더라도 관리로 나갈 수 있었다. 이와 같이 조선시대에는 과거제도가 발달함으로써 인재 등용이 전보다 공정해지고, 출세의 기회가 보다 많아졌다.

3. 경제

(1) 농업

고려 말에 과전법이 단행되어 대지주가 몰락하고 중소지주와 자립농이 대량으로 발생했다. 그 결과 빈부의 격차가 줄고, 세금을 안 내던 사전이 세금을 내는 공전으로 변하여 국가 수입이 늘어났다. 또한 중국 화베이(華北)지방의 밭농사 농법과 강남지방의 논농사 농법을 받아들여, 농업기술이 발전하고 토지생산력이 늘어났다.

또한 토지개간사업과 토지조사사업을 활발하게 하여, 농업경제력도 크게 향상되었다. 특히 조선 후기에는 쌀과 보리의 이모작과 모내기의 보급, 수리시설의 확충, 상업작물의 재배, 감자 · 고구마 같은 구황작물의 보급 등으로 농가 경제가 나아졌다.

(2) 상공업

농업경제가 발달하면서 상업도 발전했다. 조선 초기에는 한양을 비롯한 주요 도시에 시전이라고 부르는 연쇄 전문상가를 조성했다. 국가는 이곳에 한 가지 물건에 대한 독점판매권을 주는 대신 세금을 받았으며, 개인의 자유로운 상업활동은 금지했다.

그러나 16세기 이후 지방에 장시가 생겨나 점차 전국으로 확산되어, 조선 후기에는 전국 규모의 시장권이 형성되었다. 또한 중국이나 일본과 중개무역을 하여 큰 돈을 모은 상인도 나타났다. 특히 대동법이 시행된 이후 관청에서 사용하는 물품을 전문적으로 조달하는 공인(貢人)이 나타나, 많은 돈을 모은 자본가가 성장했다.

조선 후기에 상업이 발달한 지역은 한양, 동래, 개성, 평양, 의주이다. 한양의 경강상인은 한강의 물길을 이용하여 장사를 했고, 개성의 송상은 인삼을 주로 매매했다. 동래의 내상은 일본과의 중개무역, 평양의 유상과 의주의 만상은 중국과의 중개무역에 종사했다.

상업이 발전하면서 시전만으로는 물화의 교역을 감당할 수 없게 되자, 전국 각지에 자유상인이 생겨나고 한양에도 숭례문(남대문)과 흥인지문(동대문) 부근에 개인 점포가 들어서게 되었다.

이것이 오늘날 남대문시장과 동대문시장으로 이어졌다. 정부는 처음에는 자유상인의 활동을 억제하다가, 18세기 후반에 통공정책을 써서 자유상업을 허용했다. 수공업과 광업 분야에서도 처음에는 관영(官營)이 우세했지만, 조선 후기에 민영이 활발해지면서 국가 경제에서 상공업의 비중이 점차 커졌다. 세금도 현물에서 화폐로 바뀌었으며, 국가와 백성의 관계도 신분적 예속 관계에서 벗어나게 되었다. 즉, 농업 중심의 자급자족 경제가 근대적인 화폐유통경제로 바뀌어 갔다.

4. 사회

(1) 신분제도

조선은 노비를 줄이고 평민을 확대하는 정책을 지속적으로 추진했다. 고려시대 천민집단이던 향·소·부곡의 주민과 간·척으로 부르던 천인도 양민으로 해방시켰다. 그리하여 전체 인구의 2/3 가량이 평민이 되었다. 국가는 모든 주민을 자유민인 평민, 즉 양인과 비자유민인 노비로 구분했는데, 이를 양천제라 한다. 국가는 양인에게 교육을 받고 벼슬을 할 권리를 주는 한편, 조세와 군역, 공납의 의무를 맡겼다.

양인은 직업에 따라 사(士), 농(農), 공(工), 상(商)으로 나뉘었는데, 주로 독서층인 사가 관직에 올랐으며, 농민 중에서도 열심히 공부해 관리가 되는 경우도 있었다. 관리나 학문이 높은 사람의 집안은 양반 혹은 사족이라고 하여, 높은 존경을 받으며 지방사회에서 유력자로 행세했다. 그러나 그들의 지위가 자동으로 세습되지는 않았기 때문에, 양반은 고정된 신분이 아니었다. 이 점이 많은 특권을 누리면서 관직을 세습했던 고려의 문벌층과 달랐다.

조선 후기에는 노비의 지위가 상승함에 따라 양천(良賤)의 구별이 희미해지고, 양반, 중인, 평민의 세 계층으로 분화되었다. 이 중에서 중인은 기술직을 세습하는 경향이 있었으나, 중인의 과반수는 양반을 자처했다. 그리하여 양반의 권위는 더욱 떨어졌으며, 양반을 진짜와 가짜, 한양 양반과 지방 양반으로 구별하기도 했다. 이는 신분제도가 무너져가는 과정이었기 때문에 나타난 현상이었다.

(2) 생활풍습

조선은 성리학 규범을 존중한 만큼 가족제도도 성리학에 따라 개편되었다. 삼강오륜에 따라 남성의 권위가 높아지고, 부자·형제·이웃 사이의 위계질서가 강조되었다. 그러나 여성도 부모의 재산을 상속받을 권리가 있고, 시집간 뒤에도 자기의 성(姓)을 잃지 않았다. 부유한 양반은 대가족을 이루고 살면서 족보를 만들어 친족간의 결속을 강화했고, 일반 평민들은 소가족으로 살았다. 마을 사람들끼리는 향약을 조직하여 마을 단위의 단결을 도모했다.

그리고 5일마다 읍내에서 열리는 장시에서는 생활필수품을 매매하는 동시에 정보를 교환하고 오락을 즐기기도 했다. 결혼 연령은 남자는 15세 이상, 여자는 14세 이상으로 법에 규정했다. 여자의 재혼을 부도덕하게 여겨, 재혼한 여자의 자손에게는 과거 응시를 제한했다. 그러나 생원, 진사와 문과 시험만 제한하고, 다른 시험에는 제한을 두지 않았다. 제사는 품계에 따라 차등을 두어 고급 관원은 3대를, 하급 관원은 2대를, 서민은 부모만을 제사하도록 법으로 정했다.

이는 제사에 따르는 경제 부담을 줄이기 위해서였는데, 조선 후기에 양반층이 많아지면서 3대를 제사하는 것이 관행이 되었다.

5. 사상

(1) 성리학의 발달

조선왕조는 성리학이라는 새로운 유교를 지도이념으로 내세우고, 불교와 도교를 배척했다. 이는 불교와 도교가 정치와 연결하여 많은 특권을 누리고 국가 경제에 막대한 해독을 주던 폐단을 없애기 위해서였다. 성리학은 인간 개개인이나 우주만물 하나하나가 주체성을 가지고 있음을 인정하는 동시에 공동체의 결속을 강조하는 사상체계이다. 즉 개개 사물에는 기(氣)라고 하는 다양한 특성이 있지만 동시에 이(理)라고 부르는 공통선(共通善)이 있어서 개체와 전체의 조화가 이루어진다고 본다. 따라서 성리학이 발달하면서 사물 하나하나의 이치를 탐구하는 과학이 발달하고, 우주만물을 긍정적으로 바라보는 평화적이고 협동적인 세계관이 구축되었다.

이에 따라 조선에서는 모든 약자의 지위가 이전보다 개선되고, 국제관계에서 우호선린이 증진되고, 합리적이고 과학적인 세계관이 발전하게 되었다. 그러나 성리학은 자연법칙과 인간사회 법칙을 통일적으로 이해하여 자연법칙까지도 도덕적으로 해석함으로써, 자연과학의 발전을 저해하기도 했다. 이 점은 조선 후기에 서양과학의 영향을 받으면서 점차 극복되어 갔다. 조선시대를 지배해 온 성리학은 시대에 따라 다른 사상과 절충하여 그 성격이 달라졌다. 15세기에는 중앙집권 강화와 부국강병의 필요에서 성리학과 한 · 당 유학이 절충했다. 그러나 16세기에는 도덕정치 구현과 향촌 자치에 역점을 두는 왕도주의가 강조되면서 주자 성리학이 발달했다. 이 시기에 이황과 이이가 성리학의 토착화에 기여했다.

(2) 실학의 등장

16세기 말의 임진왜란과 정유재란, 17세기 초의 정묘호란과 병자호란을 겪으면서 성리학은 또 한 번 변신했다. 전란 후 국가를 재건하는 과정에서 지배층의 도덕성 회복과 부국강병, 민족에 대한 자아각성이 필요했다. 이러한 시대의 요청에 따라 성리학은 도교, 양명학, 불교, 서양의 천주교 등에서 도덕수양의 장점을 받아들이고, 각종 기술학에서 실용 지식을 흡수했다. 이렇게 해서 실학이라는 새로운 학문이 나타났다.

조선 후기의 실학은 정도의 차이는 있지만 모든 당파의 공통된 특징이었으며, 개혁의 밑받침이 되었다. 다만, 18세기 중엽까지는 농촌 문제의 해결에 중심을 두었다가 18세기 후반부터는 상공업의 육성과 기술 발전을 강조하는 북학으로 전환했다. 19세기 이후에는 한양 양반의 북학이 고증학으로 발전하면서 학문의 전문성이 높아졌다. 그리고 도시를 중심으로 상공업 발전이 가속화하여 근대화의 문턱에 들어서면서 다음 시기의 개화사상이 싹트고 있었다.

실학은 실사구시(實事求是)*, 이용후생(利用厚生)*, 경세지용(經世致用)* 정신의 학문이다. 실학은 18세기부터 크게 발전했는데, 실학자들의 관심은 나라를 부강하게 하기 위해서는 어떻게 해야 하는가였다.

박지원(朴趾源)은 나라를 발전시키기 위해서는 과학을 발전시키고 상업을 활성화시켜야 한다고 주장하였다. 《열하일기(熱河日記)》, 《양반전(兩班傳)》 같은 소설에서도 그의 이런 주장이 잘 나타나 있다.

서얼(庶孼) 출신인 박제가(朴齊家)는 적극적인 무역을 해야 한다고 주장했다. 《북학의》에서 그는 나라가 바로 서기 위해서는 신분에 상관없이 능력에 따라 관리를 등용해야 한다고 주장하고 있다. 박지원(朴趾源)과 박제가(朴齊家)가 상업에 관심을 가졌다면, 정약용(丁若鏞)은 농업에 많은 관심을 가졌다. 그는 '여전제'를 주장했는데, 여전제란

---

* – 실사구시(實事求是) : 사실에 토대를 주어 진리를 탐구한다.
* – 이용후생(利用厚生) : 백성이 사용하는 기구 등을 편리하게 하여 의식을 풍부하게 하고 생계에 부족함이 없게 한다.
* – 경세지용(經世致用) : 학문은 세상을 다스리는 데 도움이 되어야 한다.

공동 농장을 만들어 함께 농사짓고, 함께 분배하자는 제도를 말한다.

또한 《목민심서(牧民心書)》에서는 관리들의 자세와 제도의 그릇된 점을 비판했다. 이러한 실학자들은 정조의 신뢰를 받았지만 이들의 주장이 나라 일에 크게 반영되지는 못하였다. 이들이 대부분 당파싸움에서 밀려난 가문 출신이었거나 서얼 출신이었던 탓이었다. 또한 정조(正祖)가 1800년 갑자기 세상을 떠난 것도 큰 원인이었다. 이렇게 양반과 학자들을 중심으로 실학이 유행했다면 백성들 사이에서는 서민문학이 크게 유행했다.

6. 과학과 예술

(1) 과학의 발달

조선시대의 과학은 천문학, 인쇄술, 의학 분야에서 독창성이 돋보였다. 이는 농업, 교육과 질병에 대한 국가의 관심이 컸음을 반영한다. 세종 때에는 '칠정산' 내외편을 편찬하여, 한양을 표준으로 한 정확한 달력을 만들었다. 또한 해시계, 물시계, 측우기를 비롯하여 각종 과학기구를 제작했다.

조선 후기에는 지동설이 나오고, 일식과 월식의 의미를 이해하게 되었다. 홍대용(洪大容) 같은 학자는 외계에도 생물이 있을 수 있다는 가설을 제기했다. 또한 정조(正祖) 때에는 각 도의 감영에서도 북극의 고도를 측량하는 등 천체에 대한 이해가 깊어졌다.

한편, 중국에서 들여온 서양 선교사들의 세계지도나 천구의(天球儀) 등은 조선의 학자들에게 적지 않은 자극을 주었다. 이러한 천문학의 발전은 농업 발전에 도움을 주었다. 금속활자의 개량과 이를 이용한 인쇄술의 발전은 세계에서 가장 앞섰다. 고려 말에 이미 독일의 구텐베르크보다 200년이나 앞서 금속활자를 발명했는데, 조선 초기에 국가가 교육진흥(教育振興)정책을 강화하면서 활자를 더욱 개량하고, 활판 인쇄술을 획기적으로 발전시켜 책을 대량으로 출판했다.

의학 분야에서는 조선 초기에 《향약집성방(鄕藥集成方)》, 《의방유취》 등을 편찬해서 민족의학의 토대를 이미 마련했다. 16세기 말에는 허준이 《동의보감》이라는 명저를 지어 민족의학을 한 단계 높은 수준으로 끌어올렸는데, 이 의학서는 중국과 일본에도 널리 수출되어 동양의학 발전에 크게 기여했다.

특히 허준(許浚)의 의학은 도교에 바탕을 두고 값싼 토산 약재를 이용하는 예방의학에 큰 공헌을 했다. 19세기에는 인체를 음양이론으로 분류하여 치료하는 이제마(李濟馬 : 1837~1900)의 사상(四象)의학이 발전하여 민족의학이 한 단계 더 발전했다.

(2) 서민문학

춘향전, 심청전, 흥부전의 소설들은 거의 18세기에 쓰인 한글 소설이다. 임진왜란과 병자호란 이후 백성들은 황무지가 되다시피 한 땅을 다시 일구어 냈다. 그리고 더 많은 농작물을 거두어들이기 위해 이앙법과 이모작이라는 농사법도 개발했다. 이앙법이란 볍씨를 모판에 심은 뒤 싹이 난 모를 다시 논에 옮겨 심는 방법을 말한다. 이모작이란 가을에 벼를 거두어들인 논에 보리를 심어 이듬해 봄에 거두어들이는 방법을 말한다.

이렇게 되자 백성들 가운데 부자가 되는 사람이 생겨났다. 부자가 된 사람들은 어떻게 해서든 양반의 신분을 사려고 했다. 때문에 돈을 써서 족보를 위조하거나, 다른 지방으로 도망쳐 양반 행세를 하는 사람들도 점점 늘어났다. 이로 인해 양반의 수는 급격히 증가했다. 숙종(肅宗) 때까지만 해도 양반은 전체 인구의 9%였으나, 영조(英祖) 때 19%, 정조(正祖) 때는 37%, 철종(哲宗)에 이르러서는 70%에 다다랐다. 이로 인해 양반의 권위는 크게 떨어졌고, 백성들은 양반과 상놈의 신분 차별 없는 세상을 꿈꾸기 시작했다.

바로 이 때문에 기생의 딸과 양반의 아들과의 사랑이 이루어지는 〈춘향전〉과 같은 소설이 등장하게 된 것이다. 이와 같은 백성들의 바람은 1860년 최제우(崔濟愚)가 창시한 동학에서도 잘 나타난다. 최제우는 모든 사람은 존엄하고 평등하다고 가르쳤는데, 이러한 가르침은 백성들의 마음을 단박에 사로잡았다. 또한 18세기에는 서민들만이 즐기는 문화인 판소리, 탈춤, 민화 등이 크게 발달했다.

(3) 예술의 특색

조선시대의 예술은 도자기, 그림, 공예, 건축 등 여러 분야에서 한국적 특색을 확립했는데, 사대부의 검소하고 고상한 취향이 잘 드러나 있다. 먼저 도자기는 15세기에는 백자와 분청사기를 많이 만들었고 조선 후기에는 청화백자가 널리 유행했는데, 고려의 청자에 비해 그릇이 크고 빛깔이 깨끗한 백색으로 변하여 실용성과 순박한 아름다움이 돋보였다.

그림은 관료 화가인 화원의 그림과, 사대부 화가의 그림인 문인화에서 뛰어난 작품이 많이 나왔다. 화원으로는 조선 초기의 안견, 조선 후기의 정선, 김홍도, 신윤복이 가장 유명했다. 특히 영조 때 활약한 정선은 우리나라 산수의 특색을 묘사하는 진경산수(眞景山水)라는 독특한 필법을 개발했고, 금강산과 한양 주변의 경치를 담은 작품을 많이 그렸다. 김홍도는 정조의 각별한 사랑을 받으면서 정조의 화성 건설 및 화성 행차와 관련된 그림과 일반 사대부들의 감상을 위한 풍속화, 인물화, 산수화 등을 많이 그렸다. 그의 그림에는 정조시대의 활기차고 건강한 시대상이 나타나 있어 흥미롭다. 김홍도가 농촌 서민과 도시 사대부의 생활상을 즐겨 그렸다면, 신윤복은 대조적으로 도시 서민의 유락적인 생활상을 즐겨 그렸다. 그러나 이 두 사람은 18세기의 시대상을 밝고 익살스럽게 묘사해 냈다는 공통점을 지닌다. 이러한 화풍은 정선의 산수화와 더불어 우리나라 그림의 독특한 개성을 확립하여, 후세 화단에 큰 영향을 주었다.

공예는 목공에 분야에서 우수한 작품이 많이 만들어졌는데, 삼국시대나 고려시대에 화려한 금속공예가 발달한 것과 대조된다. 건축에서도 화려한 장식을 생략하고 주변 산수와의 조화를 의식하여 아담하면서도 품격을 보여주는 집을 즐겨 지었다.

이러한 특색은 궁궐뿐만 아니라 사대부의 주거지나 서원을 비롯한 건축물 어디에서나 나타난다. 정원도 인공미를 극히 자제하고 자연의 모습을 그대로 살리는 데 역점을 두었다. 궁궐 정원으로는 창덕궁의 후원이 대표적이며, 개인 저택으로는 1530년(중종 25) 조광조의 제자 소쇄 양산보(梁山甫)가 전남 담양군 남면(南面) 지곡리(芝谷里)에 지은 소쇄원이 유명하다. 소쇄원(瀟灑園)은 양산보(梁山甫)가 살던 곳인데, 그 당시 정송강(鄭松江) 등 시인, 문인들의 유람지였다. 〈사미인곡(思美人曲)〉, 〈속(續)사미인곡〉과 〈성산별곡(星山別曲)〉 등은 이곳을 배경으로 쓴 명시로서 국문학 사상 중요한 곳이다. 당시의 건물은 임진왜란 때 소실되고 80년쯤 전에 중수하여 현재 2동이 남아있다

조선시대 문화재

1) 숭례문(崇禮門)

- 종　목 : 국보 제1호
- 지정일 : 1962. 12. 20
- 소재지 : 서울 중구 남대문로4가 29

조선시대 서울도성을 둘러싸고 있던 성곽의 정문으로 원래 이름은 숭례문이며, 남쪽에 있다고 해서 남대문이라고도 불렀다.

1396년(태조 5) 창건되어 1448년(세종 30) 개축했다. 조선왕조가 도읍을 한양으로 정한 뒤, 정궁인 경복궁의 방향에 의해 남문인 숭례문이 정문이 되었다. 풍수지리에 의해 편액도 다른 문들과는 달리 세로로 쓰여졌다.

이는 서울 남쪽에 있는 조산(祖山)인 관악산이 북쪽의 조산인 북한산보다 높고 산의 모양도 불꽃이 일렁이는 듯하여 관악산의 화기를 맞불로써 꺾기 위한 것이며, 오행에서 남쪽을 가리키는 예(禮)를 숭상한다는 의미를 담아 숭례문이라 이름했다.

1934년 일본이 남대문으로 문화재 지정을 했으나 1996년에 역사 바로 세우기 사업의 하나로 일제가 지정한 문화재에 대한 재평가작업을 하면서 '숭례문'으로 명칭을 환원했다.

앞면 5칸, 옆면 2칸의 2층 건물인 이 문은 화강석의 무지개문을 중앙에 둔 거대한 석축 위에 세워져 있으며, 지붕은 우진각 지붕으로 상하층 모두가 겹처마로 되어 있고 사래 끝에 토수(吐首)를 달았다.

추녀마루에는 잡상(雜像)과 용두(龍頭)를 두고, 양성한 용마루에는 취두(鷲頭)를 두었다. 2층인 이 문의 구조는 위층의 4모서리 기둥이 아래층까지 내려와 견고하게 결구되었으며, 위층 중앙에는 4개의 고주를 두었다.

다포계 형식의 공포를 얹은 이 문의 위층은 외삼출목, 아래층은 외이출목으로 구성되어 현재 우리나라에 남아 있는 다포계 목조건축물 중 가장 오래된 것으로 조선 초기 건축에서 나타나는 특징을 잘 보여준다.

또 1962년 해체복원공사 때 발견된 상량문(上樑文)은 당시의 건축생산체계와 장인조직을 밝히는 데 귀중한 자료이다.

현존하는 성문 중 규모가 가장 크며 조선 초기 다포계 양식을 대표하는 건물이다. 〈지봉유설〉의 기록에는 숭례문(崇禮門)이라고 쓴 현판을 양녕대군이 썼다고 한다.

지어진 연대를 정확히 알 수 있는 서울 성곽 중에서 제일 오래된 목조 건축물이다.

2008년 2월 10일 방화로 인하여 소실되어 현재 복원 중에 있다.

2) 원각사지 십층석탑

- 종　목 : 국보 제2호
- 지정일 : 1962.12. 20
- 소재지 : 서울 종로구 종로2가 38

원각사는 지금의 탑골공원 자리에 있었던 절로, 조선 세조 11년(1465)에 세웠다. 조선시대의 숭유억불정책 속에서도 중요한 사찰로 보호되어 오다가 1504년 연산군이 이 절을 '연방원' 이라는 이름의 기생집으로 만들어 승려들을 내보냄으로써 절은 없어지게 되었다.

이 탑은 조선시대의 석탑으로는 유일한 형태로, 높이는 약 12m이다. 대리석으로 만들어졌으며 탑 구석구석에 표현된 화려한 조각이 대리석의 회백색과 잘 어울려 더욱 아름답게 보인다.

탑을 받쳐주는 기단은 3단으로 되어 있고, 위에서 보면 아(亞)자 모양이다. 기단의 각 층 옆면에는 여러가지 장식이 화사하게 조각되었는데 용, 사자, 연꽃무늬 등이 표현되었다.

탑신부는 10층으로 이루어져 있으며, 3층까지는 기단과 같은 아(亞)자 모양을 하고 있고 4층부터는 정사각형의 평면을 이루고 있다. 각 층마다 목조건축을 모방하여 지붕, 공포*, 기둥 등을 세부적으로 잘 표현하였다.

우리나라 석탑의 일반적 재료가 화강암인데 비해 대리석으로 만들어졌고, 전체적인 형태나 세부구조 등이 고려시대의 경천사지 10층 석탑과 매우 비슷하여 더욱 주의를 끌고 있다.

---

* —공포 : 목조건축에서 처마를 받치기 위해 기둥 위에 얹는 부재.

탑의 윗부분에 남아있는 기록으로 세조 13년(1467)에 만들어졌음을 알 수 있으며, 형태가 특이하고 표현장식이 풍부하여 훌륭한 걸작품으로 손꼽히고 있다.

3) 홍인지문

- 종　목 : 보물 제1호
- 지정일 : 1963. 01. 21
- 소재지 : 서울 종로구 종로6가 69

서울 성곽은 옛날 중요한 국가시설이 있는 한성부를 보호하기 위해 만든 도성으로, 홍인지문은 성곽 8개의 문 가운데 동쪽에 있는 문이다. 흔히 동대문이라고도 부르는데, 조선 태조 7년(1398)에 완성하였다가 단종 원년(1453)에 고쳐 지었고, 지금 있는 동대문은 임진왜란으로 불탄 것을 1869년(고종 6)에 새로 세웠다.

앞면 5칸, 옆면 2칸 규모의 2층 건물로, 지붕은 앞면에서 볼 때 사다리꼴 모양을 한 우진각 지붕이다. 지붕 처마를 받치기 위해 장식하여 만든 공포가 기둥 위뿐만 아니라 기둥 사이에도 있는 다포 양식인데, 그 형태가 가늘고 약하며 지나치게 장식한 부분이 많아 조선 후기의 특징을 잘 나타내주고 있다.

또한 바깥쪽으로는 성문을 보호하고 튼튼히 지키기 위하여 반원 모양의 옹성을 쌓았는데, 이는 적을 공격하기에 합리적으로 계획된 시설이라 할 수 있다.

국보 제1호인 숭례문과 비교하면 전체 모습과 규모는 비슷하되 화려함에 비해 웅장한 느낌은 덜하다. 특이하게 문 밖에 반달모양의 옹성(甕城)을 둘렀으며, 옹성 위에는 방어에 유리하게 여장(女墻)을 쌓았다. 아래층의 모서리 4기둥이 그대로 위층의 바깥기둥이 되는 합리적인 구조이며, 장식이 많고 섬세한 다포계 공포(包) 형식은 조선 후기의 조형을 보여준다.

서울의 풍수에서 볼 때 좌청룡에 해당하는 낙산(駱山)이 우백호에 해당하는 인왕산에 비해 빈약하다 하여, 이를 보강하기 위해 꾸불거리는 산맥의 모습을 한 '지'(之)라는 글자를 이름의 중간에 넣은 까닭에 다른 성문보다 1자(字)가 많은 4자의 이름을 갖게 되었으며, 반달형의 옹성도 같은 이유로 문 밖에 설치되었다.

흥인지문은 도성의 8개 성문 중 유일하게 옹성을 갖추고 있으며, 조선 후기 다포계 성문건축의 특징을 잘 보여주는 건물이다.

4) 서울성곽

- 종　목 : 사적 제10호
- 지정일 : 1963. 01. 21
- 소재지 : 서울 종로구 누상동 산1~3 외

서울의 주위를 둘러싸고 있는 조선시대의 도성이다.

조선 건국 초에 태조가 한양으로 수도를 옮기기 위하여 궁궐과 종묘를 먼저 지은 후, 태조 4년(1395) 도성축조도감을 설치하고 한양을 방위하기 위해 성곽을 쌓도록 하였다. 석성과 토성으로 쌓은 성곽에는 4대문과 4소문을 두었다.

4대문은 동의 흥인지문 · 서의 돈의문 · 남의 숭례문 · 북의 숙정문이고, 4소문은 동북의 홍화문 · 동남의 광희문 · 서북의 창의문 · 서남의 소덕문을 말한다. 동대문에만 성문을 이중으로 보호하기 위한 옹성을 쌓았고, 북문인 숙정문은 원래 숙청문이었는데 이 숙청문은 비밀통로인 암문으로 문루를 세우지 않았다.

세종 4년(1422)에 대대적으로 고쳤는데, 흙으로 쌓은 부분을 모두 돌로 다시 쌓고 공격 · 방어 시설을 늘렸다. 숙종 30년(1704)에는 정사각형의 돌을 다듬어 벽면이 수직이 되게 쌓았는데 이는 축성기술이 근대화되었음을 보여준다.

이처럼 서울 성곽은 여러 번에 걸친 수리를 하였으나, 쌓는 방법과 돌의 모양이 각기 달라 쌓은 시기를 구분할 수 있다. 일제시대에는 도시계획이라는 구실로 성문과 성벽을 무너뜨렸고, 해방과 한국전쟁으로 인해 더욱 많이 파괴되었다.

현재 삼청동 장충동 일대의 성벽 일부와 남대문 동대문 동북문 홍예문만이 남아있다. 서울 성곽은 조선시대 성 쌓는 기술의 변화과정을 살펴볼 수 있는 좋은 자료이며, 조상들이 나라를 지키려는 호국정신이 깃든 귀중한 문화유산이다.

5) 경복궁

- 종　목 : 사적 제117호
- 지정일 : 1963. 01. 21
- 소재지 : 서울 종로구 세종로 1

조선시대 궁궐 중 가장 중심이 되는 곳으로 태조 3년(1394) 한양으로 수도를 옮긴 후 세웠다.

궁의 이름은 정도전이 '시경' 에 나오는 "이미 술에 취하고 이미 덕에 배부르니 군자만년 그대의 큰 복을 도우리라" 에서 큰 복을 빈다는 뜻의 경복(景福)이라는 두 글자를 따서 지은 것이다. 1412년 태종은 경복궁의 연못을 크게 넓히고 섬 위에 경회루를 만들었다. 이 곳에서 임금과 신하가 모여 잔치를 하거나 외국에서 오는 사신을 대접하도록 하였으며, 연못을 크게 만들면서 파낸 흙으로는 아미산이라는 동산을 만들었다.

태종의 뒤를 이은 세종은 주로 경복궁에서 지냈는데, 집현전을 두어 학자들을 가까이 하였다. 경회루의 남쪽에는 시각을 알려주는 보루각을 세웠으며, 궁의 서북 모퉁이에는 천문 관측시설인 간의대를 마련해 두었다. 또한 흠경각을 짓고 그 안에 시각과 4계절을 나타내는 옥루기를 설치하였다.

임진왜란(1592)으로 인해 창덕궁 · 창경궁과 함께 모두 불에 탄 것을 1867년에 흥선대원군이 다시 세웠다. 그러나 1895년에 궁궐 안에서 명성황후가 시해되는 사건이 벌어지고, 왕이 러시아 공관으로 거처를 옮기면서 주인을 잃은 빈 궁궐이 되었다. 1910년 국권을 잃게 되자 일본인들은 건물을 헐고, 근정전 앞에 총독부 청사를 짓는 등의 행동을 하여 궁의 옛 모습을 거의 잃게 되었다.

현재 궁궐 안에 남아있는 주요건물은 근정문 · 근정전 · 사정전 · 천추전 · 수정전 · 자경전 · 경회루 · 재수각 · 숙향당 · 함화당 · 향원정 · 집옥재 · 선원정 등이 있다.

중국에서 고대부터 지켜져 오던 도성 건물배치의 기본형식을 지킨 궁궐로서, 궁의 왼쪽에는 역대 왕들과 왕비의 신위를 모신 종묘가 있으며, 오른쪽에는 토지와 곡식의 신에게 제사를 지내는 사직단이 자리잡고 있다. 건물들의 배치는 국가의 큰 행사를 치르거나 왕이 신하들의 조례를 받는 근정전과 왕이 일반 집무를 보는 사정전을 비롯한 정전과 편전 등이 앞부분에 있으며, 뒷부분에는 왕과 왕비의 거처인 침전과 휴식공간인 후원이 자리잡고 있다. 전조후침의 격식인데, 이러한 형식은 이 궁이 조선의 중심 궁궐이므로 특히 엄격한 규범을 나타내고자 했던 것으로 풀이된다.

비록 궁궐 안 대부분의 건물들이 없어지기는 하였지만, 정전 · 누각 등의 주요 건물들이 남아있고 처음 지어진 자리를 지키고 있어서, 조선의 정궁의 모습을 대체적으로나마 확인할 수 있는 중요한 유적이다.

6) 서울사직단

- 종 목 : 사적 제121호
- 지정일 : 1963. 01. 21
- 소재지 : 서울 종로구 사직동 1~28

종묘와 함께 토지의 신과 곡식의 신에게 제사를 지내던 곳이다.

조선을 세운 태조가 한양에 수도를 정하고, 궁궐과 종묘를 지을 때 함께 만들었다. 토지의 신에게 제사 지내는 국사단은 동쪽에, 곡식의 신에게 제사 지내는 국직단은 서쪽에 배치하였으며, 신좌는 각각 북쪽에 모셨다. 제사는 2월과 8월 그리고 동지와 선달 그믐에 지냈다.

나라에 큰 일이 있을 때나 가뭄에 비를 기원하는 기우제, 그리고 풍년을 비는 기곡제들을 이곳에서 지냈다.

1902년 사직단과 사직단의 임무를 맡는 사직서가 다른 곳으로 옮겨지고, 일본인들은 우리나라의 사직을 끊고 우리 민족을 업신여기기 위하여 사직단의 격을 낮추고 공원으로 삼았다. 1940년 정식으로 공원이 된 사직공원이 옛 사직단의 자리이다.

7) 창덕궁(비원 포함)

- 종　목 : 사적 제122호
- 지정일 : 1963. 01. 18
- 소재지 : 서울 종로구 와룡동 2~71

조선시대 궁궐 가운데 하나로 태종 5년(1405)에 세워졌다. 당시 종묘 · 사직과 더불어 정궁인 경복궁이 있었으므로, 이 궁은 하나의 별궁으로 만들었다. 임금들이 경복궁에서 주로 정치를 하고 백성을 돌보았기 때문에, 처음부터 크게 이용되지 않은 듯하다.

임진왜란 이후 경복궁 · 창경궁과 함께 불에 타 버린 뒤 제일 먼저 다시 지어졌고 그 뒤로 조선왕조의 가장 중심이 되는 정궁 역할을 하게 되었다. 화재를 입는 경우도 많았지만 제때에 다시 지어지면서 대체로 원래의 궁궐 규모를 잃지 않고 유지되었다.

임금과 신하들이 정사를 돌보던 외전과 왕과 왕비의 생활공간인 내전, 그리고 휴식공간인 후원으로 나누어진다. 내전의 뒤쪽으로 펼쳐지는 후원은 울창한 숲과 연못, 크고 작은 정자들이 마련되어 자연경관을 살린 점이 뛰어나다. 또한 우리나라 옛 선현들이 정원을 조성한 방법 등을 잘 보여주고 있어 역사적으로나 건축사적으로 귀중한 가치를 지니고 있다. 160여 종의 나무들이 울창하게 숲을 이루며 300년이 넘는 오래된 나무들도 있다.

1917년에는 대조전을 비롯한 침전에 불이 나서 희정당 등 19동의 건물이 다 탔는데, 1920년에 일본은 경복궁의 교태전을 헐어다가 대조전을 다시 짓고, 강령전을 헐어서 희정당을 다시 짓는 등 경복궁을 헐어 창덕궁의 건물들을 다시 지었다. 지금까지 남아있는 건물 중 궁궐 안에서 가장 오래된 건물은 정문인 돈화문으로 광해군 때 지은 것이다.

정궁인 경복궁이 질서정연한 대칭구도를 보이는 데 비해 창덕궁은 지형조건에 맞추어 자유로운 구성을 보여주는 특징이 있다. 창덕궁과 후원은 자연의 순리를 존중하여 자연과의 조화를 기본으로 하는 한국문화의 특성을 잘 나타내고 있는 장소로, 유네스코의 세계문화유산으로 등록되어 있다.

8) 창경궁

- 종　목 : 사적 제123호
- 지정일 : 1963. 01. 18
- 소재지 : 서울 종로구 와룡동 2~1

조선시대 궁궐로 태종이 거처하던 수강궁터에 지어진 건물이다.

성종 14년(1483)에 정희왕후, 소혜왕후, 안순왕후를 위해 창경궁을 지었다. 처음 지을 당시의 건물은 명정전 · 문정전의 정전과 수령전 · 환경전 · 경춘전 · 인양전 · 통명전 등의 침전이 있었으며, 양화당 · 여휘당 · 사성각 등이 있었다. 조선시대의 궁궐 중에서는 유일하게 동쪽을 향해 지어졌다.

처음에는 별로 사용되지 않다가 임진왜란 때에 경복궁 · 창덕궁과 함께 불에 탄 이후, 창덕궁과 같이 다시 지어져 조선왕조 역사의 중심 무대가 되었다. 숙종의 사랑을 받던 장희빈이 인현왕후를 독살하려는 못된 행동을 저지르다가 처형을 당했는데, 당시 희빈은 주로 취선당에서 생활하였다. 또한 영조는 아들인 사도세자를 뒤주에 가두어 죽이는 일을 저질렀는데, 세자가 갇힌 뒤주를 궁궐 안의 선인문 안뜰에 8일간이나 두었었다.

창경궁은 순종이 즉위한 후부터 많은 변화가 있었다. 1909년 궁궐 안의 건물들을 헐어내고 동물원과 식물원을 설치하였으며, 궁의 이름을 창경원으로 낮추기도 하였다. 그러다가 1984년 궁궐 복원사업이 시작되어 원래의 이름인 창경궁을 되찾게 되었고, 궐 안의 동물들을 서울대공원으로 옮기면서 벚나무 역시 없애 버렸다.

장조(사도세자) · 정조 · 순조 · 헌종을 비롯한 많은 왕들이 태어난 궁으로, 광해군 때 다시 지어진 정문 · 정전들이 보존되어 있으며, 옆에 있는 창덕궁과 함께 조선시대 궁궐의 역사를 살피는데 없어서는 안 될 중요한 유적이다.

9) 종묘

- 종 목 : 사적 제125호
- 지정일 : 1963. 01. 18
- 소재지 : 서울 종로구 훈정동 1~2

종묘는 조선왕조의 왕과 왕비, 그리고 죽은 후 왕으로 추존된 왕과 왕비의 신위를 모시는 사당이다. 종묘는 본래의 건물인 정전과 별도의 사당인 영녕전을 비롯하여 여러 부속건물이 있다.

태조 3년(1394)에 한양으로 도읍을 옮기면서 짓기 시작하여 그 이듬해에 완성되었다. 태조는 4대(목조, 익조, 도조, 환조)의 추존왕을 정전에 모셨으나, 세종 때 정종이 죽자 모셔둘 정전이 없어 중국 송나라 제도를 따라 세종 3년(1421) 영녕전을 세워 4대 추존왕의 신위를 옮겨 모셨다. 정전은 1592년 임진왜란 때 불에 탄 것을 1608년 다시 지었고, 몇 차례의 보수를 통해 현재 19칸의 건물이 되었다.

정전에는 19분의 왕과 30분의 왕후를 모시고 있다. 영녕전은 임진왜란 때 불에 타 1608년 다시 지었다. 현재 16칸에 15분의 왕과 17분의 왕후 및 조선 마지막 황태자인 고종의 아들 이은과 부인의 신위가 모셔져 있다. 정전 앞 뜰에는 조선시대 83명의 공신이 모셔진 공신당이 있고, 중요무형문화재인 종묘제례와 종묘제례악이 전해진다.

종묘는 동시대 단일목조건축물 중 연건평 규모가 세계에서 가장 크나, 장식적이지 않고 유교의 검소함이 깃든 건축물이다. 중국의 종묘가 9칸인데 비해 19칸의 긴 정면과 수평성이 강조된 건물 모습은 세계에 유례가 없는 독특한 건축물이며, 동양 고대문화의 성격과 특징을 연구하는 데 필요한 귀중한 자료가 담긴 유산이다.

종묘의 정전과 영녕전 및 주변 환경이 원형 그대로 보존되어 있고 종묘제례와 음악 · 춤의 원형이 잘 계승되어, 1995년에 유네스코 세계문화유산으로 등록되었다.

10) 운현궁

- 종 목 : 사적 제257호
- 지정일 : 1977. 11. 22
- 소재지 : 서울 종로구 운니동 98~50

운현궁은 홍선대원군이 살았던 집으로, 고종이 태어나서 왕위에 오를 때까지 자란 곳이기도 하다. 홍선대원군의 집과 1910년대 새로 지어 덕성여자대학교 본관으로 사용하던 서양식 건물을 합쳐 사적으로 지정하였다. 한옥은 제일 앞 남쪽에 대원군의 사랑채인 노안당이 자리잡고, 뒤쪽인 북쪽으로 행랑채가 동서로 길게 뻗어 있으며 북쪽에 안채인 노락당이 자리잡고 있다.

고종이 즉위하자 이곳에서 홍선대원군이 정치를 하였고, 궁궐과 직통으로 연결되었다. 홍선대원군은 10여년간 정치를 하면서 세도정치의 폐단을 제거하고 인사·재정들에서 대폭적인 개혁을 단행하였고, 임진왜란으로 불에 탄 경복궁을 다시 짓기도 하였다.

지금은 궁의 일부가 덕성여자대학교에서 사용하고 있고 방송국 시설이 있기도 하다. 이로 인해 대원군이 즐겨 사용하던 아재당도 헐려 나가고 영화루와 은신군·남연군의 사당도 모두 없어졌다.

11) 경희궁지

- 종　목 : 사적 제271호
- 지정일 : 1980. 09. 16
- 소재지 : 서울 종로구 신문로2가 1~126

원종의 집터에 세워진 조선 후기의 대표적인 이궁이다. 원종(元宗 : 1580~1619)은 선조의 5째 아들이자 인조의 아버지로 후에 왕으로 추존되었다. 광해군 8년(1616)에 세워진 경희궁은 원래 경덕궁이었으나 영조 36년(1760)에 이름이 바뀌었다.

원래의 규모는 약 7만여 평이었다. 그러나 민족항일기인 1907년부터 1910년에 걸쳐 강제로 철거되어 궁궐로서의 존재가치를 상실하였고 궁터도 철저하게 파괴되고 변형되어 결국 현재의 규모로 축소되었다.

경희궁에는 부속건물로 회상전, 융복전, 집경당, 흥정당, 숭정전, 홍화문, 황학정 등이 있었는데 융복전과 집경당은 없어졌다. 나머지 건물은 1910년 지금의 서울고등학교가 설립된 후, 회상전은 조계사로, 흥정당은 광운사로, 숭정전은 조계사에 옮겼다가 다시 동국대학교 안으로, 홍화문은 박문사로, 황학정은 사직공원 뒤로 각각 옮겨져 보존되고 있다.

현재 이 자리에 궁궐이 있었음을 보여주는 유물로는 정전이었던 숭정전의 기단부와 제자리에서 옮겨진 석수, 댓돌 등이 있고 이 밖에 바위에 새긴 글이 남아있다. 공터 북쪽에 돌로 쌓은 축대의 길이는 약 100m로 건물로 오르는 계단에는 용머리 조각과 구름무늬가 있어 주목된다.

12) 덕수궁

- 종　목 : 사적 제124호
- 지정일 : 1963. 01. 18
- 소재지 : 서울 중구 정동 5~1

조선시대의 궁궐로서 경운궁으로 불리다가, 고종황제가 1907년 왕위를 순종황제에게 물려준 뒤에 이곳에서 계속 머물게 되면서 고종황제의 장수를 빈다는 뜻의 덕수궁으로 고쳐 부르게 되었다.

덕수궁 자리에는 조선 9대 임금인 성종의 형 월산대군의 집이 있었다. 임진왜란이 끝나고 한양으로 돌아온 선조는 궁궐이 모두 불에 타고 없어서 임시로 월산대군의 집을 거처로 정하고 선조 26년(1593)부터 궁으로 사용하기 시작하였다. 그리고 근처의 계림군과 심의겸의 집 또한 궁으로 포함하였다.

선조의 뒤를 이은 광해군은 즉위 3년(1611)에 이곳을 경운궁으로 고쳐 부르고 1615년 창경궁으로 옮길 때까지 왕궁으로 사용하였다.

그 후 선조의 왕비인 인목대비가 경운궁으로 쫓겨나와 있게 되었는데 그 후로 광해군은 이곳을 서궁으로 낮추어 부르게 하였다.

광해군이 인조반정으로 1623년에 물러나면서 인조는 즉조당과 석어당만을 남기고 나머지 건물들을 옛 주인에게 돌려주거나 없애 버렸다.

그 뒤로 고종황제가 러시아공관에서 옮겨오면서 다시 왕궁으로 사용되었는데, 그 때부터 이 궁은 비로소 궁궐다운 건물들을 갖추게 되었다.

1904년의 큰 불로 대부분의 건물들이 불에 타 없어지자 서양식 건물인 석조전들이 지어지면서, 원래 궁궐 공간의 조화를 잃어버리게 되었다. 그 중 가장 큰 변화는 정문이 바뀐 것이다.

덕수궁의 정문은 남쪽에 있던 인화문이었는데, 다시 지으면서 동쪽에 있던 대안문(大安門)을 수리하고 이름도 대한문(大漢門)으로 고쳐 정문으로 삼았다.

비록 조선 후기에 궁궐로 갖추어진 곳이지만, 구한말의 역사적 현장이었으며 전통목조건축과 서양식의 건축이 함께 남아있는 곳으로 조선왕조의 궁궐 가운데 특이한 위치를 차지하고 있다.

13) 선농단

- 종　목 : 사적 제436호
- 지정일 : 2001. 12. 29
- 소재지 : 서울 동대문구 제기2동 274~1

선농단은 농사짓는 법을 가르쳤다고 일컬어지는 고대 중국의 제왕인 신농씨와 후직씨를 주신으로 제사지내던 곳이다.

선농의 기원은 기록에 의하면 멀리 신라시대까지 거슬러 올라가는데 고려시대에 이어 조선시대에도 태조 이래 역대 임금들은 이곳에서 풍년이 들기를 기원하며 선농제를 지냈다. 또한 제를 올린 뒤에는 선농단 바로 남쪽에 마련된 적전(籍田)에서 왕이 친히 밭을 갈음으로써 백성들에게 농사일이 소중함을 알리고 권농에 힘쓰기도 한 우리나라 전통 농경문화의 상징적 유적이다.

왕이 선농단에서 친경하는 제도는 조선의 마지막 황제인 순종 융희 3년(1909)을 마지막으로 일제하에서 폐지되었으며, 지금은 사방 4m의 돌단만이 남아 있다.

14) 독립문

- 종　목 : 사적 제32호
- 지정일 : 1963. 01. 21
- 소재지 : 서울 서대문구 현저동 941

갑오개혁 이후 자주독립의 의지를 다짐하기 위해 세운 기념문이다. 갑오개혁(1894~1896)은 내정개혁과 제도개혁을 추진하였던 개혁운동이다.

그러나 외국세력의 간섭으로 성공하지 못하였고, 나라의 자주독립 또한 이루지 못하였다. 이에 국민들은 민족의 독립과 자유를 위해서는 어떠한 간섭도 허용하지 않겠다는 다짐으로, 중국 사신을 맞이하던 영은문을 헐고 그 자리에 독립문을 세우게 되었다.

서재필이 조직한 독립협회의 주도하에 국왕의 동의를 얻고 뜻있는 애국지사와 국민들의 폭넓은 지지를 얻으며, 프랑스 파리의 개선문을 본떠 독립문을 완성하였다.

화강석을 쌓아 만든 이 문의 중앙에는 무지개 모양의 홍예문이 있고, 왼쪽 내부에는 정상으로 통하는 돌층계가 있다. 정상에는 돌난간이 둘러져 있으며, 홍예문의 가운데 이맛돌에는 조선왕조의 상징인 오얏꽃무늬가 새겨져 있다.

그 위의 앞뒤에는 한글과 한자로 '독립문' 이라는 글씨와 그 양옆에 태극기가 새겨져 있다. 문 앞에는 영은문주초(사적 제33호) 2개가 남아있다.

남해의 12경

남해는 천혜절경이 아름다운 명소의 고장이다

조선 태조가 산 전체를 비단으로 입히려고 했다는 금산은 삼남제일의 명산으로 온갖 전설을 간직한 기암괴석의 38경은 금강산을 닮았다고 하여 소금강이라 불리기도 한다.

주봉인 망대를 중심으로 왼쪽엔 문장봉, 대장봉, 형사봉, 오른편에 삼불암, 천구암 등 암봉이 솟아있다.

금산은 절경 중에서 쌍홍문, 사선대, 상사암, 암불암 등이 명소이다.

아래로는 상주, 해수욕장의 넓고 빛나는 백사장과 다도해의 풍광이 멀리 쪽빛 바닷물에 반짝이고, 크고 작은 섬들이 포근하고 어여쁘면서도 평화롭게 구름의 한가로움처럼 푸르게 펼쳐져 있다.

남해는 가천 다랭이논, 대지포 해안 관광도로의 절경과 서포 김만중의 유배지였던 노도와 물빛이 너무도 고운 앵강만, 물건 방조림과 물미해안의 에메랄드빛 푸른 바다, 지족해협의 원시어업 죽방렴 등 남해의 모든 것이 관광객들의 발걸음을 멈추게 한다.

특히 물살이 빠르고 수심이 낮은 지족해협의 자연조건을 활용한 죽방렴 어업은 이제는 사라져가는 우리 전통어업방식을 간직하고 있어 새로운 관광자원으로 각광받고 있다.

사시사철 다양한 연안어종이 잡히지만 죽방렴으로 잡은 멸치는 특히 맛이 있고 생산량이 적어 비싼 값에 팔리고 있다.

관광산업은 남해읍을 중심으로 지역 관광거점을 연결하는 미조, 상주, 삼동, 창선 등지에서 발달해 있다.

남해 1경 : 금산과 보리암

옛이야기를 간직한 삼남제일의 명산이다.

신라시대에 승려 원효(元曉)가 이곳에 보광사라는 절을 지어 보광산이라 불렀다.

태조 이성계가 이 산에서 100일 기도 끝에 조선왕조를 개국하게 되자 그 영험에 보답으로 산 전체를 비단으로 덮으려 하였다는 뜻으로 이에 비단 금(錦)자를 써서 '금산(錦山)' 이라는 이름으로 고쳐 불렀다고 한다.

옛부터 이곳을 영산(靈山)이라 했는데 중국 시황제(始皇帝)의 명령으로 방사(方士)인 서불(徐市)이 동남동녀(童男童女)를 거느리고 불로초를 구하려고 이곳에 찾아왔다는 이야기도 전해져 온다.

주봉(主峯)인 망대(望臺) 701m를 중심으로 왼쪽에는 문장봉, 대장봉, 형사암이 있고, 오른쪽에는 삼불암, 천구암 등이 솟아 있다.

절경 38경(景) 중에서 사선대, 상사암, 암불암 등이 대표적인 명소이며, 신라 신문왕 3년(683)에 창건된 한국 3대 관음기도처의 하나인 보리암이 자리잡고 있다.

1986년에는 산림 보호를 목적으로 도로를 개설하여 팔부능선까지 차량이 통행하고 있으며 한겨울에도 포근하여 겨울 등산 코스로도 좋은 명산이다.

쪽빛 바다와 초록빛 들녘의 조화를 내려다 볼 수 있는 산으로 한려해상 국립공원의 아름다움을 만끽할 수 있는 금산 정상에 원효대사가 창건하였다.

보리암으로 오르는 코스는 울창한 숲과 남해바다가 조화를 이루는 최고의 산행코스로 하룻밤 묵으며 금산서 일출을 보면 천지신명의 조화를 느낄 수밖에 없을 정도로 일출이 절경이다.

사방이 터진 곳이 지세는 높고 넓은데 산 아래 건너편 계곡에 푸른 초목 위로 말렸다 감겼다 하는 구름을 본다. 잠간 사이에 쉴새 없이 변화하는 구름을 보면 마치 자신이 구름 위에 살고 있는 신선 같다.

툭 터진 사방팔방을 내려다보며 바다 한 번 보고 구름 한 번 보고 이런저런 생각을 하다가 맑은 공기에 긴 숨을 들이마시면 기분이 상쾌하고 여유롭다. 아마 속세의 시간이 멈춘 곳, 바쁜 건 구름뿐이다.

착잡히 앉았노라면 지나온 삶이 부끄럽게 떠오르고 물끄러미 내면(內面)이 다 내려다보인다. 푸르게 시린 산이 투명한 햇살에 그 바람에 잎을 흔든다.

금산 38경 : 1. 망대, 2. 문장암, 3. 대장봉, 4. 형리암, 5. 탑대, 6. 천구암, 7. 이태조 기단, 8. 가사굴, 9. 삼불암, 10. 천계암, 11. 천마암,

12. 만장대, 13. 음성굴, 14. 용굴, 15. 쌍홍문, 16. 사선대, 17. 백명굴, 18. 천구봉, 19. 제석봉, 20. 좌선대, 21. 삼사기단, 22. 저두암, 23. 상사바위, 24. 향로봉, 25. 사자암, 26. 팔선대, 27. 촉대봉, 28. 구정암, 29. 감로수, 30. 농주암, 31. 화엄봉, 32. 일월봉, 33. 흔들바위, 34. 부소암, 35. 상주리 석각, 36. 세존도, 37. 노인성, 38. 일출경이다

고려 말의 장수 이성계(李成桂)가 나라를 얻고자 야망을 품고 명산을 찾아다니며 산신의 도움을 비는 기도를 올렸다.

그는 처음에 금강산에 갔으나 전혀 감응이 없어 계룡산으로 내려왔다. 그러나 그 곳에서도 산신은 응해 주지 않았다.

그는 다시 길을 택하여 지리산으로 갔다.

정성을 다하여 백일동안 산신제를 올리며 감응해 주기를 빌었다.

그러던 끝에 꿈에 산신이 나타나 "그대는 전생에 지은 복이 얇아 군왕이 될 수 없느니라" 하고 받아주지 않았다.

그는 무학(無學) 스님을 찾아가 좋은 방법을 가르쳐 주기를 간청했다. 스님은 이성계를 훈계하며 마음을 키워 큰 마음으로 발원을 하라면서 보광산(普光山)으로 가라고 일러주었다.

무학 스님의 지시대로 보광산에 온 그는 산신에게 제를 올리며 기도했다. 그러나 보광산은 관세음보살님의 상주도량이므로 그가 산신께 기도를 드린다 해도 결국 관세음보살님께 기도하는 것이었다.

그가 백일기도를 마치는 날 그의 앞에 산신이 나타나서 "기도하는 정성이 지극하므로 비록 금생의 복은 미치지 못하나 내세의 복을 당겨 왕을 만들어 줄 터이니 왕이 되거든 이 산을 비단으로 덮겠느냐" 하고 물었다.

이성계는 감격하여 얼른 약속했다.

그가 조선 왕국을 이루고 보광산 산신과의 약속을 지키기 위하여 여러 궁신들을 모아 이를 명령했다.

왕명을 받은 사신이 현지에 와서 보광산을 쳐다보니 산꼭대기는 하늘에 닿은 듯하고 우람한 생김새와 동서로 퍼진 산등성이가 하도 넓어 온 세상의 비단을 다 끌어 모아도 산을 덮기에는 어림도 없어 보였다.

돌아와 이성계에게 이룰 수 없는 일이라고 고하자 무학 스님에게 방법을 묻게 되었다. 스님은 비단으로 산을 덮으면 초목이 죽을 것이고 산을 망치게 되며 비가 올 때는 걷고 다시 덮어야 하는데 이는 삼천(三千) 세계 중생들이 다 덤벼도 하지 못할 일이니 이름으로 비단옷을 만들라고 하였다.

이렇게 해서 보광산이 조선조 태조의 칙명으로 '금산(錦山)'으로 불리게 되었다. 지금 보리암 극락전 동쪽을 병풍처럼 가리고 있는 암벽 등성이 아래쪽에 이태조기단(李太祖祈壇)이 있다. 이 자리가 바로 조선 태조 이성계가 기도를 하던 곳이다.

금산에서 가장 높은 곳은 봉수대(烽燧臺)이다.

금산 정상에 남아 있는 옛날 봉수의 허지(墟址)로서 이 봉수는 원산(猿山)과 미조항진(彌助項鎭) 두 개의 간봉(間峰)을 가진 남해에서 가장 큰 규모의 봉수대로서 사천을 연결하는 봉수대였다.

《남해현지(南海縣誌)》에는 '현의 동쪽 30里에 있고 북쪽으로 진주 대방산(坮方山～지금의 창선 대방산)에 보고하여 그 거리는 45리이다. 서쪽으로는 설흘산봉에 서로 보고하고 그 사이는 35리이다. 북쪽으로는 원산봉에 서로 보고하고 그 사이는 20리이다(在縣東 三十里

北報晋州 坮方山 烽相距 三十五里 北報猿山 烽相距 二十里)' 라고 적고 있다.

또 다른 기록인《남해군읍지(南海郡邑誌)》에는 이렇게 적고 있다.

'해상을 즉시(卽視)하고 처음 봉화를 올리면 동으로 가서 진주 창선대방산 봉화대에서 응하고 서(西)로 가서 현지경(縣地境) 설흘산 봉화대서 응하고 북으로는 원산 봉수대서 응한다.(卽海上初烽而東去應晋州臺方山烽西去應縣境雪屹山烽 北去應縣境猿山烽)'

남해 2경 : 남해대교와 남해 충렬사

정유재란의 마지막 전투, 이충무공 순국의 현장 노량 바다이다.

남해대교는 경상남도 하동군 금남면 노량리와 남해군 설천면 노량리 사이를 잇는 다리로 1973년에 준공된 국내에서 가장 긴 3경간(徑間) 2힌지 보강형 현수교(懸垂橋)이며, 총연장 660m, 중앙경간 404m, 측경간 128m로 수면에서 25m 높이의 연륙교(連陸橋)이다.

남해도는 불과 600m의 노량수도(露梁水道)를 두고 육지와 떨어져 산업 경제 교통 운송면에서 고립 상태에 놓여 있었고, 또한 수심이 깊고 조류가 빨라서 다리를 놓기에는 기술적으로 매우 어렵게 생각되던 곳이었다.

이 다리는 강상항(鋼箱桁)으로 보강된 2힌지 현수교 형식으로 이루어져 있다. 교대(橋臺)는 중력식 콘크리트 블록이며, 육지에서 제작하여 설치한 뒤 콘크리트로 빈 공간을 채운 스틸오픈케이선 기초에 높이 60.7m의 장방형 단면 탑기둥을 가진 용접 라멘 형식으로 가설하였다.

주케이블은 전 지름이 258㎜로서 일곱 개의 스트랜드로 구성되고 소선(素線)의 지름은 5㎜이다. 주탑은 케이블 및 보강항(補强桁)에서의 반력을 지지하고 기초에 전달해 주는 중요한 구조물로 현수교 전체의 미적 감각을 좌우하는데, 이 다리에서는 라멘 형식을 택하였다.

보강형은 유선형의 상형(箱桁)으로 하여 풍하중(風荷重)에 대한 양압력(揚壓力) 및 측압력의 영향을 적게 받도록 고려하였으며 교상(橋床)은 강상판(鋼床版)으로 처리하였다.

이 다리가 위치한 남해군의 경제는 주로 농산물을 주원료로 하는 소규모의 공업에 불과하였지만 그 좌우의 여수, 광양지구, 삼천포지구 등에 대단위 임해공업단지가 설치, 가동되고 있고, 남해 및 호남 고속국도가 완공됨에 따라 점차 발전하기 시작하였다.

이 다리의 건설은 그러한 발전의 흐름을 더욱 활성화시켰고, 부근 지역인 부산, 여수, 마산, 하동 등과의 지역간 연결 체제가 한층 원활하게 되었다. 남해는 사면이 바다로 둘러싸여 있고 자연 지세가 아름다운 명승 고적으로 상당한 가치를 지니고 있었는데, 이 대교의 개통으로 말미암아 육지와의 연결이 쉽게 되어 국내 관광객 및 외국 관광객을 유치하는 데 커다란 이점을 지니게 되었을 뿐만 아니라 지역 사회의 발전 및 개발 촉진에 커다란 구실을 하고 있다.

남해대교가 가로지른 노량해협의 거센 물살은 남해의 역사를 고스란히 간직한 산 증인이요, 역사의 마당이다.

임진왜란의 마지막 전투인 노량해전이 시작된 곳으로, 또 고려에서 조선시대에 이르는 무수한 유배객들이 자신의 적소로 건너오기 위해 나룻배를 탔던 한 맺힌 곳이었다.

남해대교가 놓여지기 전, 남해 사람들은 나룻배를 타거나 도선으로 노량의 물살을 가로질러 다녀야 했지만 1973년부터 승용차로 1·2분이면 거뜬히 물을 건너온다.

남해를 육지와 연결한 남해대교를 건너면 벚꽃터널이 반겨준다. 봄이면 하늘이 보이지 않는 벚꽃의 터널이 장관이다.

남해대교는 태어날 때부터 짙붉은 옷을 입고 있었는데 언제부터인가 부식을 이유로 잿빛옷으로 바뀌었다. 하지만 2003년 산뜻한 선홍색빛으로 새단장을 하여 창선연륙교와 함께 섬으로 가는 남해군 최고 관광자원으로 다시 태어났다.

남해 충렬사는 조선시대의 임진왜란 때 관음포(觀音浦)에서 순국한 이순신(李舜臣) 장군의 영(靈)을 기리기 위해 경남 남해군 설천면(雪川面) 노량리(露梁里)에 세운 사당으로 사적 제233호. 당시 노량은 여수를 떠나 충무로 가려면 거쳐야 하는 연안수로의 요충지였다.

이순신이 관음포 앞바다에서 1598년(선조 31) 11월 19일 순국하자 이곳에 처음 유구(遺軀)를 3개월 안치하였다가 충남 아산의 현충사(顯忠祠)로 이장하였고, 현재 이곳에는 봉분(封墳)뿐인 가분묘만 남아 있다. 이순신이 순국한 지 34년 뒤인 인조 10년(1632)에 초사(草舍)를 짓고, 인조 11년(1633)에 비를 세워 치제추모(致祭追慕)하였다.

인조 21년(1643)에 충무공이라는 시호가 내려졌다.

효종 9년(1658)에 어사 민정중이 통제사 정익에게 사당을 신축하도록 해서 초사를 헐고 비로소 사당을 건립하여 봄 가을로 제향하게 하였으며 다시 비를 세웠다.

현재 사당 앞에 있는 "유명조선국삼도통제사증시충무이공묘비"는 1660년에 숭록대부 의정부 우찬성 송시열이 글을 짓고 정헌대부 의

정부 좌참찬 송준길이 쓴 것이다.

현종 3년(1662)에는 충렬사(忠烈祠)라는 사액(賜額)을 받았으며, 이 사당은 현종 2년(1661)과 광무 3년(1899)에 중수(重修)하였는데, 비 하나에는 1661년 중수한 사유를 자세히 기록한 송시열(宋時烈)의 비문이 있다. 세월은 흘러 순국 195년이 지난 후인 1793년 이곳에 충무공비를 세우고 충민공비를 땅 속에 묻었다.

충무공은 이 해에 의정부 영의정으로 추증되었다. 남해 충렬사는 그 뒤에도 계속 성역화사업이 추진되었으나 고종 8년인 1871년에 향사, 서원 철폐령에 따라 사당은 허물어지게 되었다.

그러나 1922년에 윤기섭과 고준홍이 자기 집 재산으로 사우 3칸을 새로 지어 제사를 지내게 되어 오늘에 이르고 있다.

사당을 세운 당시에는 사당 옆에 호충암(護忠庵)이라는 암자가 있어 화방사(花芳寺)의 승려 10여 명과 승장(僧將) 1명이 교대로 수직하였다. 1965년 당시 대통령 박정희가 '충렬사'와 '보천욕일(補天浴日)' 현판을 다시 썼고, 1973년 6월 사적으로 지정되면서 보수 정화되었다. 면적 약 3450㎡(1,045평)으로 경내에는 사당 재실(齋室) 비각(碑閣) 각 1동, 내삼문(內三門), 외삼문(外三門), 비(碑) 4기(基), 가분묘(假墳墓) 1기 등이 있다.

남해 3경 : 상주해수욕장

금산의 절경과 함께 하는 아름다운 금빛 백사장이다.

경상남도 남해군 상주면 상주리에 있는 한려해상국립공원. 1974년 12월 28일 경상남도 기념물 제18호로 지정되었다.

해발 681m이다. 한려해상국립공원 중 유일한 산악공원으로 기암괴석들이 수를 놓고 있는 모습이 금강산을 닮았다 하여 소금강 혹은 남해금강이라 불린다. 남해를 한눈에 굽어볼 수 있으며 산과 바다와의 절묘한 조화를 이룬 최고의 전망대이다.

상주해수욕장(尙州海水浴場)은 남해군 상주면 상주리에 있는 해수욕장으로 기암괴석과 절경의 금산이 병풍처럼 둘러서 있고 좌우로 뻗어내린 산세가 아늑하게 감싸고 있다.

남해에 임한 좁은 만구(灣口)는 섬들이 가로질러 있어 파도를 막아주어 천연 호수라 부를 만큼 잔잔하다. 해저는 기복이 없고 인근에 강물이나 다른 바다 공해에 오염될 것이 없어 물이 맑고 깨끗하다.

고운 백사장은 544,500㎡, 길이 2㎞, 폭 60~150m에 이르고 수온 또한 24~25℃로 따뜻하여 해수욕장으로서는 가장 이상적인 곳이다.

상주리의 서쪽에는 천황산(天皇山)이 솟아 있고, 남쪽의 외양(外洋)에는 삼서도(三嶼島), 목도(木島) 등이 만구(灣口)를 막으며 점점이 떠 있는 모습은 한층 경승을 더하여 한려해상국립공원으로 지정되었다.

금산과 상주리 사이의 계곡에는 보살암(菩薩庵), 음성굴(音聲窟), 쌍홍문(雙虹門), 요암(搖岩) 등의 명소가 있다.

금산의 산세가 반달모양을 이루면서 만들어낸 둥근 천연호수인가? 아름다운 상주해수욕장의 수면은 잔잔하고 자연의 미소처럼 조용해 가족들의 피서지로는 안성맞춤이다.

남해 4경 : 창선교와 원시어업 죽방렴

원시와 현대의 절묘한 앙상블이다

미조항을 비롯해 거개의 남해 바닷가에서 주로 배를 타고 나가 그물로 고기잡이를 하는 반면, 아직도 원시적인 어업 형태인 '죽방렴'으로 고기잡이를 하는 곳도 있다.

창선도와 남해도 사이에 기다랗게 이어진 지족해협이 바로 그 곳이다. 바닷 물살이 센 지족해협에서는 오랜 옛날부터 이 죽방렴으로 고기를 잡아 왔다. 죽방렴이란 물 깊이가 그리 깊지 않은 바닷 속에 부채꼴 모양으로 약 10m 정도의 참나무 말목을 촘촘하게 이어 박아 그 부채꼴 모양이 끝나는 꼭지 부분에 원통형 대나무 통발을 만들어 놓고, 썰물이 날 때 물살을 따라 통발에 드는 고기만을 잡는 원시적인 고기잡이를 일컫는 말이다.

즉 물살을 타고 오는 고기를 유인해 잡는 자연스런 함정어법의 하나이다. 요즈음에는 썩은 참나무 말목이 있던 자리에 간혹 튼튼한 철근을 박아 놓기도 하는데, 보통 부채꼴 모양으로 박아 놓은 말목을 여기서는 살(삼각살)이라 하고, 둥그런 대나무 통발을 불통이라고 부른다. 이 불통은 썰물 때 문짝이 저절로 열렸다가 밀물 때면 저절로 닫히게 만들어져 물때가 바뀐다고 해도 통발에 든 고기가 도망가는 일은 없다.

이렇게 불통에 물고기가 갇히면 어부는 물때에 맞춰 배를 타고 나가 통발에 든 고기를 건져 오면 된다.

썰물과 밀물이 갈리는 물때가 하루에 두 번이므로 하루 두 번은 물고기를 떠 올 수 있는 셈이다.

죽방렴 어업으로 잡는 고기는 생각보다 훨씬 많아서 한 해에 올리는 수익이 결코 만만치 않다.

그래서 이곳에 있는 하나의 죽방렴을 값으로 따지면, 설치비용과 자릿세를 합쳐 일억 원 정도에 이른다고 한다. 물론 고기가 잘 잡히는 해에는 한 해에 자릿세를 다 빼고도 남는다고 하니, 가만히 앉아 드는 고기만 잡아서도 꽤 많은 수익을 올리는 셈이다.

원시적으로 보이는 이 죽방렴은 사실상 우리나라 다른 지역에서는 보기 드문 것으로, 남해에서도 창선교가 가로놓인 지족해협에만 스물세 통이 남아 있다.

사실 바다라고 해서 아무 곳에나 죽방렴을 설치할 수 있는 것이 아니다. 죽방렴이 들어서기 위해서는 먼저 바다의 깊이가 통나무 말뚝을 설치할 수 있을 정도로 얕아야 한다.

또 지족해협이 그렇듯 뭍과 뭍의 사이가 멀리 떨어지지 않은 채로 기다란 해협을 이루어야 한다.

마지막으로 가장 중요한 것은 물때에 바닷물살이 아주 빨라야 하는데, 지족해협은 바로 이 세 가지 조건을 모두 갖추고 있다.

죽방렴에 드는 고기는 도다리, 숭어, 돔, 메기와 같이 종류가 다양하지만, 날씨가 따뜻한 봄부터 가을까지는 주로 멸치가 든다.

죽방렴으로 잡은 멸치는 그물로 잡는 멸치보다 값을 훨씬 더 쳐준다. 창선면 지족에 사는 정갑세 씨에 따르면, 그물로 잡을 경우 멸치 비늘이 다 벗겨지고 떨어져 나가 맛이 없어지는 반면, 통발 멸치는 산 고기를 그대로 떠오는 것이므로 비늘이 떨어질 염려가 없어 그만큼 더 맛있고 값도 더하다는 것이다.

"여기서 잡히는 고기가 최고로 맛있는 고기"라 자랑한다. 물살이 세서 고기의 육질이 단단하고 쫄깃하여 그 맛이 판이하다는 것과 미역도 물살이 있어 부드럽다는 것이다.

여기 손도(좁은 바다) 미역은 삶아도 퍼지질 않아 그 맛과 시원한 개운함이 특색이다.

멸치도 불통에서 그대로 떠오니 스트레스를 받지 않아 맛과 싱싱함이 완전히 특미다. 말 그대로 죽방렴은 자연을 거스르지 않는 환경친화적인 고기잡이라 할 수 있다.

오랜 옛날부터 이곳 사람들은 그렇게 물 흐르는 대로 자연을 거스르지 않고 살아왔고, 여전히 그렇게 살아가고 있으며, 별다른 일이 없는 한 또 그렇게 살아갈 것이다.

예전에는 남해안 곳곳에 이 죽방렴이 설치되어 있었다고 전해지는데 지금은 남해도와 창선도 사이, 창선대교가 있는 지족해협에서만 볼 수 있다.

이 죽방렴이 사라져가는 이유는 배의 통행에 방해가 되고 또 목재값이 비싸 죽방렴을 설치하는 비용이 만만치 않기 때문이라고 한다. 물론 고기도 예전처럼 많이 잡히지 않는다.

참나무 말뚝으로 참나무를 쓰는 이유는 다른 나무에 비해 잘 썩지 않기 때문이다.

소나무를 비롯한 다른 목재는 기껏해야 2~3년밖에 쓸 수 없는 반면, 참나무는 수명이 두 배나 길다고 한다.

최근에는 참나무 대신 철로용 레일을 박기도 한다.

한 번 박아두면 반영구적으로 쓸 수 있다는 이유에서다.

그러나 워낙 비용이 많이 드는 탓에 대부분 참나무 말뚝 사이사이에 드문드문 몇 개만 박는다.

죽방렴이 들어서려면 먼저 말뚝을 박을 수 있을 정도로 수심이 얕아야 한다. 그리고 길게 해협을 이루되 뭍과 뭍 사이의 거리가 너무 멀지 않으며, 조수간만의 차가 크고 물살이 빨라야 한다. 이런 조건을 두루 갖춘 곳이 바로 지족해협이다.

썰물 때에는 해협의 한가운데조차 사람 키를 넘지 않을 만큼 수심이 얕고, 폭도 1km가 채 안 되는 탓에 시속 13~15km의 빠른 속도로 조류가 들고난다. 게다가 조수간만의 차이가 심해서 만조시에는 길이가 5~7m의 말뚝이 윗부분만 조금 남기고 물 속으로 잠길 정도로 수심이 깊어진다.

원시성이 그대로 간직된 죽방렴은 길이 10m 정도의 참나무로 된 말목을 개펄에 박아 주렴처럼 엮어 만든다.

조류가 흘러오는 방향을 향해 V자형으로 벌려 원시적으로 고기를 잡는 방법으로, 지족해협에 24통이 남아 전국에서 가장 많으며 다른 지역에서는 보기 드물다. 이곳에서 잡힌 생선은 최고의 횟감이다.

물살 빠른 바다에 사는 고기는 탄력성이 높아 맛이 뛰어나기 때문이다. 냉동 생선이나 참치통조림, 아니면 가두리 양식 횟감 등에 익숙한 사람들은 죽방렴 멸치회를 맛보는 것만으로도 신선하고 별미로운 남해 답사에 만족할 것이다.

남해 바다에서는 멸치와 붕장어, 바지락, 참조개, 새조개를 비롯하여 숱한 해산물이 나지만 그 가운데서도 멸치는 남해에서 빼놓을 수 없는 특산물로 꼽히며 전국에서 알아주는 명산품이다.

남해 5경 : 이충무공전몰유허

이충무공이 순국한 관음포 앞바다를 굽어본다.

이락사(李落祠)는 남해대교에서 약 4km 정도 19번 국도를 따라 남해읍을 향하여 들어가면 고현면 차면이라는 마을이 나타나고 국도

우측편으로 숙연한 모습의 성웅 이충무공전몰유허라는 입석이 눈에 들어온다.

이곳이 충무공 이순신 장군이 임진왜란의 마지막 전투인 노량해전에서 나라를 구하고 순국한 곳이다.

공이 순국한 지 234년 뒤, 8대손 이항권이 통제사로 있을 때인 1832년 충무공 전몰지인 관음포를 찾아 충무공의 유허비와 비각을 세워 유서 깊은 순국지의 면모를 갖추게 되었다.

1973년 6월 사적 제232호로 지정되어 '관음포 이충무공전몰유허'라고 부르게 되었다. 약 800m 길이의 반도형 야산의 남방을 관음포라 하는데, 이순신 장군께서 적의 유탄에 맞아 돌아가신 이후로 이곳을 이락포라 불러왔으며 이곳 비각을 이락사라 이름하였다고 전해진다.

1991년에 첨망대 누각을 세웠으며, 1998년 12월 16일에 이충무공께서 유언한 "지금 싸움이 급하니 내 죽음을 알리지 말라"는 내용의 한문 유언비를 이락사 앞뜰에 세웠다.

이날은 이충무공 순국 400주년이 되던 날이고 남해군은 추념식 행사로 노량해전을 재연하기도 했다.

남해군 고현면 관음포(觀音浦) 앞에서 임진왜란 7년의 마지막 해전이 벌어졌다.

조선조 선조 31년(서기 1598년) 11월 19일의 새벽이었다.

이 해전에서 충무공은 적의 배 200여 척을 불태우고 헤아릴 수 없이 많은 적병을 죽이고 사로잡았다.

그러나 적의 시석(矢石)을 무릅쓰고 몸소 앞에 나가 싸우다가 날아오는 유탄이 그의 가슴에 맞아 등 뒤로 관통하였다

공은 "싸움이 한창 급하니 부디 나 죽었다는 말을 하지 말라(戰方急 愼勿言我死)"라는 유언을 마지막으로 남기고 숨을 거두었다고 《징비록(懲毖錄)》은 적고 있다.

이 바다는 원래 관음포라 하였다. 그러나 이때부터 '큰 별이 바다에 떨어졌다'는 뜻에서 이락포라 부르고, 이 산은 이락산이라 부르게 되었다. 이락산의 원래 이름도 역시 관음산이었다고 전한다.

공이 순국하였던 바다 바로 앞 반도형 야산에 사당을 세워 이락사라 부르고 공의 시신이 잠깐 머물다 떠난 노량의 그 자리에 사당을 세워 충렬사라 부른다.

1965년 4월 12일 당시 박정희 대통령이 이락사 유허비각에 대성운해(大星殞海)라는 현판(懸板)을, 충렬사에는 보천욕일(補天浴日)의 현판(懸板)을 내려 걸게 하였다.

남해 6경 : 가천 암수바위와 남면 해안

암수바위 품은 앵강만 절경을 한눈에 바라본다.

설흘산(雪屹山, 481.7m)이 바다로 내리지르는 45°경사의 비탈에 석축을 쌓아 108층이 넘는 계단식 논을 일구어 놓은 곳으로 조상들의 억척스러움을 느낄 수 있는 곳이다.

옛날에 한 농부가 일을 하다가 논을 세어 보니 한 배미가 모자라 아무리 찾아도 없길래 포기하고 집에 가려고 삿갓을 들었더니 그 밑에 논 한 배미가 있었다는 얘기가 있을 정도로 작은 크기의 삿갓배미에서 300평이 족히 넘는 큰 논까지 있는 다랭이논 마을이다.(배미 : 이곳에서 논을 세는 단위) 바다를 끼고 있지만 배 한 척이 없는 마을로 마늘과 벼가 주 소득 작목이다.

최남단에 위치해 한겨울에도 눈을 구경하기 어려운 따뜻한 마을로 쑥과 시금치 등의 봄나물이 가장 먼저 고개를 내미는 곳이며, 해풍의 영향으로 작물의 병해충 발생률이 낮아 친환경농업이 가능한 마을이다.

아직도 개울에는 참게가 살고 있고, 얼레지나 용담, 가마우지 등이 서식하는 천혜의 자연여건을 지닌 마을이다.

가천마을의 유래에 대한 자세한 자료는 없으나 대대로 마을에서 살아온 김해 김씨, 함안 조씨 가(家)에 전해 오는 자료로 미루어 볼 때 신라 신문왕 당시로 추정되어지고 있으며, 미륵전설과 육조문에 대한 전설이 고려시대 이전에 삶이 시작되었고, 400여 년 전에 일어난 임진왜란 시 사용된 것으로 추측되는 설흘산 봉수대(烽燧臺)는 이미 그전에 이곳 가천마을에 집단적으로 거주했다는 사실을 증명하고 있다. 전해 오는 마을의 옛 이름은 간천(間川)이라 불리어 왔으나 조선 중엽에 이르러 가천(加川)이라고 고쳐 현재에 이르고 있다.

다랭이논 체험이 가능한 다랭이 마을은 마을 뒷산을 배경으로 구석구석 일구어 놓은 밭, 다소곳한 마을 풍경, 해안절벽과 낚시 명소가 어우러져 좋은 환경을 지니고 있다.

밭 갈던 소도 한눈 팔면 절벽으로 떨어진다는 말이 있을 정도로 가파른 절벽으로 이뤄져 농경지가 적은 이곳 사람들의 삶의 양식이 실감나는 다랭이논이다.

적게는 3평에서부터 커 봐야 20～30평 정도의 논이 절벽을 따라 이어져 있어, 보는 이들을 숙연하게 한다.

마을 남쪽 바닷가에서 마을로 올라오는 입구에 두 개의 커다란 바위가 있다. 오른쪽에 서 있는 바위를 암미륵, 왼쪽에 누워 있는 바위를 수미륵이라고 부른다.

일반적으로는 암수바위라고 불리나 옛부터 아이를 못 낳는 여자들은 절에 가 미륵부처에게 빌었듯이, 이 암수바위에 빌다 보니 점잖은 이름이 이 바위로 옮겨 붙어 미륵바위가 된 것이다.

바위의 크기는 숫바위 높이 5.8m, 둘레 2.5m, 암바위 높이 3.9m, 둘레 2.3m의 선돌의 형상으로 숫바위는 남성의 성기형상이며, 암바위는 아기를 밴 여인의 형상이다.

다음은 미륵바위에 전해 내려오는 전설이다.

조선 영조 27년(1751) 어느 날, 이 고을 현감인 조광진의 꿈에 갑자기 한 노인이 나타나 "내가 가천 바닷가에 묻혀 있는데 우마(牛馬)의 통행이 너무 잦아 세상을 보고 싶어도 보지를 못해 견디기 어려우니 나를 일으켜 주면 필경 좋은 일이 있을 것"이라고 말하고는 사라졌다고 한다. 이상하다고 여긴 현감이 이튿날 아침 관원을 데리고 이곳으로 달려와 일러준 대로 땅을 파 보니 두 개의 큰 바위가 나와서 암미륵은 파내어 그대로 두고, 수미륵은 일으켜 세워 매년 미륵을 파낸 날 풍요와 다산을 기원하는 미륵제(彌勒祭)를 지내오고 있다.

이 때문인지는 몰라도 자식을 얻고자 하는 사람이 이 바위에 기도를 올리면 옥동자를 얻는다는 이야기로 많은 사람들이 찾고 있다.

남해 7경 : 서포 김만중 선생 유허

김만중의 한글소설 《사씨남정기》를 꽃피운 삿갓 모양의 섬이다.

서포 김만중이 56세의 일기로 생을 마감한 노도는 남해의 유인도 3개 중 하나로 20여 가구가 살고 있다. 노도는 삿갓 모양의 섬으로 김만중은 이곳에서 어머니를 그리는 〈사씨남정기〉를 집필했다고 전해진다. 현재 노도에는 서포 김만중 선생이 한글소설을 집필하던 집터와 선생이 손수 팠다는 샘터, 그리고 유허비가 남아 있다.

샘터에는 아직도 맑은 물이 솟아오르고 있다고 한다. 노도는 상주면 벽련마을에서 배를 타고 들어가야 한다.

소요시간 약 10분. 묘소터, 우물터, 초가집터만 쓸쓸히 남아 벽련마을에서 통통배를 타면 10여 채의 가옥이 몰려 있는 포구에 닿는다. 사형보다 더 무서운 가극안치(加棘安置)*와 죽음보다 더한 절망의 절해고도에 막 당도한 김만중의 심정은 어떠했을까 하는 상상을 하며 선착장 정면에 선 '김만중의 유허' 라는 비석을 바라보지만 아무런 말이 없다.

이 비석은 남해청년회의소에서 김만중의 문학정신과 효행을 기리기 위해 세운 것이다.

김만중은 병사한 뒤, 유언에 따라 노도의 산등성이에 묻혔다가 뒤에 후손들이 이장해 갔다고 한다. 묘가 있던 자리를 마을 사람들은 지금도 '노지나묏등' 이라 부른다.

묘소터는 유허비에서 불과 150m 떨어진 해안 언덕배기에 있다. 이곳엔 아무리 세월이 흘러도 풀이 자라지 않는다고 한다. 여기서 다시 150m를 더 들어가 해안에서 몇 발짝 떨어지지 않는 곳에 서포 김만중이 살던 집터가 있다고 했다.

* –가극안치(加棘安置) : 가시울타리 안에 가두어 두는 형벌

집터 근처에는 김만중이 마음을 달래던 옹달샘이 하나 있다. 김만중은 여기에 초막을 짓고 살았다. 온종일 바다만 응시하며 한숨을 쉬던 노인을 두고 마을 사람들은 '노자먹고 할배' 라 불렀다.

김만중(金萬重)은 1637년(인조 15)에 태어나 1692년(숙종 18)에 남해 적소에서 병사로 돌아갔다.

본관은 광산이요, 자는 중숙(重淑)이며, 호는 서포(西浦)이다. 시호는 문효(文孝)이다.

조선조 예학(禮學)의 대가인 김장생(金長生)의 증손이요, 충렬공(忠烈公) 김익겸(金益謙 : 1614~1637)의 유복자이며, 광성부원군(光城府院君) 김만기(金萬基 : 1633~1687)의 아우로 숙종의 초비(初妃)인 인경왕후(仁敬王后)의 숙부이다.

그의 어머니는 해남부원군(海南府院君) 윤두수(尹斗壽 : 1533~1601)의 4대손이며, 영의정을 지낸 문익공(文翼公) 윤방(尹昉)의 증손녀이고, 이조참판 윤지(尹遲 : 1600~1644)의 딸인 해평윤씨이다.

그는 어머니의 남다른 가정교육에 힘입어 성장하였다. 왜냐하면, 그의 아버지 김익겸은 일찍이 정축호란(1637)때 강화도에서 순절하였기 때문에 형 만기와 함께 어머니 윤씨만을 의지하여 살아가야만 했다.

그런데 이 윤씨부인은 본래 가학(家學)이 있었기 때문에 두 형제들이 아비 없이 자라는 것에 대해 항상 걱정하면서 남부럽지 않게 키우기 위한 모든 정성을 다 쏟았다.

그 좋은 예로 궁색한 살림 중에도 자식들에게 필요한 서책을 구입함에 값의 고하를 묻지 않았고, 또 이웃에 사는 홍문관서리를 통해

책을 빌려내어 손수 등사하여 교본을 만들기도 하였으며, 소학(小學), 사략(史略), 당률(唐律) 등을 직접 가르치기도 하였다.

이 같은 여러 가지 면들, 즉 연원 있는 부모의 가통(家統)과 어머니 윤씨의 희생적 가르침은 훗날 그의 생애와 사상에 적지 않은 영향을 끼친 것으로 보인다.

그는 어머니로부터 엄격한 훈도를 받고 14세에 진사초시에 합격하고 이어서 16세에 진사에 일등으로 합격하였다.

그 뒤 1665년(현종 6)에 정시문과(庭試文科)에 급제하여 관료로 발을 디디기 시작하여 1666년에 정언(正言), 1667년에 지평(持平), 수찬(修撰)을 역임하였고, 1668년에는 경서교정관(經書校正官), 교리(校理)가 되었다.

1671년에는 암행어사로 신정(申晸), 이계(李稽), 조위봉(趙威鳳) 등과 함께 경기 및 삼남지방의 진정득실(賑政得失)을 조사하기 위해 분견(分遣)된 뒤 돌아와 부교리가 되는 등, 1674년까지 헌납, 부수찬, 교리 등을 지냈다. 그러다가 1675년 동부승지(同副承旨)로 있을 때 인선대비(仁宣大妃)의 상복문제로 서인이 패배하자 관작(官爵)을 삭탈 당했다.

30대 득의의 시절이 점차 수난의 길로 들어서고 있었던 것이다.

그동안 그의 형 김만기도 2품직에 올라 있었고 그의 질녀는 세자빈에 책봉되어 있었다.

그러나 이 2차 예송(禮訟)이 남인의 승리로 돌아가자, 서인은 정치권에서 몰락되는 비운을 맛보게 된 것이다.

그로부터 5년 뒤인 숙종 6년(1680)에 남인의 허적(許積 : 1610~1680)과 윤휴(尹鑴 : 1617~1680) 등이 사사(賜死)된 이른바 경신대출척에 의해 서인들은 다시 정권을 잡게 된다.

그는 이보다 앞서 1679년 예조참의로 관계에 복귀하였다. 1683년에는 공조판서로 있다가 대사헌이 되었으나, 당시에 사헌부의 조지겸(趙持謙)·오도일(吳道一) 등이 환수(還收)의 청(請)이 있자 이를 비난하다가 체직(遞職)되었다.

3년 뒤인 1686년에 대제학이 되었다. 이듬해인 1687년에 다시 장숙의(張淑儀) 일가를 둘러싼 언사(言事)의 사건에 연루되어 의금부에서 추국(推鞫)을 받고 하옥되었다가 선천으로 유배되었다.

1년이 지난 1688년 11월에 배소에서 풀려 나오기는 했으나 3개월 뒤인 1689년 2월 집의(執義) 박진규(朴鎭圭), 장령(掌令) 이윤수(李允修) 등의 논핵(論劾)을 입어 극변(極邊)에 안치되었다가 곧 남해(南海)에 위리안치(圍籬安置)되었다.

이같이 유배가게 된 것은 숙종의 계비인 인현왕후 민씨(仁顯王后閔氏)의 여화(餘禍) 때문이었다.

이러한 와중에서 어머니인 윤씨는 아들의 안위를 걱정하던 끝에 병으로 죽었으나 효성이 지극했던 그는 장례에도 참석하지 못한 채 1692년 남해의 적소(謫所)에서 56세를 일기로 숨을 거두었다.

1698년 그의 관작이 복구되었고, 1706년에는 효행에 대하여 정표(旌表)가 내려지기도 하였다.

그의 사상과 문학은 이전의 여느 문인과는 다른 특징을 가지고 있다. 그는 말년에 와서 불운한 유배생활로 일생을 끝마치게 되지만, 생애의 전반부와 중반부는 상당한 권력의 비호를 받을 수 있는 득의의 시절을 보낸 것으로 보인다.

본디 총명한 재능을 타고나기도 했지만 가문의 훌륭한 전통 등으로 인해 그의 학문도 상당한 경지를 성취하였다.

그가 종종 주희(朱熹)의 논리를 비판했다든지 아니면 불교적 용어를 거침없이 사용했다든지 하는 점은 결코 위와 같은 배경이 없이는 불가능했을 것이다.

그의 사상의 진보성은 그의 뛰어난 문학이론에서도 찾아볼 수 있다. 일정한 한계는 있겠으나, 그가 주장한 국문가사예찬론은 주목받아 마땅한 논설이다. 그는 우리말을 버리고 다른 나라의 말을 통해 시문을 짓는다면 이는 앵무새가 사람의 말을 하는 것과 같다고 하여, 한문은 타국지언(他國之言)으로 보고 있다.

그렇기 때문에 정철(鄭澈)이 지은 〈사미인곡〉 등의 한글가사를 굴원(屈原)의 이소(離騷)에 견주었다.

이러한 발언은 그의 개명적 의식(開明的意識)의 소산으로 탁견이라 아니할 수 없다.

요즈음에 와서 연구자들 사이에서는 김만중이 국민문학론을 제창하였다고 할 만큼 그의 문학사조상의 공로는 매우 큰 것이다.

그러나 이 같은 용어 사용이 적절한 것인지는 재론할 필요가 있을 것 같다.

아무러하든 그가 살던 시대는 분명 중세의 봉건질서가 붕괴된 시대는 아니었던 만큼 국민문학이라는 용어도 성립할 수 없었을 것임은 자명하다. 적어도 국민문학론이 제창되는 것은 조선왕조가 끝나고도 한참 뒤에나 가능할 노릇이기 때문이다.

그러나 이러한 용어사용의 여부와 관계없이 그의 우리말과 우리글에 대한 일종의 국자의식(國字意識)은 충분히 강조될 만하며, 더구나 그가 〈구운몽〉, 〈사씨남정기〉와 같은 국문소설을 창작했다는 점과 관련해 볼 때, 허균(許筠)을 잇고 조선 후기 실학파 문학의 중간에서 훌륭한 소임을 수행한 것으로 믿어진다.

그는 시가에 대해서 뿐 아니라 소설에 대해서도 상당한 이론을 가지고 있었던 것 같다. 김만중은 소설의 통속성에 대하여 진수(陳壽)의 《삼국지》나 사마광(司馬光)의 《통감(通鑑)》, 그리고 나관중(羅貫中)의 《삼국지연의(三國誌演義)》를 서로 구별하여 통속소설에 대한 예술적 기능을 높이 평가하고 있다.

그는 스스로 한시 시학의 표준으로 고악부(古樂府)와 문선(文選)의 시를 생각하였다. 말하자면 율시(律詩) 이전의 시를 배울 것을 주장한 것이다. 물론, 이 점은 주희의 학시관(學詩觀)과 상통하면서도 인간의 정감과 행동을 중요시하는 연정설(緣情說)을 시의 본질로 본 점은 자못 특징적이다.

이러한 생각들은 363수에 이르는 그의 시편들의 주조를 형성하는 단서로 작용하였다.

그의 많은 시들에서 그리움의 정서가 자주 표출되고 있는 점은 그의 생애와도 관련이 있겠으나 기본적으로 고시계열의 작품을 애송하였던 것과도 맥이 닿고 있다.

장편시인 〈단천절부시(端川節婦詩)〉 또한 이러한 그의 주정적 시가관(主情的詩歌觀)에서 지어진 작품으로 보인다.

그밖에 그의 소설이나 시가에서 많은 인물이 여성으로 나타나고 있는 점도 흥미 있는 현상으로 보이는 바, 그의 낭만주의적 정감의 전달대상으로 선택된 것 같다.

노도(櫓島)는 상주면 벽련마을 서남쪽에 떠 있는 삿갓 모양의 섬이다. 면적은 0.41㎢, 현재 살고 있는 세대수는 16호이다.

인구 43명으로 남해에서 처음으로 담수화(淡水化) 시설이 가동되고 있는 유일한 섬이다.

옛날 이곳에서 노(櫓)를 만드는 데 쓰이던 목재를 많이 생산해서 노도라는 이름이 생겼다고 하나 신빙성은 없는 얘기이다.

오히려 멀리 벽련마을 쪽에서 보이는 섬의 모양이 삿갓처럼 보인다고 해서 더러는 삿갓섬이라고 부른다.

그러나 이 섬이 더욱 유명한 까닭은 조선조 숙종 때의 명신(名臣) 서포(西浦) 김만중(金萬重)이 기사사화(己巳士禍)로 이곳에서 귀양살이를 하던 것으로 유명하다.

서포 김만중은 숙종 15년(1689) 장희빈 소생의 아들을 세자로 삼으려는 숙종에 반대했던 서인(西人)들이 남인(南人)들에 의하여 대대적으로 붕괴된 사건으로 김만중도 같은 서인으로 이 기사환국에 연루되어 숙종 15년(1689)에 유배되어 숙종 18년(1692) 4월 이곳에서 어머니를 그리며 눈을 감았다.

이곳에서 어머니 정경부인 윤씨를 위하여 〈사씨남정기(謝氏南征記)〉를 지어 바쳤다고 한다. 효성이 지극했기 때문이다.

이 노도에는 서포 김만중 유허비와 위리안치 되어 배소생활을 하던 집터, 매일 마시던 우물터, 이곳에 잠시 묻혔던 자리(墓地)가 남아 있다. 이곳을 '노지나뭇등' 이라 부르는데 상주면 노도(櫓島)의 큰골에 있는 산등허리의 다른 이름이다.

이 큰골 골짜기 후미진 곳에 어느 날 낯선 노인이 찾아와 초막을 짓고 살았는데 온 종일 옆에 있는 산등허리에 올라와 바다만 응시하며 한숨만 쉬는 것이었다.

섬사람들은 이 노인을 노자묵자 할배라고 불렀다. 아무 일도 하지 않고 하루 종일 놀고 먹는다는 뜻이었다.

그리고 오래지 않아 병들어 죽자 섬사람들은 이 노인의 유언대로 큰골 옆 산등성이에 시신을 묻고 이곳을 '노지나묏등' 이라고 이름지어 불렀다.

아무 일도 하지 않고 하루 종일 놀고 먹었다는 이 노인이 바로 서포(西浦) 김만중(金萬重)이었다. 놀고 먹는 것이 아니고 그는 홀로 계신 어머니를 그리며 왕의 마음을 돌리기 위하여 국문소설 〈사씨남정기(謝氏南征記)〉를 밤새워 썼던 것이다.

참새가 대붕(大鵬)의 뜻을 알 수 없듯이 섬사람들이 어찌 김만중의 마음을 알 수 있었으랴.

지금도 그가 한 때 묻혔던 노지나묏등의 이장해 간 묘자리에는 푸나무가 자라지 못해 맨 흙으로 남아 있다.

김만중의 어머니 해평윤씨를 생각하는 구구절절(句句節節)한 그리움이 오늘에까지 맺혀 있어 노지나묏등 그 곳에는 아직도 풀 한 포기가 자라지 못하는지도 모를 일이다.

남해 8경 : 송정해수욕장

송정해수욕장은 관광지로 지정받은 아름다운 해안이다.

면적 815,000㎡이다. 미조면 송정해수욕장에서 설리 해안에 이르는 지역으로, 국민관광지로 지정되었다.

이 중 송정해수욕장은 길이 2km, 너비 50m의 모래사장과 100년 이상 된 해송, 남국의 정취를 풍기는 워싱턴야자가 자랑거리이다.

설리는 남해군의 최남단으로 일년 내내 따뜻하고 모래밭이 고와

해수욕에 적합한 곳이다.

주변에 금산 · 상주해수욕장 등 관광자원이 풍부하고, 조도 · 호도 등 섬이 많아 낚시터로도 잘 알려져 있다.

2001년 현재 호텔 등 숙박시설과 연수원, 관광농원, 야외공연장, 전망대, 야영장 등 휴양문화시설을 개발중이다.

주변에 미조상록수림, 무민사, 송정생태주차공원, 미조항 등의 관광지가 있다.

남해 9경 : 망운산과 화방사

망운산 정상에는 철쭉이 가득 흐드러지고 있다.

망운산은 남해에서 가장 높으며, 해발 786m인 남해의 진산이다. 특히 5월은 방대하고 아름다운 철쭉이 정상에 가득 흐드러져 있어 등산객이 많이 찾는다. 정상까지는 화방사에서 1시간 30분 정도 소요된다.

화방사는 임진왜란 시 왜병의 침략으로 사찰은 불타 버리고, 약 40년 후 인조 15년(1637)에 제원, 영철이라는 스님이 현재의 위치에 이전 중수하여 화방사라 개칭하였다.

화방사 채진루는 문화재 자료 제152호로 지정되었고, 화방사 사찰 주변 임야에는 천연기념물 제152호로 지정된 산닥나무 자생지가 있다.

남해군에는 사자(유자, 치자, 비자, 불자)라는 것이 있다. 바로 남해를 대표하는 것을 일컫는데, 이 가운데 '불자'가 들어간다는 것은 남해가 불국토임을 잘 설명해 주는 대목이다.

금산의 보리암과 용문사에 이어 남해를 불자의 지역답게 하는 곳이 바로 망운산(望雲山) 화방사(花芳寺)다.

화방사는 남해 제일봉인 망운산으로 곱게 난 아스팔트를 따라 오를 수 있어 진입이 매우 수월한 편이다.

남해대교에서 19번 국도를 타고 들어오다가 이어 마을 대계에서 오른쪽 길로 접어들어 다시 3km 정도 가다 보면 고찰 화방사를 만날 수 있다.

조상들의 고된 삶이 그대로 묻어나는 계단식 논이 아래로 보이는 길을 따라 옹기종기 모여 앉은 대계마을과 푸른 기운이 넘치는 강진만 풍광에 넋을 놓다 보면 어느새 풍경소리가 귀에 들린다.

주차장에 차를 세우면 약수터 곁돌다리. 무지한 이들은 차를 탄 채 그대로 대웅전 가까이로 직행하지만 절에 오는 법도를 아는 이들은 주차장에 차를 세우고 돌다리를 건너 일주문으로 향한다.

일주문 돌계단을 오르면 겹처마 맞배지붕인 채진루와 팔작지붕 대웅전이 고개를 내밀며 채진루 맞은편에는 천연기념물인 산닥나무 자생지가 있다.

신라 신문왕 때 원효대사가 보광산(금산)에 보광사를 세우고 망운산 남쪽에 연죽사를 건립한 것이 화방사 역사의 시작이다.

고려시대인 1200년대에 진각국사(眞覺國師) 혜심(慧諶)이 연죽사를 현 위치의 서남쪽 400m에 옮기고 영장사(靈藏寺)라고 이름을 바꾸었다. 이름을 바꾼 이유는 이렇다.

진각국사는 멀리 신령스러운 기운이 바다에 감추어져 있는 것을 보았다. 바로 떼배를 타고 바다를 건너서 산을 바라보니 호산(湖山)의 좋은 형상인 망운산이 나타났다. 그는 말했다.

“영구(靈區)가 그 곳에 있는 것이 아니냐.”

그 뒤 절 이름을 영장이라 하고 승도를 거처하도록 했다. 영장사는 임진왜란 때 소실되어 인조 15년(1637), 서산대사의 제자인 계원(戒元)과 영철(靈哲) 두 선사가 지금 위치에 이건중수(移建重修)하고 ‘연화형국’ 의 뜻을 취해 화방사라고 했다. 화방사 역시 103년이 지난 1740년에 화재를 입었다. 사방이 일시에 재가 되고 승도들이 흩어졌으나 다음해인 영조 17년(1741)에 석순, 충찰, 충념 등이 동지들을 모아 재건했다.

화방사(花芳寺)는 고현면 대곡리(大谷里) 1448번지에 있는 절로 한때 연죽사(煙竹寺), 영장사(靈藏寺)라고 불렀다.

대한불교조계종 제13교구 본사인 쌍계사의 말사이다.

신라 신문왕 때(681～692년)에 원효(元曉)대사가 창건하여 연죽사라고 하였다.

진각국사는 고려 고종 때 조계산 제이국사(第二國師)로 속성은 최씨, 호는 무의자(無衣子), 또는 원조, 법명은 혜심, 자는 영을(永乙)로 전라도 나주 화순현 사람이라고 전한다.

고려 신종 4년(1201) 진사에 급제하고 대학에 들어갔으나, 어머니의 병으로 고향에 돌아가 시탕하다가 관불삼매에 들어 어머니의 병이 나았다고 한다. 이듬해 어머니가 죽자 보조국사 아래로 들어가 중이 되었다고 전한다.

그 뒤 영조와 정조 때의 큰 스님 가직(嘉直)대사가 머무르면서 갖가지 이적(異蹟)을 남겼고, 절을 중수하여 오늘에 이르다가 1981년 10월 1일 원인 모를 화재로 불타고 그 후 1991년부터 옛 건물의 복원 작업을 시작하였다.

화방사는 용문사, 보리암과 함께 남해군의 3대 사찰 중의 하나이다. 현존하는 건물로는 응진전, 명부전 등이 있으며, 대웅전, 칠성각 등은 복원되고 사리탑과 범종각, 요사체 등이 새로 지어졌다.

유물로는 옥종자가 있었으나, 대웅전과 함께 1981년 불타 없어졌다. 옥종자(玉宗子)는 절이 건립되어 불상을 봉안할 때 불을 밝히는 옥돌로 만든 등잔이다.

한 번 불을 붙이면 꺼뜨려서는 안 되며 어떠한 이유에서든지 불이 꺼지면 다시 붙여서는 안 된다고 전한다.

고려 고종 21년(1234) 이전에 만들어져 불이 점화된 뒤 임진왜란 때 꺼진 것으로 알려져 있는데, 지금은 불타서 없어진 것이다.

그리고 1997년 11월 23일 2천자로 된 '이충무공 노량충렬묘비 목비복원 봉안불사(李忠武公 露梁忠烈廟碑 木碑復元 奉安佛事)' 가 있었다.

한편 통영 통제영에서 발급한 것으로 보이는 화방사 완문(完文)을 보면 화방사는 임진왜란 이후 충무공의 사우를 수호하는 충렬사에 소속된 사찰임을 알 수 있다.

최근에 발견돼 화방사의 절목과 완문을 소개한다.

이 자료는 미국으로 유출되어 요행스럽게도 그곳에서 향토출신 재미교포에게 발견되어 다시 한국으로 돌아오게 된 것이다.

1972년의 일이다. 천만 다행으로 여긴다.

절목(節目)

노량 충렬사는 충무공의 영(靈)을 정성으로 모시는 곳인데 임인년에 충민공(충무공의 5대손)이 통영(통제사)에 있고 남해가 이곳에 속하였다. 염려가 되어 충렬사 옆에 조그마한 암자를 두고 화방사 승도를 매년 10명씩 번갈아 가면서 지키며 수호하고 또 다른 조치를 정하여 이제까지 그 절목이 전하여 왔다. 선배들이 전후로 계속하여 승자들로 하여금 정성을 다하여 지키게 하였다.

자력(自力)으로 침략치 못하게 하고 산에 나무를 기르고 벌채하는 것을 금하는 일을 어찌 소홀히 하겠느냐. 내 이제 암자를 고치고 수리를 하고 밭 한 구역을 주어서 윤허해서 지키는 승(僧)이 나무를 지키고 캐고 하는 땅으로 삼는다. 그래서 각별히 뜻을 더해서 잘 보호하고 소홀함이 없도록 하라.

갑진(1724년) 9월　일

통사

1. 매입해서 얻은 밭문서는 영구히 지키는 것을 승들에게 알려서 돌아가면서 그 사실을 알게 하고 잃어버리는 폐단이 없게 하라.

1. 비각이 가까이 있는 곳에는 더 수리를 하고 버릴 것은 버리고 수리할 것은 수리하여 적당히 하라.

1. 밭 속에 살고 있는 사람에게는 편리를 봐주고 세금을 받아라.

1. 그렇게 하고 나머지 밭은 번갈아서 지키는 승에게 붙여 주어서 나물, 채소를 가꾸어서 먹게 하라.

을사(1725년) 정월　일

추가 절목

통사 충민공이 다른 곳으로 부임하면서 사우를 참배하고 그 터를 살펴서 성찰해 본 후 밭이 충렬사 주맥의 요해처라 다섯 말 여섯 되 자기의 땅을 돈을 주어서 매입하고 그 밭에다 나무를 심고 키웠다.

통사

화방사 완문(花芳寺 完文)

남해 화방사는 충렬사에 소속된 사찰이다. 전후로 내려진 묘당(廟堂)은 영문(營門)의 보살핌으로 그 완문이 다발을 이루었으니 이는 대개 묘인원(妙因院)이 전씨묘를 수호하던 아름다운 뜻이다.

근래 지역(紙役)이 무겁고 침탈이 심하여 사찰이 무너지고 승려가 흩어져 현인을 향사(享祀)하는 사우를 장차 수호할 수 없게 되었으니 전인(前人)이 수목을 애석해 하는 뜻이 실로 어디에 있다 하겠는가.

본사(화방사)의 승도가 1,000냥을 헌납하여 끝없는 고역을 면제받고자 하니 그 정황 역시 슬프다. 이로써 첨가하여 보탬이 되는 것은 없지만 관속소(官屬所)를 별도로 설치하여 수용한다면 관청의 용도도 계속하여 공급할 수 있을 것이어서 영문(營門)에서 그 바라는 바대로 본읍(남해현)에 공문을 보내어 특별히 변통하도록 하고 완문을 발급한다.

지금부터 본읍(남해현)은 화방사를 더욱 보살피고 지역(紙役) 및 기타 잡역의 징수를 일체 금지하여 현인을 숭상하는 풍속을 본받게 할 것이다.

이러한 뜻을 깨달아 중도에 폐지되지 않도록 하여 영구히 준행함이 마땅한 일이다.

의당자(宜當者)

1. 금번 승도가 납부한 1,000냥을 관민(官民)이 낸 원지가(元紙價)에 보태어 관속소(官屬所)를 별도로 설치해서 관청이 매입하여 사용할 것이며, 이와 같이 변통한 이후 화방사에서는 한 장의 종이라도 침탈하지 말 것.

1. 화방사는 충렬사의 수호를 받는 사찰이어서 특별히 돈을 내고 지역(紙役)을 면제받도록 허락하였으니, 다른 잡역을 결코 다시 징수하지 말 것이다.

이후 다른 사찰의 의승번(義僧番)을 화방사에서 대신 납부하도록 하는 폐단이나 용문사의 잡역을 나누어서 화방사에서 수취하는 폐단이 발생한다면 돈을 내고 지역을 면제받은 뜻이 실로 어디에 있겠는가. 남해현은 더욱 더 금지시켜야 할 것이다.

1. 화방사의 뒷산 수목은 승도들이 보살핀 것이지만 남해현과도 관계가 없지 않다. 혹시 승도를 얕보아 임의로 벌목하는 자가 있거든 남해현은 각별히 죄를 다스려 금지시킬 것이다.

무신(1728년) 6월 일

화방사 완문(完文)

남해 화방사는 우리 충무공의 사우를 수호하는 사찰이다. 전후로 있었던 묘당의 관심과 면역(免役)은 대개 현인을 숭상하는 뜻에서 나온 것이다. 최근부터 본읍(남해현)의 보살핌이 점차 소홀해져 쌓인 완문을 한갓 문구(文具)로 돌리고 침탈에 절도가 없고 지역(紙役)이 번거롭고 무거워서 사찰이 무너지고 승려가 흩어져 장차 수호할 수 없게 되었으니 어찌 개탄하지 않겠는가. 이 무렵 승려가 사찰을 기울여 준비한 1,000냥을 관청에 납부하여 공용 용지를 관청에서 매입 사용하도록 변통되었다.

금번에 순영(巡營)의 절목(節目)과 본관(남해현)의 완문이 발급되어 지역의 혁파(革罷)와 잡역의 면제가 모두 그들 문서에 기재되었다. 모든 내용이 순영과 본읍(남해현)의 완문에 기재되어 있으니 금번 다시 중복해서 기재할 필요는 없을 것이다. 본 사찰의 뒷산 수목은 오로지 승려들의 의지로 배양된 것이지만 영문(營門)과도 관련이 있으니 각별히 다스려야 할 것이다. 이 삼영(三營)과 읍(남해)의 완문 내용을 영구히 바꾸지 말고 항상 준수해야 할 것이다.

무신(1728년) 9월 일

통사

망운암(望雲庵)은 남해군 고현면 대곡리 망운산 속에 있다고 하여 붙여진 이름이다.

대한 불교 조계종 제 13교구 분사인 쌍계사의 말사로서 고려시대 중엽 진각(眞覺)국사 혜심(慧心 : 1178~1234) 스님이 창건했다고 전한다.

1799년 조선 정조년에 나온 〈범우고(梵宇攷)〉에는 나와 있으나, 신경준(申景濬 : 1712~1781)이 말년에 쓴 〈여암전서(旅菴全書)〉에는 나와 있지 않은 암자이다.

특별한 문화재는 없으나 전설 같은 기적 이야기가 전해 온다.

망운암에는 우리나라의 다른 절이나 암자와는 달리 부도 형식의 사리탑이 관음전 앞마당에 봉안되어 있는 것이 특징이다.

덕산 스님이 있던 1973년 태국의 총본산 주지 스님이 당시 한국을 방문하여 박정희 대통령과의 면담 자리에서 부처님의 진신사리를 한국에 선물하겠으니 어느 곳에 봉안하겠느냐고 물었다.

박 대통령이 너무 갑작스런 질문이라 미처 대답도 하기 전에 이 자리에 배석했던 신동관씨(당시 국회의원)가 참으로 좋은 곳이 있다고 소개한 곳이 바로 이 망운암이었다.

이런 경위로 당시 덕산 스님의 상좌이던 법산 스님이 태국으로부터 진신사리를 직접 공수하여 비밀리에 모셔 왔다. 이 일은 아직도 거의 알려지지 않은 사실이다.

관음전 앞마당에 있는 것이 바로 부처님의 진신사리를 태국으로부터 공수하여 봉안한 그 사리탑이다.

남해 10경 : 물건 방조어부림과 물미해안

물미해안은 옥처럼 에메랄드 푸른 빛이 절경을 이룬 해안이다.

미조면 초전마을 삼거리에서 국도 3호선은 시작된다. 3번 국도는 경관이 뛰어나기로 유명하다. 국도를 따라 바다의 절경을 보며 감탄사를 연발하다가 물건마을에 이르면 길게 타원형을 그리는 아름다운 숲이 내려다보인다.

1만여 그루의 나무가 자라는 남해군 생태계의 보고, 물건 방조어부림이다.

고기들이 숲 그늘을 찾아 해안으로 오기 때문에 '고기를 불러들이는 숲' 이라는 뜻으로 붙은 말이 어부림이다.

나무 높이는 10 · 15m 정도. 윗층을 차지하는 나무는 팽나무, 푸조나무, 상수리나무, 참느릅나무, 말채나무, 느티나무, 이팝나무, 무환자나무, 아카시아나무 등 겨울철에 잎이 떨어지는 나무와 상록수인 후박나무 등이고, 산딸나무, 때죽나무, 가마귀베개, 소태나무, 구지봉나무 등의 낙엽수와 상록수인 무른나무가 뒤를 따른다.

모감주나무, 광대싸리, 길마가지나무, 가마귀밥여름나무, 감주나무, 광대싸리, 길마가지나무, 가마귀밥여름나무, 백동백나무, 생강나무, 검양옻나무, 찔레나무, 초피나무, 갈매나무, 윤노리나무, 쥐똥나무, 누리장나무, 붉나무, 보리수나무, 예덕나무, 두릅나무, 병꽃나무, 화살나무 등의 낙엽관목류는 밑을 차지하고 있다.

그 사이에는 인동덩굴, 담쟁이덩굴, 새머루, 줄딸기, 청미래덩굴, 청가시덩굴, 배풍등, 댕댕이덩굴, 복분자, 딸기, 계요등 노박덩굴과 개머루 등 겨울동안 잎이 떨어지는 덩굴식물과 마삭덩굴, 송악 등 상록성 덩굴식물들이 이리저리 서로 엉키어 있다. 고목은 약 2천주이 고하목은 8천주 가량된다.

이곳에 방풍림을 조성한 것은 350여 년 전, 당시 마을 사람들은 바람이나 해일 등의 피해를 막고 고기들이 많이 모여들도록 하기 위해 숲을 조성했다. 마을에는 이 숲을 해치면 마을이 크게 망한다는 전설이 전해 오고 있다.

전주 이씨 무림군의 후손들이 이곳에서 기반을 닦기 시작하여 마을 호수가 430호까지 이르렀다. 19세기 말엽, 이 숲의 일부를 벌채한 다음 폭풍우를 만나 상당한 피해를 입었다.

그 다음부터는 이 숲을 해치는 자는 누구를 막론하고 5원씩(백미 5말에 해당)의 벌금을 바치기로 약속하고 마을사람 전체가 합심하여 지켜왔다.

길게 늘어선 방풍림을 따라 물건 몽돌해변이 이어져 많은 사람들이 물건마을을 찾아오지만 숲은 잘 보존되고 있다.

물건해변은 마을과 숲 그리고 바다가 함께 어울려 낭만을 찾는 연인들에게는 그만인 데이트코스. 수령 350년이 넘는 나무들이 해안을 따라 계절이 변화할 때마다 각기 다른 풍경을 이루고 있는 모습은 감탄을 자아낸다.

남해 11경 : 호구산과 용문사

호랑이산에 있는 용문사는 왕실의 보호를 받은 호국사찰이다

대한불교조계종 제13교구 본사인 쌍계사의 말사이다. 802년(신라 애장왕 3) 창건되었다.

선조 25년(1592) 임진왜란 때 이 절 승려들이 승병으로 참여하여 왜군과 싸웠는데, 이 때 절이 불에 타 없어졌으며 1661년 현종 2년에 학진(學進)이 인근 보광사(普光寺) 건물을 옮겨와 중창하였다. 보광사는 원효가 세운 사찰이었으나 이곳으로 옮길 때에는 폐사 직전의 상태였다고 한다. 용연(龍淵) 위쪽에 터를 잡았다고 해서 용문사라고 이름을 붙였다.

임진왜란 이후 호국도량으로 널리 알려져 숙종(재위 : 1674~1720) 때 나라를 지키는 절이라며 수국사(守國寺)로 지정하였다. 또 이 때 왕실의 축원당(祝願堂)으로 삼았다.

1703년(숙종 29)과 1735년(영조 11), 1819년(순조 19), 1857년(철종 8), 1970년에 각각 중수하였다.

현존하는 건물로는 대웅전과 천왕각 · 명부전 · 칠성각 · 봉서루 · 산신각 · 요사 등이 있으며, 산내 암자로는 1751년(영조 27)에 세운 백련암(白蓮庵)과 염불암(念佛庵)이 남아 있다.

용문사 대웅전은 정면 3칸, 측면 3칸의 팔작지붕 건물로 처마 밑에 용두(龍頭)를 조각해 넣었다. 1974년 경상남도 유형문화재 제85호로 지정되었다.

용문사 천왕각과 용문사 명부전은 1985년에 각각 경상남도 문화재자료 제150호, 제151호로 지정되었다.

한편 백련암은 용성과 성철 등 고승들이 수도하던 곳으로 경봉이 쓴 편액이 걸려 있다.

유물로는 용문사 석불과 촌은집책판이 각각 경상남도 유형문화재 제138호, 제172호로 지정되었다. 이 중 용문사 석불은 높이 약 81cm로 고려 초기에 조성된 것이다. 임진왜란 이후 절을 중창하기 위해 땅을 파다가 발굴되었다고 한다.

촌은집책판은 조선 인조 때 학자인 유희경(劉希慶)의 시집 〈촌은집〉(村隱集)을 간행하기 위해 만든 것이다.

그밖에 임진왜란 때 승병들이 사용하던 대포 삼혈포(三穴包)와 숙종으로부터 하사받은 연옥등(蓮玉燈) 2개, 촛대, 번(幡), 수국사 금패(禁牌) 등이 있었으나 연옥등과 촛대는 일제강점기에 일본인이 훔쳐갔다고 한다. 절 입구 일주문 오른쪽 언덕에 9기의 부도가 있다.

남해12경 : 창선, 삼천포대교

4개 섬을 이어주는 5개 연륙다리이다.

창선, 삼천포간 연륙교로 경남 남해군 창선면 대벽리와 사천시 대방동을 잇는 총연장 3.4km 도로다.

주요 구조물

명칭	구조	길 이	비고
단항교	PC빔교	150m	육상 교량
창선대교	하로식 아치교	340m	창선~삼천포 늑도
늑도대교	PC BOX교 : FCM 공법	340m	늑도~초량
초양대교	종로식 아치교	202m	초양섬~모개섬
삼천포대교	콘크리트 사장교	436m	모개섬~대방동
삼천포 접속교	강 BOX교	360m	육상교
초양접속교	PC빔	75m	초양섬

사업비 : 1,830억원(시설비 1,653억원, 보상비 177억원)으로 건설교통부 부산지방 국토관리청이 1995년 2월 착공하여 2003년 4월 개통된 창선, 삼천포대교는 한국 최초로 섬과 섬을 연결하는 교량으로 교량 자체가 국제적인 관광지로 자리매김할 것이다.

남해군 또한 주변 개발을 통해 명실상부한 한려수도의 중심으로 부상하기 위한 사업을 한창 진행중이다.

이제 곧 창선, 삼천포대교 주변에 전망타워, 콘도, 호텔, 유람선이 투자 유치되고, 해양레포츠 시설이 들어서게 되어 남해안의 명소로 우뚝 설 것이다.

경남 사천시에 있는 항구 항내수(港內水)는 면적 2,136,000㎡를 보유하는 항만법상 1종항이다. 1958년 대일(對日) 수출에 활기를 불러 일으킨 선어(鮮魚) 수출항으로 지정되었고, 1966년 4월 16일 개항장이 되었다. 한려수도의 기항지이며, 어항과 임해공업의 수출항으로 좋은 여건을 지니고 있다.

1990년 현재 접안시설인 물량장 1,597m와 잔교(棧橋) 1기가 있으며, 외곽시설로서 방파제 588m, 방사제 65m, 호안 2,252m, 도류제(導流堤) 161m가 있다.

연간 하역능력은 2,182,000t이며, 주요 취급화물은 유류, 선어, 시멘트, 무연탄, 철재, 광석, 염류 등이다.

남해의 특산물

남해 특산물로는 유자, 비자, 치자 등 삼자(三子)와 마늘이 유명하다.

마늘

마늘을 산(蒜)이라고도 한다. 마늘의 어원은 몽골어 만끼르(manggir)에서 마닐(manir)이라 부르다 마늘의 이름으로 바뀐 것으로 추론된다.

명물기략(名物紀略)에서는 "맛이 매우 날하다 하여 맹랄(猛辣), 마랄에서 마늘이 되었다"고 풀이하고 있다.

본초강목에는 "산에서 나는 마늘을 산산(山蒜), 들에서 나는 것을 야산, 재배한 것을 산(蒜)"이라 하였다.

후에 서역에서 톨이 굵은 대산(大蒜)이 들어오게 되어 전부터 있었던 산을 소산이라 하였다는 기록이 있다.

《동의보감》에서는 "대산을 마늘, 소산을 족지, 야산을 달랑괴"로 구분하였다.

마늘의 재배는 고대 이집트, 그리스 시대부터이며, 근동방면으로부터 인도, 중국, 한국, 아프리카의 각지에 전파되었다. 유럽에서는 지중해 연안에 주로 분포하는데, 중국에 전파된 것은 BC 2세기경으로 지금의 이란으로부터 도입되었다고 한다.

한국에 도입된 것은 명확하지는 않으나 《삼국유사》에 나올 뿐만 아니라 《삼국사기》에도 기록되어 있는 것으로 보아 재배 역사가 매우 오래 된 듯하다.

현재 마늘은 이탈리아를 비롯한 남유럽, 미국의 루이지애나, 텍사스 및 캘리포니아, 아시아의 한국, 중국, 일본, 인도, 서부 아시아 및 열대 아시아 전역, 그리고 아프리카와 오스트레일리아 등지에서 많이 재배되고 있다.

비늘줄기는 연한 갈색의 껍질 같은 잎으로 싸여 있으며, 안쪽에 5~6개의 작은 비늘줄기가 들어 있다. 꽃줄기는 높이 60cm 정도이다.

잎은 바소 꼴로 3~4개가 어긋나며, 잎 밑 부분이 잎집으로 되어 있어 서로 감싼다.

7월에 잎겨드랑이에서 속이 빈 꽃줄기가 나와 그 끝에 1개의 큰 산형화수(傘形花穗) 꽃이 달리고 총포(總苞)는 길며 부리처럼 뾰족하다.

꽃은 흰 자줏빛이 돌고 꽃 사이에 많은 무성아(無性芽)가 달리며 화피갈래 조각은 6개이고 바깥쪽의 것이 크다. 비늘줄기, 잎, 꽃자루에서는 특이한 냄새가 나며 비늘줄기를 말린 것을 대산이라 한다.

남해의 기후는 마늘을 재배하기에 딱 알맞다. 오래 전부터 난지형

마늘이 재배되어 오다가 근년에 상해조생종(남도마늘)이 도입되었다. 남해마늘은 비닐 멀칭 재배로 대량 생산이 가능해지면서 농가 수입에서 큰 몫을 담당하고 있다. 남해의 마늘 재배면적은 약 2,400ha로 이는 전국의 7%, 경남의 50% 이상을 차지하고 있다.

청정해역의 해풍을 받고 자라는 남해마늘은 고유의 향이 강하며 알이 굵고 저장성이 좋아 전국 제일의 품질을 자랑한다. 남해마늘은 곳곳에 있는 직판장에서 살 수 있다.

유자(柚子)

유자는 남해가 그 산지로 신라 문성왕 2년(840)에 장보고가 중국 당나라 상인에게 선물로 얻어 오다가 풍랑을 만나 남해에 이르렀을 때 도포자락에 있던 유자가 깨어져 그 씨앗이 남해에 처음 전해졌다고 한다.

노랑색의 공 모양 껍질이 울퉁불퉁하고 신맛이 나며 진한 향기로움이 독특하다.

유자는 남해의 특산물로 상록수처럼 언제나 푸른 잎이 쪽빛 물결과 나부끼는 사철나무는 온화한 해양성 기후와 토질이 유자 성장에 알맞아 그 향기가 짙고 과피가 두꺼우며 배꼽이 볼록해 전국적인 인기를 얻고 있어 다른 지역에서 생산된 유자보다 본질이 높은 고품격에 평가되고 있다.

남해 유자는 모두 7천 3백여 농가가 600여ha에 24만 그루를 재배하고 있다. 해마다 약 700여t의 유자를 생산하고 있으나 최근 몇 년 동안 남해안 일대에 유자 재배면적이 급속히 증가하여, 과잉공급에 따른 유자가격의 폭락으로 농가소득에 많은 타격이 되고 있다.

이에 남해 전문대학에서는 1999년부터 향토 산업육성을 위하여 유자 가공식품 연구 개발에 전념하고 있다.

남해군에는 대규모 유자 재배단지는 없고 과원이 군 전역에 고루 분포되어 있으며 농산물 품질관리원에서 품질을 인증한 유자생산 농가는 도로변에 표지판을 설치하는 등, 홍보를 하고 있다.

남해유자는 맛과 향이 진하고 당도가 높은 특징을 지니고 있다. 유자는 비타민 C가 레몬의 3배나 되고 신맛 성분의 구연산을 4% 이상 갖고 있어 감기, 피로회복 등에 효과가 있으며 헤스페레틴 성분은 모세혈관을 튼튼히 하므로 풍(風) 등에 효과가 있다.

또한 배농(排膿) 및 배설 작용에서 몸 안에 쌓여 있는 노폐물을 밖으로 내보내는 데 탁월한 효과가 있다.

치자(梔子)

중국이 원산지이다. 높이 1~2m이며 작은 가지에 짧은 털이 있다. 잎은 마주나고 긴 타원형으로 윤기가 나며 가장자리가 밋밋하고 짧은 잎자루와 뾰족한 턱잎이 있다. 꽃은 단성화로 6~7월에 피고 흰색이지만 시간이 지나면 황백색으로 되며 가지 끝에 1개씩 달린다.

화관은 지름 6~7cm이고 질이 두꺼우며 꽃받침조각과 꽃잎은 6~7개이고 향기가 있다. 수술도 같은 수이다. 꽃봉오리 때에는 꽃잎이 비틀려서 덮여 있다. 열매는 달걀을 거꾸로 세운 모양 또는 타원형이며 9월에 황홍색으로 익는다.

길이 2cm 정도로 6개의 능각이 있고 위에 꽃받침이 남아 있으며 성숙해도 갈라지지 않는다. 안에는 노란색 과육과 종자가 있다. 열매를 치자라고 하며 한방에서는 불면증과 황달의 치료에 쓰고 소염 · 지혈 및 이뇨의 효과가 있다.

음식물의 착색제로 쓰고, 옛날에는 군량미의 변질을 방지하기 위해 치자 물에 담갔다가 쪄서 저장하였다고 한다.

기본종은 꽃의 지름이 5cm 내외이며 많은 원예품종이 있다.

잎에 흰줄이 있거나, 노란색 반점이 있는 것, 잎이 좁은 것, 잎이 달걀을 거꾸로 세운 모양이고 끝이 둥글며 길이 3cm 이하인 것, 꽃이 만첩이거나 잎과 꽃이 크고 꽃이 만첩인 것, 열매가 둥근 것, 잎은 거꾸로 선 바소꼴이며 꽃잎이 꽃받침보다 짧은 것, 줄기가 땅으로 기어가는 것 등이 있다.

한국에서는 남부지방에서 재배하고, 관상용으로 심는다. 한국, 일본, 중국, 타이완에 분포한다.

백색 꽃 피는 아름다운 조경수로 각광받기도 하며 치자는 비자, 유자와 함께 남해의 삼자(三子)라고 부른다.

남해의 기후와 풍토에 알맞아 아무 곳에나 잘 자라고, 품질도 좋아 농가 소득증대에 큰 몫을 차지하고 있다. 치자는 해마다 생산량도 늘어나고 전망이 좋아 소득증대에 크게 기여하고 있다.

치자는 기후가 온난한 해안지대를 좋아하는 상록수로 잎은 광택이 있고 6월에 피는 백색꽃에는 짙은 향기가 있어 아름다운 조경수로 각광받고 있다. 10, 11월에 따내는 붉은 색의 치자 열매는 무공해 천연염료로 또는 공업용과 약용으로 널리 쓰인다.

치자꽃은 남해군화로 지정되어 있다.

비자(榧子)

비자는 뗏목을 의미하는 패(栿)와 쓸모 있는 훌륭한 나무라는 뜻의 문목(文木)이라는 글자에서 유래하였으며 나무의 무늬가 찬란하고 아름다워서 생긴 명칭이다.

이 비자는 냄새가 거의 없고 부드러우며 기름기가 있고 맛은 달고 성질은 한쪽으로 치우치지 않고 감평(甘平)하다. 비자는 위가 상하지 않게 살충작용을 하며 해수와 변비에 효과가 있고 치질을 낫게 한다.

약리작용으로 촌충구제효과, 자궁수축으로 인한 낙태 등이 보고되었다. 또한 맛은 달고 떫으며, 요충 촌충의 구충제로 효과가 있다.

열매는 10~15년이 되면 수확할 수 있다.

생김새는 긴 난형 또는 타원형으로 바깥 면은 황갈색이며 단단하고 세로주름이 있다. 안쪽에는 적갈색의 엷은 속껍질로 싸인 씨가 있고 절단면은 황백색이다.

숙취를 풀어주고 기침 감기에 좋으며, 비자나무는 상록수로서 남해의 야산에 자생하고 있는데 특히 이동면 난음지역에 많이 분포되어 있다.

비자의 목재는 특수용재로서 품위 있는 공예품이나 바둑판의 재료로는 최고로 인정받고 있다.

비자는 남해군의 군목으로 지정되어 있다.

맺는 말

남해 역사에 대해서, 그것도 선조들이 살아온 향촌생활의 삶에 관한 역사를 이해하기 위해, 작품의 향기를 맡기 위하여 필자가 입수할 수 있는 한 모든 자료를 찾아서 수집하고 필사본 〈화전별곡〉을 입수, 작품의 성과를 살피기 위해 경남대학교 문학과의 『경남어문논집』과 최창규 씨의 《한국한림시연구》 지시를 찾고, 《문학이론과 진경시대》, 최완수 집필의 《우리 문화의 황금기》와 《자암의 남해생활과 문학》(최용수 선생)의 깊고 넓은 화전별곡의 성격 파악을 위해 다양하게 자료를 수집, 작품을 확인하고 의존하였습니다.

자암 김구는 낯설고 물설은 타향산천 고도에서 자신에게 배풀어준 임금의 은혜에 향복무강을 기원하며, 그리운 고향, 향수 젖은 어머님의 얼굴에서 승려를 신선에 비유하며 현실 갈등 속에 세월을 시와 술로 자신의 마음을 토로하기도 하였던 슬픈 신세임을 스스로 생각하고, 너무나 한양은 멀리 떨어져 있음을 괴로워하며, 인근의 고을 관리와 유향품관들과도 친분을 유지하며 정처 없는 생애의 외로움을 시로 찬미했습니다.

자암은 32세의 젊은 나이로 개령으로 유배되었다가 수개월 후 죄목이 추가되어 적소 남해 노량으로 유배되어 그곳에서 13년간 귀양살이를 하면서 남해찬가라 할 수 있는 〈화전별곡〉을 집필하였는데 경기체가 형식의 그가 남긴 주옥 같은 시가입니다.

이곳에서 후학을 가르치며 생생하게 남해의 아름다운 풍경과 운치를 찬가로 읊은 남해찬가는 천혜자연 그대로 일점선도 비경의 사실적 묘사라 아니할 수 없습니다.

남해는 예나 지금이나 자연경관이 수려한, 그야말로 아름다운 최고의 지상낙원입니다.

지혜와 문화를 바탕으로 열정과 용맹스런 시대에 살았던 선인들의 생활에서 우리는 특성과 도덕적 가치관을 찾아 세계 속의 남해로 계승발전 변화시켜, 자유롭고 마음 속에 영감과 정신적인 활력이 살아 숨쉬는 고장이 되었으면 하고 또, 늘 자랑스런 곳이라 생각합니다.

이 시대는 문화의 시대라고들 합니다. 우리는 경제문화의 정보화 세계화 속에 살면서 유배문학의 최고봉에 위치한 남해문학의 섬에 선인들이 물려주신 문학작품 및 유허지를 각지의 많은 사람에게 널리 알리어 보물섬 문학의 고장으로 민족문화를 남해의 문화관광자원으로 개발 발전 홍보하며 보존하였으면 합니다.

남해는 자연풍광과 역사 문화적 뿌리가 살아 숨쉬는 곳으로 많은 유적이 산재해 있습니다.

〈화전별곡〉은 독자가 보는 그대로 인물과 자연이 아름다운 운치의 고장을 노래한 경기체가입니다.

필자는 천신만고 끝에 그야말로 산고의 고통이 수없이 많았지만 선공후사의 일념으로 조금이나마 마음에 담을 수 있는 기회라 생각하며, 새로운 시각을 제시하는 글 속에 글 있고 말 속에 말 있다는 글을 내면서 축하해 주신 여상규 국회의원님과 장봉호 한성장학회 상임이사님께 감사드립니다.부족한 졸필을 한 권의 좋은 책으로 남길 수 있도록 용기와 사랑으로 감오케 해주신 민주평화통일 광진구협의회 박옥수 고문님과 김심배 전 문화방송 심의부위원장님께 고마움을 전합니다. 그리고 부인 윤미란에게도 심심한 사의를 표합니다.

가까운 마음으로 세세히 교열에 애써주신 홍순주 세무사님께 감사드리며, 김용엽 시인에게도 고마움을 전합니다. 한 사람 한 사람에게 단 한 번밖에 없는 인생에서 소중하고 의미있는 친구로 어울리고 살다 죽을 장창길 포동인터네서널 대표이사와 남해초등학교 김창길 총동창회장에게도 고마운 사의를 전합니다. 아울러 이 책을 상재해 주신 도서출판 한누리미디어 김재엽 사장님께 고마운 감사를 드립니다.

유리를 닦듯이 일하는 농부의 마음으로, 길고 다듬고 김매는 손으로 미숙하고 부족한 줄거리이나마 아둔한 이야기를 글로 남겨 봅니다.

신묘년 입춘지절에

작가 소개

홍춘표

경남 남해 출신으로 삼동면 영지 수호(袖湖)에서 태어났다.

지세 좋은 거암산(擧岩山)이 자태를 자랑하듯 우뚝 솟아 있고, 궁곡(窮谷)에서 끊이지 않는 맑고 시원한 샘이 솟아 개를 이루고 있는 수호마을은 남빛 푸른 물결이 산록(山麓)과 운치(韻致)를 이룬 해안(海岸) 향촌(鄕村) 숲에는 유구한 세월을 말하는 듯 정자가 정연이 서 있다.

대나무 숲이 바람에 한들한들 춤추듯 울창하게 병풍처럼 둘러서 있는 유서 깊은 향리(鄕里)는 한 폭의 아름다운 명화처럼 중후한 모습에 양팔을 벌린 산과 마을지형이 긴 소매 손과 같이 호수를 바라보는 아름다운 환상(幻想)의 강진만 조망은 향촌마을의 신비로움을 가득 안은 채 비경이 선경(仙境)을 이룬 곳이다. 그는 선대 홍순탁(洪淳坼)과 박순애(朴淳愛) 사이 2남 3녀 중 장남으로 태어났으며 본관은 남양(南陽)으로 문정공파의 34세손이다.

부인 윤미란(尹美蘭) 사이에 홍상현(洪尙鉉)과 홍상희(洪尙希)의 자녀를 두고 있다. 그는 유년 시절 고집스러우면서도 성품이 온화하고 인정이 많으며 신의를 분명히 지키는 진솔한 사람이다.

그는 인간의 심원한 예술생명의 영혼 속에서 이성과 감성을 빚어내는 문화예술을 사랑하고 심령은 늘 문학을 꽃으로 피우며 시작(詩作)에 등단하여 고향에 대한 애틋한 정서를 간직하고 서정이 넘치는 주옥 같은 작품을 발표하고 있다.

그는 한양대학교 경영대학원과 연세대학교 행정대학원을 나와 한국문인협회 발전기획위원과 양천문학회 부회장으로 활동하고 있으며, 법무부 범방위원으로 사회봉사 활동도 전개하고 있다. 그는 일찍이 청년시절 영화예술에 몰두하며 베를린영화제 특별 은곰상을 탄 강대진 감독과 함께 영화 〈당신은 여자〉, 〈버림받은 여자〉, 〈흐느끼는 백조〉, 〈겨울부인〉 등 다작에 제작 기획을 담당하며 조감독으로 일해 오다 1973년 남해를 배경으로 한 영화 〈뱃고동〉을 제작 주연을 하였다. 그는 스크린을 통해 신선의 섬, 아름다운 고향의 풍광을 영화로 통해 널리 홍보하여 남해관광문화사업에 선구적 기여도 하였다.

또한 병무행정영화 〈너와 나〉를 만들어 출연하기도 하였다. 1875년 서울신문 총무국에서 기획을 맡아 청계천 하수종말처리장과 남산 3호터널 등 기록 다큐멘터리를 만들기도 하였으며, 재활인의 재활을 그린 삼육문화영화도 만들기도 했다. 왕성한 나이에는 미건물산을 창업하여 화학공장을 운영하며 의욕적으로 사업을 경영하기도 했다.

그는 시인으로 등단 후 한 시대 전무후무한 역사문화의 문학유산으로 남겨 놓은 노도섬을 배경으로 2004년 고향을 소재로 남해를 널리 알리면서 KBS HD TV문학관(서러워라 잊혀진다는 것은)을 김충길 프로듀서와 기획하면서 문화유적에 깊은 관심을 가지고 조선시대 유배문화를 소재로 한 역사소설 《서포 김만중 노도에서 고복하다》를 시와 소설로 엮어 집필하기도 했다. 보물섬 남해의 풍광과 정서를 직접 작사 작곡한 노래를 불러 음반을 내기도 하여 향인들의 가슴에 향수를 짙게 했다.

근간에는 절해고도 남해 적소에서 유배생활을 했던 《자암 김구의 화전별곡》과 《후송 유의양, 그날의 유배기》를 출간 중에 있는 문예인이다. 문화는 삶의 뿌리요 우리가 살아온 역사다. 우리는 생활 문화와 접하여 함께해 오면서 유구한 전통을 이어온 역사 문화를 되돌아보게 된다.

우리는 오늘의 역사적 시점에서 새로운 사상의 폭넓은 수용을 통해 남해의 전통을 재조명하고, 선인들이 남겨 놓은 향촌사회의 생활정서와 흔적의 발자취를 살펴보고, 그들의 얼과 참된 정신을 새로운 이념으로 받아들이고 승화 발전시켜 교훈으로 삼고자 하며, 문화관광 터전으로 남해를 만들어 가는 데 이를 기반으로 활기찬 그 시절의 생생한 절정의 문화 참모습을 제대로 자랑하고 밝혀 올바른 역사를 공유하고자 고향을 소개하고 있다.

그는 인의를 중시하고 예(禮)와 윤리(倫理) 법도(法度)의 믿음에 마음의 청명함을 얻고자 사념 속에 그리운 고향을 배경으로 손수 시화전시회(詩畵展示會)를 개최하여 그림도 그리며 고향을 애심하는 작품출산에 혼신을 다하고 있다.

필자가 쓴 소설들은 남해향토의 역사적 평가를 담은 유배문화의 저서로서 현대에 이르러 비판과 계승의 선비정신을 문화와 교육적 차원으로 한눈에 볼 수 있게 이야기하고 있다.

그밖의 작품으로 향토가요 15편을 작사 제작 발표하였으며, 시집으로《토담집 어머님》,《유자꽃 피는 고향》,《영혼 속에 피는 꽃》,《흔적》,《바람 소리》 등이 있다.

洪春杓

慶南 南海 出生. 社)韓國文人協會會員. 社)韓國文人協會發展企劃委員, 한脈文學編輯委員. 한脈文學家協會監査. 한脈同人會副會長. 陽川文學會副會長. 法務部犯罪豫防委員.(指導師). 漢陽大學校經營大學院, 延世大學校行政大學院 修了. 漢陽大學校總同門會常任委員. 서울新聞社總務局映畵製作室企劃製作擔當. 仁川地方警察廳海兵戰友會諮問委員. 韓美海兵隊戰友親善協會理事. 社)民族統一 廣津協議會諮問委員. 漢江물살리기運動本部弘報理事. 社)韓國重症障碍人國際交流會副會長. 映畵 '뱃고동' '너와 나' 企劃製作. 社)韓國映畵人協會演技分科會員. (株)J.K 副會長. 美建物產代表理事 .作品 鄉土歌謠15편 詞製作발표. 油畵風景畵30點國會議員會館詩畵展示會. 南海郡탈博物館詩畵展示會. 著書 '西浦 金萬重 櫓島에서 皐復하다', '後松 柳義養 그 날의 流配記', '自庵 金絿의 花田別曲', 詩集 '토담집 어머님', '유자꽃 피는 고향', '영혼 속에 피는 꽃', '흔적', '바람소리' 외 다수

自庵 金絿의 花田別曲

•

지은이 / 홍춘표
발행인 / 김재엽
펴낸곳 / 한누리미디어
디자인 / 지선숙

•

121-840, 서울시 마포구 서교동 395-13 서원빌딩 2층
전화 / (02)379-4514, 379-4519
Fax / (02)379-4516
E-mail/hannury2003@hanmail.net

•

신고번호 / 제300-2006-61호
등록일 / 1993. 11. 4

•

초판발행일 / 2011년 3월 31일

•

•

값 25,000원

•

•

ISBN 978-89-7969-384-3 03810